놀며 탐구하며
스스로 배우는 아이들

현직 교사가 들려주는 미국 교육 체험기

놀며 탐구하며
스스로 배우는 아이들

생각나눔

들어가며

이 글은 필자가 미국 캘리포니아 남단 샌디에이고에 위치한 도일초등학교에서 두 학기 동안 보조 교사로 근무하면서 경험한 일들을 기술한 것이다. 저널 형태로 기록한 것이라 사적인 기록이지만, 오랫동안 초등학교 교사로 재직하면서 한국 교육을 경험한 교사로서 미국 교육을 체험하면서 관찰 기록한 것이기에 교육적인 면에서 의미가 있다. 미국 교육 체험이 주를 이루지만, 한국 교육을 경험한 교사로서 느낀 점이나 비교 시각으로 우리 교육에 주는 시사점이나 지향해야 할 바를 제시하고 있다.

필자는 남편이 미국으로 유학하게 되어 동반 휴직을 하고, 아이들 돌봄에 집중하기 위해 미국으로 건너갔다. 큰아이는 초등학교에, 작은아이는 유치원에 보내면서 큰아이 학습을 돕는 학부모 보조 교사로서 샌디에이고에 있는 도일초등학교에 매일 출근하게 되었다. 이것이 가능한 것은 미국 교실에서는 학부모와 코티칭하는 형태의 수업이 다양하게 일어나고 있고, 필자 역시 그러한 차원에서 보조 교사로서 두 학기 동안 교실에서 활동한 것이다. 두 학기 동안 하루도 빠짐없이 미국 초등교실에서 학생들과 함께 학교 일과를 경험하면서 교사로서 많은 것을 배우고 느낄 수 있는 시간이었다.

필자가 경험한 미국 교육이 미국 교육의 전반적인 면을 보여 주는 것

놀며 탐구하며 스스로 배우는 아이들

은 아니다. 미국 교육은 주마다 다르고, 또 교실마다 정확하게는 교사마다 다르기 때문이다. 한 초등학교에서의 경험이라 '미국 교육 일반이 이렇다'라고 말하기는 조심스럽다. 그러나 미국 초등학교 수업이 어떻게 진행이 되고 있으며, 무엇에 주안점을 두고 가는지 확인할 수 있을 것이다. 교육이라는 본질적 측면에서는 비슷한 부분이 있겠지만, 세부적인 면이나 방법, 지향하는 바에서는 미국 교육과 한국 교육이 사뭇 다름을 확인할 수 있었다.

교육자로서 다른 나라의 교육을 실제로 경험해 보았다는 것은 참으로 소중한 경험이 아닐 수 없다. 필자는 이러한 경험을 통해 우리 교육이 나아가야 할 방향을 고민해 보는 시간을 가질 수 있었다.

이 글에서는 필자가 경험한 다양한 미국 교육을 크게 여섯 가지로 범주화하고 있다. 첫째, 미국 교육은 학생들이 스스로 배우고 익히는 학습에 익숙한, 자기 주도적 학습 능력을 강화하는 방향으로 주로 진행되고 있다. 자기 주도적 학습의 핵심은 메타인지의 활성화이다. 미국 교육에서는 메타인지를 활성화하는 교육으로 어떤 활동들에 주안점을 두고 가는지 확인할 수 있다. 둘째, 미국 교육에서는 사회에 나가기 전에 몸에 익혀야 할 기본적인 인성과 도덕적 덕목들을 기르고 있다. 학교는 사회의 축소판이다. 이 글에서 사회에 나가기 전에 배워야 할 인성과 도덕적 덕목들을 어떻게 기르고 배우는지 확인할 수 있다. 셋째, 도일초등학교에서는 다양한 문화와 스토리를 중심으로 각종 공연이나 행사를 수시로 열고 있다. 질 높은 고급문화를 아이들이 자주 접하는 것은 미래 문화 활성화에도 크게 기여할 수 있다. 이들이 장차 자라서 문화와 스토리를 생성하고 소비하는 주체로 자라날 것이기 때문이다. 넷째, 미국 교육의 특징을 들라면 지역의 수많은 인적 자연을 교육 자원으로 적극적으로 활용한다는 것이다. 지역의 수많은 인적 인프라를 교육 자원으로 활용하여 교육적 효과의 극대화를 꾀하고 있었다. 흔히 교육의 주체를 학생, 교사, 학부모라고 하는데, 미국 교육에서는 단지 구호로만 그치는 것이 아니라, 실제 수많은 학부모를 교육과 학습에 활용하고 있는 모습을 확인할 수 있다. 다섯째, '샐러드 볼'이라고 할 정도로 다양한 문화가 함께 뒤섞여 있는 미국에서 다문화를 어떻게 교육하고 지향하고 있는지 확인할 수 있다. 여섯째, 미국은 아이들의 지적인 면과 더불어 신체활동이나 놀이 문화를 강조하고 있는데, 이를 위한 환경은 어떻게 조성되어 있으며, 학교에서는 어떤 활동들을 펼치고 있는지 확인할 수 있다.

이 글을 읽는 독자 역시 한국 교육을 경험한 입장에서 미래를 대비해 우리 교육이 가야 할 방향에 대해 함께 고민해 보는 기회가 되었으면 한다.

2장 책임감 있는 사회인은 어떻게 길러지는가?

3장 문화와 스토리가 있는 날

4장 지역 공동체와 함께 하는 교육

5장 색다름에 대한 이해와 존중을

6장 뛰며 놀며 자라는 아이들

1장 스스로 배우는 아이들

　　미래 사회는 우리가 상상하는 것보다 훨씬 더 빠른 속도로 변해갈 것이라고 미래학자들은 내다보고 있다. 지금 존재하는 많은 직업이나 직종들이 사라지고 새로운 직업들이 생겨날 것이라고 한다. 그 생겨날 직업 중 60%는 지금 현재 상상조차 할 수 없는 일들이라고 한다. 이렇게 예측불허의 시대에 교육자의 입장에서 무엇을 가르치고, 어떻게 가르쳐야 하는지에 대해 고민할 수밖에 없다.

　급변하는 시대에 우리 아이들은 평생 교육자로서 그 역량과 자질을 갖추어야 한다. 따라서 고기를 잡아다 주는 교육에서 벗어나, 스스로 창의적인 방법으로 고기를 잡을 수 있도록 그 방법과 역량을 가르칠 수 있어야 한다. 이러한 맥락에서 학생들에게 가장 필요한 것은 학생 스스로 배우고 익힐 수 있는 자기 주도적 학습 능력이다.

　미국 교실을 경험하면서 우리 교육과 두드러지게 다른 점은 미국의 학생들은 어렸을 적부터 스스로 배우고 익히는 자기 주도적 학습에 익숙해져 있다는 것이다. 자기 주도적 학습의 핵심은 메타인지의 활성화에 있다. 메타인지란 '인지에 대한 인지'로 자신이 알고 있는 지식과 모르는 지식을 인지하는 것에서부터, 자신이 모르는 부분을 보완하기 위한 계획과 실행 과정을 스스로 결정할 수 있는 전반적인 인지 활동을 의미한다. 즉, 지식의 구성 과정에서 스스로 자신의 이해 정도를 확인하고 지식과 정보 구성에 있어서 어떤 전략을 사용할 것인지, 어떤 학습 행동을 하여 지식을 습득할 것인지, 그리고 이러한 과정을 스스로 성찰하고 모니터링할 수 있는 인지 기제이다. 이러한 메타인지를 활성화하는 가장 좋은 방법은 '설명해보기'이다. 설명을 해보면 자신이 잘 이해하고 있는지 그렇지 못한지, 모르고 있는 부분이 무엇인지를 확인할 수 있게 된다.

미국 아이들 학습 활동은 이러한 메타인지를 끊임없이 강화시키는 방향으로 진행되고 있음을 확인할 수 있었다. 학생들은 유치원 때부터 탐구할 주제나 문제, 과제들을 스스로가 결정한다. 주제나 과제에 대한 탐구 역시 스스로 하며, 자신이 탐구한 주제나 과제에 대해서 학생들 앞에서 프레젠테이션을 함으로써 그 지식을 구조화하여 자기화하는 과정을 반복적으로 거친다. 지식을 자기 지식으로 구축할 수 있는 가장 좋은 방법은 역시 다른 학생들 앞에서 말로 설명해보는 것이다. 이곳 학생들은 매주 이런 과정을 거친다. 잘하든지 못하든지 자신이 탐구한 주제를 친구들 앞에서 발표하고 학생들 간에 질의 응답하는 과정을 거치면서 그 지식을 다시 한 번 점검할 기회를 갖고 있다.

주제의 선정 과정부터 아이 스스로가 선택한다는 것은 매우 중요한 대목이다. 자신이 관심 있고 흥미 있어 하는 과제를 선정하여 공부함으로써 자신의 적성과 흥미를 발견하고 자연스럽게 진로로 연결할 수 있기 때문이다. 또한, 학생들이 학습하고자 하는 주제를 스스로 선정함으로써 학습에 대한 동기를 높여 흥미와 호기심을 잃지 않고, 공부가 재미있다는 것을 학생 스스로 경험할 수 있게 된다.

이로써 미국 교육은 교사가 일방적으로 지식을 전달하는 것이 아닌,

학생들 스스로가 지식을 연결하고 구성하면서 쌓아가는 것을 확인할 수 있었다. 흔히 말하는 프로젝트 과제는 미국 학생들에게는 중요한 과제이며, 이는 유치원 때부터 매주 반복되는 과제이다. 이렇게 스스로 지식을 구성하는 습관에 길든 아이들이기 때문에 3학년 학생들임에도 불구하고 상당한 수준의 학습력을 보여 주고 있었다. 미래를 살아나갈 우리 학생들에게 필요한 역량은 이렇게 학생들 스스로 지식을 습득하고 활용하며, 기존의 지식을 바탕으로 새로운 지식을 창출해낼 수 있는 능력이 아닐까?

입학

드디어 아이들이 입학하는 날이다. 아침을 먹고 7시 30분쯤 집에서 출발하여 5분 걸려 학교에 도착하였다. 걸어서 10분 정도의 거리라 가까운 거리지만 첫날이라 차를 이용해서 등교했다. 학교 주차장과 학교 근처 공원 주차장에는 벌써 많은 차가 주차되어 있었다.

학교는 아이들을 데리고 온 차들로 붐볐다. 인상적인 것은 교통정리 당번으로 보이는 학생들 여섯 명 정도가 교통 안내를 하고 있었다. 학교 앞 둥글게 돌아나갈 수 있게 만들어진 로터리에 일정한 간격으로 나와 서 있었다. 아이들 복장이 특이하여 눈이 갔다. 자기 몸에 맞지 않은 까만색 아빠 양복을 입고 있었는데, 대부분 커서 땅에 끌릴 정도였다. 교통 도우미 아이들은 차가 도착할 때마다 가까이 다가와 차 문을 열어주고 아이들이 내리면 차 문을 닫아주는 역할을 하였다. 이것이 이들의 문화인가 보다. 배려받은 느낌이 들어 기분이 좋았다. 나름 드레스 코드에 맞추어 의상을 입고 예의를 갖추어 깍듯하게 문을 열어주고 닫는 모습을 보며 '여기서부터 매너를 배우는구나!'라는 생각을 하였다.

교통 도우미 학생들. 차가 도착하면 문을 열어준다.

학교 주차장에 주차하고 사무실로 갔다. 사무실에서 아이들 반을 배정받았는데 정은 615호, 제니는 415호실을 배정받았다. 이곳은 우리처럼 몇 학년 몇 반이 아닌, 호실과 선생님 이름으로 구분을 하는 모양이었다. 교실은 몇 학년 몇 반 표시가 되어있지 않고 호실만 표시되어 있었다. 한 학년은 주로 여섯 개 반으로 구성되어 있었다. 광장에 도착하니 학생들은 바로 교실로 들어가는 것이 아니라, 학교 건물 중앙에 빙 둘러앉을 수 있게 되어있는 곳에 앉아서 교실 문이 열리기를 기다리고 있었다. 일종의 광장인 셈인데 앉는 자리에 각 호실이 표기되어 있었다. 그 많은 학생이 광장에 퍼져있었는데도 뛰거나 장난치는 학생은 보이지 않았다.

제니 손을 잡고 415호라고 표시된 곳에서 기다리고 있으니, 곧이어 선생님이 나와 아이들을 인솔하여 교실로 들어갔다. 각 반 모두 교실 호실이 표시된 곳에 모여 있으면 교사가 수업 시작 시각에 맞추어 아이들을 인솔하여 각 반의 교실로 들어갔다. 제니를 선생님께 인계하니 선생님은 이미 아이의 전입을 알고 있었다. 아이들은 스무 명 안팎으로 보였다.

얼마 지나지 않아 정네 반 선생님이 부모를 찾는다고 해서 남편이 선생님을 뵈러 615호실로 갔다. 나는 제니를 지켜보다가 615호실로 갔는데 뭔가 문제가 생긴 듯했다. 선생님과 남편과의 대화가 길어지고 있었다. 밖에서 기다리고 있는데 남편과 선생님이 나왔다. 선생님 말씀에 의하면 그 반은 학력 수준이 특히 높은 반이라 모든 면에서 아주 우수한 아이들이 모여 있는 반이라고 한다. 영어는 모두가 유창하며 과제를 피피티(PPT)나 워드로 작성해서 낼 정도로 컴퓨터 활용 능력도 수준급이며, 종종 메일로 리포트를 내기도 한다고 한다. 수학은 곱하기, 나누기는 물론 네 자릿수의 덧셈, 뺄셈까지 해야 한다고 하니, 한국에서 2학년을 마치고 온 정이 걱정되는 모양이다. 작문 실력도 상당히 높다고 하니 영어를 잘 못하는 정이 과연 따라갈지 걱정이 된다는 게 선생님 말씀의 요지였다.

선생님은 남편과 상의 끝에 사정이 이러하니 반을 바꾸는 것이 좋겠다고 하였다. 반을 바꾸는 것은 교장 선생님의 허락이 있어야 가능하므

놀며 탐구하며 스스로 배우는 아이들

로 선생님은 교장실로 가서 이를 말하고 반을 바꾸는 게 좋을 것 같다고 했지만, 결국 교장이 안 된다는 결론을 내렸다고 한다. 각 반이 모두 20명으로 고르게 배정이 되어있는데, 정이 배정된 반만 정을 포함해서 19명이라고 한다.

할 수 없이 그 대안을 찾아보기로 했다. 선생님과의 대화 끝에 이튿날부터 내가 정네 교실로 함께 등교해서 정 옆에서 학습을 도와주는 것이 어떠냐고 의향을 물어왔다. 학부모들이 수시로 와서 학습 도우미를 하므로 가능한 일이라고 하면서 선생님이 제안해 왔다. 당황스러웠지만 미국에서의 수업이 궁금했던 터라 이내 정신을 차리고 내일부터 학교로 등교하겠다고 말했다. 선생님은 내 자리까지 배정해 주었다. 그러고 나니 나도 학생이 된 느낌이었다.

우리 목표는 가을 학기가 오기 전에 영어로 아주 기초적인 대화를 나누는 것인데 남편은 잘 될 거라고 했다. 아이들은 어리니 영어를 쉽게 배우겠지만, 정작 걱정이 되는 것은 나 자신이었다. 남편이 한쪽 벽면에 제니 선생님이 준 자료들을 잔뜩 붙여 놓더니, 저녁을 먹고는 TV 개그 프로그램에 나오는 것을 패러디해서 한바탕 강의를 늘어놓았다. 아이들은 배를 잡고 웃어댔다. 요즘 저녁때면 아빠와 노는 아이들의 웃음소리가 그치질 않는다. 내가 봐도 웃음이 난다. 한국에서 직장 생활 하면서 이런 것은 꿈도 꿀 수 없었던 일이었다.

첫 수업 참관

　　선생님 요청으로 정과 함께 수업을 같이 듣게 된 첫날이다. 약간 긴장은 했지만, 정을 위하고 또 나를 위하는 길이라고 생각해서 한 학기 정도는 계속해서 나갈 생각이었다. 학교에 도착하여 광장으로 들어서자 아이들이 학교 건물 가운데 빙 둘러앉을 수 있게 되어 있는 벤치에 앉거나 서서 선생님이 나오기를 기다리고 있었다. 아이들은 모두 그들 부모와 함께 등교해서 광장 안은 학부모와 학생들로 가득 메우고 있었다. 곧이어 종소리가 울리고 선생님이 아이들을 인솔하러 광장으로 나왔다. 아이들은 선생님을 따라 각자의 교실로 들어갔다. 나는 제니를 교실로 들여보내고 정이 있는 615호실로 갔다.

　교실은 앞 칠판을 중심으로 디귿(ㄷ) 자 모양으로 의자와 책상이 빙 둘러 있었는데, 문 쪽 가장자리가 정과 내 자리이다. 615호실은 토마스 선생님 반으로 정을 포함해서 19명의 학생이 배우고 있었다. 우리나라 3학년 정도의 아이들인데 미국이니만큼 다양한 인종과 국적을 가지고 있었다. 동양인들도 많았는데 일본인, 중국인, 한국인들이었으며, 그들 부모는 대부분 UCSD(University of California San Diego)에 유학하고 있다고 한다.

　교실은 다른 교실과 분리되어 있지 않고 통로를 통해 모두 연결되어 있었다. 우리 교실 바로 옆은 2학년 교실이었는데 통로 하나로 연결되어 있었고, 여닫는 문이 없이 아예 오픈된 형태로 되어있었다. 그런데도 옆 반에서 수업하는 소리가 들리지 않을 정도로 교실 모두가 조용했다. 아이들의 수업 태도는 아주 안정되어 있었고 떠드는 학생조차 없었다. 이는 소수로 구성된 학급이어서 가능하기도 하겠지만, 가정교육과 미국

학교 내 광장에서 수업 시작 전까지 학부모와 함께 기다린다.

전체 학교의 기초 교육과 관련이 있을 것 같았다. 자세한 것들을 생활하면서 차차로 알게 되겠지만, 나로서는 무척 부러운 모습이었다.

교실로 들어와 학생들이 자리에 앉자 곧이어 1교시를 알리는 종소리가 울렸다. 이곳은 7시 50분에 1교시가 시작된다. 종소리가 울리자 아이들은 각자 자신이 해야 할 일을 하고 있었다. 수학 문제를 푸는 아이, 컴퓨터로 작문(일기)을 하는 아이, 교과서 같은 책을 푸는 아이, 오리고 붙여서 새를 만드는 아이 등등 일률적으로 똑같은 수업과 학습을 할 거라 생각했는데, 아이들은 19명 모두 다른 학습을 하고 있었다. 토마스 선생님은 일제히 똑같이 하는 수업은 없으며, 모두 각자 학습하는 내용이 다르다고 말해주었다. 3학년임에도 자신이 학습해야 할 것을 스스로 찾아서 조용히 학습 활동에 몰입하는 모습이 신기해 보일 지경이었다. '어떻게 이런 일이 가능하지?' 어떤 아이는 교실에 입실하자마자 내내 컴퓨터로 작문(자신의 일기)을 쓰고 있었는데, 그 분량이 자그마치 A4용지로 8매 정도 분량이었다. 3학년 학생의 작문치고는 내용이 상당히 길고 자세하여 놀라지 않을 수 없었다. 그만큼 학습 훈련이 잘되어 있었다.

토마스 선생님은 50대 중반 여교사로 교육 경력이 오래된 교사이다. 선생님은 자신이 맡은 아이들이 아주 우수한 아이들이라고 자부심 어린 말을 했다. 영어도 유창하고 수학적 능력도 대단하며 작문 실력도 수준급이라는 말을 했는데, 빈말이 아닌 듯했다. 아이들은 일기를 A4 1장에서 8장까지를 쓴다고 하며, 보통은 집에서 써 온다고 한다. 써온 것을 제출하면 선생님은 그것을 그 학생의 이름이 적힌 게시물에 끼워주었다.

첫째 시간은 주로 수학을 푸는 것으로 마감을 하고 중간에 쉬는 시간이 있었다. 우리처럼 40분 수업에 10분 쉬는 것이 아니라 점심 전에 15분 정도 한번 쉬는 시간이 있었다. 그 시간에 아이들은 보통 간식을 먹거나 운동장에 나가 친구들과 놀이를 하였다. 화장실 가는 시간은 따로 정해져 있지 않았다. 화장실에 가야 할 상황이면 언제든지 스스로 알아서 조용히 나가 볼일을 보고 오면 된다. 그래도 어수선하거나 왔다 갔다 하는 아이 없이 차분하게 학습에 집중하는 모습이었다. 한마디로 학습 훈련이 잘되어 있었다.

첫날 15분 쉬는 시간에 운동장으로 나가 보았다. 아이들은 대부분 운동 기구들을 이용해서 놀고 있었는데 공놀이를 가장 많이 하고 있었다. 농구장과 배구장이 코트별로 정해져 설치되어 있었다. 어디서 공을 가지고 나오는지 아이들은 공들을 가지고 나와 삼삼오오 모여 운동이나 놀이를 하고 있었다. 공놀이하는 운동장 바닥은 우레탄이 깔려 있었다. 잔디 운동장은 보통 우리네 학교 운동장보다 서너 배는 넓어 보였다.

수업 시작종이 울리자 아이들은 각자의 교실로 들어갔다. 수업이 시작되자 아이들은 컴퓨터실로 갔다. 컴퓨터실에서 워드 연습과 정보를 검색하는 등 컴퓨터 수업 역시 학생들 스스로 자기 주도성을 발휘하여 학습하고 있었다. 교사가 뭐라 하지 않아도 학습해야 할 범위 내에서 스스로 사이트를 찾아 학습하고 있었다. 이런 학생들이 신기해 보일 지경이었다.

수준별 수업을 위한 테스트

첫 주가 시작되는 날이다. 어김없이 7시 30분쯤 학교로 향했다. 이곳 미국 학교는 학부모와 함께 등교하는 것으로 하루가 시작된다. 모두 엄마나 아빠의 손을 잡고 학교에 등교한다. 보통은 차로 등교를 하나 걸어서 오는 경우도 많은데, 한결같이 부모와 동행을 한다는 것이다. 우리처럼 혼자서 등교를 하는 것은 보기 드문 사례이며, 이는 법적으로도 허용이 되지 않는 사항이라고 한다. 그래서 등교 때나 하교 때 꼭 학부모와 함께하고 있다. 그러다 보니 학부모들끼리도 자연스럽게 얼굴을 익히게 되었다. 이곳 도일초등학교는 각 나라에서 모인 학생들로 구성되어 있다. 교실 문이 열릴 때까지 광장에서 기다리고 있노라면 일본어, 한국어, 영어, 스페인어 등 다양한 언어들이 들리곤 한다.

등교하니 책상 위에 안내문이 두 장 놓여 있었다. 하나는 학교의 축일과 관련하여 학교에서 점심을 주문하는 것과 현장 학습으로 발레 공연에 갈 신청에 관련한 안내문이었다. 발레 공연 관람은 7달러, 학교 축일에 제공되는 점심은 1달러 정도로 상당히 싼 편이다. 학교에서 지원을 받아 그렇게 싸게 점심을 해결할 수 있다고 한다. 그날은 행사 후 특별히 부모와 함께 식사할 수 있도록 학부모에게도 음식이 제공된다는 것이다.

안내문을 확인하고 나니, 일주일 숙제를 스스로 내는 양식을 나누어 주었다. 어휘(Vocabulary)와 수학, 읽기에 관련한 과제들이 각 요일에 맞추어 제시되어 있었다. 정은 아직 준비가 돼 있지 않아 다른 아이들과 똑같이 이런 학습활동할 수가 없었다. 따라서 오전 중에 정은 간단한 영어 테스트가 있었다. 그 결과에 따라 정은 앞으로 개설될 영어 프로그램(Beginning Program)에서 가장 기초적인 반으로 편성될 것 같다.

이곳은 아이들의 다양한 수준을 고려한 수준별 학습을 위한 테스트가 종종 있다. 테스트에 따라 튜터와 함께 학습하는 프로그램에 투입되기도 하고, 정처럼 한 학년 낮은 교실로 가서 해당 과목을 듣고 오기도 한다. 나처럼 학부모 학습 도우미가 아이들 학습을 돕는 등 다양한 경로로 학습 부진을 극복해 나가고 있다. 특히, 영어의 경우 듣기 말하기가 전혀 안 되는 학생들이 있는가 하면, 이곳에서 나고 자라 영어에 능숙한 아이들까지 그 수준 차이가 극명하게 나기 때문에 수준별 학습이

놀며 탐구하며 스스로 배우는 아이들

다양하게 이루어질 수밖에 없다. 이러한 영어 부진이나 수학 부진을 해소하기 위해 방학 중에도 특별 프로그램을 운영하고 있다고 한다.

소그룹 수업과 첫 도서관 수업

　　　매주 금요일에는 학부모와 함께 하는 소그룹 수업이 있다. 지난주처럼 학습 도우미 어머니들이 왔다. 아이들을 3~4명 소그룹별로 나누어 어머님들과 함께 학습을 진행하게 된다. 지난주에 이어 소그룹별로 수학 문제를 풀었는데, 그 문제 제시 방법은 그룹별로 다 달랐다. 네 개의 숫자에 +, −, 곱하기, 나누기 등의 기호를 넣어 24

를 만드는 문제, 카드에 응용력을 필요로 하는 문장제 문제를 제시하고 그 문제를 푸는 그룹, 생활 응용력을 길러줄 수 있는 실생활 관련한 문제를 카드로 제시하는 그룹, 좀 더 심화하고 복잡한 문제를 푸는 그룹, 수학적 계산력을 이용한 게임을 하는 그룹 등이다. 각 그룹으로 나뉘어 문제를 풀고 각 문제를 해결하여 도우미 교사에게 확인을 받고 통과가 되면 그 번호를 체크하는 방식이다. 학생들이 문제 해결에 어려움을 보이면 도우미 교사가 직접 설명을 해주고 어떻게 풀 것인지 방향을 제시해 주기도 하였다.

이는 요즘 한국에서 대두하고 있는 개별 학습이라고 할 수 있다. 일괄적으로 과제를 제시하고 일정한 틀에 의해 정답과 오답이 나누어지는 수업이 아닌, 스스로 사고하고 문제 해결력을 갖추어 현실에서 문제 상황에 봉착하면 자연스럽게 문제를 해결하는 능력을 길러주는 방식이다. 이렇게 그룹별 개별 학습이 가능한 것은 학부모들이 보조 교사의 역할을 해주기 때문이다. 일일이 학생들의 문제와 답을 확인하고 학생들의 질문을 들으며 개별지도를 하는 것은 한 교사가 해낼 수 있는 양이 아니다.

학부모 학습 도우미의 도움을 받아 학습하던 학생들은 토마스 선생님이 도서관 수업이라고 안내하자, 아이들은 자신이 빌려왔던 책을 들고는 자연스럽게 줄을 섰다. 이곳은 학생들이 교실에서 교실로, 교실에서 강당이나 운동장으로 이동할 때마다 이렇게 자연스럽게 줄을 선다. 줄을 서는 순서는 없으며 자연스럽게 준비되는 학생들 순으로 선다. 줄을 맞추어 서자 토마스 선생님이 앞장을 섰다. 도서실에 도착하자 아이들은 조용히 자리에 앉아 사서 선생님을 기다렸다. 그동안 토마스 선생님과 나는 아이들이 반납할 책을 모아서 반납 데스크로 가져갔다.

　잠시 후, 나이가 지긋하신 사서 선생님이 들어오자 아이들이 조용히 바닥에 책상다리를 하고 앉았다. 토마스 선생님이 나를 잠깐 소개를 해주었다. 사서 선생님이 나보고 도와줄 수 있느냐고 해서 그러겠다고 했더니 반납처리를 해달라고 하였다. 이곳 역시 바코드로 반납과 대출은 전자 시스템을 도입하고 있었다. 아이들 책을 바코드로 읽어 모두 반납처리를 하였다. 내가 반납처리를 하는 사이에 사서 선생님은 아이들에게 책을 한 권 읽어주었다. 아이들은 조용히 듣고 있었다. 20여 분 책을 읽어준 후 도서 정보를 제공해 주고 도서와 관련한 이야기를 하였다. 이어 아이들에게 자유 시간을 주었다. 아이들은 인터넷 검색을 하거나 책을 읽었다. 또 책을 빌리는 등 도서관에서 학생들은 자유롭게 시간을 보냈다.

　도서관은 교실 두 개 정도 합친 것보다 훨씬 넓어 보였고, 그 넓은 곳을 책들로 가득 메우고 있었다. 군데군데 책걸상이 놓여 있고 컴퓨터 검색이 가능하게 컴퓨터도 놓여 있었다. 생각보다 도서실을 이용하는 학생들이 많았다. 학생들은 1주일에 한 번씩 도서실 수업을 한다고 한다. 도서관에서 책을 빌리고 반납하는 활동을 지속적으로 하여 아이들이 도서실과 친해질 수 있는 환경을 조성하고 있는 셈이다. 아이들도 이미 길들여 있는지 그런 활동에 익숙해 보였다.

　이곳 도일 학교가 여러 나라에서 온 학생들이 있는 만큼 각 나라의 책들이 갖춰져 있었다. 한국어로 된 책들도 비치되어 있어 정은 두 권을 빌려왔다. 도서실을 이용할 수 있는 시간표를 보니 일주일 모두 꽉 차 있었다. 도서실을 단순히 책을 빌리고 반납하고 읽는 활동에서 끝나는 것이 아니었다. 사서 교사가 학생들에게 책을 읽어주기도 하고 다양한 독서 활동을 전개하며 도서 관련한 다양한 행사를 연다고 한다.

미국의 경우 학교 모든 학교가 이렇게 사서 선생님이 있는 건 아니라고 한다. 사서 선생님의 배치 여부는 학교 예산에 달려 있다고 한다. 우리의 경우도 예산에 따라 사서를 배치해 주는 학교도 있고, 그렇지 않은 학교도 있는데, 이곳 역시 같은 모양이다. 다른 것이 있다면 미국의 사서 교사는 대출 반납업무만 담당하는 것이 아니라 아이들 독서 교육에도 직접 관여하며, 아이들에게 학년별로 적합한 독서 지도를 한다는 것이다. 좋은 책을 소개해 주거나 책을 읽어주고, 책을 읽은 후 적당한 독서 지도까지 사서 교사가 하고 있었다. 우리의 경우 지금 전자 도서관과 사서 교사가 도입되고 있지만, 사서 교사가 적극적으로 독서 교육에 개입하고 있지 않은 상황이다. 아이들의 사고력과 통합적 이해력을 길러주기에 좋은 곳이 도서실임을 고려할 때 전문적인 사서 교사의 도입과 그들을 미국에서처럼 독서 교육에 적극적으로 활용할 필요가 있다.

스스로 탐구하는 아이들

615호실에서는 학생들이 스스로 자신이 탐구하고 싶은 과제를 정해 탐구 조사하여 발표하는 수업이 자주 있다. 615호실뿐만 아니라 다른 반에서도 이런 수업은 보편적이라고 한다. 중요한 것은 탐구하고 싶은 주제를 교사가 제시하는 것이 아니라, 그 주제도 아이들 스스로 정한다는 것이다. 교사는 큰 주제만 제시하고 그 세부적인 내용은 학생들 스스로 자신이 탐구하고 싶은 것을 정해서 조사, 탐구하고 정리하여 발표한다.

첫 시간은 그동안 아이들이 조사, 탐구한 주제를 정리해서 발표하는 시간을 가졌다. 초등학교 3학년 학생이 조사하고 탐구한 내용이라고 하기에는 조사한 내용이 상당한 수준으로 보였다. 이는 이미 많이 경험이 쌓여 있어서 가능한 일이었다. 하기야 작문을 컴퓨터로 4~8장을 써서 내는 아이들 실력이니 오죽하랴! 아이들은 조용한 목소리로 발표하고 교사가 보충하거나 학생들의 질문에 발표 학생이 답하는 식이었다. 이럴 때 교사는 그야말로 조력자의 역할에 지나지 않는다. 방향만 제시하고 나머지는 학생들 몫이다.

이 아이들을 보고 있노라면 고학년에서도 학습 훈련이 아주 잘 되어 있는 그룹을 보고 있는 듯한 느낌이 든다. 아이들의 활동을 보면서 한편 놀랍기도 하고 부럽기도 했다. 학생들의 활동이 마치 대학생들이 하는 연구보고서 발표회 정도로 보였기 때문이다. 한 학생이 자신이 연구하고 만들어온 작품을 앞에다 놓고 그 작품을 만들게 된 동기와 만드는 방법, 과정, 그림과 그 결과 알게 된 사실들을 발표하고 있었다.

콰 학생은 유리판 위에 꼬마전구를 다섯 개를 설치하고 전선을 이용하여 직렬 병렬연결을 한 후 9V짜리 전지에 연결하는 것이었다. 학생이 스위치를 넣자 각 전구에 불이 들어왔는데 그 밝기가 다 달랐다. 그리고 가운데 전구를 뺐을 때 켜지는 불과 다른 쪽을 뺐을 때 들어오는 전구의 불이 모두 달랐다. 콰 학생은 그 과정과 원리를 죽 설명을 하고,

다른 학생들은 러그에 책상다리하고 앉아 호기심 어린 눈으로 조용히 듣고 있었다. 학생들은 때로는 감탄을 하기도 하고, 왜 그럴까 하는 궁금증이 있는 표정으로 듣고 있었다. 콰 학생의 발표가 끝나자 여기저기서 손을 들었다. 질문하기 위해서이다. 질문하는 학생들이 많음에도 놀랐지만, 질문마다 모두 답을 하는 콰 학생이 참 대단해 보였다. 선생님은 보충하거나 또 다른 질문을 하여 학생들의 궁금증을 확장해 나가고 있었다.

콰 학생의 프레젠테이션 모습. 자신이 탐구한 과제를 발표하고 있다.

아이들의 진지한 표정과 질문들, 그리고 답변, 함께 고민해 보는 시간들…. 그 보고서 하나만으로도 벅찼을 텐데 직접 만들어서 보여 주고 원리들을 깨우쳐 나가는 식이니, 내가 보기에는 3학년 수준치고는 아주 훌륭해 보였다. 과연 토마스 선생님이 자랑삼아 말하던 특별한 아이들이고, 특별한 수준의 학생들이라는 것이 실감 났다. 감탄하다가 "He looks like a scientist."라고 한마디 하자, 토마스 선생님은 '콰'가 발표한 것은 아무것도 아니라면서 '콰'보다 더 잘하는 학생이 있다며, 수업 시간에 늘 진지하고 질문이 많고 발표도 잘했던 한 남자아이를 가리켰다. 그러면서 그의 보고서도 보여주었는데 나로서는 놀라울 정도였다.

'미국 교육에서 특별한 점은 이런 것이 아닐까?'라는 생각을 해보았다. 무엇이 이 아이들에게 이런 탐구와 탐구 태도들을 지니게 했는지, 어떤 교육 방식으로 교육하기에 아이들은 이렇게 훈련이 되어있는지 궁금해졌다. 다행히 내가 교육 현장에 있다가 왔기 때문에 우리 교육과 현실적인 부분에서 비교할 수 있다는 것이 내게는 큰 행운으로 여겨졌다. 남편에게 3학년 학생들의 그 놀라운 수업에 관해 얘기하자, 자신도 미국 학생들과 같이 공부하면서 새삼스럽게 느낀 바들에 관해 이야기해 주었다. 초등학생부터 그렇게 훈련된 학생들이니 대학생이 되어도 강의 시간에 질문이 많고, 토론하고, 스스로 탐구하고 연구하는 자세가 잘 정착이 되어있다는 것이다. 심지어는 학생들의 질문이 많아 교수 강의를 못 하게 되는 때도 있다고 한다. 미국 대학생들과 함께 수업을 들으면서 자신도 그 부분에 대해 많은 것을 느꼈다는 것이다.

수업 참관하지 일주일이 되어가는 동안 좀 특이하게 생각한 것이 또 있다. 우리의 경우 과목과 시간표에 의해 학교에서의 일정이 진행된다. 그러나 이곳에서는 특별히 과목이 없고 시간표라는 것도 없다. 과목이 없다 보니 음악이나 미술, 체육에 관해 정해진 수업이 없는 것도 특징이라면 특징일 것이다. 캘리포니아에서 사용한다는 교과서는 우리 교과서의 4배 정도는 됨직한 두께의 읽기, 수학 교과서가 있지만, 토마스 선생님은 그 책을 거의 사용하지 않는다.

초기에 토마스 선생님께 교과서가 있느냐고 물었더니 없다고 하여 나를 당혹스럽게 했었다. 그만큼 교과나 교과서에 관한 생각이 희박하다. 그동안 교과서라고 해서 정해진 책을 가지고 수업하는 경우는 수학과 영어뿐이다. 수학과 영어도 정해진 책에 의존하기보다는 교사가 준비한 자료들을 주로 수업에 활용하고 있다.

이곳 수업을 우리 식으로 정의하자면 '주제 중심 통합 수업'인 셈이다. 읽기 자료에서 사회 과목이 필요하면 사회과를, 과학적 지식이 필요하면 과학을, 미술 작업이 필요하면 미술을 병행하는 식이다. 일종의 통합적 접근으로 분과로 세분해서 접근하기보다는 통합적으로 접근하는 방식이다. 그 안에는 과학도 있고, 사회도 있고, 역사도 있다. 굳이 과목을 세분하지 않아도 자연스럽게 통합하여 가르치고 있는 셈이다. 이곳은 우리나라의 교육과정처럼 과목과 시간 구분이 명확하지 않으며, 교과서 위주로 진도를 나가는 식의 수업은 더더군다나 아니다.

615호실에 있는 영어 동화책 『Once upon a time』을 읽었다. 토마스 선생님에게 그 동화책이 재미있고 감동적이었으며, 삽화가 아름답다고 말하자, 그녀는 『Adopted by the Eagles』를 쓴 PAUL GOBLE라는 작가가 아이들의 동화 작가로 유명하며, 좋은 글들을 많이 썼음을 말해주었다. 과연 교실에는 그가 쓴 책들이 많았는데, 그의 책 중 또 다른 한 권을 빌려왔다. 역시 삽화가 아름다운 책이다.

이곳 수업을 접하다 보니 나도 정도 자연스럽게 이렇게 이야기책과 친근해질 수 있었다. 우리의 경우 보통 수업 시간에 다루는 이야기들은 분절된 형태의 짧은 읽기 자료를 중심으로 수업을 이어나간다. 이곳은 그런 형태의 수업이 아닌, 책 한 권을 통째로 읽는 수업으로 진행된다. 아주 어렸을 때부터 가벼운 읽기 책을 접하다가 점점 심화하면서 3학년 정도가 되면 글씨도 작고 제법 두꺼운 책을 읽게 되는 것이다. 분절된 짧은 이야기를 읽는 것과 두꺼운 책을 읽는 것은 생각과 느낌, 감동, 깊이에서 비교할 수조차 없다. 한 학기 동안 아이들은 읽기 시간을 이용하여 그 두꺼운 책들을 수없이 읽어내고 있다.

달빛 아래에서 노래를

월요일 아침, 아이들은 지난 주말의 저널을 쓰는 것으로 일과를 시작한다. 아이들은 모두 컴퓨터나 타자 입력기에 지난 주말의 일과들을 써서 프린트해야 한다. 이렇게 작성된 저널은 한쪽 벽면에 게시하고 있다. 타자 입력기는 이곳에 와서 처음 본 교육 기자재이다. 키보드기가 있고 위에 화면이 있어 자판을 이용하여 글을 입력할 수 있다. 글을 다 작성한 후에는 컴퓨터에 꽂아서 컴퓨터 화면에 띄울 수 있으며, 띄운 글들을 프린트할 수 있다. 보통 우리나라의 키보드보다 작으나 유용해 보였다. 개인 소유냐고 물었더니 학교에서 준비한 것으로 교실에 비치해 놓고 쓰는 물건이라고 한다. 컴퓨터가 많지 않아 학생들은 이를 이용하여 글을 워드로 작성하고 있는 것이었다.

615호실 아이들은 작문 실력이 상당한 편이다. 이는 어느 한 면에만 국한되는 것이 아니라, 교육 전반적인 측면에서 그렇게 교육되고 있다.

교사가 일방적으로 수업하는 일제식 수업보다는 아이들 혼자서 이것저것 자료들을 찾고 발췌하고, 메모하고, 정리하는 것이 일상화되어 있다. 하나의 목표에 도달하기 위한 과정이 획일화되어 있는 것이 아니라 다양하다. 학생에게 맞는 활동들을 학생 스스로가 선택함으로써 같이 학습을 하되, 철저하게 개별화된 수업을 하는 것이다. 발표할 때는 자유롭게, 또 적극적으로 발표하는 것을 볼 수 있다. 누구 하나 큰 소리를 내지 않으며, 발표할 때는 조용하게 자신의 의견들을 또박또박하게 말하는 것이 이곳 아이들에게는 습관화되어 있다.

아이들 저널 시간이 끝나고 '읽기' 수업이 시작되었다. 토마스 선생님의 신호에 따라 아이들이 일제히 일어나서 커다란 파일 하나씩을 들고는 토마스 선생님 주변으로 모여 둥글게 원을 그리고 앉았다. 이곳 교실은 바닥에 카펫이 깔려 있어 언제든지 바닥에 앉아서 수업하는 것이 가능하다.

아이들이 둥글게 원을 그리고 앉자, 토마스 선생님이 읽기 자료를 읽어주었다. 내용 파악이 미리 될 수 있도록 학습지는 미리 나누어 주어 아이들이 선수 학습을 할 수 있도록 했으며, 어느 정도의 단락을 끊어서 내용 파악을 하는 것으로 수업이 진행되었다. 주로 토마스 선생님이 질문하고 아이들이 발표하는 식으로 내용을 파악하고 있었다. 수업 중 활동한 내용은 모두 아이들 파일철에 누철이 되고 있으며, 특별한 노트가 없이 그 파일철에 자료와 노트들이 함께 철해져 있다. 미국 슈퍼에서 흔히 볼 수 있는 구멍이 세 개 뚫린 줄 노트를 준비해서 활동할 때마다 꺼내서 쓰고 파일에 철해 놓는 것이다. 이어서 아이들은 자기 자리로 돌아가서 그 이야기와 관련한 심화 학습을 하고 있었다. 그 사이에 토마스 선생님은 어휘 능력이 부족한 아이들 네 명을 불러 받아쓰기 시험을 보고 있었다. 부분적으로 수준별 학습이 이루어지고 있는 셈이다. 그것이 가능한 이유는 학급당 학생 수가 적고 학생들이 전체적으로 학습 훈련이 잘되어 있기 때문이다. 또한, 학생 스스로 학습하는 능력이 우수하며, 학습 분위기가 차분하고 조용하기 때문에 가능하다는 생각이 들었다. 정이 2학년 교실에 가서 30분 정도 영어 수업을 받을 때도 마찬가지이다. 다른 테이블에 앉아 있는 아이들이 혼자서 스스로 학습을 하는 사이에 선생님은 몇 명의 아이들을 데리고 또 다른 테이블에서 조용하게 다른 내용의 수업을 진행해도 무리가 없다.

이는 우리의 교실과 비교해 보았을 때 현저한 차이를 보이는 부분이다. 교사가 꽤 오랜 시간 동안 수업 중 개별지도를 하고 있어도 다른 아이들은 자신의 학습 활동에 집중하고 있다. 이는 역시 아주 어렸을 때부터 스스로 공부하는 자기 주도적 학습 역량이 잘 길러져 있기 때문에 가능한 일이다.

미래 사회는 우리가 상상할 수 없을 정도로 변해갈 것이라고 한다. 그러한 변화에 수동적으로 끌려가는 것이 아니라, 능동적으로 변화를 이끌어갈 힘은 역시 스스로 배울 수 있는 능력에서 나온다. 끊임없이 새로운 변화에 적응해가려면 새로운 지식과 정보, 기술들을 끊임없이 배워야 하기 때문이다. 평생 학습자로서 평생 학습을 해나가는 능력이야말로 미래를 살 우리 학생들에게 길러주어야 할 중요한 능력이자 역량이다.

점심시간 전에 토마스 선생님은 아이들에게 책을 미리 준비해 놓으라고 당부했다. 그 책은 『달빛 아래에서 노래를…』이란 책이었다. 이곳 615

호 말고도 다른 교실에서도 똑같은 책을 전체 아이들이 다 같이 읽고 있는데, 이는 학급마다 모든 아이들이 다 읽을 수 있을 정도로 도서가 복권으로 구비되어 있기 때문에 가능한 일이다. 함께 읽고 내용을 파악하며, 함께 느낌을 공유할 수 있다는 것, 좋은 독서 활동임에 틀림이 없다. 토마스 선생님은 매우 좋은 책이라며 내게도 한 권 권해주었다.

615호실 읽기 수업

이 책은 3학년 학생들이 읽기에는 작은 글씨로 쓰여 있었는데 그 책으로 읽기 학습을 한다는 것이다. 이 책은 여러 개 챕터로 구성되어 있었다. 그중 세 개의 챕터를 토마스와 몇 명의 아이들이 나누어 읽었다. 읽는 속도가 빠르고 연음으로 흐리는 발음들이 많아 내 귀에는 잘 들어오지 않았다. 저렇게 읽는 것을 제대로 듣기만 해도 얼마나 좋은 일인지!

미국 아이들의 프로젝트와 우리 교육의 현주소

미국 아이들의 학습 활동 면을 잘 들여다보면 자신이 직접 계획하고, 조사하고, 탐구하고, 찾아서 하는 활동들이 대부분이다. 전체적으로 하는 일제 학습도 있지만, 이는 부분에 지나지 않으며, 대부분은 스스로 찾아서 탐구하는 학습을 한다. 그러다 보니 같은 시간 동안 학습 활동에서 아이들끼리도 서로 다른 내용을 가지고 학습하는 경우가 많다. 우리처럼 획일적으로 교사가 설명하고 아이들은 듣고 필기하고 문제를 푸는 활동은 그리 많지 않다. 학생들 스스로가 조사하거나 탐구하여 해결하는 활동이 많다. 각각 다른 활동을 하고 있음에도 아이들은 일정한 규칙을 지키면서 자신의 활동을 하게 된다. 이때 교사는 앞에서 방향과 길을 제시하는 안내자이고, 학습에 대한 동기부여를 하는 협력자일 뿐이다.

미스티크가 자신이 탐구한 프로젝트를 발표하고 있다.

이러한 학습 활동은 곧 과제로 연결된다. 월요일 아침이면 자신이 일주일 동안 학습해야 할 학습 프로젝트를 스스로 계획하여 선생님께 제출해야 한다. 이때 과제 선정은 학생이 스스로 탐구하고 싶거나 해결하고 싶은 것으로 한다. 보통 일주일에 한 번씩은 아이들이 스스로 주제를 선정, 계획하고 과정을 탐구하여 결과물을 제시하는, 즉 그들이 흔히 말하는 '프로젝트'를 내야 한다. 이것이 토마스 반 아이들이 꼭 해야 하는 중요한 과제이다.

획일적으로 무엇을 해오라고 하는 것은 없다. 스스로가 계획하고 스스로가 탐구한 보고서를 일주일에 한 번씩 내면 되는 것이다. 그러다 보니 아이들 프로젝트는 18명이 다 다르다. 때로는 그 주에 공부하는 내용을 심화하거나 더 알고 싶은 분야를 탐구하고 보고서를 내기도 한다. 지난주에는 미국의 원주민에 대해 많은 시간 할애해서 공부했기 때문에 아이들 프로젝트 역시 대부분 아메리카 원주민들의 생활 모습에 대해 '만들기'와 '보고서'로 작성해 온 아이들이 대다수였다. 만들기를 할 경우에는 그 만들기에 대한 보고서도 함께 작성해서 제출해야 한다. 토마스 선생님은 아이들이 과제를 해온 것을 체크하게 되는데, 특별한 제재가 없어도 아이들은 일주일 안에 자신의 몫을 잘해서 내는 편이다. 어쩌다 과제를 못 해 온 경우 아이들은 쉬는 시간을 박탈당하게 된다.

월요일 아침이면 아이들은 한 주 동안 자신이 탐구하거나 연구한 프로젝트를 가지고 학교로 온다. 아이들은 프로젝트에 의한 학습 결과물을 직접 만들거나 시디 자료로 만들거나 파워포인트 자료로 만들어 온다. 모든 프로젝트는 아이들 앞에서 발표해야 하며 발표가 끝난 후에는 아이들로부터 질문을 받고 적절한 답변을 해야 한다. 프로젝트 설명을 하는 시간이 되면 아이들은 노트를 하나씩 들고 앞으로 나가서 둥글게 원을 그리고 앉는다. 메모할 것은 메모하고, 그릴 것은 그리면서 동료 학생의 프로젝트로부터 배우는 시간이다. 3학년 아이들임에도 불구하고 이들의 프로젝트 결과물들은 나를 놀라게 할 때가 많다.

아메리카 원주민의 생활 모습을 만들기와 보고서로 만들어 와 발표하고 있다.

오늘은 몇 명의 아이들 프로젝트 발표가 있었다. 앤디는 지난주에 공부한 5각형과 6각형을 이용한 모양에 관한 탐구를 하여 시디 자료로 만들어 왔다. 쇼는 줄을 이용한 전화기에 관한 탐구와 와이어 전화기를 직접 만들어 와서 아이들과 직접 실험을 해보였다. 타츄야는 소다와 다른 재료들을 이용한 폭발 실험에 관한 내용을 파워포인트 자료로 작성하여 직접 파워포인트를 띄어 설명하였다. 파워포인트 자료도 단순하게 문자만을 띄우는 방식이 아닌, 그림과 동영상으로 폭발 장면을 직접 보여주어 아이들의 흥미를 고취시켰다. 레이니는 자신이 직접 설계한 방과 그 방을 설명하는 보고서를 작성해 와서 아이들 앞에서 발표하였다.

이런 아이들의 모습에서 진정으로 스스로 탐구하고 학습할 수 있는 학습 능력을 본다. 교사가 정해진 학습 내용을 일방적으로 주입하는 것이 아닌, 학생 스스로가 탐구하고 연구하고 싶은 주제 선정부터 탐구 방법까지 고민하는 모습들, 이게 바로 공부를 제대로 해나가는 자세가 아닌가 싶다. 이들은 이렇게 어린 나이에도 자신의 프로젝트를 탐구하고 연구하여 다른 친구들 앞에서 훌륭하게 설명을 한다. 다른 아이들과 함께 아이디어를 고민하며 '왜?'라는 질문을 던져주기도 한다. 교사는 시기적절하게 조언을 하거나 아이들의 사고를 확장시킬 수 있는 질문을 하면서 공부의 방향을 제시할 뿐이다. 나머지는 모두 아이들 몫이다. 이렇게 훈련된 학습 방법이 대학까지 이어지는 것이다. 대학 강의실에서도 미국 학생들의 학습은 한국 학생들과 확연히 다른 모습들을 보인다고 남편이 여러 번 말했었다.

얼마 전에 인터넷 자료에 의하면 우리나라 아이들의 수학 학습능력이 다른 나라들에 비해 우수한 것으로 나왔다고 한다. 그러나 종합적인 사고와 스스로 탐구하는 학습력은 이곳 학생들을 따라갈 수 없을 것이다. 어렸을 때부터 자신만의 프로젝트를 위해 탐구하고 발표하는 것으로 훈련된 아이들과 어찌 경쟁이 되겠는가? 아이들은 자신이 탐구하고 싶은 분야나 주제를 스스로 선택하고 이를 스스로 해결한다. 이는 공부의 중심이 확실히 학생들에게 있음을 보여주는 사례이다. 자신이 연구하고, 탐구하고 싶은 과제를 선정해서 깊이 있게 연구하다 보면 자연스럽게 미래 진로까지 연결될 수 있다. 또한, 자신이 탐구하고 싶은 분야를 공부하기 때문에 지치지 않고 흥미있게 탐구 활동에 집중할 수 있다. 그러면서 공부하는 즐거움을 깨달아 가게 되는 것이다. 이것이 바로 학생이 자기 주도성을 가지고 학습을 해야 하는 이유이다.

이 아이들이 학습하는 모습을 보면서 그동안 내가 가졌던 과제에 대한 인식을 확실하게 깨는 계기가 되었다. 우리의 경우 교사중심으로 획일적으로 과제를 제시하고 해결 방법도 정해져 있는 편이다. 이런 면에서 학생들 스스로 과제 주제를 선정하고, 그 과제를 다양한 방법으로 스스로 해결하는 방식은 우리 교육에 적극적으로 도입해볼 만한 방법이다. 당연히 내가 가르치는 학생들부터 시작해야 할 일이다.

이곳 아이들이 학습하는 활동을 보면 자기 주도적 학습 측면에서 이에 걸맞은 자질과 태도를 기르고 있음을 여러 면에서 발견할 수가 있다. 이렇게 훈련된 아이들은 앞으로도 모든 면에서 훈련된 학습 역량으로 스스로 학습을 잘 해나갈 것이다. 학습뿐만 아이라 모든 면에서 그렇게 대처를 해나갈 것이다. 자신이 스스로 생각하고 탐구하는 능력이야말로 현대와 미래 사회에 꼭 필요한 학습 태도가 아닐까 생각한다. 남을 따라가기보다는 자신만의 독창적인 생각과 방법으로 탐구하고 탐색하려는 태도, 이는 나아가 아이들의 독창성과 창의력 신장에 많은 도움이 될 것이다.

우리의 경우 고등학교까지 대체로 획일적이고 일제 학습으로 진행되는 경우가 많다. 아이들의 창의력을 기르고 스스로 학습하고 탐구하는 태도를 기르기에는 그리 녹록지 않다. 그러다 대학 진학을 하게 되면 일부 교수들에 의해 미국 학생들의 방식처럼 스스로 프로젝트를 내고 브리핑을 하는 수업을 하게 되는 경우가 있는데, 그동안 해오지 않던 방식이라 학생들은 당황스럽고, 또 새롭게 스스로 학습하는 방법을 몸에 익혀야 한다. 스스로 탐구하고 연구하는 태도는 적당히 훈련되어 있어야 가능하기 때문이다. 어느 날 갑자기 스스로 탐구하고 연구하는 태도가 길러지는 것은 아니다.

미국 아이들의 수업과 그들의 프로젝트 발표를 보면서 우리 교육에 대해서 많은 생각을 하였다. 우리 아이들에게 과연 이 아이들처럼 미래에 꼭 필요한 역량을 길러주는 교육을 하고 있는지? 다행히 우리도 점차 미래를 책임질 학생들의 다양한 역량을 효과적으로 길러주기 위해 주제 중심 통합 학습이나 프로젝트 학습 등을 시도하고 있다. 즉, 학생들이 주도적으로 학습해 나갈 수 있도록 수업을 바꾸려고 노력하고 있다. 그러나 이 역시 교사 중심으로 이끌어가는 경향이 농후하다. 매주 학생들 스스로 프로젝트를 기획하여 그 보고서 발표하는 이곳의 아이들에 비하면 우리의 노력은 아직 미미하기 짝이 없다. 또한, 입시라는 현실에 짓눌려 이런 노력 역시 일관성 있게 진행할 수 없는 상황이 안타까울 따름이다. 그럼에도 이러한 노력은 충분한 의미와 가치가 지닐 수밖에 없다.

물론, 모든 아이들이 자신의 프로젝트를 완벽하게 잘 해내는 것은 아니다. 그중에는 뒤에 처지는 아이들도 있고, 자신이 기획한 프로젝트를 제대로 해오지 못하는 아이들도 있다. 그러나 그렇게 훈련된 아이 중에서 소수는 훌륭한 과학자도 될 것이고, 소수는 나라를 이끄는 지도자들이 될 것이다. 또 소수는 뭔가 독특한 자신만의 세계를 이루어 가게 될 것이다. 또한, 비록 처음에는 잘 해내지 못하더라도 유치원부터 계속 그런 방향으로 가게 되면 대부분 학생이 어느 순간 일정 궤도까지 오를 수 있다. 교육이라는 큰 틀에서 볼 때 지금 우리에게 무엇보다 우선시 되어야 할 것은 바로 이렇게 학생들 스스로 공부할 거리를 찾아 탐구할 수 있는 태도와 학습력을 키워주는 것이어야 한다. 이것이 바로 아이에게는 미래를 준비할 수 있는 중요한 역량으로 남을 것이기 때문이다.

스스로 배움을 확장해 나가는 아이들

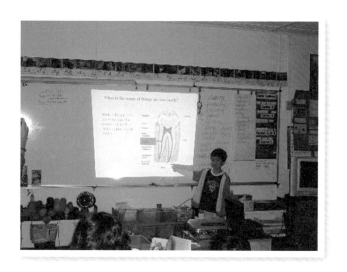

토마스 선생님 반 아이들은 월요일에는 어김없이 자신이 탐구하고 연구한 프로젝트를 학교에 가지고 와서 친구들 앞에서 발표해야 한다. 주중이라도 자신의 프로젝트가 완성되면 언제든지 가지고 와

서 브리핑하거나 보여주거나 실험을 하면서 함께 배우는 시간을 갖고 있다. 그러나 한주의 첫날인 월요일에 주로 프로젝트 발표를 하게 된다.

며칠 전 일본인 아이 타츄야가 자신의 프로젝트를 파워포인트로 작성해 온 적이 있다. 그때 파워포인트 동영상 기능에서 폭발 장면을 만들어 와서 발표하였다. 타츄야는 월요일 날 발표를 끝냈고 수요일 날이 되어 자신의 프로젝트에 의한 폭발 실험을 직접 아이들 앞에서 보여준 바 있다. 그런데 오늘은 몇 명의 아이들이 컴퓨터에 앉아서 파워포인트 프로그램을 띄어놓고 배우고 있었다. 컴퓨터가 몇 대 되지 않기 때문에 몇 명의 아이들이 짝을 지어 타츄야가 보여준 것과 똑같은 그림과 효과를 화면에 띄우는 방법을 배우고 있었다.

파워포인트를 가르쳐 주기 위해 4학년 여학생이 한 시간 내내 교실에 와 있었다. 그 아이는 다른 아이들이 파워포인트를 작성하는 것에 대해 자세히 설명을 해주고 있었다. 기본적으로는 타츄야가 자신의 프로젝트와 똑같은 그림과 효과를 몇 명의 아이들에게 가르쳐 주었고, 그것을 배운 아이들이 또 다른 아이들에게 가르쳐주는 방식이다. 토마스 선생님은 앞에서 다른 내용으로 수업을 진행하고 있었다. 몇 명의 아이들은 토마스 선생님 수업을 듣고 또 몇 명은 타츄야와 4학년 학생으로부터 파워포인트를 배워 나가고 있었다.

학생들은 이렇게 스스로 주제를 정해서 배워가는 과정에서 새롭게 배울 거리가 생기면 서로 배움을 나누고 확장해 나가고 있다. 타츄야가 보여준 새로운 프레젠테이션 기술을 바로 아이들이 배우는 것이 가능한 이유는 교실에 컴퓨터가 다섯 대 정도 설치되어 있기 때문이다. 컴퓨터 등 교육 기자재가 필요할 때면 언제든지 활용할 수 있다. 꼭 컴퓨터 관련 수업이 아니더라도 언제든지 검색하거나 정보를 찾아야 할 경우 아이들은 수시로 컴퓨터 사용을 할 수 있다. 모든 아이가 다 사용할 정도로 갖춰져 있지는 않지만, 스무 명의 학생들이 수업 상황에서 검색하고 자료를 찾고 문서를 작성하기에 무리가 없어 보였다. 또한, 일제적인 수업이 아니라 수업마다 개별 학습을 하므로 몇 대의 컴퓨터만으로도 충분히 학습이 가능하다.

우리의 경우 컴퓨터실이 따로 있어 수시로 이용하기보다는 컴퓨터를 사용해야 할 과목이나 주제가 있을 때만 컴퓨터실을 사용할 수가 있다. 정보화 시대를 맞이하여 정보화 기기를 학습에 활용할 수 있는 능력이 중요해졌다. 우리 교실에서도 필요할 때면 언제든지 아이들이 정보를 검색하고 지식을 활용할 수 있도록 컴퓨터나 정보화 기기의 교실 설치가 필요해 보인다.

배움과 가르침의 즐거움을 함께 나누는 아이들

이곳 아이들은 새로운 프로젝트가 소개될 때마다 그 프로젝트 내용을 함께 학습하는 것은 물론이고, 그 프로젝트를 소개하는 방법적인 면도 학습을 해나간다. 토마스 선생님이 학생들보고 하라는 것도 아닌데, 자연스럽게 학생들끼리 새로운 것들을 서로 가르치고 배운다. 배울 때는 비록 동료 학생에게 배울지라도 교사 수업 못지않게 집중해서 배우는 모습을 흔히 볼 수 있다.

　프로젝트에 대해 더 알고 싶은 내용이나 토마스 선생님의 수업 중에서 자신이 흥미 있어 하는 부분은 더 깊이 있게 스스로 탐구하고 심화 학습을 하는 모습을 볼 수 있다. 교사가 하라고 하지 않아도 아이들 스스로 공부할 거리를 찾아 스스로 공부한다. 이렇게 심화한 학습 결과물들은 또다시 아이들에게 소개된다. 학생들은 그 결과물들을 통해 또다시 배움의 기회를 얻게 되는 것이다. 그러면서 아이들은 더 깊게 더 넓게 배워 나가고 있다.

　며칠 전 수학 시간에 배운 태슬레이션(TESSEL, 똑같은 모양을 이용한 퍼즐)도 앤디가 프로그램을 구해서 전체 아이들에게 소개한 적이 있다. 컴퓨터에서 프로그램을 이용하여 똑같은 모양으로 퍼즐 만들기 시범을 보였고, 이어서 아이들이 직접 자신이 테슬레이션을 만들어 보면서 배움을 확장해 나갔다. 퍼즐 조각들을 커다란 도화지에다 그릴 때와는 달리 컴퓨터를 이용해서 그리는 것은 아이들에게 또 다른 흥미를 주고 있었다.

놀며 탐구하며 스스로 배우는 아이들

토마스 선생님과 아이들이 함께 탐구하는 모습

배운 것을 찾아서 깊이 있게 배우려는 자세, 그리고 학습한 내용을 토마스 선생님에게 자랑스럽게 보이고 그것을 다른 아이들에게까지 소개하는 태도야말로 자기 주도적 학습 능력과 태도가 될 것이다. 선생님이 시켜서 하는 것이 아니라, 스스로 흥미를 느껴 찾아서 공부하고, 그 성취감에 들떠 있는 모습은 이곳에서는 흔히 볼 수 있다. 교사로서 부러운 모습이 아닐 수 없다.

앤디가 그 프로그램으로 뭔가를 이루어내고는 큰소리로 환호성을 지른 적이 있다. 뭔가를 발견한 아르키메데스가 '유레카'를 외쳤던 그 기쁨을 앤디 역시 경험했던 것 같다. 조용하게 공부하던 교실이어서 앤디의 목소리는 클 수밖에 없었는데, 토마스 선생님은 뭔가를 해낸 앤디의 모습을 격려해 주었었다. 무엇이 이들에게 이런 모습을 가능하게 한 것일까?

자신의 수업을 한 시간이나 빼서 후배의 교실에 와서 파워포인트를 가르쳐 주었던 4학년 학생의 모습도 이색적이었다. 자유로우면서도 그 내용에서는 알차 보이는 모습들, 형식적인 틀에 얽매이지 않고 실질적인 면에서 중요한 부분들을 잡아 나가는 모습들이었다. 정이 이렇게 스스로 학습하는 방법만이라도 익혀간다면 좋겠다는 생각을 해본다.

학생들은 이런 형태의 학습을 유치원 때부터 경험하게 된다. 자기 수준에 맞는 과제를 정하고, 프로젝트 발표를 하고, 친구들로부터 피드백을 받는다. 조언도 구하고 아이디어도 나눈다. 그러면서 더 궁금한 사항들이 생기면 학생들은 다시 그와 관련한 주제를 정해 심화 학습을 한다. 이런 활동들을 반복해 갈수록 학생들의 자기 주도적 학습력은 향상될 수밖에 없다. 중요한 것은 누가 시켜서 하는 공부가 아니라, 스스로 알고 싶은 바를 찾아서 한다는 것이다. 누군가가 시켜서 하는 공부는 수동성을 불러일으키고 흥미와 동기를 떨어뜨리게 된다. 그러나 내가 하고 싶은 공부를 스스로 찾아서 하는 것이야말로 한계가 없다. 그 공부는 깊이와 넓이를 무한정 확장해 나갈 수 있다. 이것이 이 아이들을 스스로 연구자로 탐구자로 성장하게 하는 원동력이 되는 것이다. 이 아이들은 어느 상황에서건 스스로 배울 수 있고 배움을 나누며 확장해 나갈 수 있다.

미국의 교육 여건과 우리가 가야 할 길

"교육의 질은 교사의 질을 넘을 수 없다."라는 말이 있다.

교사의 질은 결국 수업의 질로 귀결이 되며 수업의 질을 높이기 위해서 교사는 부단히 자기 연마와 장학을 할 수 있어야 한다. 최근 들어 많은 것들이 너무도 빠르게 변해가고 있다. 이렇게 빠르게 변해가는 환경과 사회를 따라가기 위해서 교사 역시 부단히 변해가야 한다. 연구자로서 자기 연찬을 행하는 교육가로서 교사 연구의 핵심은 뭐니 뭐니 해도 수업이어야 한다.

그런데 잡무가 많으면 교사는 수업을 연구하기보다는 잡무 처리하느라 많은 에너지와 시간을 할애해야 한다. 이런 상황에서는 교육의 질적인 향상을 기대하는 것은 무리가 있어 보인다. 이러한 문제들을 인식하고 각급 학교에서 업무 전담팀을 만들어 선생님을 수업에 집중할 수 있도록 여러 가지 시도들을 하고 있다. 그러나 교사가 수업과 수업 연구에 고민하고 에너지만을 쏟기에는 아직도 우리 교육현장은 멀어 보인다.

이곳 선생님들은 잡무라고 하는 업무로부터 비교적 자유로운 편이다. 이곳은 지각이나 결석, 급식과 관련한 일체의 행정적인 일들은 사무실에서 해결한다. 선생님들이 아이들 청소 지도도 하지 않는다. 청소라고 해야 미술이나 학습 활동에서 작업했을 경우 떨어진 휴지를 줍는 것이 고작이다. 청소는 청소부로 고용된 사람들이 한다. 청소부로 고용된 사람들이 온종일 청소복을 입고 화장실이나 운동장을 청소하는 것을 흔히 볼 수 있다. 교사들은 이러한 자질구레한 일들로부터 자유롭기 때문에 수업에 더욱 집중할 수 있다. 물론 청소도 하나의 훌륭한 교육이다. 그러나 이곳에서는 청소에 예산을 편성함으로써 교사가 아이들 교육에 전념할 수 있는 환경을 제공하고 있다.

이곳 선생님들은 순전히 아이들을 위해 교육 자료를 만들거나 연구하거나 서로 의견을 교환할 수 있는 시간을 가질 수가 있다. 교사는 자질 구레한 일들로부터 아이들의 급식, 일반적인 행정 절차에서 자유롭다. 사무실에서 하는 행정 절차라고 해도 그 절차와 형식이 아주 간소하고 실질적이다. 우리는 대부분의 일들이 공문에 의해 결재를 올리고 여러 단계를 걸쳐 결재가 끝나기를 기다려 시행하는 등 절차와 요식적 행위가 번거로운 데 반해, 이곳은 이러한 절차로부터 비교적 자유롭다. 이런 것들이 가능한 것은 충분한 교육 예산이 확보되어 적절한 인력이 배치되어 있으며, 교육풍토 역시 실질적이고 합리적인 방식으로 정착되어 있기 때문이다.

교육의 질을 높이기 위해 이렇게 교사들의 잡무나 행정적인 업무에서 벗어나 수업에만 집중할 수 있는 풍토를 만들 필요가 있다. 언제부터인가 학교에 교사 외 수많은 인력이 들어와 있다. 그러나 정작 교사의 잡무는 줄지 않고 있다. 오히려 그 인력들을 교사가 관리해야 하는 처지가 되어 교사의 일이 더 늘어나는 경우도 흔하다. 교육현장에 들어온 수많은 인력이 과연 교사가 수업에 집중할 수 있게 도움을 주고 있는지 생각해 보아야 할 때이다.

우리나라 교육현장에서 흔히 듣는 이야기가 있다. 21세기 아이들이 19세기 교실에서 20세기 교사에게 배우고 있다는 이야기다. 지금은 많은 교육 기자재 도입과 여러 가지 여건들이 많이 나아졌다고는 하나, 아직도 가야 할 길이 멀다. 가장 시급한 것은 한 교실의 학생 수를 획기적으로 줄이는 것이다. 이곳의 경우 한 반에 20여 명을 넘지 않는다.

우리나라는 도시의 경우 한 학급 학생이 30명 가까이 되는 학교도 흔하다. 한 학급의 학생 수가 많을수록 교육의 질적 하락으로 이어지는 것은 당연한 이치다. 한 교사가 통제할 수 있는 적정 인원을 넘는 교실에서 진행되는 수업은 한계를 지닐 수밖에 없다. 대부분 획일적인 수업으로 이루어질 수밖에 없는 교육 여건을 가지고 있는 셈이다. 어쩌다 필요에 의해 모둠별 학습도 해보고 개별화 교육도 시도해 보겠지만, 이는 결코 쉽지 않다.

우리나라처럼 교육에 열성적이고 사교육비가 엄청나게 많이 들어가는 나라가 또 있을까? 사교육비가 많이 들어간다는 얘기는 그만큼 공교육에 대해 불신이 있기 때문일 것이다. 근본적인 대책이 아닌 임시방편 차원에서 이루어지는 사교육비를 줄이기 위한 노력은 그 한계가 있을 수밖에 없다. 교육에 대한 과감한 투자가 교육 내용에 대한 전환을 가져올 수 있으며, 궁극적으로 교육의 질적 향상으로 이어지게 될 것이다.

이곳 아이들은 준비물을 따로 챙기지 않는다. 웬만한 것은 모두 학교에 구비되어 있기 때문이다. 수많은 활동을 하면서 색색이 종이를 수십 가지를 쌓아놓고 써야 할 상황에서 아이들은 수시로 자유롭게 자재들을 가져다 쓸 수 있고, 크레파스 등 기본적으로 필요한 것들은 학기 초에 학교에서 나누어 준다. 교실마다 교실 뒤편으로 백룸(Back Room)이 있다. 그곳에서는 일종의 개별 학습도 진행이 되지만, 교육 관련한 자료들과 복권으로 구비된 책들, 기타 필요한 책들이 학년별 수준에 맞게 비치되어 있는 것을 볼 수 있다. '저걸 다 이용할 수 있을까'라는 의심이 들 정도이다. 기본적으로 도서실에 갖춰진 책 말고도 교실마다 책들이 제법 많은 편이다. 이렇게 교실에 비치된 책들은 수시로 수업에 활용되고 있다.

미국은 우리처럼 학교 근처에 즐비하게 늘어서 있는 문구점도 없고 불량식품을 파는 가게도 없다. 모든 것은 웬만하면 학교에서 해결할 수 있기 때문이다. 교육자재실(Supply Room)이라고 해서 교사들이 이용할 수 있는 교구, 자료들을 모아둔 창고인데, 나도 가끔 그 방을 가게 된다. 그곳에 가면 한국에서는 볼 수 없었던 기자재들이 상당히 많고 다양함에 놀라곤 한다. 교사는 언제든지 이 교육자재실을 자유롭게 이용할 수 있다.

다양한 방법을 유도하는 탐구 학습

이곳은 학부모들을 초대하여 함께 학습을 하는 행사가 빈번하다. 어제는 '야간에 열리는 수학 교실(Family Math Night)'이 있었고, 많은 가족이 함께 학습에 참여하였다. 거기서 선보였던 학습 주제는 '경우의 수'였는데, 이에 대한 이해가 더 필요하다고 생각하였는지 토마스 선생님은 이에 관한 탐구 학습으로 오전을 다 보냈다. 문제는 약간 변형된 문제였으나, 그 기본 내용이나 해결 방법은 '야간에 열리는 수학 교실(Family Math Night)' 때와 같은 방식이었다. 이 수학 교실에 참여한 우리 반의 가족은 다섯 가족이었다. 그 프로그램에 참여하지 못한 많은 학생을 위하여 이 수업을 계획한 것 같다.

물론, 행사 때 문제보다는 보다 심화된 내용으로 학습할 수 있도록 토마스 선생님은 안내하였다. 문제 해결 방법도 한 가지 방법이 아닌,

여러 가지 방법으로 해결할 수 있도록 설명하였다. 문제는 아이스크림 세 종류와 음료수 세 종류, 빵 세 종류 중에서 각각 한 가지씩을 선택하여 최대 경우의 수를 찾는 문제였다. 토마스 선생님이 길게 설명을 하지 않아도 아이들은 이내 두 명씩 짝을 이루어 문제 해결에 몰두해 들어갔다. 토마스 선생님은 학습한 내용을 적을 수 있는 2절지 크기의 종이를 한 장씩 나누어 주었다. 아이들은 제각기 바닥에 놓거나 책상 위에 놓고 작업에 들어갔다.

우선 그림을 이용하는 방법이 있는데, 접시 위에 각 음식을 놓는 방법과 챠트를 이용하는 방법, 각 종류를 단순한 문자로 표시하여 나열하는 방법 세 가지가 있었다. 각 방법은 모두 종이 위에 그려지고 만들어졌는데, 오마와 정이 대충 여기저기에 그림을 그린 것에 비해 대부분 아이들은 자를 이용하여 반듯반듯하고 체계 있게 정리를 해나갔다. 한눈에 들어오게 일목요연하게 문제 해결법을 써나가고 있었다. 이것을 보고 깜짝 놀라지 않을 수 없었다. 초등학교 3학년생들이 이처럼 일목요연하게 정리를 해나갈 수 있다니! 이곳 아이들의 학습 습관인 듯했다. 한 가지를 해도 대충하는 법이 없고, 자를 댄 듯이 꼼꼼하고 한눈에 볼 수 있도록 일목요연하다. 이는 개인적인 성격의 문제도 있겠지만, 그렇게 학습이 됐기 때문에 가능하다는 생각이 들었다. 대부분 아이들이 세 가지 방법을 보기 좋게 잘 정리를 한 것을 보면 말이다.

앤디와 데이빗은 토마스 선생님도 생각지 못한 방법으로 프레젠테이션 자료를 만들어 토마스 선생님을 놀라게 하였다. 아이들 학습을 보면서 아이들의 학습력과 자료 정리 하는 방법, 프레젠테이션 자료를 만드는 방법을 한눈에 볼 수 있었다. 학생들은 늘 이렇게 스스로 프레젠테이션 자료들을 만들어 보았기에 이와 같은 자료들을 만들어낼 수 있었다. 이는 결코 하루아침에 이루어지는 능력이 아니다.

소위, 학습에 있어서 물고기를 잡아다 주기보다는 물고기 잡는 법을 가르쳐주는 것이 교사가 할 일이라고들 한다. 이런 능력은 미래 사회에 더욱더 필요할 것이라고 미래학자들은 말한다. 이러한 차원에서 볼 때 학생들이 스스로 학습하고, 그 결과물들을 정리하고 발표할 수 있도록 구조화하는 작업이 필요하다. 자신이 배운 지식을 구조화하는 가운데 그 지식이 정리되고 자신의 지식으로 남을 수 있기 때문이다. 잘하건 못하건 간에 학생들 수준에서 이러한 것들을 스스로 정리해 나가는 습관이야말로 평생 학습자로서 학습력을 제대로 키워주는 방법이 될 것이다.

오늘 토마스 선생님은 정과 오마가 친하게 지내는 모습을 보더니 오마 부모에게 전화를 해서 방과 후에 우리 집에서 오마와 정이 함께 놀 수 있도록 제안을 해보겠다고 하였다. 이처럼 토마스 선생님은 각 학생의 수준을 파악하여 그 학생에게 필요한 것이 무엇인지 정확하게 알고 해결 방법을 제시해 주고 있다. 정은 아직 영어가 부족하니 오마와 놀면서 영어 실력을 높이라는 토마스 선생님의 사려 깊은 배려였다.

재미있는 과학 수업

오늘은 특별한 과학 수업이 있었던 날이다. 토마스 선생님이 누군가가 와서 특별 수업을 할 거라고 미리 나에게 귀띔을 해주었다. 9시 30분쯤에 흰색 가운을 입은 여자가 교실에 들어섰는데 특별 수업을 해줄 과학 선생님이라는 것이다. 이 수업을 위해 토마스 선생님은 강사비를 지급하고 강사를 초빙한 것이라고 했다. 가끔 분위기를 전환하고 질 높은 수업을 제공하기 위해 이렇게 특별 강사를 초빙하여 수업한다고 한다.

수업은 '여러 가지 기계'에서 시작되어 지렛대의 작용점과 힘을 덜 수 있는 기계들, 차에 관한 이야기로 자연스럽게 연결되어 전개되었다. 고무 동력을 이용한 바퀴 달린 차를 만들어도 보고, 운동장에 나가 고무 동력의 원리를 이용하여 직접 굴려보기도 하였다. 아이들은 자신이 만든 차가 직접 앞으로 나가는 것을 신기해하며 즐거워하였다. 차가 움직이는 원리를 지식으로만 전달하는 것이 아니라, 동력의 원리를 깨달을 수 있도록 개념을 설명하고, 학생들이 이를 직접 만들어보는 시간을 가졌다.

초빙된 특별 강사가 과학 수업을 진행하고 있다.

아이들은 움직임의 원리를 이용한 차를 만들어 운동장에 나가 굴려 보는 일련의 과정을 통해 움직임의 원리를 직접 터득해 나갈 수 있었다. 대부분 아이들은 차에 관심이 많은 편이다. 이런 아이들에게 재미있고 색다른 경험을 제공한 수업이었다. 수업 중간마다 질문이 있거나 궁금한 것이 있으면 언제든 손을 들고 물을 수 있었다. 아이들과 교사가 수업 상황에서 하나가 되어 묻고 질문하는 모습은 이곳에서는 익숙한 모습들이다. 아이들은 자기 생각을 망설임 없이 발표하며 강사와 혼연일체가 되어 두 시간 동안의 과학 심화 수업에 몰두하는 모습을 보였다.

과학 수업에서 만든 전동차 굴려보는 시간

보다 심화된 학습과 적용을 위해 각 교과의 전문적인 강사를 초빙하여 지금까지 학습한 내용을 바탕으로 심화 학습을 할 수 있도록 하는 것 역시 수업의 질을 도모하는 일이다. 이러한 특별 수업이 올해 들어 세 번째이다. 보다 심화된 색다른 수업들을 통해 학생들의 호기심과 재미를 한꺼번에 잡을 수 있었다. 학생들은 두 시간 동안 깊게 학습에 몰입하는 경험을 하였다. 이런 경험은 학습이 힘들고 지루한 것이 아니라, 즐겁고 성취 욕구를 충족시켜 줄 수 있는 것으로 인식하는 데 도움이 될 것이다.

다양한 형태의 수준별 학습

이곳 도일 학교는 교실과 교실이 모두 연결되어 있다. 교실과 교실은 개방된 형태로 되어있어서 옆 반에서 무엇을 하고 있는지 훤히 알 수가 있다. 오픈된 교실 뒤편에는 교실마다 백룸이라고 부르는 작은 룸이 하나 있다. 대여섯 명이 앉을 수 있는 둥근 테이블이나 사각 테이블이 놓여 있고, 교사용 자료들을 모아 놓거나 수많은 책이 진열되어 있는 작은 방이다. 백룸을 통해 각 교실이 연결되어 있다. 한 건물 안에 수많은 룸이 있지만, 룸과 룸 사이에는 닫을 수 있는 문이 없다. 다 오픈된 형태로 되어 있다. 그래서 옆 반에서 어떤 수업을 하는지 귀 기울여 듣게 되면 모두 들을 수 있다. 당연히 큰 소리를 내거나 떠들면 옆 반의 수업에 바로 지장을 줄 수가 있다. 이곳에서 두 달 넘게 생활을 했지만, 소란스러운 소리를 들어본 적이 없다. 모든 아이는 실내에서는 아주 조용하고 질서 있게 생활해나가고 있기 때문이다. 615호실은 뒤로 가면 세 개 반의 교실과 서로 오픈된 채로 연결되어 있다.

그 조그만 백룸에서는 수시로 소그룹별 학습이 이루어지고 있다. 보통 학습에서 지체를 보이는 2~3명 학생과 한 교사가 팀을 이루어 학습하고 있다. 그러니까 이 백룸에서 이루어지는 수업들은 대부분 수준별 학습인 셈이다. 이 룸에서 수업을 하는 사람들 대부분은 튜터(Tutor)들이다. 튜터를 지원하는 대학생들이나 사람들이 계약에 의해 일정한 기간 정기적으로 와서 아이들의 학습을 돕고 있다. 이러한 튜터들은 상당히 많은 편이며, 백룸에서는 이 튜터들에 의한 수준별 학습이 아주 다양하게 이루어지고 있는 것을 볼 수 있다. 간혹 학부모들이 보조 교사가 되어 자원봉사 형태로 백룸에서 아이들 학습을 돕기도 한다. 보통 정상적인 학습을 따라가지 못하는 학생들이 백룸에서 학습을 하고 있으며, 단 한 명의 학생과 일대일 학습이 이루어지는 경우도 흔하다. 자세한 학습 내용은 다 다르겠지만, 보통은 '읽기'와 '수학' 학습을 하는 것을 볼 수 있다. 며칠 전에는 한국인 학생 튜터를 만났는데 UCSD에서 수학하고 있다고 자신을 소개했다. 튜터들은 단 몇 번 와서 특강을 해주는 때도 있고, 각 요일별로 꾸준하게 나오는 튜터들도 있다. 우리 반의 경우 컴퓨터 학습을 도와주는 튜터, 파워포인트 학습을 도와주는 튜터, 읽기, 수학을 도와주는 튜터 등 수시로 많은 튜터들이 교실과 백룸을 드나들고 있다. 이는 지역의 인적 자원을 적극적으로 활용하는 사례라고 할 수 있으며, 튜터 채용을 위한 교육 예산이 있기에 가능한 일이다.

이렇게 튜터들을 활용한 수준별 학습 외에도 교실 안에서도 수준별 학습은 다양하게 이루어지는 편이다. 한 반 아이들 수준이 모두 다르므로 수준별로 그룹을 나누어 학습하기도 하고, 앞자리의 교사 테이블에서 수준별 학습을 하는 등 다양한 형태로 수준별 수업을 해 나가고 있다. 이는 학생 수가 20명을 넘지 않기 때문에 가능한 일로 보인다. 보통 한 그룹은 4명을 넘지 않으며, 각 그룹의 아이들이 교사와 수준별 학습을 하는 동안에 다른 아이들은 조용히 자기 주도적으로 자신의 학습 활동에 집중하는 것을 볼 수 있다.

그룹을 나누어 학습하는 모습

오늘도 몇 그룹으로 나누어 수준별 학습이 부분적으로 이루어졌다. 오늘 수준별 학습 내용은 '구체물을 통한 분수(Fraction)의 이해'였다. 분수를 피상적인 숫자로 이해하는 것이 아니라 구체물을 통해 분수를 이해해 나가는 방식이었다. 구체물을 활용한 분수의 이해는 이미 학습이 있었던지라, 아이들은 기본적인 것들은 이해한 상태였다. 결과적으로 나타나는 숫자를 이해하기보다는 과정과 원리의 이해에 초점을 맞추어 학습이 이루어졌다.

쉬는 시간이 끝난 후 토마스 선생님은 나에게도 한 그룹을 맡겼다. 오마와 정, 그리고 죠쉬아가 내가 맡아야 할 그룹이었다. 교사 테이블에 앉아서 구체물을 통해 학습하도록 배려해 주었다. 아주 기본적인 분수의 구성 원리와 분모가 다른 같은 분수의 이해, 분수의 대소 비교, 그림으로 분수 나타내기, 1과 같은 분수 만들기 등 기본적인 내용을 구체물과 설명을 통해 깨우쳐 나갔다. 한 시간 정도 아이들과 수준별 학습이 이루어졌는데, 내가 교사용 테이블에서 세 명의 아이들을 가르치고 있는 동안 토마스 선생님은 다른 아이들 여섯 명과 러그에 앉아서 분수(Fraction) 수업을 하고 있었다. 그 수업은 보다 심화된 내용일 것이다.

교사가 교육과정인 나라

요즘은 도일 학교의 많은 선생님의 얼굴을 알게 되어 만나면 반갑게 인사를 주고받고 있다. 인사를 나눌 때마다 느끼는 거지만 어쩜 그리도 표정들이 다 밝고 화사한지, 찡그린 얼굴이나 무표정한 얼굴을 만난 적이 없다. 젊은 선생님이나 나이가 지긋한 선생님 모두 그렇게 얼굴 가득 웃음을 달고 상냥한 인사들을 주고받는다.

토마스 선생님이 어제 작문과 관련한 책을 한 권 보라고 주었다. 토마스 선생님이 좋아하는 자료집이라며 아이들 학습에 자주 활용하고 있다고 했다. 아이들 글쓰기에 관한 지도 방법과 관련한 자료였는데, 615

호실에서 토마스 선생님이 작문 수업과 읽기 학습을 할 때 활용하고 있는 내용이 많았다. 필요한 부분을 복사해두면 좋을 것 같아 쉬는 시간에 복사했다.

복사하고 교실로 들어가니 텅 빈 교실에 토마스 선생님 혼자만 남아 있었다. 체육 시간이라 모두 운동장으로 나갔다고 토마스 선생님이 덧붙였다. 이곳 학교에 다닌 지 두 달이 넘고 있는데도 난 아직도 시간표를 모른다. 일주일에 두 번 정도 체육 시간이 있는데 요일이나 시간이 정해져 있는 것이 아니다. 이곳 시간표 운영을 보면 우리처럼 1교시는 영어, 2교시는 수학, 하는 것처럼 고정적으로 정해 놓은 게 없다. 실제로 과목이라는 말 자체도 쓰지 않는다. 시간표도 없고 정해 놓은 특별한 교과서도 없다. 아니, 교과서는 있지만, 교과서를 활용하는 것은 드물다고 보면 된다. 615호실에서는 읽기와 수학 정도만 교과서 일부를 활용하고 있다. 책이 아주 두꺼워서 우리 책의 세네 배 정도 두께는 되어 보인다. 하드 표지를 쓰고 있으며 종이 질도 좋다. 책은 두꺼워서 집으로 가져가지 않고 교실에 두고 필요할 때만 쓰고 있다.

이곳에서는 담임 선생님의 자율적인 교육과정 운영에 따라 교과서는 단지 참고 자료 정도로만 활용되고 있는 셈이다. 우리처럼 진도를 어디까지 나가고 교과서를 다 끝내야 한다는 것도 없다. 읽기 자료집도 주로 감동적인 내용을 다룬 소설들을 다루고 있다. 어휘 학습은 꾸준하게 이루어지고 있는데, 토마스 선생님은 'www' 책을 꺼내라는 말을 자주 하는 편이다. 아이들은 토마스 선생님이 책을 꺼내라고 하면 으레 노란 표지의 책을 꺼내 놓는데, 내게는 단순한 'Vocabulary book으로 보인다. 이곳은 이처럼 교육과정이나 교육 내용, 교재 선택에 있어서 담임의 재량권이 많다. 일정한 수업 목표와 이수해야 할 성취목표가 있으며, 그 학년에서 다루어져야 할 내용은 모두 다루어진다. 다만 교재 선택에서는 꼭 교과서만 의존하지 않고 교사의 재량에 의해 다양한 자료들을 활용하고 있다.

그러니 미국 교실에서는 교사가 곧 교육과정이다. 교사의 학년 전문성을 확보하기 위해 이곳에서는 학년 중임제를 선택하고 있다. 즉, 교사는 같은 학년을 매년 맡을 수 있다. 3학년 담임을 오래 한 토마스 선생님도 3학년 관련 교육과정 및 아이디어, 자료들이 많은 편이다. 한번 만들어 놓은 자료나 교육과정은 해를 더해가면 업그레이드되어 다시 아이들에게 환원된다. 따라서 그 학년에서 만든 자료들은 다음 해를 위해 담임에게는 소중한 자료가 될 수밖에 없다. 교사가 곧 교육과정이라는 말은 교육의 모든 시작과 끝은 담임에게서 나온다는 말이다. 교사의 자율성이 보장되는 만큼 교사의 전문성과 책무성이 강조될 수밖에 없다.

보통 아이들 체육은 한 시간 정도 하고 있는데 그 시간은 체육 전담 선생님이 담당하고 있다. 체육 시간이 한 시간이라 짧은 시간이었지만, 그 시간에 토마스 선생님과 이런저런 얘기들을 나눌 기회가 되고 있다. 어찌 보면 그 시간은 토마스 선생님의 휴식 시간일 수도 있는데, 토마스 선생님도 얘기를 나누는 것을 좋아하는 편이다. 선생님이 그 시간을 휴식 시간으로 쓰기를 원했다면 자리를 피해 주었겠지만, 선생님은 학습 자료 준비를 하거나 나와 이런저런 얘기들을 나누며 시간을 보내는 것을 좋아한다.

봄방학

캘리포니아는 3월에 짧은 봄방학을 맞이한다. 그러니 이번 학기가 거의 끝나가는 셈이다. 짧은 봄방학이 끝나면 새로운 학기가 시작될 것이다. 이곳은 3학기제를 실시하고 있으며, 학년의 시작은 9월에 하게 된다. 다음 주 수요일에는 학기의 마지막을 장식하는 '오픈 하우스(Open House)'를 연다. 교실을 개방하는 시간으로 그동안 아이들 이 학습해온 모습들을 학부모들에게 공개하는 자리라고 한다. 우리로 얘기하면 일종의 '학습 발표회' 같은 것이다. 우리 학습 발표회가 주로 예능 부분에 치우쳐서 하는 것이라면 이곳은 실제로 아이들의 학습 결과물들을 부모들에게 선보이고 그동안 학습된 내용을 프레젠테이션 해보인다. 오후 5시 30분부터 두 시간 동안 이루어진다고 한다. 토마스 선생님은 오픈 하우스 준비로 인해 이번 주는 많이 바쁠 거라고 하였다.

다음 주를 마지막으로 새롭게 시작하는 학기에도 내가 학교에 다녀야 하는지에 대해 생각해본 적이 있다. 물론 나로서는 여름 학기까지 다니고 싶다. 다른 교육 기관에서 영어를 배우는 것도 좋겠지만, 실제로 내게 도움이 될 수 있는 다양한 교수법이나 미국의 교육을 체험할 수 있는 더없이 좋은 기회가 되고 있기 때문이다. 실제로 영어는 어떤지 모르겠지만, 교수법이나 미국의 교육에 대해서는 많이 배우고 있다. 미국 아이들의 학습이나 교수법에 대해 실제적이고 구체적인 면까지 속속들이 배우고 있어 교육 이론이나 교수법에 대한 그 어떤 연수보다도 내게는 더 큰 도움이 되고 있다.

체육 시간 동안 토마스 선생님과 여러 가지 얘기들이 오가는 가운데 자연스럽게 그 얘기가 나왔다. 다음 학기에도 계속 다닐 수 있는지에 관해 확인을 하는 것이 내게는 필요했다. 내 생각도 중요하지만, 토마스 선생님 의사도 중요하기 때문이다. 어찌 보면 교사로서 부담을 느낄 수도 있다. 학부모가 온종일 자신의 수업을 지켜보고 있다고 생각하면 부담으로 느껴질 수도 있을 것이다. 그래서 꼭 토마스 선생님의 의사를 확인해야겠다고 생각하고 있었다. 가능하면 다음 학기에도 615호실로 나오기를 희망한다는 내 의사를 포함해서 다음 학기에도 다닐 수 있는지 물었다. 토마스 선생님은 당연히 그래야 한다고 하며, 내가 이 교실에서 많이 필요하다는 말까지 덧붙였다. 그 소리를 들으니 반가웠다. 다음 학기에도 다닐 수 있게 허락을 받은 셈이니까…. 게다가 내가 이 교실에 필요하다고까지 하니 기분이 나쁘지 않았다.

실제로 내가 이 학급에 얼마나 필요한지는 모르겠지만, 그렇게라도 표현을 해 주니 마음이 가벼웠다. 정에게는 아직 내가 더 필요하다는 생각은 들었다. 토마스 선생님의 말씀을 온전히 알아듣지 못하기 때문에 내 도움이 여전히 필요하다. 토마스 선생님은 말이 매우 빠른 편이고, 615호실에서 이루어지는 학습 내용은 정이 따라가기에는 힘에 부친 부분이 많다. 모든 아이의 영어 실력이 유창하고 수학도 4학년 수준까지 올라가 있는 아이들이다. 2학년을 마치고 온 정은 이곳에서 3학년 중간 과정을 하고 있으니 정에게는 무리일 수밖에 없다. 어쨌든 허락을 받게 되어서 기쁘다.

615호실 아이들의 프레젠테이션

　　615호실 아이들의 파워포인트를 통한 프레젠테이션 수준은 상당한 실력을 보이고 있다. 동영상과 여러 가지 효과들, 치밀한 콘텐츠 등을 잘 구조화하여 발표한다. 때로는 이 아이들이 과연 초등학교 3학년 아이들이 맞는지 의심스러울 때도 있다. 내용이 초등학교 수준을 넘어선 것들도 종종 있다. 튜터를 통해 혹은 학생들끼리 서로 배워 나간 실력이다. 토마스 선생님은 전체적으로 파워포인트를 학습하는 방법에 대해서 안내를 하였고, 실제로 가르친 것은 이 반의 아이들과 대학생 튜터들이다. 튜터가 파워포인트 학습을 위해 두 번 정도 온 적은 있지만, 전체적으로 학습이 이루어진 것은 아니고, 몇 명의 아이들에게 필요한 부분을 알려 준 것에 불과하다.

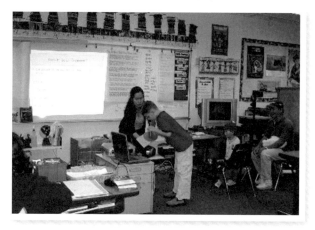

바람을 이용한 풍력 실험을 프레젠테이션 하고 있다.

　이곳 아이들의 부모 중에는 UCSD에 다니고 있는 사람들이 많다. 그 부모 중 어떤 분이 아이에게 파워포인트를 통해 자신의 프로젝트를 프레젠테이션할 수 있게 도움을 준 것이 계기가 된 듯하다. 한 명이 새로운 방법으로 프레젠테이션을 하게 되면 이 반 아이들 전체가 그 방법을 배운다. 그 방법이 새롭고 교육적이면 토마스 선생님은 다 배우라고 하고, 그 방법으로 프레젠테이션 하는 것을 과제를 내주므로 아이들은 새로운 방법이라면 모두 배워야 한다. 그러니까 새로운 방식이나 방법은 아이들끼리 공유하게 되고, 서로 가르쳐주고 배우면서 프레젠테이션 기능을 스스로 확장해 나가는 것이다. 오늘 615호실 아이들은 그동안 작성해온 파워포인트 자료들을 5학년 아이들에게 선보이는 시간을 가졌다.

프레젠테이션 기능을 안 것이 뭐 그리 대수냐고 하겠지만, PPT를 작성해 본 사람은 알 것이다. PPT의 원래 기능은 다른 사람들에게 지식과 정보를 효과적으로 전달하기 위한 것이다. 따라서 작성을 하면서 무엇을 어떻게 보여줄 것인가를 염두에 두고 출발해야 한다. 즉, 발표자가 설명하고자 하는 방향으로 지식을 재구성하여야 한다는 말이다. 프레젠테이션을 통해 지식을 잘 보여주었다는 말은 그만큼 지식의 구조화 측면에서 일목요연하고 이해하기 쉽게 구성을 했다는 말이다. 그러니 한 장 한 장 구성할 때마다 어떤 순서로 어떻게 설명할 것인가에 대한 개요가 머릿속에 있어야 한다. 그 구조화된 지식을 보기 좋게 구성해서 보여주는 것이 프레젠테이션 기술의 핵심이다.

이렇게 지식을 구조화하는 것에 익숙해지면 버려야 할 지식과 남겨야 할 지식, 추가해야 할 지식을 선별할 수 있다. 기존에 내가 가지고 있었던 지식을 바탕으로 새로운 지식을 받아들이고 그 지식을 기존의 지식과 융합하며, 자신의 지식을 확장해 나가는 데도 효과적이다. 한마디로, 산만하게 흩어져 있는 지식을 보기 좋게 실에 꿰는 작업이라고 할 수 있다.

또한, 아이들 앞에서 자주 설명을 한다는 것은 학생들의 메타인지를 활성화하는 데도 효과적이다. 설명을 할 수 있다는 것은 그 지식에 대해 내가 어느 정도 알고 있어야 가능한 일이다. 설명을 해보면 내가 그 지식을 잘 알고 있는지, 아니면 모르고 있는지 확실히 분간할 수 있다. 설명을 잘하려면 그 지식이 내 머릿속에서 구조화된 형태로 있어야 가능하다. 그 두뇌에 있는 구조화된 지식을 보여주는 것이 프레젠테이션 기술이다. 그러니 프레젠테이션을 통해 설명할 수 있다는 것은 관련 지식에 대한 이해가 선행되어야 가능하다.

이를 반복적으로 하게 되면 학생들은 지식과 정보를 대함에 있어 불필요한 지식을 버리고 핵심적인 지식을 구조화하는 법을 터득하게 된다. 이것이야말로 학생들에게 필요한 역량이다. 정보와 지식의 홍수 속에서 필요한 지식을 선별하고 편집하고 구조화하여 이해하는 작업, 이 과정에서 자신의 연구 주제에 합당한 지식을 효과적으로 편집하는 기술이 나오게 되는 것이다.

도일 과학 경진대회(Doyle Science Contest)

도일초등학교 학생들을 대상으로 하는 'Doyle Science Contest'가 열리는 날이다. 오픈 하우스에 맞추어 학부모들에게도 소개된 행사였는데, 아이들이 희망하면 각자의 과학 연구 프로젝트를 제출하여 전시하는 것이다. 우리 반에서는 '앤디' 학생과 '콰' 학생이 콘테스트에 프로젝트를 내서 두 학생 모두 3학년에서 최우수상을 받았다. 앤디는 '두 가지 종류의 콩에 대한 성장 비교실험'을 주제로 하여 프로젝트를 발표했으며, '콰' 학생은 '비행기의 날개'에 대한 연구 주제를 발표하여 우수한 성적을 거두었다. 아침에 교실에 들어가니 콰 학생이 자신의 프로젝트를 발표하고 있었다. 콰 학생의 프로젝트와 프레젠테이션은 모두 훌륭했다. 도대체 이 아이들이 초등학교 3학년 학생이라는 게 믿어지지 않는다.

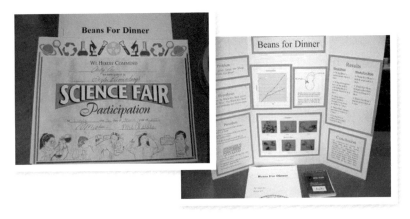

앤디 학생의 과학 경진대회 출품 프로젝트

앤디는 꼼꼼하고 영리하며 예의도 바른 학생이다. 모든 면에서 두각을 나타내는 학생이다. 이번 프로젝트에서 앤디는 하루도 빠짐없이 콩의 성장과정을 기록한 수첩을 함께 냈는데 역시 앤디라는 감탄사가 절로 흘러나왔다. 615호실 아이들은 대부분 모든 면에서 꼼꼼한 편에 속한다. 그들의 그림과 학습 활동을 보면 그것을 확인할 수가 있다. 이는 토마스 선생님의 교육 방침이기도 하다. 이렇게 아이들은 어렸을 적부터 학습에서의 주도면밀함과 꼼꼼함 등을 배워가고 있다. 꼬마 학자로서 손색없는 탐구활동을 해나가고 있으며, 그러한 학습 역량을 키워나가고 있다.

오픈 하우스때 많은 학부모와 학생들이 와서 학생들의 과학 전시물들을 관람하고 갔다. 단순히 전시만 하는 것이 아니라 그 프로젝트들을 아이들이 직접 실험해볼 수 있도록 실험 도구들과 장치들이 설치되어 있어서 아이들에게 좋은 경험을 제공하고 있었다. 615호실 학생들은 지정받은 부스에 자신의 과학 프로젝트를 설치하였다. 학생들이 와서 구경하게 되면 그 학생들 앞에서 자신의 프로젝트를 소개하고, 학생들은 궁금한 것이 있으면 질문을 받고 답을 하였다. 질문을 통해 배우고 프로젝트를 준비한 학생은 설명하면서 또 한 번 배우는 기회를 얻었다.

이렇게 서로 배우는 기회는 학생들 간에 학습 역량이나 지식에 대해 서로 탐색할 기회가 되어 서로를 성장시키는 기회로 거듭나고 있다. 학생들은 다른 학생들의 학습 결과물들을 보면서 생각보다 많은 것들을 배운다. 자기가 한 결과물들과 비교도 해보고 새로운 방법이나 기술적인 면에 대해 호기심을 보이고 질문을 하는 등 동료 학생들로부터 배움을 확장해 나가고 있다. 또래 집단에서 배우는 것 역시 학생들 입장에서는 중요한 배움의 기회가 되고 있다. 일단 수준이나 발달 단계가 비슷하므로 더 호기심을 보이고 관심을 보인다. 이는 학생들끼리도 지식을 얼마나 잘 공유해나갈 수 있는지 보여주는 사례라고 할 수 있다.

과학 탐구 대회 결과물들을 관람하고 있는 학부모들

　미래학자들에 의하면 미래에는 웬만한 지식과 정보 기술이 공유되는 시기가 도래할 것이라고 한다. 이미 다양한 지식과 정보, 대학 강의들은 인터넷을 통해 공유되고 있다. 이러한 지식의 공유가 인류를 발전시키고 좀 더 좋은 세상을 만드는 방향으로 나아갈 수 있음 하는 바람을 가져본다. 다양한 아이들만큼이나 관심 분야나 잘하는 분야가 다르니, 그러한 다양한 것들을 함께 공유하면서 서로 배울 수 있는 경험은 아이들에게도 아주 중요하다.

앤디의 프로젝트

　　　　주말을 보내고 온 아이들은 으레 자신이 주말에 어떤 과제로 공부하고 탐구했는지를 발표한다. 모두 발표하는 것은 아니고 준비가 된 학생들에 한하여 발표를 한다. 앤디는 교내 과학 전시회에 자신의 프로젝트를 선보였고 그 설명도 훌륭했는데, 주말 프로젝트에서도 두각을 나타냈다. 토마스 선생님은 아침에 있었던 앤디 프로젝트 발표에 대해 놀라움을 금치 못하겠다는 말을 내게 두 번씩이나 했다.

앤디가 주말에 탐구한 프로젝트는 여행이었다. 그가 여행했던 곳을 파워포인트 자료로 만들어 가지고 와서 발표했는데, 슬라이드가 무려 서른여덟 장이나 되었다. 그 자료 중에는 사진을 찍어서 그 그림 모양만을 따로 저장한 후 그림마다 설명을 덧붙인 자료들이 있었는데, 이는 615호실 아이들에게는 새로운 프레젠테이션 기술이었다. 당연히 토마스 선생님은 이 부분을 놓치지 않고 학생들이 새로운 프레젠테이션 기술을 배우길 원하였다. 이 방법은 앤디가 선생님이 되어 반 학생들에게 가르치게 될 것이다.

이처럼 수업 현장에서는 아이들이 교사에게서만 배우는 것이 아니다. 새로운 기술들을 동료 학생들로부터 배우고, 심지어 교사도 학생으로부터 배워 나가고 있다. 토마스 선생님은 컴퓨터 시간이면 늘 말씀하시는 것이 있는데, 자기도 배우는 중이고 학생들도 배우는 중이라는 것이다. 컴퓨터 시간에 아이들은 교사의 가르침을 받지 않는다. 학습 자료들을 읽으면서 스스로 배워 나가고 있으며, 학생들 간에 서로서로 가르치고 배우기도 한다. 물론 교사도 함께 배워 나가고 있다.

그러니 교사가 교육과정이라는 말이 토마스 선생님 교실에서는 맞는 말이다. 학생들의 배움의 과정에서 새로운 지식이나 정보, 기술을 만나게 되면 토마스 선생님 판단하에 이를 배우게 할지 말지를 결정한다. 배워야 할 내용이라면 교육과정에 배치하고 이를 위한 시간을 안배한다. 그런 면에서 볼 때 교육과정이 연초나 학기 초에 고정된 형태로 계획되어 있기보다는 교육과정을 운영해나가면서 그때마다 새로운 교육과정이 편성되고 운영되는 편이다. 이는 교육과정 운영 과정에서 교사의 융통성과 창의성이 요구되는 부분이라고 할 수 있다. 한마디로 수업 예술성이 필요한 부분이다.

수업의 예술성은 예측불허의 상황이나 교육과정이 고정되어 있지 않은 상황에서 교사의 순발력과 판단력에 의지하여 새로운 교육과정을 구조화하고 새로운 수업 질서를 잡아 나가는 과정에서 필요하다. 수업 예술성을 위해서 교사의 감식안과 창의성, 수업에 대한 지식과 정보가 필요하다. 이런 것이 밑바탕이 되어야 교사가 융통성을 발휘하여 새로운 수업의 구조를 짤 수 있고 실행할 수 있기 때문이다. 수업 예술성에는 많은 요인이 작용할 수밖에 없다. 교사가 가지고 있는 교과 내용 지식과 수업에 대한 지식 외에도 학생들에 대한 올바른 이해가 있어야 가능하다. 학생들의 수준과 선지식을 알고 있어야 새롭게 교육과정을 구성하는 일이 가능하기 때문이다.

615호실의 수업은 이러한 수업 예술성을 최대한 발휘한 형태로, 교사의 판단하에 교육과정은 수시로 재구성되고 재조직되어 실행되고 있다. 이는 물론 교사에게 자율성이 부여되어 있기 때문에 가능하지만, 교사의 교실 상황에 대한 판단과 이해, 아이들의 수준 파악, 수업 상황에서 필요한 지식에 대한 이해가 있기에 가능하다.

California Content Standards

615호실은 다음 주에 있게 될 California Content Standards 시험에 대비하여 일종의 모의시험을 보았다. 영어와 수학 두 과목이다. 이 시험은 캘리포니아 전체가 보고 있으며, 시험 성적은 학부모들에게 소개가 되고 있다. 캘리포니아 전체 평균과 각급 학교 평균 성적이 나오기 때문에 학교 간의 수준을 파악할 수 있는 자료가 되기도 한다. 처음 이곳 학교에 전입했을 때 받았던 도일 학교 안내 책자에도 이 성적이 상세하게 나와 있었다. 캘리포니아 전체 평균과 샌디에이고 연합 평균, 그리고 도일초등학교의 평균이 비교 분석되어 소개되고 있었다. 도일초등학교는 영어와 수학 모두에서 캘리포니아 전체 평균 성적보다도 월등히 높은 성적을 기록하고 있었으며, 샌디에이고 평균보다도 높은 점수를 기록하고 있었다.

이 시험으로 알게 모르게 학교가 평가되고 있는 듯한 느낌이 들었다. 그런 것에 비하면 선생님들은 이 시험에 대해 그렇게 요란하게 준비하는 것 같지 않았다. 평소 수업에 충실하면 충분히 해결할 수 있는 문제들이기 때문이다. 이곳 수업은 주로 읽기(Reading)와 수학에 초점이 맞추어져 수업이 진행되고 있다. 우리처럼 세분된 과목들이 없고 주로 영어와 수학을 다루고 있다. 읽기 시간에 활용되는 자료들은 순전히 교사 개인의 선택에 의한 교수 학습 자료들이다. 물론 체육이 일주일에 두 시간이 있고 과학 시간이 있으나, 교사 주관으로 특별한 과목을 지정하여 진행되는 수업은 없다. 과학 시간은 주로 아이들의 프로젝트 발표로 이루어지고 있다. 물론 읽기 과정에서 역사나 사회, 미술 관련한 부분이 나오면 그것을 다룬다. 그러나 과목 자체를 분절하여 가르치기보다는 통합적으로 가르친다. 그러니까 학교에서 다루는 교과목은 주로 영어와 수학이라고 보면 될 것 같다.

이 시험에서 다루어지는 영어와 수학 문제는 45페이지 정도 분량이니 상당히 많은 유형의 문제들을 다루고 있는 셈이다. 시험지라기보다는 책자로 엮여져 있어서 마치 문제집을 연상시켰다. 영어는 3학년에서 다룰 수 있는 기본적인 문장들을 제시하고 그와 관련한 내용을 묻는 문제들이 주를 이루고 있었다. 독해력을 요하는 문제들이 대부분이었기 때문에 정의 경우는 내 도움 없이는 해결하기가 쉽지 않은 문제들이었다. 백룸으로 정을 데리고 가서 정에게 읽게 하고 해석을 함께하며 한 문제 한 문제를 풀어나갔다. 이야기가 두 페이지에 걸쳐 있는 것도 있었다. 결코 짧지 않은 글들이었는데 쉬워 보여도 단어에서 종종 막혔다. 그러니까 기본적으로 읽기에 대한 문해력이 있어야 하고 독해 능력과 문제 해결 능력이 있어야 하는데, 단순한 문제가 아니다 보니 다양한 사고를 요하는 문제들이었다.

쉬는 시간(Recess Time) 때 토마스 선생님이 백룸으로 와서 이 시험에 관해서 설명을 해주었다. 이번 주의 모의시험은 내 도움을 받아 문제를 해결할 수 있지만, 다음 주에 치르게 될 본시험은 내 도움 없이 정 혼자서 해결해야 한다는 내용이었다. 본시험은 일주일에 걸쳐 보게 된다고 한다. 그러나 학생과 부모가 원하지 않으면, 이 시험을 보지 않아도 되지만, 그럴 경우 일정한 절차를 밟아야 한단다. 그러나 도일초등학교의 경우 특별한 사유가 없으면 모든 학생이 이 시험을 치르는 것이 일반적이어서 정이 원하지 않는다고 해도 이 시험을 치르게 될 것이라고 하였다.

도일로 전학을 오는 학생 중에 정처럼 영어에 능통하지 못한 학생들도 많은데, 그 아이들도 모두 이 시험을 보게 될 거라고 하였다. 불공평하지만 어쩔 수 없는 일이라고 하였다. 어떤 아이들은 이 시험을 보면서 울기도 한다고 한다. 전혀 준비되어 있지 않은 학생들에게 이 시험은 상당한 부담으로 작용하는 것 같았다. 정도 마찬가지로 준비가 되어 있지 않은 상태이다. 수학의 단순한 문제들은 해결할 수 있겠지만, 문장제 문제는 해석에서 막힐 것이 뻔하다. 그동안 문장제 문제 해결은 대부분 내 해석에 의존해 왔는데, 그날은 그럴 수도 없다는 것이다. 정은 스스로 긴 글을 읽고 해석하기에는 아직 많이 부족하다.

쉬는 시간이 끝나고 교실로 들어온 정에게 토마스 선생님께 들은 바대로 이 시험에 대해 설명을 해주었다. 정도 꼭 시험을 치러야 한다는 것과 문제를 해결할 수 없다고 해서 낙담할 필요가 전혀 없다는 것을 말해주었다. 만약에 한글로 된 시험을 본다면 정은 당연히 좋은 점수를 얻게 되겠지만, 영어이기 때문에 정이 못 하는 것은 당연하다고 말을 해주었다. 그 결과가 0점이라고 해도 정에게는 당연한 일일 수 있다는 말을 해주었다. 스트레스를 좀 받을 것이다. 그것에 대비해서 마음의 준비를 시켜둘 필요가 있었다. 정은 개의치 않는 눈치였지만, 그렇다고 전혀 무신경하게 있지는 않을 것이다.

수학에서 단순한 연산 문제 해결은 빠른 편에 속하지만, 이번 시험에서 다루어질 문제들은 그렇게 단순한 문제들이 아니다. 수학 문제들을 보니 문장제 문제가 주를 이루고 있었다. 영어 문제집은 집으로 가져와서 남편과 함께 풀어보았는데, 쉬운 문장들임에도 불구하고 남편도 단어에서 막히고 있었다. 우리가 중 고등학교 때 흔히 보던 그런 단어들이 아니라, 이곳 사람들이 사용하는 단어들이 주를 이루고 있기 때문이었다. 어쨌든 다음 주면 정은 이 시험을 봐야 한다. 정에게는 하나의 경험으로 남을 것이다. 그것을 계기로 더 열심히 공부할 수 있게 된다면 그것으로도 충분히 의미 있는 일이 될 것이다. 그러나 정이 그런 것까지 욕심낼지는 두고 보아야 할 문제다.

615호실의 읽기 수업

아이들이 토마스 선생님 주변에 둥글게 모여 앉아 읽기 학습을 준비하고 있었다. 다루고 있는 책은 『INDIAN CAPITIVE』라는 제목의 책인데, 아이들이 읽기에는 글씨가 지나치게 작다는 느낌을 주는 책이며 분량도 300여 쪽에 이른다. 이런 책을 벌써 네 권째 다루고 있는데 각 챕터마다 줄거리를 간추려야 하고, 각 학습지에 대한 내용을 해결해야 한다. 수업 시간에 그 많은 내용을 다 읽어나가고 있다. 아이들은 지루할 만도 한데 용케도 집중력을 잘 잡고 있다. 내용이 아이들에겐 무척 흥미를 끄는 모양이다.

토마스 선생님은 책을 읽을 때 교실 대형을 달리한다. 즉, 책을 읽기 전에 교사 자리를 중심으로 둥그렇게 모여 앉는다. 이렇게 교사 자리를 중심으로 둥글게 모여 앉아 책을 읽어주면 그 몰입도가 훨씬 높아지는 것 같다.

둥글게 모여 앉아 학생들은 먼저 배울 내용의 챕터를 읽은 후 궁금한 사항을 질문한다. 토마스 선생님의 안내에 따라 아이들은 책을 읽고 궁금한 내용을 질문하고 그 답들은 아이들 스스로 찾아 나가고 있었다. 인디언들과 관련한 사실에 근거한 이런저런 얘기들이 오고 가기도 했다. 토마스 선생님은 길을 제시하는 안내자일 뿐 문제를 제시하고 해결하는 것은 모두 아이들 몫이었다. 아이들이 질문하고 다른 아이들이 답을 주고받는 가운데에 아이들이 제기한 대부분 질문은 해결되었다.

그 토론하는 모습들을 보고 있노라면 부럽다는 생각과 감탄이 저절로 나오곤 한다. 한 아이의 질문에 다른 아이들이 서로 다투어 답을 주고받는 모습, 얘기들이 자신의 의견과 다를 때는 그 의견을 수정해주고 자신이 생각한 바를 자유롭게 말하였다. 시간이 많이 지났는데도 질문을 하겠다는 아이들의 수는 줄지 않았다.

그 질문들은 각자의 노트에 기입된 내용에 근거한 질문들이다. 책을 과제로 읽어와야만 할 수 있는 질문들이다. 질문에 대한 답들도 끝이 없어 대부분 토마스 선생님이 적당하게 제지하고 다음 질문으로 넘어가야 할 정도였다. 각 질문의 근거가 되는 페이지는 밝히도록 하고 있었다.

615호실 읽기 수업

롬 학생이 왜 인디언들은 약하고 때로는 무섭게 표현을 하고 있는지에 대한 질문이 있었다. 인디언들에 대한 편견을 꼬집은 질문인 셈인데, 롬이 인디언의 후예라 그런 질문을 한 것 같다. 아이들의 역사적인 얘기부터 현실적인 얘기까지 다양한 이야기들을 쏟아냈다. 그 모습들이 어찌나 진지하던지…. 그 질문에 대해서도 아이들의 답 역시 줄을 이었는데, 롬 역시 그 편견들에 대해 뭔가 얘기를 하고 싶어 하는 표정을 가득 담은 채 계속 손을 들고 있었다. 그러나 다른 아이들의 순서에 밀려 결국 한마디도 못 해 내내 아쉬운 표정을 지었다. 난 롬의 답이 듣고 싶었는데 토마스 선생님의 제지 때문에 다음 질문으로 넘어가야 했다.

이렇게 다양한 생각들이 오가며 아이들은 한 가지 책에서도 다양한 아이들의 사고와 생각들을 접하면서 배워 나가고 있다. 토론에 임하는 자세나 발표하는 태도, 질문하려는 태도 등이 아주 훌륭하다. 내게는 부러운 수업일 수밖에 없다. 이 아이들의 수많은 질문과 답들만으로도 한 시간 수업이 다 지나갈 정도였다. 이는 비단 이곳 615호실 아이들만의 모습이 아니다. 옆 반에서도 흔히 볼 수 있는 풍경들이다. 대학에서도 수많은 질문과 서로서로 오가는 답들로 인해 강의를 못 할 지경이라고 한다. 적절한 때 제지를 하지 않으면 끝도 없이 질문과 답들이 오갈 수 있는 분위기다.

질문도 많고 그것에 대한 자기 생각을 막힘없이 주고받을 수 있는 아이들, 아이들은 모르는 것을 질문함으로써 배우는 것이 많다. 배움의 수준뿐 아니라 아이들의 토론 수준도 상당히 높다. 615호실은 읽기 시간에 읽는 책 외에도 토마스 선생님이 수시로 동화책들을 읽어주고 거기에 관한 내용을 정리해 나가고 있으며, 그런 활동들을 통해 아이들의 사고력 신장에 많은 도움을 주고 있다. 독서 교육은 이래야 할 것 같은 생각을 수시로 하게 만드는 수업들이다. 이렇게 하여 615호실 아이들이 한 학기에 읽어야 책들은 상당한 편이다. 책을 읽지 않으면 수업이 진행될 수 없으므로 아이들은 책을 손에서 놓지 않고 있다.

우리 읽기 수업을 들여다보면 흔히 교사들이 질문하고 학생들이 답하는 식이다. 그러나 교육과정이 개정되면서 그 질문권을 학생들에게 넘기고 있다. 그러나 학생 스스로 질문을 형성하고 학생들끼리 문제를 해결하는 수업이 보편화하여 있지 않기 때문에 일정한 수준까지 올리기 위해서는 시간이 필요해 보인다. 흔히 질문의 수준을 보면 그 학생의 지적 수준까지 짐작할 수 있다고 한다. 그만큼 질문을 만들어내는 것은 학생의 사고 수준을 표현해주기도 한다. 잘 만든 질문 하나가 학생들의 사고를 촉진하고 고차원적인 사고 수준으로까지 이끌 수 있음을 생각한다면 이제라도 학생 스스로 질문을 만들도록 수업을 전환하는 것은 바람직한 일이라 할 수 있다. 중요한 것은 학생들이 만들어낸 질문에 대한 답 역시 학생들에게서 나와야 한다는 것이다. 이렇게 되기까지는 시간이 오래 걸릴 것이다.

질문이 학생들에게 중요한 이유는 구구절절 많겠지만, 그중 하나는 학생들 스스로 생성한 질문을 학생들 스스로 해결하는 과정이야말로 학생들이 스스로 지식을 구성해 나가는 과정이기 때문이다. 이렇게 구성된 지식은 잊지 않고 오래도록 기억할 수 있다. 스스로 생성한 질문에 답을 구하는 과정 자체가 지식을 탐구하는 과정이다. 이러한 태도야말로 자기 주도적 학습 능력에서 갖추어야 할 중요한 능력이라고 할 수 있다.

책을 읽으라고만 하는 것은 그저 구호에 지나지 않는다. 책을 읽을 수 있는 분위기 조성과 책을 읽는 방법, 책을 읽고 생각을 나누고 정리하는 방법 등에 관해 구체적이고 다양한 활동들이 있을 때 아이들은 책을 읽으라고 하지 않아도 저절로 책을 읽게 될 것이다. 학생들의 독서력은 결국 학생 자신의 경쟁력으로 남을 것이다. 책을 많이 읽은 사람에게서는 책을 읽은 만큼의 내공과 깊이가 느껴지게 마련이다. 책을 많이 읽게 되면 세상을 보는 방법이 달라지고 세상을 살아가는 방법이 달라질 수 있다. 좋은 책 한 권이 학생들 인생의 방향키가 될 수도 있고 운명을 바꾸기도 한다. 책을 통해 쌓아가는 생각의 깊이, 지식, 사고력과 상상력은 그 무엇으로도 대체할 수가 없다. 결국, 학생들의 독서력은 한 나라의 역량으로 연결될 것이기 때문에 결코 소홀히 할 수 없는 일이다.

615호실에서의 열린 교육

오래전에 한국에서 열린 교육이 한참 붐을 탄 적이 있다. '붐'이란 표현이 맞는지는 모르겠지만, 한때 많은 교사들이 열린 교육을 배우고 실행했던 적이 있다. 모든 공개수업은 열린 수업의 형태로 해야 했으며, 연구학교의 연구 주제도 열린 교육과 관련한 내용이 많았다. 열린 교육을 하지 않으면 시대에 떨어지는 교사인 양 그렇게 생각하던 시절도 있었다. 그러다 열린 교육이 검증되었느니 어쩌니 하면서 슬그머니 그런 말조차도 자취를 감춰버렸다.

다른 것은 몰라도 교육은 유행을 타듯 한 방향으로 몰아가는 것은 곤란하다. 교육에서 검증되지 않은 것을 그렇게 비판 없이 너도나도 휩쓸려 하다 보면 분명 문제가 발생하기 마련이다. '백년지대계 교육'이라는 말이 무색할 정도로 수시로 바꾸어 나가는 교육정책들이나 획일적으로 몰아가는 교육방법 등은 교사의 자율성이나 개성을 근본부터 무시한 일들이다. 물론 현장에서 다양한 시도를 도입하는 것은 좋으나, 유행 타듯 획일적으로 몰아가는 식이어서는 곤란하다. 어떤 제도나 방법이 좋다고 해서 모두에게 좋은 것이 아니며, 그런 것들을 강요하는 형태는 또 다른 가능성을 저버리는 일이 될 수 있기 때문이다. 교사의 판단하에 현장에 좋은 것을 도입하는 것과 어쩔 수 없이 의무적으로 해야 하는 상황은 그 내용에 있어서 많은 차이가 있게 마련이다. 새로운 교육방법을 시도해 보는 것은 분명 좋은 일이다. 그러나 너도, 나도 모두를 한 방향으로 몰아가는 것은 문제가 있으며, 우리 교육현장에서 반드시 지양해야 할 부분이다.

열린 교육의 가장 중요한 핵심은 개별화 교육, 즉 개성 교육이다. 스스로 탐구할 수 있고 스스로 학습할 수 있는 학습력을 높일 수 있는 것을 중요한 목적으로 하고 있다. 열린 교육의 교수 방법에 여러 가지 교수법이 있겠지만, 어쨌든 학생들이 스스로 학습할 수 있도록 학습력의 개별화에 주안점을 두고 있다. 그런 측면에서 열린 교육은 좋은 시도일 수 있다. 문제는 우리 교실이 열린 교육에 그리 적합한 형태가 아니라는 것이다. 한 학급의 학생들이 너무 많아 개별화되고 개성 교육을 하기에는 무리한 측면이 있었다.

열린 교육의 혜택을 받은 아이들이 대학 입시에서 두드러지게 성적이

낮은 결과를 보임으로써 열린 교육의 막은 내려지게 되었다. 그러나 나는 우리 교실 현장에 열린 교육을 적당하게 도입함으로써 아이들의 개별화 교육, 개성 교육, 자기 주도적인 학습력을 계속해서 신장시켜 나가야 한다고 생각한다. 학습지만 다르게 나누어주고 모둠별로 학습 내용만 다르게 하는 열린 교육 형태는 무늬만 열린 교육일 뿐 내용에서는 전혀 열린 교육이 아니다.

이곳은 일제 학습도 있지만, 대부분은 개별화 교육이고 학생들 스스로 학습을 해나가는 형태로 수업이 진행되고 있다. 선생님이 전체적으로 진도 맞추며 나가는 수업도 있지만, 대부분은 아이들 스스로 찾고 탐구하고 스스로 알아가는 수업을 하고 있다. 즉, 아이들 학습력 신장에 주안을 둔 수업이 주로 이루고 있는 셈이다. 선생님은 큰 줄기에서 방향만 설정하여 주고 나머지는 모두 학생의 몫으로 남겨준다. 학생들은 서로 가르쳐 주고 컴퓨터에서 찾기도 하고, 책을 찾아보면서 지식을 확장해 나간다. 일제 학습으로 시작하여 두 명이 한 모둠이 되거나 네 명이 한 모둠이 되는 수업으로, 때로는 개별 학습으로 수시로 수업 형태를 달리하고 있다. 저학년 때부터 이렇게 수업의 형태를 다양하게 하여 수업을 하고 있으므로 학생들은 이미 이러한 수업 방식에 익숙해져 있다.

이런 학습이 가능하도록 교실은 자료실화되어 있으며, 교실을 코너별로 부분 부분을 나누어 다양한 학습이 가능하도록 구조화되어 있다. 따라서 열린 교육을 언제든 할 수 있다. 이는 한 학급에 학생 수가 스무 명을 넘지 않고 교실 자체가 자료실화되어 있어 가능한 일이다. 또한, 필요할 때마다 학부모님들의 도움을 적극적으로 요청하고 도우미 교사제를 도입하고 있어서 코너에서 학생들이 하고 싶은 분야를 튜터나 도우미 교사의 도움을 받아가며 학습하는 것이 가능하다.

615호실 코너 학습 공간

우리가 열린 교육에서 시도했던 코너 학습도 항상 설치되어 있다. 미니 테이블에서 여러 가지 활동을 할 수 있으며, 안락한 소파도 있고 개인용 안락의자도 있어서 아이들은 심지어 누워서 학습할 때도 있다. 열린 교육을 할 때 우리도 펴 놓았던 '러그'라는 것을 이곳에서는 카펫이 대신하고 있다. 러그에 모여 앉아 선생님의 이야기에 귀를 기울이고 또다시 자리에 돌아가 앉아서 학습 활동을 했듯이, 이곳은 하루도 빠짐없이 토마스 선생님을 중심으로 주변에 둥그렇게 원을 그리고 앉아 여러 가지 학습을 하고 있다.

이곳은 우리가 실패로 끝났다고 생각하는 그 열린 교육을 교육의 커다란 틀 안에서 유지하며 학생들에게 필요한 자기 주도적 학습 능력을 길러주고 있다. 한쪽에서는 그림을 그리고 있고, 한쪽에서는 열심히 수학 문제를 해결하고 있다. 또 한쪽에서는 파워포인트 작성에 열중하고,

다른 곳에서는 안락의자에 앉아 책을 읽고 있는 모습은 이곳에서는 익숙한 풍경들이다. 그것이 바로 수업이고 학습인 것이다. 이 모든 활동이 같은 수업 시간 동안 동시에 이루어지고 있다.

썸머스쿨 'Summer School'

아이들은 오늘부터 썸머스쿨(Summer School)에 들어갔다. 이곳은 여름 방학이 두 달 반이 넘기 때문에 그 긴 시간 동안 부모들은 아이들의 적성과 흥미를 고려한 여름 방학 프로그램을 짜서 시간 관리를 해주어야 한다. 여름학교(Summer School)는 공립학교에서 여름 방학 기간 중 한 달간 있게 되며, 공립학교의 여름학교를 이용할 수 있는 학생들은 한정되어 있다. 보통 공립학교에서 시행하는 여름학교는 보충 학습이 필요한 학생들에게 권유되는 프로그램이다. 도일초등학교의 경우 한 반에서 두세 명 정도가 공립학교에서 시행하는 여름학교에 들어간다. 공립학교 여름학교에 들어가기 위해서는 담임 선생님의 소견이 담긴 추천서가 있어야 한다. 한국에서 온 많은 학생 중에 영어가 유창하지 못한 학생들 대부분에게 여름학교를 다닐 수 있는 자격이 주어졌다. 학생과 부모가 원하지 않으면 여름학교에 들어가지 않아도 된다.

공립학교에서 하는 여름학교 외에도 많은 아이들은 사립 기관에서 실시하는 여름 방학 프로그램에 참여하고 있으며, 그럴 경우 비싼 돈을 개인이 지불해야 한다. 종일반에서 반일반등 프로그램들이 다양하며 비용이 한 달 동안 적게는 500불에서 비싼 곳은 1,000불이 넘는 곳도 많다고 한다. 긴 방학 동안 아이들은 나름의 일정을 짜서 방학을 보내게 되며, 단기적으로 이곳에 온 한국 아이들의 경우는 여름학교가 끝남과 동시에 긴 여행에 들어가기도 한다. 짧게는 열흘에서 길게는 한 달동안 긴 여행에 들어가기도 한다.

우리 아이들은 둘 다 주정부에서 실시하는 여름학교 추천을 받았으며 여름 방학 한 달 동안 다니게 되었다. 여름학교는 도일초등학교에서 열리는 것이 아니라, 인근 지역에 자리 잡은 Spreckels Elementary School로 다니게 된다. 우리 집에서는 차로 10분 거리에 있는 학교이다. 이곳은 도일의 학생들뿐만 아니라 인근 지역에 있는 초등학교에서 추천을 받은 학생들이 다니게 된다.

아침에 아이들을 데리고 들어가니 낯이 익은 사람들과 낯선 사람들로 학교 광장은 붐비고 있었다. 아이들 반 배정은 이미 끝난 상태라 들어가는 입구에다 이름과 반이 적힌 안내문을 게시하고 있었다. 정은 B8로, 제니는 B2로 반 배정이 되었다. 정은 도일에서 온 한국인 학생 상민과 같은 반이 되었고, 제니는 도일에서 온 한국인 아이들 다섯 명과 함께 같은 반 배정이 되었다. 보통 한 반 인원은 30명 정도로 정규 수업 시 한 교실 학생 수가 20명을 넘지 않는 것에 비하면 많은 편이다. 수업은 하루 네 시간 수업(60분 한 시간)에 20분 간식 시간 겸 쉬는 시간으로 운영되며, 9시를 시작으로 1시 25분에 끝나도록 시간표가 짜여 있었다.

첫날이라 도일의 교장 선생님도 나와서 아이들 반 찾는 것을 도와주었다. 많은 아이와 학부모들이 어수선하게 왔다 갔다 하는 사이에 첫 시간 종이 울렸다. 아이들이 도일에서처럼 광장에 모여 있자 선생님이 나와서 아이들을 인솔하여 교실로 들어갔다. 정네 선생님은 남자 선생님이고, 제니 선생님은 여자 선생님이다. 제니네 반 선생님은 첫날임에도 검은색 민소매와 슬리퍼를 신고 나와서 격식에 구애받지 않는 자유로운 그들의 옷차림을 보여주었다. 사람마다 다르겠지만, 대체로 옷차림에서는 자유로운 편이다. 그러나 옷을 갖추어야 입어야 하는 곳에는 그 모임의 특성에 맞게 드레스 코드대로 차려입곤 한다. 옷차림도 일종의 예의라고 생각하며, 이곳에서는 이것도 중요하게 여긴다.

남편이 첫날이니만큼 아이들 들어가서 자리 잡는 것까지 함께 보자고 하여 커뮤니티 컬리지 첫 시간에 빠져야 했다. 이래저래 수업 빠지는 날이 많다. 아무래도 첫날이니 아이들과 함께 해주는 것이 당연한 일일 것이다. 제니가 자리를 잡고 앉아서 수업하는 것까지 교실에서 확인하고 학교를 나왔다.

제니네 반의 쉐어링(Sharing)과 숙제(Homework)

한국에서 아이들 과제가 매일 나가고 매일 체크가 되는 것에 비해 이곳은 일주일 단위로 보통 숙제가 제시된다. 일주일 단위로 나간 숙제는 정해진 요일에 가지고 가면 교사는 이를 묶어서 확인해

준다. 유치원의 경우 읽기 숙제가 중요한데, 매일 몇 분을 읽었는지 그 시간을 적어야 했다. 선생님은 그 시간을 일일이 계산하여 그 학생의 책 읽기가 부족한지 적당한지에 대해 체크를 하여 다시 집으로 돌려보내곤 했다.

제니는 1학년이다. 제니네 반 경우 숙제는 금요일 날 일주일 분량의 과제가 한꺼번에 주어지고 그 모든 숙제는 그다음 주 금요일 날 가지고 가면 된다. 단, '쉐어링'만은 월요일 날 가져간다. 과제는 required와 advanced 두 파트와 수학 패키지가 보내지며 쉐어링의 경우는 학기 초에 이미 한 학기 분량의 과제가 프린트물로 제시되었다. 수학은 단순한 계산 문제가 많으며, 쓰기와 읽기 등의 과제가 제시된다.

모든 숙제의 경우 부족한 부분은 체크가 되어 다시 집으로 돌려 보내지고, 부모는 이를 확인하여 부족한 부분을 채워서 다시 보내야 한다. 모든 과제마다 학부모 확인 사인을 해야 하며 이로써 집에서 하는 과제는 부모의 책임하에 이루어지게 됨을 확인하게 되는 것이다. 쓰기의 경우 네 문장을 쓰라고 제시가 되어 있는 경우 반드시 네 문장을 채워야 하며, 만약 세 문장을 쓰게 되면 체크가 되어 다시 돌려 보내진다. 이곳 선생님들의 꼼꼼함을 엿볼 수 있는 대목이다. 철저하게 자기에게 주어진 책임량을 채워야 한다는 것이다.

비록 아이들의 숙제라고 할지라도 부모의 꾸준한 지도가 필요하다. 아이들은 학습 활동을 학교에서뿐만 아니라 집에서도 부모의 도움을 받아 꾸준하게 할 수 있다. 저학년의 경우는 이렇게 부모의 도움을 받아 과제 해결을 하나 고학년으로 올라갈수록 저학년 때의 경험을 바탕으로 스스로 과제 해결을 하는 쪽으로 옮겨간다. 저학년 때의 단순한 쉐어링을 시작으로 고학년 학생들의 과제 프레젠테이션 수준은 상당히 높은 수준을 보여주고 있다. 고학년 프레젠테이션은 파워포인트, 동영상 제작, 만들기, 실험, 실습 등 다양한 방법으로 이루어지고 있다.

제니네 반 경우 쉐어링은 한 학기 분량이 미리 학기 초에 제시가 되었으며, 일주일에 한 번씩 그림과 관련한 자신의 경험, 생각 등을 글로 표현하여 아이들 앞에서 프레젠테이션 하게 된다. 모든 과제가 금요일 날 제출인 것과는 달리 쉐어링만의 월요일 날 가지고 간다. 제니는 쉐어링 시간을 좋아하며 그림을 그리고 글로 표현하는 것을 좋아한다. 이번 주 쉐어링은 할로윈에 대해 어떤 분장을 하고 싶고 왜 그것을 하고 싶은지에 대해서 글과 그림을 그려가는 것이다. 제니는 이번 주 쉐어링 과제를 하면서 제니만의 상상의 세계로 날아갈 수 있었다.

◈ 제니네 반 Sharing의 예 ◈

Sharing Assignments

Sept 12 Write a few sentences telling how you have changed since you were a baby. Please bring your picture with your name on the back. Also, bring in a clothing items that no longer fits you.

Sept 19 Bring your favorite stuffed animal and write at least two sentences about it.

Sept 26 Write about the things you can do in the Fall. Draw a picture.

Oct 3 Write a few sentences about good friend. Talk about what makes this person a good friend of you.

놀며 탐구하며 스스로 배우는 아이들

Oct 10 Write a few sentences about your family, how many people are there in your family, and what do you like to do together. Draw and label a picture to go with it.

Oct 17 Write about a job or chore that you can do very well at home or school. Draw a picture of it.

Oct 24 Write a few sentences about what you will dress up for Holloween. Draw and label a Picture of it.

Oct 31 Write a few sentences about your grandparents.

Nov 7 If you were given a thousand dollars, what would you do with it and why?

Nov 14 Write about where you are going for Thanksgiving dinner. Tell what you are most thankful and draw a picture of it.

Nov 21 Thanksgiving break No sharing this week.

Nov 28 Write about a December holiday custom or family tradition you like to do with your family. Draw a picture or bring a photograph.

Dec 5 Write about your favorite wintertime activity.

Dec 12 Write a letter to Santa-what do you want for Christmas and why? (If you do not celebrate Christmas, you may share about any activity.)

이렇게 구체적인 상황을 제시하여 글을 쓰게 함으로써 아이들이 글쓰기에 대해 가질 수 있는 막연함을 없앨 수 있다. 글쓰기에 대한 두려움도 없앨 수 있다. 또한, 주제별로 제시되기 때문에 글쓰기 훈련에도 실제로 도움이 된다. 한국의 저학년에서 시도해 봄 직한 방법이다. 우리나라 저학년에서 흔히 쓰는 그림일기는 이곳에는 없다. 하루의 일과를 매일매일 정리하는 습관도 좋지만, 저학년의 경우 이렇게 구체적인 상황을 제시하는 것이 글쓰기에는 효과적인 것으로 보인다. 평범한 일상을 소재로 스스로 주제를 발견한다는 것이 저학년에서는 어려운 문제이기 때문이다. 이렇게 구체적인 주제가 설정되면 아이들은 훨씬 수월하게 글쓰기에 접근할 수 있다. 이렇게 주어진 주제로 학생들은 글을 써가서 다른 아이들과 함께 나누게 된다.

고기를 잡아다 주는 교사보다는 고기 잡는 방법을 가르쳐 주는 교사가 더 훌륭한 교사라는 것은 누구나가 인정하는 바다. 개인마다 특징과 성격, 재능에 따라 고기 잡는 방법을 다르게 가르친다면 그 교사는 더할 나위 없이 훌륭한 교사이다. 이곳 교육은 이런 개인의 성격과 재능, 특징에 따라 '다름' 인정해주고 그 다름을 확장해 나갈 수 있는 길을 제시한다. 사고의 유연함과 더불어 스스로 탐구하는 방법을 배워 나가는 아이들, 이러한 교육 풍토라면 내일의 '빌 게이츠'와 같은 창의적이고 우수한 두뇌들이 자신의 역량을 마음껏 발휘하며 잘 성장할 수 있을 것이다.

2장 책임감 있는 사회인은 어떻게 길러지는가?

　　미국에서 생활하면서 부러웠던 것 중 하나는 학생들의 기본 생활습관이나 남을 배려하는 문화가 잘 정착이 되어 있다는 것이다. 이는 학교에서나 밖에서 어김없이 확인할 수 있는 부분이며, 이러한 것을 바탕으로 남을 배려하고 매너를 지키는 문화가 잘 정착되어 있다. 학교에서는 남에게 피해가 가는 행동을 가장 부끄러운 행동으로 생각한다. 학교에서 특별한 생활지도를 하지 않아도 이런 것이 잘 정착이 되어 있는 것을 보면 이미 많은 부분 가정에서 그 역할을 담당하고 있고, 사회 전체적으로도 이러한 것들이 문화로 잘 정착되어 있음을 확인할 수 있다. 교사는 생활지도 관련한 문제가 발생했을 경우 직접 개입하기보다는 메뉴얼과 룰에 따라 조처를 한다. 때로는 사무실이나 교장실로 아이들을 인계하기도 한다. 그렇게 인계된 학생들은 행위의 경중에 따라 다양한 조치가 취해지게 된다. 가볍게는 타임아웃에서부터 등교 금지조치까지 학생들은 자신이 행한 행동에 대해 철저하게 책임지는 법을 배운다.

　학교는 사회의 축소판이라고 한다. 사회에서 필요한 인성적 자질과 사회성, 책임감은 학교에서 기를 수 있어야 한다. 미국이라는 사회가 다양한 인종과 국적을 배경으로 한 사람들이 모여 있다 보니, 한국과는 비교가 안 될 정도로 학교에서 더욱 엄격하고 철저하다는 생각을 할 때가 참 많다. 기본적으로는 남을 배려하는 문화 속에서 남에게 피해가 가는 행동을 아주 부끄러운 행동으로 인식한다. 잘못된 행동에 대해서 그냥 넘어가는 경우는 드물다. 그릇된 행동을 하면 학생은 반드시 그 행동에 대해 어떤 식으로든 책임을 져야 한다. 그 책임이 때론 가혹할 때도 있는데, 이 역시 원만한 사회인으로 성장해 나가는 하나의 방법이 되는 것이다.

미국 아이들, 그들의 애국심은?

내가 미국에 대해 알고 있었던 편견 중의 하나는 그들의 애국심이 우리보다 덜할 거라는 생각이었다. 애국심을 고취하는 교육이 우리보다 강하지 않은 줄 알았다. 그런데 그들은 자신의 나라에 대한 자부심만큼이나 애국심을 고취하는 일에도 전념을 기울이고 있었다.

아침에 수업이 시작되고 나서 얼마 지나지 않은 시각에 늘 국기에 대한 경례를 한다. 성조기에 대한 경례라고 하는 것이 옳겠다. 우리와 똑같이 오른손을 왼쪽 가슴에 얹고 국기에 대한 맹세를 읊는다. 하루도 빼놓지 않고 하고 있다는 사실이 놀라울 뿐이다. 이는 대부분 학교에서 이루어지는 작은 행사라고 한다. 같은 시각에 전교 어린이들이 모두 일어나 손을 가슴에 얹고 '국기에 대한 맹세'를 읊는다는 것이 내게는 신선함과 가슴 뭉클함으로 다가왔다. 이렇게 매일 자신의 국기에 대한 맹세를 한 학생들이 자신의 나라를 어떻게 생각할지는 자명한 일이다. 아이들은 싫거나 좋거나 매일 아침 국기에 대한 맹세를 읊는다. 그 시간만 되면 모든 활동을 중단한 채 아이들은 부동자세가 된다. 태도 또한 꽤 진지하고 엄숙하다.

615호실 게시물

우리의 경우 국기에 대한 맹세를 읊는 것이 이제는 사라졌다. 나라가 있어야 개인도, 안위도 보장받을 수 있다는 것은 대부분의 사람은 잘 알고 있다. 교육현장에서 학생들의 애국심을 고취하기 위한 여러 방법이 있을 수 있다. 그중 이곳 학교처럼 매일 아침 국기에 대한 맹세를 함께 읊으며 그 의미를 되새겨 보는 것도 하나의 방법일 것이다. 읊는 동안 학생들은 자신의 나라에 대해 한 번쯤 더 생각해 볼 수도 있다. 국기에 대한 맹세에 나오는 내용처럼 아이들은 자유와 정의에 대해 생각하게 될 것이고, 장차 어른이 되었을 때 자신의 나라에 대한 자부심을 가질 수도 있다.

흔히 미국에 대해 생각할 때 겉으로는 매우 자유롭고 분방한 것 같지만, 정작 안으로 들어가 보면 기본을 다지는 것에 있어서는 아주 철두철미하고 엄격한 것을 볼 수가 있다. 이는 비단 '국기에 대한 맹세'뿐만 아니라 생활에 대한 전반적인 부분에서 드러나며, 우리 정서로 보면 인정머리 없어 보일 때도 있다. 그러나 그런 철저한 면들이 이 커다란 나라에서 다양한 민족을 어우르며 함께 공공선을 지향하며 공존해 나갈 수 있는 힘이 되는 건 아닌가라는 생각을 한다. 기초 교육에서부터 애국심을 고취하는 교육을 받은 이 아이들이 자라서 이 나라를 짊어지고 나가게 될 것이다.

우리는 주로 미국 영화를 보거나 혹은 행간에 떠도는 얘기들로 미국에 대해 인식을 하게 되는 경우가 많다. 물론 그런 매체나 정보, 뉴스에서 보이는 모습 역시 미국의 모습을 말해주는 것일 수 있다. 그러나 부분적으로 나타나는 현상이나 영화에서 본 것으로 미국 전체가 그러리라 생각하는 것은 그야말로 오산이다. 숲 속에 들어가 보지 않고는 진정한 숲을 느낄 수 없듯이 그들의 생활 속에 들어가 보지 않고 밖에서 보고 평가하는 자세는 오해와 편견을 낳기 쉽다. 그들도 우리처럼 나라에 대해 깊은 애정을 품고 있으며, 자신의 나라에 대해 자부심을 가질 수 있도록 애국심을 고취하는 교육을 하고 있다. 또한, 나라와 이웃들을 위해 무엇을 할 것인가를 가르치고 있다.

미국 초등학생들의 기본적인 생활습관

학생들은 등교하면 보통은 광장에서 수업이 시작되기를 기다린다. 그러나 비가 내릴 때면 광장에서 기다리는 것이 아니라 강당에서 기다린다. 캘리포니아는 비가 흔한 동네는 아니다. 어쩌다 비가 내리는데 그것도 주로 겨울에 내린다. 비가 내리는 날, 선생님 안내대로 강당으로 들어갔는데 이미 많은 학생들이 조용히 앉아 TV 만화를 구경하고 있었다. 그렇게 많은 학생들이 모여 있는데도 떠드는 학생들이 없다는 게 이상할 정도였다. 선생님이 특별히 큰소리를 내지 않아도 아주 조용하게 TV를 시청하고 있었다. 강당에는 아이들만 있고 부모들은 대부분 집으로 돌아간 모양이다.

이곳 아이들은 기본적인 생활지도 및 습관이 잘 형성되어 있는 편이다. 보통 강당에 모아 놓으면 시끄럽고 소란스러워 교사가 큰소리를 쳐도 몇 번은 쳤을 것 같은데, 이곳 학생들은 그렇게 많은 학생이 모여 있어도 아주 조용하게 작은 TV 하나에 집중하는 모습이다. 참으로 인상적이다. 이는 교실에서도 마찬가지다. 남에게 피해가 갈 정도로 큰 소리로 말하거나 피해가 가는 행위를 하지 않는다. 피해가 가는 행위를 했을 경우 '룰'에 따라 매뉴얼대로 아이들은 자신의 행위에 책임을 져야 한다.

중학년과 고학년 아이들은 보통 교실을 혼자서 찾아간다. 유치원이나 저학년의 경우 부모가 선생님에게 인계하거나 교실까지 데려다준다. 나 또한 제니는 교실에 데려다주고 큰아이는 혼자서 교실로 들어가도록 하고 있다. 제니를 들여보내고 정네 교실로 들어가니 늘 그렇듯 조용하게 학습에 임하고 있었다. 아이들이 모두 교사 주변에 모여 이야기를 듣고 있었다. 미국사에 관련한 내용이었다. 아이들은 교사의 설명을 들은 후 미국과 관련한 자료들을 각자가 찾는 활동을 하였다. 인터넷 검색, 교실에 비치된 책 등을 활용하여 조사하고, 교사에게 묻고 답하면서 학습을 하고 있었다. 교실은 사방이 자료들로 꽉 차 있었다. 특히 책이 많은 편인데, 한 제목의 책이 여러 권으로 구비되어 있는 것도 특색이었다.

쉬는 시간이 되자 학생들은 간식을 먹거나 놀기 위하여 교실 문을 빠져나가고 있었다. 간식은 학생 선택으로 먹을 수 있다. 즉, 운동장에 나가서 놀거나 간식 타임을 가지거나 이는 전적으로 학생들의 선택에 달려 있다는 것이다. 정은 처음으로 간식을 먹었는데, 점심처럼 푸짐하게 뷔페식으로 선택하여 먹을 수 있는 양이었다. 우리처럼 우유만 먹을 수 있는 게 아니라, 아예 식사로 빵과 채소, 우유, 요플레 등 다양한 메뉴가 제공되었다. 보통 한 끼 점심은 1달러 정도인데, 이는 미국의 음식 가격과 비교하면 상당히 싼 편이다. 그만큼 학교의 지원이 가능하기 때문이다.

쉬는 시간이 끝나는 종이 울리자 아이들은 교실 근처에 줄을 맞추어 서 있었다. 왜 들어가지 않느냐고 묻자 선생님을 기다리는 중이라고 한다. 이곳 교실 문은 닫힘과 동시에 걸리게 장치가 되어 있어서 실내에서 누군가가 열어주지 않으면 들어갈 수가 없다. 이곳저곳에 아이들이 줄을 맞추어 서 있고, 이어 교사들이 나와 각반 아이들을 인솔하여 교실로 들어갔다. 이처럼 학생들은 줄을 서야 하는 상황이 되면 아이들은 누가 뭐라 하지 않아도 자연스럽게 줄을 선다. 줄을 설 때는 마치 규칙이라도 있는 것처럼 그 간격이 일정하다. 즉, 학생과 학생 사이에 간격이 있는데, 이는 비단 학교만이 아니다. 어쨌든 앞뒤 학생들과 장난도 칠만

놀며 탐구하며 스스로 배우는 아이들

한데 일정 간격을 유지하고 서서 조용히 선생님을 기다릴 뿐이다. 아이들은 선생님이 나와서 문을 열어주자 그제야 하나둘 줄을 맞추어 들어갔다.

이곳 교실은 열린 형태로 교실과 교실이 다 열려 있는 상태로 연결되어 있다. 다 열려 있으니 어떻게 수업을 하겠냐고 하겠지만, 이곳 교사와 학생들은 이런 구조에 익숙한지 불편함을 느끼지 않고 잘 운영을 하고 있다. 교실이 서로 열린 채 연결되어 있다 보니 조금만 큰 소리가 나도 옆 교실에서 금방 들을 수 있다. 일종의 열린 교실 형태를 띠고 있는 셈이다. 아이들은 기초 학습 훈련이 아주 잘 되어 있는 편으로 떠들거나 남에게 피해가 가는 행동을 하는 아이들이 없다. 이는 저학년 학생들도 마찬가지이다. 아이들은 보통 자기 스스로 주도적으로 하는 학습에 잘 길들어 있다. 전체 학습과 개별 학습을 번갈아 가면서 실시하나 자세히 들여다보면 자율적인 형태의 수업에 초점이 맞추어져 있다.

오늘 토마스 선생님이 잠시 자리를 비운 사이 데이빗 학생이 조금 떠들었는데 그 소리가 그리 큰 것도 아니었다. 그런데 마침 들어오시는 토마스 선생님이 보고는 바로 데이빗을 향해 "Go back to the room."이라고 말하는 것이었다. 교실 바로 옆에 또 하나의 작은 룸이 있는데 그곳으로 격리하는 것이었다. 이처럼 교실에서 다른 학생들에게 피해가 가는 행동을 할 경우 바로 '타임아웃(Time Out)'을 시킨다. 데이빗은 아무 소리도 못 하고 조그마한 백룸으로 이동을 했다. 교실에서는 큰 소리를 들어본 적이 없다. 토마스 선생님도 아이들도 말을 할 때는 항상 작은 소리로 하는 게 습관이 되어 있다.

이곳 아이들은 전체적으로 기본적인 질서들이 잘 정착되어 있는 편이다. 또 남을 배려하는 태도도 몸에 배어 있다. 미국에도 분명 어두운 면이 많을 것이다. 그러나 미국을 이끌어가는 힘은 이런 기본적이고도 철저한 질서의식과 남을 배려할 줄 아는 마음, 자신의 행동에 대해 책임을 질 줄 아는 책임감에서 나오는 것이 아닐까 생각한다.

동물을 사랑하는 시간

615호실에 도착을 하여 책을 꺼내고 준비를 하는데, 우리 반의 한 아이가 엄마와 함께 강아지 한 마리를 데리고 왔다. 토마스 선생님은 아이들 모두 앞으로 나와 러그에 모여 앉으라고 하고는 강아지를 아이들이 모여 앉은 가운데에 놓았다. 하얀색 작은 강아지였는데 털이 적당하게 자란 아주 귀여운 강아지였다. 순하고 애교도 만점이라 이 아이 저 아이에게로 옮겨주어도 누구에게나 꼬리를 흔들며 좋아했다. 물론 아이들은 너나 할 것 없이 너무도 좋아하고 행복해하는 모습이었다.

뒤쪽에 밀려난 롬과 앤디가 강아지를 한 번도 안아보려고 시도를 하지 않자, 토마스 선생님은 그 아이들에게 한 번씩 강아지를 안아보라고 권유를 했다. 롬은 강아지를 안고는 좋아서 어쩔 줄 몰라 했다. 롬은 작문 실력이 보통이 아닌데 꽤 장문의 작문을 하여 나를 놀라게 했던 학생이다. 그러나 늘 혼자 있기를 좋아하고 친구들과 어울리기보다는 책을 읽는 것을 더 좋아하는 학생이다. 그런 롬에게 강아지를 안아보라고 한 것은 아무래도 토마스 선생님이 뭔가를 의도하고 시킨 것 같았다. 이는 단순히 강아지를 안아보고 좋아하는 것에서 머무는 것이 아닌, 동물과의 친화, 정서적 교감, 인성 교육을 위해 강아지와 함께하는 시간을 가진 것이다. 그 시간에 맞추어 아이의 어머니가 강아지를 데리고 온 것은 역시 토마스 선생님의 의도였다.

애완동물을 좋아하는 사람들이 대체로 사회에 대한 친화도가 높다는 말을 들은 적이 있다. 애완동물이 인간에게 주는 위안과 행복감은 생각보다 크다. 심지어는 애완동물을 키우는 사람들이 애완동물 없이 사는 사람들에 비해 평균 수명도 길다고 한다. 그만큼 살아있는 동물이 인간에게 주는 심리적 위안이 크기 때문일 것이다. 그러니 애완동물은 그저 관리해야 하는 대상이 아니라 정신적인 위안을 주는 존재로, 때로는 친구이기도 하고 함께 산책하는 동행자일 수도 있다.

이곳은 공원에 가면 강아지와 산책 나온 사람들을 흔히 볼 수 있다. 그 수도 참 많은 편이다. 이들에게는 공통점이 있는데, 산책 나올 때 줄을 이용하고 손에는 뭔가를 들고 있다. 손에 든 것은 반려견이 용변을 볼 경우를 대비해 그걸 처리하기 위한 봉투와 휴지이다. 반려견이 공원에서 용변을 보면 그것을 그 자리에서 바로 처리한다. 반려견을 키우는 입장에서 당연한 일이겠지만, 이방인의 눈에는 이 역시 사람들을 배려하고 공공질서 의식이 높음을 보여주는 장면으로 보였다. 애완동물을 어떻게 대하는가를 보면 그 나라의 수준을 알 수 있다고 한다. 사소한 것 같지만, 이 역시 이들 나라의 의식 수준을 보여 주는 대목이라 생각했다.

토마스 선생님 결근한 날

토마스 선생님이 결근을 한 날이다. 토마스 선생님이 내게 미리 귀띔을 해주었기 때문에 알고 있었던 사실이다. 수학적 사고력을 이용한 만들기를 가르쳐 주면서 혹시 내일 수업에 이용할 수도 있음을 넌지시 알려주었다. 이곳 선생님들은 결근하게 되면 보조 교사가 교실에 투입되기 때문에 수업에 큰 지장을 주지는 않는다. 교사들 역시 어쩌다 일이 있어 학교를 빠지는 일이 있어도 심적으로 큰 부담을 느끼는 것 같지는 않다. 옆 교실 선생님이 하루 빠졌을 때도 아이들은 보조 교사와 함께 큰 동요나 소란스러움 없이 수업하던 모습을 보았다. 게다가 615호실의 아이들은 3학년 학생들답지 않게 학습 훈련이 상당히 잘 되어 있는 편이다. 대부분의 학습 활동에 열심히 참여하며, 학습 분위기가 조용하고 스스로 학습하는 태도도 좋은 편이다.

그런데 오늘 아이들은 평소에 보던 모습들과는 조금 다른 모습을 보여주었다. 떠드는 아이, 움직임이 많은 아이, 주의력이 산만한 아이들이 눈에 띄기 시작했다. 토마스 선생님이 학교에 나오지 않자 아이들은 이런 모습들을 여과 없이 보여주었다. 물론 그럼에도 조용하고 차분한 아이들도 있었지만, 대부분의 아이들은 이런 모습들에서 크게 벗어나지 않았다. 그동안 아이들이 조용한 것은 토마스 선생님의 적절한 지도에 의한 것이라는 게 증명이 된 셈이다. 보조 교사가 앞에서 수업을 시작하자, 학생들은 스스로 학습을 하면서도 옆 아이와 조그맣게 떠들거나 돌아다니거나 하는 아이들이 눈에 띄게 많아졌다. 아이들은 어느 나라를 막론하고 담임 선생님은 무서워하는 법이지만, 담임이 아닌 교사에 대해서는 긴장을 하지 않는 모양이다.

아이들 모습은 어디서나 비슷하다. 단지 교육과 지도로 다듬어질 뿐이다. 자신의 행동을 통제하고 제어하는 뭔가가 없다면 아이들은 소란스럽고 제멋대로 행동할 가능성이 크다. 그 뭔가가 지금 우리 교육현장에서 상실되고 있는 것은 아닌지? 자의든, 타의든 아이들의 방종한 행동들을 제어할 수 있는 수단은 필요하다. 교실이 소란스럽고 제멋대로인 학생들이 많아지면 결국 그 피해는 고스란히 선량한 많은 학생에게 돌아갈 것이기 때문이다.

이곳은 '룰'로 아이들의 행동을 지도하고 통제하고 있다. 룰에 의해 자신의 행동들을 반성할 수 있는 시간을 가지며, 그런 방종한 행동들을 보일 때마다 아이들은 룰에 따라 자신이 행한 행동들에 대해 책임을 져야 한다. 그 룰들은 가벼운 것에부터 가혹하다는 생각이 들게 할 정도로 무거운 책임을 지게 하는 것들도 있다. 교사들은 큰소리를 내거나 체벌을 하지 않아도 그 룰을 통해 아이들을 통제하고 제어할 수가 있다. 아이들은 그 어떤 체벌보다도 그 룰을 더 무섭게 생각하고 있다.

가장 최악의 경우 교실에서 추방당할 수 있다. 추방당한 아이는 교장실로 가게 되고 교장은 부모의 집에 전화해서 아이를 데려가라는 통보를 하게 된다. 아이를 데려가라는 의미는 집에서 학생들 생활지도나 인성 지도를 시켜서 학교를 보내라는 의미라고 한다. 만약에 제시간에 아이들을 데려가지 않으면 시간당 얼마씩의 벌금을 물게 된다고 한다. 제니네 반 어떤 아이는 두 번씩이나 부모를 호출해서 아이를 집으로 보낸 적이 있다고 한다.

사안이 중대할 경우 학생들에게 등교 금지조치가 취해진다. 이는 기록으로 남게 되고 대학을 갈 때 불리하게 작용할 수도 있다고 한다. 그러니 학생들은 남에게 피해를 주거나 해를 끼치는 행동을 함부로 할 수 없다. 그런 경고 조치가 취해지게 되면 학생보다 학부모가 더 긴장하여 자녀의 행동을 교육하게 된다. 이처럼 이곳 학생들은 남에게 피해가 가는 행동을 하면 철저하게 책임을 묻는다.

아이들 성향은 어느 나라건 다 비슷할 것이다. 스스로 자신의 행동을 통제할 수 없는 아이들을 어떻게 교육하고 지도하느냐에 따라 아이들은 아주 다른 모습들을 보일 수 있다. 남에게 피해가 가는 행동이 얼마나 부끄러운 행동인가를 끊임없이 인식시키는 교육, 그런 행동에 대한 책임을 철저하게 지게 하는 교육, 지금 우리에게 필요한 교육이 아닐까? 오늘 아이들은 토마스 선생님이 없는 교실에서 떠들기도 하고 돌아다니기도 하여 보조 교사가 애를 먹는 모습을 보였다.

쉬는 시간이 끝난 후에는 나와 수학적 지식을 활용한 만들기를 함께 하는 시간을 가졌다. 토마스 선생님이 수학적 원리를 활용하여 바구니를 아이들과 함께 만들 두 시간을 내게 부탁했기 때문에 마음의 준비는 하고 있었다. 쉬는 시간이 끝난 후 바로 아이들에게 종이를 나누어 주고, 간단히 설명하며 아이들과 함께 만들기를 하였다. 아이들은 생각보다 잘 따라와 주었고 한두 명 아이들을 빼고는 제시간에 모두 작업을 끝낼 수 있었다.

옆 반 수잔나 선생님이 정과 내 몫으로 책 한 박스를 주었다. 도서관이나 교실에서 더는 필요가 없어진 책들이었는데, 다 좋은 책들이라고 설명을 붙이면서 책을 주었다. 정말 감사하고 고마운 일이다. 그 박스 안에는 'Jung's Books'라는 메모가 적힌 작은 종이가 있었다. 내가 토마스 선생님 반에서 보조 교사로 있는 것을 이제는 교장 선생님을 비롯하여 다른 선생님들에게도 회자되고 있는 모양이다.

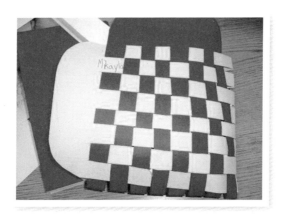

내가 수업한 '나누기'를 응용한 만들기 작품(Mikayla 작품)-주머니

때로는 위험해지는 나라

미국이라는 나라를 생각하면 쉽게 풍요와 여유를 떠올릴 수 있다. 세계의 움직임에서 힘이 있는 나라이며, 많은 사람들이 때로는 동경으로 떠올릴 수 있는 대명사이기도 하다. 어디를 가나 사람들은 조급함이 없이 느긋함을 볼 수 있다. 광활하게 펼쳐져 있는 대자연과 아름다운 풍광들, 풍부한 자원, 그 넓은 땅을 생각하면 분명 축복받은 나라임에는 틀림이 없다.

그러나 그러한 뒤 안으로는 쉽게 그들에게 도사리고 있는 불안과 두려움을 읽을 수 있다. 테러에 대비한 소지품 검사는 아예 일상화가 되어 어디를 가나 가방을 열어 보여야 하고, 아이들은 혼자서는 학교를 보낼 수가 없다. 아이들의 등하굣길은 늘 부모가 동행하며, 공원이나 운동장에 나와 늘 때도 대부분 부모가 동행을 하고 있다. LA나 뉴욕, 워싱턴 같은 대도시는 밤거리를 다닐 수조차 없다고 한다. 밤거리를 다니는 것은 아주 위험천만한 행동이기 때문이다. 테러의 위험에 늘 노출이 되어 있으며, 수많은 인종과 부대끼면서 어쩔 수 없이 생겨난 인종 간의 갈등이 있다. 겉으로 보이는 풍요 이면에는 굶주리고 소외당한 사람들이 있고, 그들의 분노는 미국이 가지고 있는 또 다른 미국의 얼굴인 것이다.

학교에서 당혹스러운 경험을 한 적이 있다. 이는 미국 정서로 보면 당연한 일이었는지도 모른다. 그러나 그런 문화에 익숙해 있지 않은 내게는 아주 당혹스러운 경험이었다. 미국에 도착하여 얼마 지나지 않아 연필 깎기 칼을 사려고 이곳저곳을 찾아다닌 적이 있다. 아이들 연필도

깎아주고 내가 쓰고 있는 4B연필을 깎으려면 문구용 칼이 있어야 했다. 물론 학급마다 연필 깎기 기계가 비치되어 있어 연필을 깎아주지 않아도 교실에 있는 기계를 이용하면 된다. 학급에 비치된 기계는 우리처럼 직접 손으로 돌리는 것이 아닌, 연필을 넣으면 저절로 깎여지는 것인데, 연필이 뭉툭하게 깎일 뿐만 아니라 얼마 쓰지 않아 또다시 연필을 깎아야 하므로 불편했다. 그래서 문구용 칼을 찾게 되었는데 이곳 사람들이 흔히 다니는 대형 할인점인 월마트나 본즈(Vons), 문구를 팔고 있는 마트에서도 그 칼을 찾을 수가 없었다. 한국에서처럼 문구를 팔고 있는 가게에서 쉽게 찾을 수 있으리라 생각했는데, 어디에서도 문구용 칼을 찾을 수가 없었다. 결국, 한인 가게까지 가서야 문구용 칼을 살 수 있었다.

수업 중의 일이었다. 정이 쓰는 연필을 보니 끝이 뭉툭하였다. 수업 중이라 앞에 나가 연필 깎는 기계를 이용하기가 미안해서 문구용 칼을 꺼내 놓고 연필을 깎고 있을 때였다. 두 번째 연필을 깎고 있는데 토마스 선생님이 나를 보시더니 놀라시면서 이 칼로 연필을 깎느냐고 물어왔다. "그렇다."라고 대답을 했더니 놀라시면서 미국에서는 학생들이 그런 문구용 칼을 가지고 다닐 수가 없다고 했다. 만약 그런 칼을 소지할 경우 교장실까지 가야 하며, 매우 곤란해지는 상황이 발생할 수 있다고 말했다. 한국에서는 많은 학생이 이런 칼을 이용하여 연필을 깎고 있고, 그리 위험한 일은 발생하지 않는다고 했더니 "Oh My God!"을 연발하였다.

미국에서는 때때로 위험한 학생들이 그런 칼을 소지할 경우 학생들의 안전을 책임질 수 없어서 아예 그런 칼을 가지고 다닐 수조차 없다고 단언을 하였다. 그러더니 그 칼을 들고 어디론가 가더니 한참 후에야 와서 이 칼은 나만 가지고 있으라고 하였다. 토마스 선생님은 매우 놀란 모양이다. 칼 하나에 그렇게 놀라다니! 이곳 미국은 그런 칼이나 총, 기타 위험한 물건들로 인해 위험한 상황이 때때로 학교 현장에서 발생하기도 한다고 토마스 선생님은 덧붙였다.

그런 얘기들은 익히 들어온 얘기라고는 하지만, 문구용 칼에 대해 그렇게 민감하게 반응한 것은 나로서도 놀라운 사실이 아닐 수 없었다. 그 칼로 인해 아이들이 한바탕 소란스럽게 의견을 주고받았는데 나로서는 당혹스럽지 않을 수가 없었다. 옆자리에 앉은 롬이 한마디 전해주었는데 미국에서는 학교에 그런 칼을 가지고 다니는 것은 엄두조차 낼 수가 없다고 하였다. 온갖 물건들이 잔뜩 쌓여 있는 미국의 대형 마트에서 왜 한국에서는 아주 쉽게 구할 수 있는 문구용 칼이 보이지 않았는지를 그제야 깨닫게 되는 순간이었다. 나야말로 "Oh, My Gosh!"가 아닐 수 없었다.

어찌 보면 우리보다도 안전에 대해 더 책임질 수 없는 곳이 미국이 아닌가 싶다. 늘 테러에 노출이 되어 있고, 아이들은 혼자 다닐 수 없고, 밤거리도 위험하고, 아이들이 있는 학급도 때로는 위협을 받고 있으니…. 가끔 TV를 보게 되면 내 정서에는 도저히 용납할 수 없는 장면들이 나올 때가 있다. 뭔가 극단으로 치닫고 있는 듯한 느낌을 주는 장면들이 그렇다. 이런 것들이 미국에서는 당연히 받아들여지고 있다.

부모와 함께 문제 해결을…

오늘은 긴 휴가를 끝내고 아이들은 저마다의 프로젝트를 풍성하게 가지고 등교를 했다. 한국에서처럼 똑같은 과제물이 아닌, 아이마다 모두 다른 과제들이다. 스스로 과제를 내고 스스로 해결하고 발표 프레젠테이션을 해야 한다. 과제 해결이 있어서 때로는 부모들의 협조가 있어야 해결이 가능한 것들이 많다. 이런 과제들은 한국에서 온 어떤 분이 'So much Homework'라고 표현했듯이, 유치원부터 고등학교까지 양이 상당히 많은 편이다.

어떤 학부모는 고등학생 자녀를 데리고 미국으로 전학을 왔는데, 고등학교도 부모의 도움이 필요한 과제가 많다는 것이다. 자신의 리포터보다 그 아이의 과제 해결을 위해 함께 고민하고, 의논하고, 자료를 찾는 등 자신의 리포트보다 더 많은 시간을 투자한 적이 있다는 말을 들은 적이 있다. 고등학교까지는 우리보다도 훨씬 더 많은 부분에서 부모의 직·간접적인 협조가 필요한 것이다. 이곳에 온 한국인 부모들 대부분이 이 부분에는 공감하고 있다. 우리가 학원으로 돌리며 교육열을 올리고 있다면, 이곳 미국은 부모들이 직접 아이들에게 많은 도움을 줘야 하는 교육 문화가 형성되어 있다.

자신의 프로젝트를 부모의 도움을 받아 작성했다고 해도 발표나 설명은 학생이 해야 하므로 그 프로젝트에 대한 모든 주도권은 학생이 가지고 있다. 부모는 학생을 돕는 입장이 되어 필요한 부분을 지원해줄 뿐이다. 그리고 보면 이곳 아이들은 교사뿐만 아니라 동료 친구들에게도 배우고 부모님에게도 배우는 셈이다. 어려운 프로젝트인 경우 프로젝트 발표 시 실험이나 실습을 할 때 그들의 부모가 와서 도움을 주는 일도 있다.

부모는 어찌 보면 아이들이 가장 먼저 만나는 스승이다. 부모의 모든 것을 보며 배워 나가기 때문이다. 프로젝트에서도 부모는 선배이자 스승의 입장에서 아이들을 지도할 수 있다. 615호실 아이들의 경우 프로젝트 발표 시 새로운 기법의 PPT 기술은 대부분 그들 부모에게서 온 것이다. 이미 많은 경험을 통해 축적된 삶의 지식, 노하우 등을 과제 해결을 하는 그들의 자녀에게 적극적으로 활용하고 있는 것이다. 그러니 미국 아이들 교육은 학교 교사만 그 역할을 담당하는 것이 아니라, 실제적인 모든 면에서 부모, 동료 학생들, 지역 인사 등이 함께 참여하고 있다고 보는 것이 맞다.

등하교 시간만 해도 항상 부모가 데려다주고 데리고 와야 한다. 등하교 시간에 부모들이 교실 밖에서 장사진을 치고 있는 모습은 이곳에서는 당연한 모습들이다. 유치원이나 저학년의 경우는 부모들이 와서 해당 교실 문 앞에 줄을 서 있어야 한다. 수업이 끝나면 교사가 부모를 확인하고 아이를 한 명씩 불러 아이 부모에게 인계를 해주어야 아이를 데리고 갈 수가 있다. 만약에 부모가 아이들을 데리러 가는 시간에 늦어지게 되면 그 부분에 대한 책임을 져야 한다. 이곳 도일은 어떤지 모르겠지만, 수업이 끝난 후 한 시간 안에 데리고 가지 않으면 아이를 버린 것으로 간주, 그 아이를 찾아오기 위해서는 일정한 절차를 밟아야 한다고 한다. 그 절차도 복잡하다고 한다.

철저함에 길든 아이들, 보이콧 당하는 아이들

오늘은 오전에 수업이 끝나는 날이다. 중간에 이렇게 '험 프 데이(Hump day)'를 두는 것도 괜찮은 것 같다. 수업이 11시 55분에 끝나야 하는데 토마스 선생님은 수업을 조금 늦게 끝내주었다. 대부분의 수요일은 정확하게 11시 55에 끝나는데 5분 정도 늦어진 것이다. 이곳은 생각보다 시간 개념이 철저해서 5분이라는 시간도 꽤 긴 시간이다. 제니가 걱정되긴 했지만, 많이 늦어지는 것이 아니어서 서두르지 않고 끝나는 대로 인사를 나누고 나왔다.

제니네 교실로 향하는데 제니가 선생님 손을 잡고 광장에 서 있었다. 그 옆에는 예원이 엄마가 서 있었는데 예원이 엄마가 먼저 나를 보고는 반가워하였다. 제니를 데리러 오는 사람이 없어서 선생님이 제니를 사무실(Office)로 데려가는 중이었다고 한다. 다행히 예원이 엄마가 이를 보고, 제니 엄마가 곧 올 것이니 예원이 엄마가 제니를 맡겠다고 했다는 것이다. 제니 선생님께 늦어서 죄송하다고 말씀드리고 제니를 인계받았다.

이렇게 늦어지게 되면 사무실에 가서 아이를 찾아와야 하는데, 아이를 찾기 위해서는 일정한 절차를 밟아야 한다는 것이다. 서류 작성을 하고는 아이를 데려와야 한다고 애니 엄마가 거들었는데 기분이 아주 묘했다. 늦어지면 어찌해야 한다고 얘기는 들었지만, 막상 내가 닥치고 보니 그리 만만하게 넘어갈 일이 아닌 듯했다. 제시간에 아이를 찾으러 와야겠다는 생각이 들었다. 단 5분이 늦어졌을 뿐인데 행정적 절차를 밟아야 하는 일이 발생할 수 있는 것이다. 그러니 여기에서 시간 개념을 한국에서처럼 생각했다가는 낭패를 겪는 일이 발생할 수 있다. 나 역시

5분 정도면 괜찮겠지 생각했는데 그 생각에 쐐기를 박는 경험을 한 것이다.

오늘 새로 알게 된 에릭 엄마는 미국 학교의 규칙과 룰이 얼마나 엄격하고 철저한지에 대해 확인을 해주었다. 에릭네는 일주일 전에 우리가 살고 있는 아파트로 이사를 왔는데 예원이 엄마의 소개로 오늘 처음 알게 된 것이다. 오는 길에 에릭 엄마의 차를 타고 오게 되어 잠깐 우리 집에서 커피 한 잔을 마시고 가라고 제안을 했더니 흔쾌히 그러자고 하였다. 커피를 마시며 미국 아이들의 학교생활에 대해 이런저런 얘기들을 들을 수 있었다. 에릭 엄마는 이곳 시민권자이고 이곳 미국에서 오래 생활을 했기 때문에 미국 생활에 대해서는 많이 알고 있었다.

에릭은 이사 온 지 얼마 지나지 않아 자신의 반 어떤 아이를 물었다고 한다. 담임은 바로 에릭 엄마에게 이 사실을 통보했다고 한다. 에릭 엄마는 왜 그런 상황이 벌어졌는지에 대해 조목조목 담임에게 물었는데 담임은 그런 것까지 자세하게는 모르고 있었다고 한다. 결과적으로 에릭이 다른 아이의 팔을 물은 것에 대해서만 강조해서 얘기했다고 한다. 에릭에게 물으니 원인 제공한 아이에게 먼저 잘못이 있었다고 한다. 에릭의 담임이 그렇게 부모에게 알리는 것은 일종의 '경고'라고 한다. 두 번 물게 되면 학교에 다닐 수 없다고 한다. 그런 상황이 되면 부모를 호출하게 되고, 부모는 변명의 여지 없이 아이를 집으로 데려가야 한다고 한다. 학교에서는 그 아이 잘못의 경중을 따져 며칠 등교 금지에서부터 몇 달까지 등교 금지 조처를 내린다고 한다. 다른 아이를 무는 경우는 두 번째에 등교 금지 조치가 취해지고, 폭력을 행사하거나 다른 아이와 싸울 경우는 세 번째 경고에 등교 금지조치가 취해진다고 한다.

다시는 그런 일이 발생하지 않도록 잘 교육시켜서 다시 학교로 보내라는 의미인데, 우리에게는 흔하지 않은 정학을 맞게 되는 셈이다. 그렇게 함으로써 교실의 질서를 바로잡아 나가고 자신의 행동에 대한 책임의식을 높일 수 있다는 것이다. 가혹하다는 생각이 들었지만, 학급의 질서를 잡아 나가고 다수의 아이들을 보호하기 위해서는 그런 방법이 합리적일 수도 있겠다는 생각이 들었다. 비록 어린아일지라도 자신의 행동을 돌아보며 반성하고 자신의 행동에 대해 책임을 지게 하는 것은 필요하다고 생각한다.

에릭 엄마는 "미국 아이들은 외롭게 자라고 있는 것 같다."라는 말도 덧붙였다. 놀이터에서는 항상 부모가 함께해야 하고 아이들이 좀 함께 어울려 노는가 싶으면 아이들을 데리고 가버린다고 한다. 우리처럼 아이들 자의대로 서로 어울려서 노는 것이 힘든 사회라는 것이다. 어쩌다 미국 가정에 놀러 가게 되면 모든 물건, 심지어는 장난감까지 사용 여부를 주인에게 일일이 묻고 허락을 받아야 한다고 한다. 어떤 아이들은 자신의 장난감에 손도 못 대게 하는 경우도 있는데, 그러면 놀러 간 아이가 주눅 들게 되더라는 말을 했다. 언제부터인지 에릭 엄마는 미국 가정에 놀러 가는 일을 피하게 되었다고 한다. 그렇게 길들여진 미국 아이들 정서에는 그런 것들이 당연하게 받아들여지고, 그런 방식이 편할 수 있겠지만 한국에서 자란 에릭 엄마의 정서에는 받아들이기 힘든 부분이었다고 한다.

이곳 아이들을 보면 철저한 룰과 규칙만큼 아이들 사이에도 보이지 않는 거리감이 있으며, 이는 어른들 사이에서도 마찬가지이다. 일정한 선을 넘는 것을 서로가 경계하고 있으며, 그 적당한 거리를 이곳 사람들은 잘 지켜주고 있다. 이렇게 이곳 사람들은 철저하게 개인주의적 사고방식에 잘 길들어 있다.

에릭 엄마의 말과 오늘 학교에서 있었던 일을 생각하니 지난여름 새크라멘토에서의 교포분들과의 대화가 떠올랐다. 지난여름 캘리포니아 새크라멘토를 방문했을 때, 그곳에 사는 교포들과 함께 한국의 교육과 이곳 미국의 교육에 대해 여러 가지 얘기를 나눌 기회가 있었다. 그들은 우리 교육에 대해 심히 우려를 표하고 있었다. 특히 아이들에 대해 뭔가 잘못 교육되고 있음을 걱정하고 있었다. 일례로, 이곳 미국에서 한국인 학생들은 식당에서나 호텔에서 단체로 받는 것을 많이 꺼린다고 했다. 무례하고, 시끄럽고, 제멋대로이고, 통제가 안 되기 때문이라고 한다. 한국 학생들처럼 말을 안 듣는 학생들도 없다는 말까지 덧붙였다. 미국에서는 상상할 수 없는 일이라고 한다.

이곳에서는 가정에서 어렸을 적부터 남에게 피해를 주는 행동에 대해서는 엄격한 제재를 받는다고 했다. 가정에서는 타임아웃(Time Out, 일정 시간 격리하는 방법)의 방법을 쓰고 있는데, 치코에 있을 때 호스트의 가정교육에서도 많이 느끼던 바였다. 남에게 피해를 주는 아이에게는 자기 방에서 나오지 못하도록 강제하였다. 아이의 잘못에 대한 벌로 자신이 좋아하는 행동을 못 하게 하거나 일시적으로 금지함으로써 자신의 행동을 반성하는 기회를 주고 있었다.

흔히 언어는 그 사람의 의식과 행동을 지배한다고 한다. 이들은 어렸을 적부터 "Thank you, Sorry, Excuse me를 입에 밸 정도로 많이 하고 있다. 이는 다른 사람들에게 피해가 가는 행동을 극도로 꺼리고, 남도 나에게 피해를 주는 행동을 하지 말라는 암묵의 룰 같은 것이다.

남을 잘 배려해야 나도 잘 배려 받을 수 있다는 의식이 이들에게는 당연한 것으로 받아들여지고 있다.

학교에서도 예외는 아니다. 남에게 피해가 가는 행동을 하면 교칙에 따라 경고를 주고, 그 경고가 세 번이 되면 교실밖에 세워놓거나 교장실로 보낸다. 교장 선생님은 교실을 순시하다가 그런 학생들이 있으면 교장실로 데려가 훈시를 한 후 아이를 데려가라고 각 가정에 전화를 한다. 만약에 학부모가 제시간에 아이를 데려가지 않으면 시간당 얼마씩 벌금을 물게 된다. 이렇게 철저하게 교육받은 학생들이니 남에게 피해를 끼치는 행동이 얼마나 나쁜 행동인가를 인식하게 되는 것이다. 심하면 에릭 엄마의 말처럼 등교 금지조치까지 하게 되는데, 어찌 아이들이 제멋대로 행동을 할 수 있을 것인가?

요즘 우리 교육현장은 어떤가? 아이들은 자신의 행동에 대한 책임을 질 줄도 모르며, 남에게 피해가 가는 행동이 부끄러운 행동인지 인식조차도 못하고 있다. 아이들을 다스리고 통제하고 제어할 수 있는 장치가 거의 없는 상황이다. 그런 상황에서 교실 현장은 어떨지 쉽게 상상을 할 수 있을 것이다. 이런 상황에서 교실은 점점 더 무질서해져 가고 있는 것은 당연한 일 아닐까? 작금의 교실 상황을 통탄하며 이런 상황에서 무슨 교육을 할 수 있느냐고 자조적인 말을 하는 교사들을 한국에서는 쉽게 만날 수 있다. 물론 교실 현장이 다 무질서하다는 것은 아니다. 그러나 전체적으로 어떤 틀이 무너진 상황에서 교사의 인내와 사랑만을 강요하는 우리네 교육 풍조는 문제의 본질을 외면하고 있는 것은 아닌가라는 생각을 하게 된다.

가까운 지인 중 60을 바라보는 어떤 여교사는 자신의 손자 손녀가 지금과 같은 교실에서 교육받아야 한다는 사실에 많은 걱정을 하고 있었다. 그 선생님은 긴 연륜 동안 교직에 몸담고 있었던 사람으로 지금 전체적으로 돌아가는 상황이 너무 우려스럽다고 하였다. 그러면서 우리 아이들에 대해 많은 걱정을 하고 있었다. 이는 물론 부모에게 책임이 있을 것이다. 그러나 문제가 발생하였을 경우 부모도, 아이도 자신의 행동에 책임을 지고 성찰하는 자세를 보이기는커녕 자신의 목소리만 키우고 책임을 회피하려는 태도를 보인다. 이는 문제의 본질을 외면하고 자신의 책임을 회피하는 것으로, 이런 상황에서는 문제가 반복적으로 일어날 수밖에 없다. 결국, 가장 큰 문제는 이로 인해 선량한 많은 학생들이 피해를 보게 된다는 사실이다.

교사가 아이에게 맞고 그 책임을 교사가 혼자서 지고 다른 학교로 떠나는 것을 본 적이 있다. 과정이야 어떻든 그런 일이 우리 교육현장에서 일어나고 있다는 사실 하나만으로 뭔가 잘못되어 가고 있다는 느낌을 지울 수가 없었다. 마음속에 일던 강한 분노는 또 다른 이름의 좌절감이었다. 우리는 뭔가 분명하게 잘못되어 가고 있다. 왜 우리 아이들이 다른 나라에서 버릇없고 무례한 아이들로 비치고 있는지, 심지어는 호텔에서 보이콧 당하고 있는지 진지하게 생각해 보아야 할 때이다. 더 늦어지기 전에.

미국에서 오랫동안 유학을 하고 온 어떤 사람의 말이 가슴에 남는다. 흉내를 내려면 제대로 흉내를 내야 하는데, 겉으로 드러나는 번지르르한 모습만 흉내를 내는 경우가 많다고 지적을 했다. 겉이 아닌 그들의 안까지를 두루 살펴서 우리에게 맞는 것들을 받아들여야 함에도 불구하고 뭔가 편향적으로 받아들이고 있는 경우이다. 우리가 알고 있다고 생각하는, 겉으로 보이는 미국은 분명 자유분방해 보이고 자유로워 보인다. 그러나 안으로 들어가면 하나에서 열까지 철두철미 그 자체다. 인정머리가 없어 보일 지경이다. 다양한 민족을 아우르기 위해서는 철저한 원리와 원칙 적용이 필요한 것은 당연한 일일 것이다.

아이의 비행으로 아이가 등교 금지조치를 당하게 되면 물론 부모가 교육해야 할 것이다. 다행히 훌륭한 부모라 아이들 잘 가르치고 훈계하여 다시 학교로 돌려보내 학교에 잘 적응을 하면 그보다 더 바람직한 일이 없을 것이다. 그러나 그렇지 못한 부모의 경우라면 어떻게 될까? 그 아이는 누가 잡아줄 것인가? 당연히 잡아주고 훈계해 주는 사람도 없이 밖으로 나돌며, 나쁜 것들에 빠질 수 있는 확률이 높아질 것이다. 그 얘기를 남편에게 하니 남편 말이 그래서 미국 사회가 점점 더 양극화되어가고 있는 것인지도 모른다고 했다. 철저한 룰로 선량한 많은 아이들은 보호가 되겠지만, 학교를 나간 아이는 영원히 돌아올 수 없는 탕아의 길을 걷게 될지도 모른다.

우리의 경우 다른 나라의 사례를 살펴서 교실에서의 질서를 바로잡고 학생들이 학습 활동에 몰입할 수 있도록 뭔가 근본적인 대책이 필요한 시기이다. 갈수록 명예퇴직을 신청하는 교사들이 늘고 있다고 한다. 많은 교사가 그 이유로 교권 추락을 뽑았다고 한다. 그만큼 우리 교육현장이 녹록지 않음을 보여주는 증거이다. 학교에서 교권을 살리고 교실을 회복하는 일은 결국 우리 아이들을 위한 길이며, 아울러 미래를 밝게 하는 일이 될 것이다.

등굣길 단상

　　하루하루가 참 빠르게 지나가고 있다. 월요일을 시작으로 일주일이 시작되면 어느새 목, 금요일을 향해 치닫곤 했다. 내 생활도 이제는 어느 정도 자리를 잡아 나가고 있다. 나름대로 생활에 질서가 잡히고, 룰이 생기고, 규칙적으로 해야 할 일들이 생겼다. 가족들을 위해 밥을 하고, 빨래를 하고, 시장을 보러 가고, 청소를 하는 등의 기본적인 일에서부터 학교에 나가서 해야 할 일들과 나만을 위한 시간으로 하루하루는 빠르게 흘러가고 있다.

　어떤 상황에서건, 어디에 있건 간에 주어진 상황과 환경에 순응하며 충실히 살자는 것이 내 생활 모토 중 하나다. 육아 휴직하고 있는 동안에는 오로지 그 목적대로 아이들만을 바라보며 아이들을 위해 내 존재를 드러냈듯이, 지금도 주어진 상황에 충실해야 한다는 생각을 하고 있다. 내 인생에서 큰 변화라면 변화일 수 있었던 휴직이나 이곳 미국에 오게 된 것이 비록 외부의 요구에 의한 것이긴 하나, 내가 수용을 하고 수긍을 했기 때문에 결국은 내가 선택한 일들이다. 내가 선택하고 결정한 일들에 대해서는 가능한 한 성실해야 한다는 생각을 하고 있다. 나 자신이 과연 지금의 생활에 온전히 충실히 하고 있는지는 먼 후일 알게 될 것이다.

　아침밥을 먹고 나면 늘 커피를 끓인다. 평소에 내가 마시는 양보다 더 많은 양을 컵에 담아서 밖을 나서는 것으로 하루를 시작한다. 걸어서 10분 거리지만 아침에는 차를 얻어 타고 학교까지 간다. 차를 타고 가면서 남편과 커피도 나누어 마시고, 잠깐이지만 음악도 듣는다. 늘 그 시간이면 익숙한 모습이 눈에 들어온다. 엄마나 아빠와 함께 학교로 걸어가는 아이들, 버스 정류장에 길게 줄지어 서서 스쿨버스를 기다리는 대학생들. 그 대학생들은 그렇게 줄을 서 있다가 셔틀버스가 오면 차례대로 차에 오른다.

오늘은 건너편으로 보이는 도일 학교 앞 정류장 학생들의 줄이 유난히 길어 보였다. 평소보다 세 배는 길어 보였다. 남편 말에 의하면 다음 주부터 시험 기간이라 학생들이 일찍 학교에 가는 모양이라고 했다. 다음 주를 마지막으로 초·중·고·대학이 모두 일주일 동안의 봄방학 (Spring Break)에 들어간다. 봄방학 들어가기 전에 대학별로 모두 시험에 들어간다는 것이다. 대학생들은 아주 열심히 공부한다고 한다.

미국의 각 대학에서는 졸업생 중 성적 하위권 학생 10%를 유급시킨다고 한다. 그 10% 안에 들지 않기 위해 학생들은 그야말로 사생 결단 공부에 매달린다는 것이다. 한국에서 유학을 온 대학원생들도 비상이 걸렸다는 것이다. 미국의 경우 각 대학이 요구하는 규정된 학점을 성공적으로 이수할 때까지 졸업 학위를 주지 않기 때문에, 많은 대학의 경우 졸업하기까지 통상적으로 걸리는 졸업 연한이 4년이 아닌, 5-6년이 걸린다는 것이다. 우리라면 학생들이 어떻게 반응을 했을까? 이곳 학생들은 치열하게 공부에 목숨을 거는 것으로 그 방안에 순응하고 있다고 한다. 미국 대학생들은 평소에도 열심히 공부하는 것으로 알고 있는데, 이런 방침이 결정되면서 더 열심히 공부하고 있다는 것이다.

그 말을 들으며 몇 가지 생각을 하게 되었다. 이곳 미국은 초등학교나 대학교나 규율과 규칙들이 참으로 엄격하고 냉정하다는 생각이 들었다. 초등학생들일지라도 학교의 규율을 어기게 되면 인정의 여지 없이 그 엄격한 규율을 바로 적용한다. 교실에서 남에게 피해가 가는 행동을 하면 바로 주의가 들어가고, 백룸에 격리되기도 하고, 경고를 받을 경우는 부모에게 바로 통보가 되고, 심하면 등교 금지조치까지 내려지는 것이나 대학에서 성적권 내에 못 들면 인정사정없이 바로 유급시키는 것 등은 미국 사회의 냉정한 면을 엿볼 수 있는 대목이다.

광장에서 수업이 시작되기를 기다리는 아이들과 학부모들

미국은 전 세계의 모든 민족이 다 모여 산다고 해도 과언이 아니다. 그런 다양한 사람들을 수용하고 통제하고 다스려 나가기 위해서는 보다 강력한 장치들이 필요했을 것이다. 동질적이지 않은 많은 사람들을 아우르기 위한 수단으로 그렇게 냉정하고 엄격한 규율들이 필요했을 것이다. 그렇게 철저한 룰과 엄격한 규율이 없다면 이 커다란 나라가 올바로 나아가기도 힘들 것으로 보인다. 이 커다란 나라가 하나의 유기체적 성격을 띠고 잘 굴러갈 수 있는 힘은 바로 이러한 엄격하고 냉정하며 철저한 장치들이 아닐까? 그렇게 철저하고 냉정한 면이 미국을 합리적인 사회, 믿을 수 있는 사회로 이끌고 있는 것은 아닐까 생각한다.

책임의식은 어떻게 길러지는가? '에릭 이야기'

　　　　에릭은 부모가 한국 출신인 아이다. 이곳에서 태어나고 이곳에서 자라게 될 미국 시민권자이기도 하다. LA에서 얼마 전에 우리가 사는 아파트로 이사를 오게 되어 알게 된 아이다. 제니와 같은 도일 학교에 다니고 있으나 제니네 반은 아니다. 같은 아파트에 살다 보니 우리 집이나 에릭 네 집에서 커피를 마시기도 하고 혹은 공원을 산책하다가 오가며 만나곤 하는 이웃이다. 오늘도 저녁을 먹고 공원을 나갔는데 마침 에릭네도 나와 있었다. 에릭 엄마는 지난주에 있었던 일 때문에 오늘까지 신경을 쓰고 있었던 모양이다. 아닌 게 아니라, 오늘 우리 아이들을 픽업하러 가는 자리에서 만난 에릭 엄마의 표정이 밝아 보이지 않았다.

　에릭이 지난주 금요일에 그 반 아이 두 명과 싸움이 붙은 모양이다. 에릭은 이곳에 오자마자 다른 아이를 물어서 담임으로부터 경고를 받은 적이 있다. 물론 에릭 엄마는 "I'm Sorry."를 하기 전에 사실 여부를 먼저 확인했다고 한다. 이곳에서 선생님의 경고는 반드시 책임을 묻게 되는 것이라 가볍게 넘길 것이 아니므로 그렇게 했단다. 그런데 이번 주 금요일 날은 에릭 엄마가 보는 자리에서 그런 일이 벌어졌다는 것이다.

한 백인 아이가 먼저 에릭을 때렸다고 한다. 이에 화가 난 에릭이 가만히 있지 않고 그 아이를 때린 모양이다. 그런데 그것을 지켜보던 다른 백인 여자아이가 에릭을 또 때렸다고 한다. 그러는 과정에서 세 아이가 엉겨 붙어 싸우게 되었는데 에릭 엄마가 "Stop!"이라고 소리를 쳤음에도 불구하고 그 싸움은 5분 이상 진행이 된 듯하다. 에릭 엄마는 어린 에릭 동생 예빈이를 보고 있는 상황이라 어찌해볼 도리가 없었다고 한다. 이어 백인 아이가 담임교사에게 달려가서 이 사실을 얘기한 모양이다. 에릭 엄마는 담임이 어떻게 조치를 할지 궁금해하면서 점심시간이 되어 집으로 와버렸다고 한다.

그런데 아이를 픽업하는 2시 10분쯤에 교실에 가보니 에릭은 없고 담임 선생님이 4일간의 등교 금지를 알리는 '정학 처분서'를 주더라는 것이다. 에릭은 점심때부터 2시간 이상을 사무실(Office)에 격리된 채로 있었고, 이러한 사실에 대해 교감 선생님은 에릭 엄마에게 전화했던 모양이다. 내가 들었던 미국 학교의 엄격한 '룰'대로 에릭은 바로 격리가 되었고, 에릭 엄마에게 전화 연락이 간 모양이다. 애를 데려가라고.

에릭 엄마는 황당하고 당혹스러운 맘이었으나 마음을 가라앉히고, 아이가 이렇게 된 것에 대해 사실 여부를 확인해 나갔다고 한다. 우선 에릭 엄마가 직접 목격을 했기 때문에 그 목격한 사실을 차분하게 말하고 있지도 않은 사실을 기록한 부분에 대해서는 아이를 통해 조목조목 사실 여부를 확인해 나갔다고 한다. 그리고 어떻게 학생들이 나가 있는 야외 활동에 교사가 함께 나와 있지 않느냐고 따지듯 물었다고 한다. 이런저런 정황을 비추어 에릭이 먼저 잘못한 일이 아니라는 판단하에 교장이 정학 처분서는 폐기했다고 한다. 그 대신 싸움을 한 아이 세 명에게는 그 행동에 대한 책임을 물어 3주간 야외 활동, 쉬는 시간, 간식 시간을 박탈하게 될 것이라는 말을 들었다고 한다.

에릭 엄마는 그 말을 하면서 매우 허탈해하고 있었다. 동양 아이들에게 보이지 않는 차별을 느낄 수 있었으며, 언어가 안 되는 경우는 잘못도 없이 사실도 아닌 일에 책임을 지게 되는 경우가 있다는 말을 했다. 그렇게 심란하고 안 좋은 일 있으면 언제든지 우리 집에 와서 차나 한잔하자는 말만을 위로의 말로 남길 수밖에 없었다. 이렇게 털어놓는 자체만으로도 에릭 엄마의 마음을 가볍게 할 수 있다는 것을 알기 때문이다. 다행히도 장난꾸러기 에릭이 정과 제니와는 아무런 부딪힘 없이 잘 어울린다는 것이다. 하기야 정과 제니는 다른 아이들과 놀 때도 다투는 것을 본 적이 없다. 에릭 엄마도 그래서 정과 제니가 에릭과 노는 것을 좋아한다.

이번 일을 들으면서 몇 가지 알게 된 사실이 있다. 첫째, 역시 미국 학교 현장에서 적용되고 있는 '룰'은 종이호랑이가 아니다. 바로 아이들의 책임을 묻게 되고, 만약 정학 처분까지 갈 경우 그 사실은 꼬리표처럼 붙어 다니게 된다는 것이다. 어린아이들이라 할지라도 자신이 한 행동의 결과에 대한 책임을 묻는 것은 교육상 필요한 부분이다. 우리도 하루빨리 도입해야 할 부분이라고 생각한다. 우리 아이들은 자신의 행동에 대해 책임을 질 줄 모르며, 책임을 묻는 장치도 없다. 함부로 행동하고 폭력적이고 수업을 방해하는 학생들로부터 더 많은 선량한 학생들의 피해를 최소화하기 위해서라도 이런 것들은 필요하다. 체벌이 금지된 상태에서 우리는 이런 행동들을 제어할 수 있는 아무런 장치가 없으므로, 지금의 교실 현장은 학생들의 그릇된 행동을 제재할 아무런 장치가 없는 사각지대에 놓여 있다고 해도 과언이 아니다. 학생들에게 책임의식을 묻는 것은 곧 사회인으로서 자기 행동에 대한 책임의식을 고양시킬 수 있을 것이다. 그렇게 자란 아이들이 그대로 사회에 나갈 것이기 때문이다.

둘째, 미국이라는 사회에서 동양인에 대한 편견과 차별 의식이 있다는 것이다. 이는 비단 에릭의 일에서만 알게 된 것은 아니고, 이곳 교포들의 경험담을 적어 놓은 책에서도 읽은 바 있다. 전체적인 생각은 깨어 있을지라도 이런저런 곳에서 말을 못 하고 혹은 동양인이라는 이유로 차별을 받고 있다는 사실이다. 차별을 극복하는 과정은 물론 여러 가지가 있을 수 있겠지만, 에릭 엄마처럼 일이 벌어진 것에 대해 사실 여부를 확인하는 것과 그 결과가 빚어지게 된 과정을 짚고 넘어가는 태도가 필요한 듯하다. 벌어진 일에 대해 사실에 근거한 합리적인 판단을 한다는 가정하에…. 실제로 그렇기도 하다. 또 따지게 될 경우는 감정을 앞세우기보다는 차근차근하게 이성적으로 상황을 중심으로 짚어 나가는 태도가 필요할 것이다. 감정만 앞세워 목소리만 높인다면 누가 그 사람의 말을 믿어줄 것인가?

셋째, 차별이 있다고 해도 상식이 통한다는 것이다. 아무리 교사가 작성한 서류라고 할지라도 학부모와의 대화로 잘잘못이 가려졌을 경우 바로 수정이 가능하다. 이는 물론 교장·교감의 탁월한 판단에 의한 것이지만, 한 아이에게 멍에를 지우는 일을 쉽게 처리하기보다는 학부모의 의견도 적극적으로 반영한다는 것이다. 그 현장을 목격하지 않은 담임의 말보다 현장을 목격한 학부모의 의견을 전적으로 수용한다는 것이다. 이는 또 다른 포용력으로, 관리자가 가지고 있어야 할 중요한 덕목이라고 생각한다. 객관적인 입장에 서서 사리 분별을 할 수 있다는 것은 중요하다. 자칫 교사의 말에 비중을 실어 상황을 판단할 수 있음에도 학부모의 의견을 들어주었다는 것은 합리적이고 실리주의적인 그들의 면모를 엿볼 수 있는 대목이다.

넷째는 미국의 학교에서는 될 수 있으면 문제를 일으키지 않고 얌전하게 생활하는 것이 최고라는 사실이다. 하기야 이는 한국에서도 적용되는 말이 될 것이다. 그러나 미국에서의 문제는 바로 엄격한 룰에 의해 책임을 묻게 되지만, 한국에서는 심각한 폭력 문제를 제외하고는 수업 중 떠들거나 수업을 방해하고 다른 아이들을 괴롭히는 등 많은 부분에서는 타이르는 정도로 넘어가는 것이 현주소이다. 교사가 할 수 있는 권한이 많지 않기 때문이다. 이것도 큰 차이점이라고 볼 수 있다.

교장·교감 선생님의 수업 참관

615호실 수업 시간은 시간표대로 운영되는 것이 아니다. 하루의 일정을 적은 일과표가 앞면에 붙어 있긴 하나, 그 시간표대로 운영되는 것이 아니다. 우리처럼 과목이 세분되어 있지 않기 때문에 굵직한 흐름만 지킬 뿐 세세한 시간들은 자유롭게 운영하고 있다. 특별히 쉬는 시간이라고는 간식 시간으로 주어지는 15분간의 쉬는 시간(Recess Time)이 전부이다. 정은 그 시간에 간식을 먹게 되면 아이들과 놀지 못한다며 간식 타임을 갖지 않고 있다. 정은 친구들과 운동장에서 공놀이하는 것을 더 원하고 있다. 간식을 먹든지, 운동장에서 놀든지 선택은 순전히 학생들의 판단에 맡기고 있다. 일제히 강요해서 하는 것은 없다. 수업 시간일지라도 화장실이 급하면 조용히 교실을 빠져나가서 볼일을 보고 오면 된다. 그러다 보니 두 시간 동안 내내 학습을 하게 되는 경우도 많다. 가끔 종은 울리지만, 그 종은 어느 반에도 그리 의미 있는 종이 되지 못하고 있다.

수업 시간에 학습하고 있노라면 교장이나 교감 선생님이 뒤에서 수업을 참관하고 있는 모습을 자주 볼 수 있다. 시간에 구애 없이 교장과 교감 선생님이 수시로 교실을 드나들고 있는 셈이다. 교장·교감 선생님뿐만 아니라 수많은 튜터들, 학부모들이 수시로 교실을 드나들고 있다. 물론 수업에 지장을 주지 않는 범위 내에서 왕래하고 있다. 교사들은 그런 왕래에 대해 대수롭지 않게 여기고 있으며, 수업에 방해가 된다는 식의 생각들도 없어 보인다. 교장·교감 선생님이 교실에 오는 이유는 아이들의 학습하는 모습을 보기 위해서이다. 토마스 선생님은 수업하다가도 교장 선생님이 오면 그 활동에 대해 교장 선생님에게 자세히 안내하곤 한다.

교실 자체가 모두 오픈된 형태라 누구든지 각 교실 수업을 훤하게 볼 수 있다. 이렇게 교장과 교감 선생님은 각 학급의 교실 수업을 참관할 뿐만 아니라, 학기마다 교사의 교수 학습 활동에 관한 내용을 각 담임들로부터 브리핑을 듣고 함께 협의하는 시간을 갖고 있다. 교사들은 한 학기 동안의 교육과정 운영이나 교수 학습 자료, 교수 활동에 관련한 내용을 정리해서 교장에게 프레젠테이션 해야 한다.

놀며 탐구하며 스스로 배우는 아이들

토마스 선생님은 며칠 전에 교장실로 가서 교수 학습 활동에 대해 브리핑을 끝냈다. 아이들의 학습 결과뿐만 아니라 이 교실에서 이루어지고 있는 모든 학습 활동에 대해 브리핑해야 한다. 이런 활동들을 통해 교사들은 새롭게 변모해 갈 수 있으면 연구하는 교사로 거듭날 수 있는 것 같다. 구태의연함에 머물러 있지 않고 새로운 활동들을 배우고 교실에 도입함으로써 수업의 질적인 향상으로 이어질 수 있을 것으로 보인다. 일종의 장학인 셈이다. 이런 활동들을 통해 이곳 교사들은 관리자로부터 평가를 받고 있다.

이곳은 우리처럼 발령받자마자 교사 자격증이 주어지는 것이 아니다. 일정 기간의 관찰을 통해 교사 자질 여부를 파악한 후에 교사 자격증을 주고 있다. 그 관찰 기간에 일정한 수준에 도달하지 못하거나 교사로서 자격이 미달인 경우 교사 자격증을 받을 수가 없다. 그 기준과 평가 방법이 어떤지는 모르겠지만, 이런 과정을 통해 교사가 되었어도 이렇게 수시로 교장·교감 선생님이 수업 참관을 하거나 교수 학습 활동에 대한 내용을 브리핑해야 한다. 한 날을 정해 교사 브리핑의 날을 갖고 있었는데 그날은 담임이 교장에게 브리핑하는 동안 임시 교사가 배치되어 수업을 했었다. 그 정도로 교사의 교육과정과 수업 관련 전반적인 활동을 정리하고 설명하는 일을 중요하게 여기고 있다.

교사의 교육력 향상 측면에서 가장 중요한 것은 수업이다. 결국, 교사의 정체성은 학생들로부터 규정되며, 학생들의 성장과 발달이라는 측면에서 교사의 교육력도 정의되어야 한다. 이런 측면에서 교사 스스로 연찬하거나 관리자들과 함께하는 이런 형태의 장학이 결국은 전체적인 교육의 질을 향상시키는 데 도움이 될 것으로 보인다. 시대가 변해가는 만큼 함께 변해가야 하는 가장 일선에 선 존재들이 교사들이다. 이런 측면에서 다양한 장학이나 행정적 장치들을 통해 교사의 교육력을 향상시키는 일은 결국 우리 아이들의 성장과 발달을 위해 필요한 부분이다.

이곳의 교육을 보면서 진정으로 아이들을 위하는 길이 무엇인지에 대해 생각해 보곤 한다. 세상은 몰라보게 빠르게 변해가고 있는데 그에 맞지 않은 구태의연한 사고에 젖어 있었던 것은 아니었는지, 누구에게 보여도 떳떳한 수업이었는지, 이렇게 교장, 교감 선생님이 수시로 교실을 드나들어도 개의치 않고 수업을 할 수 있는지, 어렵고 힘들다는 이유로 새로운 것들을 받아들이는 데에 인색하지는 않았는지 반성을 하곤 한다. 아울러 위의 과정들이 우리에게도 필요한 부분이 아닐까라는 생각을 해보았다. 자신을 돌아볼 수 있고, 자신을 다질 수 있는 시간이 될 것이기 때문이다.

이곳은 교사들에 대해 형식적인 평가가 아닌 실제적인 내용을 평가하고 있는 것으로 보인다. 실제로 그런 모습들을 보아온 입장에서 정말로 평가되어야 할 내용은 아이들에게 얼마나 좋은 교사이며, 수업에 얼마나 충실히 하고 있는지가 되어야 하지 않을까? 교사의 교육을 평가하는 일 자체가 참으로 모순이고 어려운 일일 수 있다. 교육은 그 효과가 금방 드러나기보다는 시간을 두고 서서히 드러나는 것이 많기 때문이다. 게다가 정의적 영역은 그 효과가 가시적으로 드러나지 않을 수도 있다. 그러나 이런 활동을 통해 최소한 교사는 자신을 성찰하며 교육적 활동들을 정리해 보는 기회를 얻게 될 것이다. 아울러 어떤 형태로든 교사의 변화를 이끌어내는 기회로 작용할 것이다.

진정한 아름다움이 잘 드러나지 않듯, 교직에서도 아름다운 삶을 사

놀며 탐구하며 스스로 배우는 아이들

는 사람들 또한 그 행위가 잘 드러나지 않는 법이다. 늘 조용하게 자신의 본분을 지켜낼 뿐이다. 그들은 그런 교사 평가와는 무관하게 교사로서의 책무를 다하고 참 교사로서의 삶을 성실히 살아내고 있다. 내가 아는 많은 선배, 동료, 후배 선생님들처럼…. 그런 모습은 지금 행해지고 있는 교사 평가 잣대나 기준으로 가늠할 수가 없다. 따라서 교육에서는 보이는 모습만으로는 한 사람을 평가하는 우를 범해서는 안 된다. 외형적으로 드러난 것만을 평가하는 평가법은 어쩔 수 없이 오류를 안고 있기 때문이다. 진정으로 중요한 과정들을 놓치게 될 가능성이 크기 때문이다.

교육에서의 평가는 오히려 사람들을 얼마나 따뜻한 시선으로 바라볼 수 있는지, 아이들을 사랑으로 대하고 있는지, 세상을 올바르게 바라볼 수 있는지, 세상을 바라보는 따뜻한 가슴을 지녔는지, 변해가는 세상에 눈과 귀를 열고 유연하게 받아들일 수 있는지를 염두에 두는 것이 바람직하다. 우리 아이들을 올바로 성장시키고 그들의 변화를 끌어내기 위해서는 이런 눈에 보이지 않는 요인들이 더 중요할 수 있기 때문이다. 지금 우리 현장에서 행해지고 있는 교원평가는 이런 교육의 본질적 측면에서 벗어난 측면이 다분하다.

친절을 배우는 아이들

　　　　아침에 아이들을 차에 태우고 학교를 향해 가고 있노라
니 혼자서 학교에 가는 학생이 눈에 띄었다. 아이가 혼자서 등교하는
모습이 이곳에서는 흔한 풍경이 아니다. 남편이 결국 한마디를 한다.
"아이 혼자 학교에 등교하는 것도 가능한가 보네." 가능은 하겠지만
10세 이하의 어린이가 혼자서 다니는 것을 이곳에서는 법으로 금지하
고 있다. 한국에서는 아이들 혼자서 등교하는 것이 흔한 일이지만 이
곳에서는 드문 일이다. 아침이면 대부분 엄마 아빠 손을 잡고 등교를
하거나 차로 아이들을 태우고 와서 학교 앞에 내려 주기도 한다.

차가 도착하면 차 문을 열어주는 교통 도우미 어린이들

　학교에 도착하면 제일 먼저 열 명이 넘는 아이들이 아빠 양복쯤으로
보이는 헐렁한 까만색 양복 상의를 입고 우리를 맞아준다. 바로 교통 도
우미 학생들이다. 학교 교문 앞 둥그런 화단을 중심으로 도로가 돌아나
가게 나 있고, 그 길 위에 아이들이 일정한 간격으로 서 있다. 차가 도
착을 하면 교통 도우미 아이들이 다가와 차 문을 열어준다. 차에서 학

놀며 탐구하며 스스로 배우는 아이들

생이 내리면 다시 차 문을 닫아준다. 작은 일 같지만 차 문을 열어주고 닫아주는 행위에서 그들의 친절과 배려를 엿볼 수 있다. 실제 문을 여닫아주면 대접을 받는 느낌이 들어 아침부터 얼굴에 미소가 그려진다.

미국 학교에서 하루의 출발은 이렇게 친절함을 실천하는 것에서부터 출발한다. 물론 차 안에 탄 학생은 교통 도우미 어린이가 차 문을 열어주었을 때 "Thank you!"라고 말하는 것을 잊지 말아야 한다.

학교에 등교해서도 학교 시작 시간이 될 때까지는 학교 내 광장에서 기다려야 한다. 같은 반이라면 기다리는 동안 학부모들끼리 서로 인사를 나누고 알아가는 기회도 된다. 아침이면 늘 같은 사람들을 보기 때문이다. 키에렌의 엄마와 키에렌 동생인 마야, 쇼타 아빠, 조오지 아빠, 샤울리 아빠, 애니 엄마, 줄리아 엄마, 리나 아빠 엄마는 거의 매일 얼굴을 볼 수 있는 사람들이다. 아빠들과 엄마들이 오는 비율이 거의 비슷하다.

광장에서 종이 울릴 때까지 학부모들 사이에는 이런저런 정보들이 오간다. 선생님이 나와서 아이들을 데리고 들어가면 학부모들도 따라가며 아이가 교실로 들어가는 모습을 지켜보기도 한다. 아이들을 들여보내면서 담임교사에게 학생과 관련한 짧은 정보를 주기도 한다. 예를 들어, 아이가 아프거나 결석을 하게 되는 경우 그 사정을 아이들 교실로 들어가는 시간에 짧게 말해주면 된다.

왜 한국에서처럼 교실 문을 미리 열어놓지 않을까 생각해 본 적이 있다. 아무래도 아이들 관리와 관련이 있을 것 같다. 이곳 선생님들은 7시 30분에 출근을 하는데, 일주일에 한두 번씩은 직원회의를 하고 있다. 그 사이에 교실에만 있을 아이들 관리가 문제일 것이다. 이는 아이들의 안전과도 직결되며, 교사가 없는 교실에서 아이들의 안전에 문제가 생기면 책임의 문제도 발생할 것이다. 이곳은 모든 부분에서 대충 넘어가는 것이 잘 통하지 않는 사회이다. 아이들은 광장에서 부모가 안전하게 데리고 있다가 종이 울림과 동시에 해당 교실 호실이 새겨진 광장 앞에 줄을 서게 되고, 수업 시작 5분 전에 종이 울리면 교사가 나와서 아이들을 인솔하여 들어가곤 한다. 부모들은 아이들이 각 교실로 들어가는 것을 확인하고 집이나 직장으로 돌아갈 수 있다.

아이들이 들어간 교실 문이 닫히면 이어서 두 번째 종이 울린다. 수업 시작종이다. 처음 종과 5분 간격으로 울린다. 아이를 교실로 들여보내고 학교에서 나오다 보면 그 시각에도 많은 아이들이 차에서 내리는 것을 볼 수가 있다. 지각생들인데 지각생들이니만큼 서두르는 모습이 확연하다. 수업 시작에서 10분 전후로 늦는 것은 흔한 일이며 30분 이상 늦어지는 경우도 있다.

615호실의 조쉬아는 거의 매일 8시 30분 전후나 9시 근처에 학교를 나오고 있다. 7시 55분에 수업이 시작되는 것을 생각하면 상당히 늦는 편인데, 조쉬아는 별로 대수롭지 않게 매일 그 시각에 나오고 있다. 담임으로서 지각하는 조쉬아에게 한 번쯤은 지각하지 말라고 할 법도 한데, 토마스 선생님은 한 번도 조쉬아에게 그런 말을 한 적이 없다. 조쉬아를 사무실로 보내 지각 처리를 하라고 할 뿐 그 어떤 질책이나 훈계를 한 적이 없다.

그 모습이 내게는 생소해 보일 지경이다. 그러나 이곳 문화가 아이들이라고 해도 사적인 것에 지나치게 관여하고 훈계하는 분위기는 아닌 것 같다. 그렇게 지각을 많이 하는 학생들은 지각이 기록으로 남게 되고 교사는 그 결과를 처리하면 그만이다. 결국, 지각하게 되면 그 책임도 학생들이 지게 되는 것이다. 결국, 자기 행동에 대한 모든 책임은 학생들 스스로 지게 되는 것이다. 아침 등교 시간에 부모와 함께 등교했듯이 하교 시간에도 부모와 함께 하교한다.

June Gloom과 선택

이곳에서는 6월을 '우울한 6월(June Gloom)'이라고 한다. 다른 달에 비해 6월은 흐린 날이 유난히 많아 날이 어둡고, 때로는 을씨년스럽기까지 해서 그렇게 붙여졌다고 한다. 아닌 게 아니라 요즘은 하루 걸려 하늘이 흐려 있다. 오늘도 우울한 6월답게 하늘이 잔뜩 내려앉았다. 하늘이 흐릴 뿐만 아니라 제법 썰렁하게 느껴지는 날들이다. 남편은 우리가 이곳에 처음 오던 겨울이나 지금이나 기온 차이가 별로 없다고 했는데 나 역시 동감이다. 아침저녁으로는 제법 썰렁할 때도 있으니 말이다. 태양이 내리쬐는 날에는 한낮 온도가 아주 높은 편이다. 결과적으로 말해 이곳의 날씨는 일교차가 있는 편이다. 그래서 6월인 지금에도 감기 환자가 종종 있으며, 아침에는 두꺼운 스웨터를 입고 나가는 날도 있다. 그래도 난 이곳의 날씨가 좋다. 6월인 지금이나 겨울이나 별 차이가 없다는 것은 그만큼 겨울이 따뜻하다는 얘기다. 한겨울에도 꽃들이 흐드러지게 피어 있어 휴양지로도 인기가 높은 곳이다.

요즘 날씨가 계속 꾸물거리고 춥기까지 해서 아이들 옷차림에 특히 신경이 쓰인다. 정은 반소매 반바지 차림이 익숙해져 있지만, 제니는 감기 때문에 따뜻하게 입혀 보내곤 하는데, 제니는 날씨와 상관없이 자기가 입고 싶은 옷들을 입으려고 해서 가끔 실랑이를 벌이기도 한다. 특별히 문제가 되지 않으면 아이가 입고 싶은 옷들을 입혀 보내나, 하늘이 잔뜩 내려앉고 썰렁하기까지 한 날에는 긴 옷을 입혀서 보내야 한다. 그 과정에서 실랑이가 벌어지기도 한다. 오늘 아침에는 다행스럽게도 내가 챙겨주는 대로 아무 소리 없이 입고 나갔다.

이제는 많은 부분에서 아이들 스스로 선택할 수 있도록 해야 한다. 옷차림에서부터 무엇을 고르는 일까지 스스로 선택할 수 있는 것이 중요하다. 인생은 선택의 연속인데 이 '선택'도 자꾸 해보아야 더 좋은 것을 선택할 수 있는 안목이 생긴다. 그래야 인생에서 중요하고 소중한 것들을 선택하는 순간이 와도 당황하지 않고 현명한 선택을 할 수 있다.

모든 판단과 선택을 부모가 다 해주게 되면 아이는 선택을 할 기회를 놓쳐 제대로 '선택'하는 법을 배우지 못하게 된다. 보통 부모들은 아이가 미숙하고 답답하다는 이유로 모든 것을 다 해주려고 하는 경향이 있다. 이는 아이의 자율성이나 선택의 기회를 빼앗는 결과를 낳을 수 있다. 즉, 아이가 성장해 가는 기회를 박탈하는 것이다. 비록 미숙하고 부족하더라도 스스로 선택하는 경험은 그 자체로도 좋은 경험이다. 그러면서 아이의 자존감도 높아지게 된다. 미숙하고 부족한 선택이어도 그런대로 봐주어야 하고, 아이가 훌륭한 선택을 하면 아낌없는 칭찬을 해주어 강화해 줄 필요가 있다.

예전에 모 연예인이 TV에 나와 자신의 경험담을 늘어놓는 것을 들은 적이 있다. 그 중 이해할 수 없는 부분이 있었는데, 그는 어른임에도 불구하고 옷차림이나 신발 등을 스스로 선택을 하는 데 많은 어려움이 있다는 말을 했다. 매일 아내가 챙겨주었으며 스스로 챙겨본 적이 없다고 했다. 어느 날은 아내의 부재로 인해 그날 입어야 할 옷을 스스로 결정을 해야 했는데, 그 다 큰 남자는 무슨 옷을 입어야 할지 몰라 옷장 앞에서 한 시간이 넘게 서 있었다고 했다. 그 얘기를 마치 자랑이나 되는 것처럼 말하고 있었으나, 그 나이가 되도록 옷 하나 선택을 못해 쩔쩔매는 그 모습이 내게는 마치 어린아이같이 보였다. 몸만 어른이지 마치 아이 같은 행동을 하고 있었다.

일정한 나이가 되면 자신이 배워야 할 몫들은 스스로 배워야 한다. 그 누구도 그 사람의 인생을 대신 살아줄 수 없기 때문이다. 그런데 그 남자는 그 배움의 기회를 아내가 박탈하고 스스로가 외면함으로써 그렇게 옷 하나 스스로 선택하지 못하는 사람이 된 것이다. 그 아내가 지혜롭고 현명한 여자였다면 옷차림 정도는 스스로 선택할 수 있도록 옆에서 도와주고 조언해주는 것에 만족했어야 할 것이다. 모든 것을 다 챙겨줌으로써 내조를 잘했다고 생각한다면 그거야말로 우매한 생각이다. 선택의 기회를 박탈함으로써 그가 독립적인 인간으로 설 기회를 빼앗아 버렸는데 어찌 좋은 내조라고 할 수 있겠는가?

어른이 무엇인가? 모든 것을 스스로 선택할 줄 알고 자신의 삶에 대한 책임을 질 수 있어야 하며, 한 독립된 인간으로서 독립할 수 있는 조건들을 두루 갖춘 사람들을 우리는 '어른'이라고 한다. 그러나 우리 주변에는 그 연예인처럼 아직도 아이 단계에 머물러 있는 어른을 종종 만나게 된다. 이 또한 하루아침에 이루어지는 것이 아니다. 모든 것은 미숙하고 서툰 단계에서부터 출발하기 마련이다. 그런 미숙함이 점차 훈련과 반복을 통해 능숙함을 갖추게 되는 것이다.

'선택'도 마찬가지이다. 자꾸만 해 봄으로써 올바로 선택하는 법을 배울 수 있는 것이다. 설사 올바른 선택이 아닐지라도 스스로 선택한 것에 대해 책임을 지면서 그 경험을 통해 또 배워 나갈 것이다. 아이에게 뭔가를 스스로 선택해 보게 하는 경험이야말로 아이의 자존감을 세워주고 어른으로 성장시키는 관문이다.

혼자가 자유로운 나라

8월의 첫날이다. 시간이 참 빠르게 흐르고 있다. 의미 있고 소중한 날들일수록 시간은 빠르게 지나간다. 그러고 보면 시간이라는 개념은 상대적인 개념으로 다가올 때가 많다. 카이로스의 시간을 경험하는 셈이다. 어렸을 적 아주 느리게 가던 시간들, 그 시절을 지나온 후 내게 시간은 늘 빠르게 흐르고 있었다. 특히 이곳에서의 시간들은 더 빨리 지나간다. 하루가 그렇게 느긋하지 않은 것이 이유가 되겠지만, 하루하루가 소중한 날들이기 때문이다.

공원을 달렸다. 여전히 공원은 많은 사람들이 나와 조깅을 하거나 산책을 하고 있었다. 가족 단위의 사람들도 눈에 띄지만 주로 혼자인 사람들이 많다. 혼자인 사람 중에는 개와 함께 산책하는 사람들이 유난히 많다. 혼자서 산책하고 혼자 조깅하고⋯. 이곳은 이렇게 혼자인 문화가 자연스럽다. 혼자서 밥 먹고 혼자서 쇼핑하고 혼자서 드라이브하고⋯.

어디선가 혼자가 자유로울 때 진정한 자유인이 되는 거라는 글을 읽은 적이 있다. 강의실이나 학교 식당에서 점심을 먹을 때도 혼자서 먹는 게 일반적이라고 한다. 우리처럼 먹게 될 경우 옆 사람에게 권유하거나 그런 모습을 본 적이 없다. 그저 혼자서 먹을 뿐이다. 강의 시간에 먹는 것에 대해 그 누구도 뭐라고 하지 않는다. 심지어는 교수나 교사도 수업 중에 먹으면서 수업을 하는 경우도 있다. 그것을 이상하게 생각하거나 이상하게 보지 않는다.

한국 사람들은 혼자서 먹기보다는 몇 명이 모여 먹거나 둘 셋이 모여서 먹는 경우가 대부분이다. 최근 들어 한국 사람들도 혼자서 먹는 것이 서서히 자리를 잡아가고 있지만, 이곳에서처럼 자연스러운 문화는 아닌 듯하다. 물론 요즘의 10대 20대는 미국에서처럼 혼자서 뭔가를 하는 것을 불편해하거나 어색해하지 않는다. 그러나 우리 세대는 '함께' 할 때 더 편안함을 느끼는 사람들이 많다. '함께'에 길들어 생활해 왔기 때문에 아직은 함께 어울려서 무엇을 하는 것이 편하다. 우리나라도 점차 이곳 사람들처럼 혼자서 뭔가를 해내는 일이 자연스럽고 편안한 문화로 정착되어 갈 것이다. 누구에게 손해를 끼치거나 권유하는 모습 없이 혼자서 즐기고 혼자서 먹고 혼자서 잘 다니는 이곳 사람들처럼⋯.

그 '혼자'가 자유로운 문화 이면에 철저하게 지켜야 할 것 중 하나는 남에게 절대 피해를 주지 않는 것이다. 혼자서 개를 산책시키다 개가 대변을 보게 되면 그 주인이 대변을 봉지에 집어 들고 집에 가서 처리한다. 이곳 사람들은 누가 보지 않아도 그런 것들을 철저하게 지킨다. 개를 산책시키면서 손에는 개 용변을 줍기 위한 비닐봉지와 휴지를 꼭 휴대하고 다닌다. 버스 정류장에 줄을 설 때도 삼삼오오 모여 수다를 떠는 모습을 볼 수 없고, 그저 혼자서 자기 줄에 서서 버스를 기다릴 뿐이다.

지난 몇 개월간 토마스 선생님 교실에 다니는 동안에 토마스 선생님이 옆 반 선생님들과 함께 차를 마시는 것을 본 적이 없다. 당연히 점심을 함께하는 것도 본 적이 없다. 오로지 토마스 선생님은 교실에서 혼자서 차를 마시고, 커피를 마시고, 점심을 먹곤 했다. 처음에는 그것이 이상해 보였는데 이제는 익숙해졌다. 이런 문화가 오히려 이들에게는 편하고 합리적이라고 인식되는 것 같다.

이들에게 있어서 개인의 공간은 철저하게 존중받아야 할 공간이며, 이는 부부 사이에도 마찬가지라고 한다. 앤 선생님은 강의 시간에 미국의 개인주의 문화에 관해 설명을 하면서 이런 개인의 프라이버시는 부부 사이에도 잘 지켜지는 편이라고 했다. 예를 들어, 부인이나 남편에게 배달된 우편물을 열어보거나 메일을 열어보는 것은 개인 프라이버시를 침해한 것으로 간주하며, 이곳에서는 있을 수 없는 일이라고 한다.

물론 이렇게 철저한 개인주의 문화가 좋은 면만 있는 것은 아니다. 그러나 남에게 피해를 주지 않는 합리적인 개인주의는 필요하다. 혼자 있으면 뭔가 불편한 사람은 뭔가가 잘못되어 있는 것이다. 혼자서도 편하고, 혼자서도 즐길 수 있고, 혼자서도 자기 통제와 관리를 할 수 있는 사람, 그러면서 '함께'일 때도 잘 생활하는 사람, 결국 우리가 지향해야 할 모습이 아닐까? 그렇게 '혼자'가 자유롭고 편할 때 우리는 진정한 자

놀며 탐구하며 스스로 배우는 아이들

유인이라 할 수 있을 것이다. 이는 습관과 생활 태도에 따라 길러질 수 있다. 결국, 인간이 지향해야 할 모습은 여럿이 있을 때도 자유롭고 편할 수 있어야 하고, 혼자일 때도 마찬가지로 자유롭고 편할 수 있어야 한다. 인간은 여러 사람 속에서 존재하는 독립된 '혼자'인 존재이기 때문이다. 사회적 존재로서의 모습도 필요하고, '혼자'일 때 당당하고 자유로운 모습도 필요하다.

◆ 개인주의가 팽배한 미국에서는 다음과 같은 것들이 특히 금지된다고 한다(이외 여러 가지가 더 있다고 한다).

시험 시간에 컨닝하는 것(이는 미국 학교에서 가장 금기시하는 것이라고 하며, 컨닝을 하다가 들킬 경우 0점 처리와 함께 징계를 받을 수 있다고 한다. 가장 단호하게 대처한다고 함)

남의 메일이나 우편물을 읽는 것(부부 사이에도 금지)

호텔에서 물건을 가지고 나오는 것

지극히 개인적인 얘기를 엿듣는 것

남의 과제를 베끼는 것

인터넷상에서 출처를 밝히지 않고 글을 발췌하여 자기 글인 양 옮겨 적는 것 등

앤 선생님 이야기

요즘은 아이들을 학교에 데려다주는 즉시 바로 커뮤니티 컬리지(Community College)에 나가고 있다. 아이들 수업은 7시 50분에 시작하며, 커뮤니티 컬리지 수업은 8시 30분에 시작이 된다. 아이들을 교실로 들여보내고 커뮤니티 컬리지에 8시 5분 전후로 도착한다. 내가 배우고 있는 프로그램을 진행하는 앤 선생님은 8시 10분이면 학교에 출근한다. 선생님이 문을 열어주어야만 강의실을 들어갈 수 있어서 늘 차 안에서 기다리다가 교실로 들어가곤 한다.

오늘도 어김없이 그 시간에 도착하여 차 안에서 기다리다가 교실로 들어갔다. 교실에는 앤 선생님 외에는 아무도 와있지 않았다. 그래서 평소에 궁금하던 아주 사적인 것들을 물어보았다. 사실 이렇게 사적인 것을 묻는 것이 이곳에서는 금지되어 있다. 그러나 수업을 하면서 관계가 어느 정도 형성되어 있어서 가능했다. 그래도 앤 선생님이 수업 중 언급한 내용에 대해서만 물을 수 있었다. 앤 선생님은 수업 중에 딸에 관한 얘기를 종종 하곤 했는데, 그 딸의 나이가 열 살 정도라고 하여 나를 의아하게 한 적이 있다. 앤 선생님은 나이가 있어 보이는데 나이에 비해 그렇게 어린 딸이 있다는 게 믿어지지 않아서였다. 하기야 외국인들 특히 백인들 나이를 가늠하는 것은 쉬운 일이 아니다.

수업 중 앤 선생님은 딸 얘기를 하면서도 종종 자신은 미혼이라는 말을 하곤 했었다. 이혼했다고 생각하고 있었다. 이곳에서는 이혼이 아주 흔하고(40%가 넘는다) 그리 흥이 되지 않는 사회이기 때문에 그런 얘기들을 자연스럽게 하는 거로 생각했다. 그런데 오늘에서야 드디어 앤 선생님에 관한 아주 사적인 얘기를 들을 수 있었다.

앤 선생님 딸은 지금 5학년이며, 우리 아이들이 다니고 있는 도일초등학교에 다닌다고 하였다. 그러면서 오늘 있을 학부모 회의(Back to School Night)에 나도 참석할 것인지 물었다. 마치 우리 아이들이 도일에 다니는 것을 아는 것처럼 아주 자연스럽게 물어왔다. 앤 선생님 아이가 도일에 다닌다는 사실과 학부모 회의(Back to School Night)에 참석할 거냐고 묻는 그 사실이 놀라웠다. 어떻게 알았을까? 앤 선생님은 저녁에 있을 학부모 모임에 참석할 것이라고 하였다.

앤 선생님과 함께 살고 있는 딸은 친딸이 아닌 양녀라고 한다. 앤 선생님은 15개월 된 어린 중국 아이를 입양하여 지금까지 10년 가까이 길러왔다고 한다. 더욱 놀라운 것은 앤 선생님은 결혼한 적이 없으며, 혼자인 몸으로 그 아이의 양육을 책임져 왔다는 것이다. 그 아이가 중국 아이임을 고려하여 중국인 교사를 튜터로 두고 중국어와 중국 문화에 대해 가르치고 있으며, 지금까지 그 딸과 함께 중국에 두 번 다녀왔다고 한다. 지난 학기에는 아이와 함께 그 아이가 있었던 보육원에도 다녀왔다는 것이다. 앤 선생님은 전 남자친구에 대해 몇 번 언급한 적은 있지만, 결혼까지는 가지 않은 모양이었다.

앤 선생님 이야기는 우리가 흔히 가지고 있는 상식들을 깨는 이야기였다. 여자 혼자 몸으로 애를 입양해서 키운 것도 대단하지만, 그 아이에게 아이의 뿌리를 찾아주려고 노력하는 모습이 마음 뭉클하게 했다. 흔히 소설이나 이야기 속에서나 봄직한 멋진 양부모의 전형을 보고 있는 느낌이었다. 정말 좋은 앤 선생님이라는 생각이 들었다. 이들에게 가족은 피를 나눈 사람들뿐만이 아닌 같은 생활 방식, 같은 공간, 같은 체험을 함께하는 이들로, 우리보다 훨씬 더 포용력 있고 포괄적인 의미를 담고 있었다. 또한, 이들은 인간이 가질 수 있는 인류애가 강하며 정직하다는 생각이 들었다. 온갖 허울과 형식, 체면, 겉치레에 요란한 우리가 배워야 할 덕목이 아닌가 싶다.

어린이 TV 유감

샌디에이고에는 공영 방송의 성격을 띠는 KBPS가 있다. 우리나라의 KBS 정도에 해당하는 방송인 셈인데, 우리가 이곳에서 가장 즐겨보는 방송이기도 하다. KPBS는 TV와 라디오로 방송이 되고 있으며, 영어를 배우는 사람들이 즐겨듣는 프로이기도 하다. KPBS 아이들을 위한 프로그램이 많으며, 교양, 다큐멘터리 등 주로 교양과 문화, 교육을 위한 프로그램을 방송한다.

KPBS에서 다루는 어린이 프로는 그야말로 어린이다운 프로그램이다. 애니메이션이나 만화, 어린이 다큐멘터리 등 어린이들에게는 도움이 되는 내용이 풍부하다. 특히 애니메이션의 경우 이미 시중에 나와서 미국 아이들에게 선풍적인 인기를 끌고 있는 책들이 애니메이션으로 제작되어 방영되고 있다. 아써(Auther) 시리즈물, 플랭클린, 클리포드, 앤, 드레곤 플라이 등이 만화로 제작이 되어 방송되고 있다.

그들 만화 대부분은 지극히 순수하고 어린이다운 내용이 주를 이룬다. 화면들도 어린이 정서에 맞게 폭력적이거나 자극적이지 않으며, 인성 교육에 도움을 주는 것들이 많다. 위의 작품들은 책으로 나와 많은 어린이들에게 읽히고 있다. 시중에서 인기를 끌고 있는 시리즈들이 만화로 제작되어 상영되고 있다. 인간적이며 잔잔하면서도 아이들에게 감동을 줄 수 있는 만화들이다. 이곳에서 다루어지고 있는 만화들은 아이들의 호기심과 흥미만을 위한 작품들이 아닌, 아이들의 정서나 교육적인 차원에서 다루어지는 만화들이 많다. 특히 영어를 배우는 아이들에게 많은 도움이 되고 있다.

귀국하여 가끔 TV에서 어린이 만화를 보게 되는 경우가 많다. 만화를 보다 보면 만화가 지극히 자극적이고 선정적이며 현란하다는 생각이 들 때가 있다. 폭력적이고 경쟁적이며, 선악과 흑백의 극단을 다루는 내용이 많다. 아이들 정서에 좋을 리 없다. 아이들에게 일시적인 흥미나 재미를 줄 수는 있으나, 결국 그런 만화들은 아이들의 정서를 고갈시키고 황폐화할 수가 있다. 왜 그렇게 자극적인 만화들을 TV에서 방송하는지 모르겠다. 아이들의 정서와 발달 단계 등을 고려한다면 그런 만화들은 당연히 걸러져야 한다. 뭔가 자극적이고 현란함이 주를 이루는 만화들, 자극적인 영상들에 길든 아이들이 보기에 KPBS에서 다루는 것들이 시시해 보일지도 모른다. 그들은 이미 자극적인 것에 길들었기 때문이다.

KPBS에서 다루어지는 만화들은 인간적이며 소박하고 일상적인 소재들을 주로 다루고 있으며, 화면들도 자극적이거나 현란하지 않다. 아이들에게 보여줘도 안심이 되는 만화들이다. 아이들에게 단순히 흥미와 재미만을 위해 만화를 선정하고 보여주는 것은 참으로 위험한 발상이다. 만화를 하나 선정해도 아이들에게 미칠 영향까지를 생각해서 프로그램을 선정해야 하시 않을까? 백지나 다름없는 아이들의 정서와 사고에 어떤 영향을 끼칠지를 생각한다면 만화 선정을 하는 데도 신경을 써야 할 것이다. 최소한 아이들 프로그램 정도는 상업성을 초월한, 그리고 아이들의 전문가들에게 의뢰하여 최소한의 검증이라도 받은 방송을 내보내야 할 것 같다는 생각이 든다. 그들이 결국 우리의 미래이기 때문이다. 어른들이 꿈나무라고 흔히 말하듯 그들은 우리의 미래이자 꿈이다. 그런 아이들이 무방비 상태로 조악한 문화들에 길들게 되는 것은 결코 우리의 미래에도 도움이 되지 못할 것이기 때문이다.

이곳에서 오래 살다가 다시 한국으로 돌아갈 부모들은 한국으로 돌아갔을 때 그들의 자녀들을 걱정하고 있다. 온갖 폭력적이고 현란하며 요란한 것들에 물들여진 한국의 아이들과 함께 생활해나가야 하는 것에 대해 걱정을 하고 있다. 이곳에서 어렸을 적부터 커온 아이들은 순수하다고 보는 것이 옳다. 한국처럼 무방비 상태로 인터넷이나 TV 노출될 가능성이 훨씬 작다. 그들의 부모들은 한국의 아이들을 그렇게 순수할 거라고 보지 않는다. 고국에서 들려오는 한국 아이들의 행태들을 들으면서 그들과 함께 생활해나갈 것을 걱정하고 있다. 물론 다 그런 것은 아니지만, 이곳보다는 훨씬 더 폭력적이고 선정적이고 현란한 것들, 불량한 것들에 노출이 많이 되고 있는 것이 현실이다.

이곳은 등하교는 기본으로 항상 부모와 함께하며 학교 근처에 아이들을 유혹하는 상점(전자오락실, 문구점, 분식점)들이 일절 없다. 그만큼 불량한 것들에 덜 노출이 되고 있는 형편이며, TV나 인터넷 등에도 노출이 덜한 편이다. 이곳은 만 10세 이전의 아이들은 혼자 다니는 것은 물론, 집에 혼자 있는 것조차도 법으로 금지하고 있어서 그들이 혼자서 집에 있는 경우는 드물다고 보면 된다. 이곳 아이들은 많은 시간을 부모와 함께 보내고 있으며, 부모와 함께할 수 없는 경우에는 애프터 스쿨(After School, 방과 후 교육을 담당하는 사설기관)에 보내 자녀가 혼자서 집에 있는 것을 방치해 두지 않는다. 이렇게 아이들은 법적으로 보호를 받고 있는 셈이다.

한국에서 언론 계통에서 일하다 온 어떤 분의 말이 생각난다. 이곳 미국 아이들이 우리나라 아이들보다 더 순수해 보인다고…. 자신을 가르쳐 주는 선생님들에 대해 함부로 욕과 은어를 섞어 가며 아무렇지도 않게 이야기하는 한국의 많은 아이들에 비하면 이곳 아이들이 훨씬 순수해 보이는 것이 사실이다. 근묵자흑(近墨者黑)이라고 했다. 아무리 자신이 깨끗하고자 하나 주변 환경이 그러면 자신도 모르게 어느 사이엔가 물들게 마련이다. 한국 학생들에게 뭔가 문제가 있음을 한국에 있을 때보다 이곳에서 오히려 더 많이 듣게 된다. 그럴 때마다 교육자로서 마음이 참 착잡하다.

사회에서 필요한 사람으로 키워지는 아이들

이곳 강의실은 언제나 금요일이면 보컬 연주로 어수선해지곤 한다. 바로 옆 고등학교에서 울려 퍼지는 밴드 소리 때문이다. 매주 금요일이면 어김없이 이웃 학교의 고등학생들이 연주하는 보컬 연주 소리가 강의실까지 들려오곤 한다. 철망을 하나 두고 바로 옆이 고등학교이다. 보통 강의실 문을 열어놓고 강의를 해서 왁자한 노랫소리는 고스란히 강의실까지 전달되곤 한다. 밴드 소리는 쉬는 시간 즈음에 시작하여 강의 시간까지 들리곤 한다. 앤 선생님은 시간이 조금 지나면 조용해질 거라고 늘 말씀하시곤 하는데, 정말로 강의 시간이 시작되고 얼마 지나지 않으면 곧 조용해지곤 한다.

미국의 고등학생들은 오후 두 시를 전후로 모든 수업이 끝난다. 금요일 경우는 더 일찍 끝나는지 12시도 채 되기도 전에 아이들은 가방을 메고 운동장을 가로지르곤 한다. 이곳 학생들에겐 보충 학습이니 야간 자율 학습이니 하는 것은 아예 없다. 학생들은 수업이 끝난 후부터 자율적인 활동을 시작하는데 보통은 과외 활동, 즉 봉사 활동, 스포츠 활동, 동아리 활동 등 다양한 활동을 하게 된다. 이는 개인적인 차원에서 이루어지기보다는 학교에서 적극적으로 후원하는 차원에서 이루어지며, 아이들은 이런 활동들을 고르게 잘해야만 좋은 대학에 들어갈 수가 있다. 우리처럼 교실에 앉아서 열심히 공부만 해서는 좋은 대학에 들어갈 수가 없다. 좋은 시험 점수도 중요하지만, 사회봉사 활동 성적도 좋아야 하고, 각종 써클 활동 성적도 좋아야 한다. 특히 좋은 대학에 들어가려면 스포츠 활동을 잘해야 한다고 한다. 결국, 전인적인 면에서 고르게 잘 성장이 되어 있는 학생들이 좋은 대학에 들어갈 수가 있다는 말이다. 이는 우리와는 많이 다른 모습이다. 그러니 학생들은 선생님으로부터 받는 수업 외에도 자신의 적성에 맞는 과외 활동들인 써클 활동, 봉사 활동, 스포츠 활동에 관심을 가지고 성실하게 배우고 실천해야 한다.

이곳의 고등학생들을 보면서 전인적인 교육이란 저래야 하지 않을까 생각하곤 한다. 머리만 똑똑한 학생이 아닌, 모든 면에서 고르게 성장이 된 아이들, 부모나 교사가 하라고 하지 않아도 자신이 하고 싶고 자신의 적성에 맞는 것을 스스로 찾아서 할 수 있는 일련의 활동들이 전인적인 자질을 키우는 바탕이 되고 있다. 남들과 원활하게 어울리고 사회를 위해 봉사를 하며 건전한 정신과 건강한 육체를 기를 기회를 아이들은 여러 가지 활동들을 통해 가지고 있다.

미국의 고등학생 보컬 그룹이 학교 내에서 공연하고 있다.

고등학생 신분으로 오후 두 시 전후로 수업이 끝나면 자신의 취미나 특기 활동에 전념할 수 있는 이들이 부러울 뿐 아니라 학생들의 천국같이 느껴진다. 보컬 학생들이 자유롭고 개성 있는 복장으로 자신들이 연습한 곡과 노래들을 일주일에 한 번씩 선보이는 모습도, 금요일이면 채 열두 시도 되기 전에 가방을 둘러메고 삼삼오오 짝을 이루며 학교를 빠져나가는 학생들을 부러운 눈으로 쳐다보곤 한다. 그들은 수업이 끝난 후 나머지 시간에 또 다른 삶과 생활, 그리고 사회를 배우기 위해 저마다의 위치로 돌아가곤 한다.

따라서 미국의 학생들은 고등학교 때까지 여러 가지 써클 활동과 사회봉사 활동을 경험한다. 이는 자신의 적성과 특기에 맞는 것을 찾을 기회이며, 자신이 정말로 원하는 일이 무엇인지를 확인하는 기회가 된다. 나아가 사회 구성원으로서의 기본적인 자질들을 기를 수가 있다. 이렇게 길러진 아이들이 사회에 나가서는 그들이 배운 대로 사회봉사를 중요한 덕목으로 여기며, 남을 배려하고 함께 어울릴 줄 아는 사회 구성원으로서의 바람직한 모습을 가지게 되는 것이다. 이들이 미국을 이루는 큰 틀이 되며 미국을 이끌어 나가는 힘이 되는 것이다. 미국의 학생들은 이렇게 고등학교 때까지는 자신이 좋아하는 여러 가지 활동을 할 수 있으나, 대학에 들어가게 되면 이때부터는 정말로 열심히 공부에 전념한다고 한다.

이들을 보면서 사회에서 필요한 사람들은 어떤 사람들일까를 생각해 보곤 한다. 인성과 감성 교육을 거의 등한시한 채 머리로만 열심히 공부해서 좋은 대학만 들어가고 보자는 학생들, 사회봉사가 무엇인지, 남을 배려하는 것이 무엇인지를 배우지 못하는 아이들, 남과 어울리는 것을 배우지 못하고 오로지 자신의 이기적인 목적을 위해 공부하는 아이들, 친구들과도 치열한 경쟁을 해야 하는 아이들, 그들이 곧 나였으며 우리 아이들의 모습이었다.

어느 조사에 의하면 우리나라 청소년들의 '더불어 사는 능력'은 OECD 중 최하위권이라고 한다. 이들이 자라서 사회 구성원이 될 것이다. 우리 아이들은 과연 사회에서 필요로 하는 사람으로 길러지고 성장하고 있는가? 자신의 행동에 책임을 지고 남을 배려하며 봉사하는 덕목을 우리 아이들은 학교에서 잘 배우고 있는가? 이 질문에 흔쾌히 "예!"라는 말을 못 할 것 같다. 교육의 목적은 여러 가지가 있겠지만, 사회에 필요한 사회 구성원들을 기르는 것도 중요한 목적 중 하나이다. 그들이 곧 사회를 이끌어 나갈 주역이 될 것이기 때문이다. 정작 사회에서 필요한 덕목들은 등한시한 채 오로지 공부만 강요하는 우리 교육을 돌아볼 때가 아닌가 싶다. 교육은 결코 독자적으로 그 역할을 만들어 갈 수가 없다. 사회 유기체적인 관계 속에서 그 큰 방향을 잡아 나가게 된다. 그런 면에서 볼 때 우리 사회가 아이들에게 지나치게 공부만 강조하는 풍토를 만들고 있는 건 아닌지를 반성해 볼 때이다.

선들바람에 실려 오는…

　　세상은 이런저런 일들로 어수선하다. 미국에서는 연일 기승을 부리는 이상 고온 현상 때문에 더위에 죽어 나가는 사람들이 많다는 보도를 하고 있었다. 이곳 샌디에이고를 벗어나면 그야말로 찜통 더위를 방불케 한다. 섭씨 40도가 훌쩍 넘어 버린 온도 때문에 미국의 내륙에서는 죽어 나가는 사람들이 속출하고 있다고 한다. 캘리포니아의 내륙이나 캘리포니아에서 가까운 애리조나나 유타, 네바다주에서도 지금 살인적인 더위가 연일 기승을 부려 노숙자들이 그 더위로 죽어

나가고 있다고 한다. 이상 기온 때문이다.

오늘 강의 시간에 지구 환경 문제에 관해서 얘기를 나눠볼 기회가 있었다. 오존층 파괴나 지구 온난화 현상, 산성비, 산불과 무분별한 벌목으로 인한 산소 부족, 지구의 사막화, 쓰레기, 물 오염 등등 지구는 그야말로 몸살을 앓고 있다. 인간이 만들어낸 발전과 발달이라는 이름 아래 우리는 정말로 소중한 것들을 하나씩 잃어가고 있다. 그 결과는 고스란히 인간들에게 다시 되돌아오고 있다. 지구 온난화 등으로 세계 곳곳에서는 이상 기온이 계속되고 있으며 이는 점점 더 심화할 것이라고 기상학자들은 내다보고 있다.

오늘 환경오염에 대한 강의를 들으면서 자라나는 우리 아이들의 미래에 대해서 생각해 보았다. 지금 뭔가를 하지 않는다면 후손들의 장래는 그리 밝아 보이지 않는다. 그 사실에 대한 깨달음이 가슴을 답답하게 했지만 늦었을 때가 가장 빠른 것 아니겠는가? 지금이라도 뭔가를 해야 할 것 같은 절박한 심정이 느껴졌다. 발전이나 발달로 인한 편리함이 진정 인간들을 위하는 길인지 다시 한 번 숙고하지 않는다면 분명 우리는 크나큰 대가를 치러야 할 것이다. 이미 우리는 그 대가를 작게 혹은 크게 치르고 있는 셈이다. 그 대가는 우리 세대뿐만 아니라 우리 다음 세대나 그다음 세대에서 혹독하게 치러야 할지도 모른다. 지금 멈추지 않는다면 우리의 사랑스러운 아이들에게 펼쳐질 미래는 생각만 해도 끔찍하다.

아이들과 함께 2박 3일 일정으로 환경단체에서 주최하는 에너지 캠프에 참여한 적이 있다. 아이들은 환경을 이해하고 아이들이 실천할 수 있는 일들, 그리고 직접 체험하고 만들어 보는 활동을 하면서 환경의 중요성을 깨달아 나갔다. 여러 체험 코스 중 지구 온난화 체험을 하는 시간이 있었다. 커다란 플라스틱 백 같은 풍선에 들어가 있으면 저절로 온도가 올라가 견딜 수 없을 정도가 된다. 아이들은 처음에는 호기롭게 들어갔는데, 잠시 후 온도가 점차 올라가자 한 명 두 명 참지 못하고 그 열기구 안을 빠져나왔다. 정만은 끝까지 있었는데, 정 역시 마지막에는 참기 힘들었다고 한다.

에너지를 아끼는 방법도 설명하고, 태양 에너지를 이용하여 전동 장난감도 만들어보고, 계란도 삶아 보았다. 3일 동안 에너지 캠프 후 아이들은 분명 달라져 있었다. 집에 와서 콘센트를 빼놓으려고 했고, 에어컨은 엄청난 에너지가 필요하다는 것을 알고 더워도 웬만하면 참으려고 했다. 역시 백 마디 말보다 한 번의 체험이 아이들에게 정말 필요한 환경 교육이라는 것을 절감한 적이 있다.

애리조나 지역이 지금 찜통더위에 들어가 있는 바람에 오늘 아침 남편은 데스밸리(Death Valley) 숙박지를 취소했다. 여름에 데스밸리는 세계에서도 몹시 더운 지역으로 유명하다고 한다. 한 마디로, 여름에 여행하기에는 다소 위험성이 따르는 지역이라는 것이다. 그래서 이번 주 주말에 가기로 한 데스밸리는 가을로 미뤄두기로 했다. 그 대신 주말에 가까운 멕시코 쪽을 돌아보기로 얘기가 되었다. 멕시코로 결정하면서도 이런저런 테러로 인해 미국이 긴장하고 있는데, 외국에 나갔다 와도 되는지에 대해 걱정이 되었다. 미국에서 외국으로 나갈 때는 그리 문제가 되지 않으나, 외국에서 미국으로 들어올 때는 까다로운 절차를 밟아야 하기 때문이다. 테러와 맞물려 조금 걱정이 되었다. 그런 나와 달리 남편은 크게 신경을 쓰지 않는 눈치였다. 멕시코는 이곳에서 한 시간도 채

걸리지 않으며, 한 시간 이내 거리에 바다를 끼고 있는 휴양지가 있다.

샌디에이고는 여전히 선선한 선들바람이 불고 있었다. 남편은 이곳 샌디에이고가 왜 사람이 살기 좋은 곳이라고 하는지 7월 중순에 이르러서야 그 진가를 알겠노라고 말했다. 다른 지역이 찜통더위에 들어간 것에 비하면 이곳 기온은 아주 쾌적하기 때문이다. 가까운 LA(세 시간 정도 거리)도 연일 무더위 때문에 사람들이 힘들어하는 것에 비하면 이곳은 아직 긴소매를 입어도 그리 덥다는 느낌 없이 지낼 수 있을 정도이다. 아침저녁으로 불어오는 선들바람은 얼마나 상큼한지! 그래서 사람들이 이곳을 미국에서도 살기 좋은 곳이라고 하나 보다.

연중 내내 온화한 기후, 가까이 널려 있는 바다, 아름다운 경치들, 깔끔한 공원과 집들, 년 중 내내 쾌청한 날씨 등등. 은퇴 후에 이곳 샌디에이고에서 살고 싶어 하는 사람들이 많다고 하며, 실제로 다른 주에서 생활하다 은퇴 후 이곳으로 이주하여 사는 사람들도 많다고 한다. 다른 건 몰라도 날씨는 정말 맘에 들다 못해 사랑스럽다. 난 날씨만이라도 이런 곳에서 살고 싶다. 덥지도 않고, 그리 춥지도 않은 곳에서 말이다. 이곳 지역을 말할 때 사람들은 이 사랑스러운 날씨에 대해 빼놓지 않고 말을 하곤 한다.

저녁 식사 후 집 옆 공원에 나갔다. 선선한 산들바람에 실려오는 나무 향기가 어찌나 좋은지! 나무들이 마치 환영이라도 하듯 바람이 불 때마다 잔가지들을 흔들어대고 있었다. 그 사이로 마치 사열이라도 받듯 의기양양하게 걸어갔다. 실록은 짙을 대로 짙어져 농염한 푸르름을 뿜어내고 있었다. 꽤 멀리까지 산책하러 나갔다. 난 걷는 것을 즐기는 편이다. 땀이 촉촉할 정도로 걷고 나면 기분은 더할 나위 없이 상쾌해진다. 나무 향, 풀 내음을 맡으며 유유자적하게 천천히 걸을 때도 있고, 조금은 빠르게 걸으며 몸의 열기를 즐길 때도 있다. 내 옆으로는 종종 숨소리 가쁘게 지나가는 사람들이 있었다.

퓨리처와 제프, 그리고 줄서기 문화

　　　　오랜만에 뉴에이지 뮤지션들의 음악을 듣고 있다. 마음이 평온해진다. 마음도 몸도 편하게 쉬어도 된다고 속삭이는 듯하다. '이제는 모든 것을 내려놓고 편히 쉬십시오!'

어제 퓨리처는 자신이 좋아하는 뉴에이지 뮤지션들의 음악들을 골라서 내게 보여준 적이 있다. 오늘은 그 답으로 내가 좋아하는 뉴에이지 뮤지션들과 음악들을 몇 곡 적어 퓨리처에게 주었다. 야니, 스티비 베러캇, 조지 윈스턴, 데이빗 란츠, 캐니지, 앙드레 가뇽, 시크릿가든, S.E.N 등등.

퓨리처는 미국 할아버지인데, 흔히 보는 전형적인 할아버지 모습을 하고 있지 않다. 톡톡 튀는 티셔츠에 레게 머리, 찢어진 청바지 등 개성이 넘치는 모습에서 오히려 젊은이다운 활기가 느껴진다. 퓨리처는 커뮤니티 컬리지에 컴퓨터를 배우러 나오고 있는데, 특유의 사교성으로 학교 내에서 많은 사람을 알고 있고 친분을 쌓고 있다. 사람들을 편하게 대하며 재미있게 대화를 이끌어가기 때문에 퓨리처에게는 친구가 많다.

퓨리처는 뮤지션이다. 샌디에이고에서 콘서트를 종종 연다고 한다. 언뜻 보기에 퓨리처는 40대 중반쯤으로 보였는데, 나이가 62세라고 하여 놀란 적이 있다. 그만큼 젊은 감각을 유지하고 있었다. 퓨리처는 쉬는 시간이면 앤 선생님 교실로 들어와 커피를 마시곤 했다. 그런 퓨리처를 일본인 수강생이 내게 자연스럽게 소개를 해주어 알게 되었다. 뮤지션이다 보니 음악을 좋아하고 그런 퓨리처와 음악 얘기를 하면서 자연스럽게 얘기를 나누게 되었다.

퓨리처는 항상 동행을 하는 친구가 있다. 키가 아주 큰 '제프'라는 친구인데, 그 둘은 어울릴 것 같지 않으면서도 묘하게도 잘 어울리는 사람들이다. 퓨리처는 다른 미국인들에 비해 발음이 정확하여 내가 편하게 들을 수 있다. 그래서 그의 말을 듣는 것은 그리 힘들이지 않아도 된다. 퓨리처와는 주로 음악 얘기를 하게 되는데, 당연히 퓨리처는 레게 음악과 락 음악을 좋아한다고 한다. 물론 두루두루 듣는 편이지만, 그쪽 음악을 특히 좋아한다고 한다. 뉴에이지 음악에 관해 얘기할 기회가 있었는데 뉴에이지 뮤지션과 뮤직에 대해 관심이 있었다. 좋은 음악 있으면 소개를 해달라고 하였다. 그래서 몇 곡을 소개해 주었는데, 조만간에 인터넷상에서 들어보겠다고 하였다. 퓨리처는 조만간에 다운타운에서 공연을 계획하고 있다고 한다.

제프가 내게 해준 얘기는 한국에 관한 얘기였다. 자신의 친구가 한국에서 영어 강사로 있는데, 그 친구와 지난주에 전화를 하였다는 것이다. 그 친구가 한국에 대해 말해준 바에 의해 제프는 서울에 대한 몇 가지 얘기를 했다. 좋지 않은 공기와 사람들이 얼마 쓰지 않고 마구 버리는 물건들에 대해 말을 하고 있었다. 이곳에서처럼 중고가게(Thrift Shop)가 있으면 그런 아까운 물건들을 버리지 않아도 될 텐데, 마구 버려진 물건들을 보며 친구는 마치 돈을 버리는 것 같은 안타까움을 느꼈다고 한다.

또한, 버스 정류장에서 사람들이 줄을 서지 않고 몰려 있다가 한꺼번에 차에 올라타려고 아우성치는 모습들을 얘기했다고 한다. 이는 미국에서는 상상도 할 수 없는 일이다. 이곳 사람들은 어디서건 버스를 타는 정류장에 도착하면 도착하는 대로 줄을 서 있곤 한다. 몰려서 수다를 떨거나 그런 것을 본 적이 없다. 오랜 시간 서 있어야 함에도 어른이고, 학생이고, 아이들이고 오는 순서대로 줄을 서 있곤 한다.

버스가 오기를 기다리며 줄을 길게 늘어선 사람들

미국의 줄서기에 대해서는 앤 선생님이 미국 문화에 관해 얘기하면서 한 번 얘기한 적이 있다. 미국 사람들은 줄을 아주 잘 서며, 그 줄 사이로 누군가가 새치기를 하면 몹시 화를 낸다고 한다. 줄을 서도 항상 사람들 사이의 간격이 있으며, 미국인들은 그 사람 사이의 간격까지도 잘 지킨다고 한다. 지나치게 가깝지도 않고 멀지도 않게. 이곳 사람들은 몸을 부딪치는 것 자체를 싫어하며, 어쩌다 부딪치게 되면 꼭 사과해야 한다.

차를 타고 가면서 흔히 보게 되는 버스 정류장에 긴 줄을 서 있곤 하던 학생들을 보면서 참 부럽다는 생각을 하곤 했었다. 이는 거리 문화로 잘 정착이 된 미국의 질서의식이다. 앤 선생님 말씀에 의하면 다른 나라에서 보게 되는 버스 정류장에서 몰려 있다가 버스에 한꺼번에 타려는 상황에 대해 미국 사람들은 매우 당황스러워한다고 한다. 그러니 제프 친구가 서울에서 본 버스 정류장에서의 모습에 대해서 얘기를 할 만도 하겠다는 생각이 들었다. 공공장소면 어디서건 줄을 서고, 다른 사람들에게 피해가 가지 않는 행동을 하지 않는 것은 우리가 하루빨리 배워야 할 것 중의 하나이다.

수평적 관계, 수직적 관계

615호실에서 생활한 지도 많은 날이 지났다. 이제는 아이들과도 스스럼없는 사이가 되었고, 토마스 선생님과도 많은 걸 나누면서 지내고 있다. 아이들이 나를 대하는 모습은 어른으로 대하기보다는 615호실에서 함께 지내는 동료 정도로 대하고 있어 그게 내게는 훨씬 더 편하게 느껴진다. 이곳은 어른이나 아이 구별 없이 인간적인 예의만 지킨다면 어느 정도 수평적인 관계가 가능하다. 우리처럼 신분, 나이 따져서 수직적인 관계로 인간관계가 이루어지는 것이 아니라, 순전히 수평적으로 그 관계를 이루어 나가는 경우가 대부분이다.

놀며 탐구하며 스스로 배우는 아이들

수평적 관계를 규정짓는 것은 호칭에서 두드러지게 나타난다. 친해질 경우에는 어른, 아이 구분 없이 이름을 자연스럽게 부르고, 조금 거리를 둬야 하는 경우에는 성(Family Name)을 써주고 있다. 우리처럼 '선생님'이라는 호칭은 아예 들어볼 수도 없고, 아이들은 선생님을 부를 때도 "Mrs Thomas!"면 족하다. 나를 부를 때도 물론 이름을 불러준다. 아이들에게 그렇게 소개를 했기 때문이다. 토마스 선생님은 자신의 이름을 나에게 말하며 이름을 불러주기를 바랐으나, 나도 아이들처럼 "Mrs Thomas!"라고 불러주고 있다. 이름으로 불러주기를 바라는 건 그만큼 가까운 사이여서 격의 없이 지내기를 원하는 마음을 표현하는 것이라고 한다.

이곳 사람들은 이처럼 이름을 자주 활용한다. 이름의 본래 존재 가치는 불러주는 것에 있다. 따라서 이름이 제 이름값을 하기 위해서는 많이 불리는 것이 좋다. 그런데 우리의 경우는 이름을 부르는 것도 격식을 따져서 불러야 한다. 특히 아이들이 어른들 이름 부르는 것은 생각조차 할 수 없는 사회다. 그 한 가지만 놓고 봐도 우리 사회가 얼마나 경직되고 상하 격식과 형식을 존중하는 사회인지 알 수 있다. 내용은 상실한 채 형식과 격식만 갖추는 것은 결과적으로 많은 사람들에게 불편함을 낳게 된다. 우리는 여러 가지 면에서 지나치게 따지고 지나치게 번잡스럽다는 생각이 든다. 인간관계도 마찬가지이다.

영어는 많은 사람들이 알다시피 높임말이 없다. 아이들에게 쓰는 언어나 어른들에게 쓰는 언어가 같다. 우리처럼 복잡하게 상하 고위 따져서 높임말 깍듯하게 쓰고 높임말을 쓰느라 고심하지 않아도 된다. 그러나 이곳 사람들에게도 정중한 표현은 있으며, 상대방에게 부탁하거나 말을 할 때는 될 수 있으면 이러한 정중한 표현을 해주는 것이 예의를 지키는 길이다. 615호실에서 가장 쉽게 들을 수 있는 말이 "Would you Please…."이다. 토마스 선생님은 이 말을 많이 강조하는 편이다. 아이들도 서로 간에 예의를 잘 지키는 편이며 누구에게나 친절하다. 그렇게 길들었기 때문이다. 언어가 아닌, 어떻게 길들었느냐에 따라 존중과 존경을 표현하는 내용이 달라지는 듯하다. 이곳 미국 사람들은 존댓말이 없어도 상대에 대한 예의를 아주 격식 있게 잘 지켜주고 있다.

때로는 이들의 이런 수평적인 관계들이 부럽기만 하다. 우리의 경우 지나치게 상하를 따진다. 언어 체계도 그렇게 되어 있어 수평적인 관계 자체가 우리 정서에는 힘들어 보인다. 언어는 아주 중요하다. 사람들과의 관계를 정립해 나가는 가장 기본적인 수단이 되기 때문이다. 한국에서도 경어 체계부터 바꾸어야 진정한 수평적 인간관계가 이루어질 수 있다고 주장하는 학자들도 있다. 우리의 인간관계에 걸림돌이 되는 것들이 뭔가를 돌아본다면 결코 틀린 말도 아닐 것이다. 인간관계가 꼭 수평적으로만 이루어져야 한다는 법은 없다. 그러나 더 많은 가능성과 다양성, 융통성, 현대적인 정서, 편리를 생각한다면 수직적인 관계보다는 수평적인 관계를 지향하는 게 훨씬 더 발전적이라는 건 누구나가 인정하는 사실이다.

사람들 사이 '예의'의 첫걸음은 서로 간의 편안함을 전제로 해야 한다. 누군가가 불편함을 느끼고 부당함이 느껴지는 것이라면 그건 진정한 예의에서 벗어난 것이다. 예의는 꼭 아이가 어른들에게만 지켜야 한다는 논리는 그야말로 구시대적 발상이다. 그런데 우리는 예의를 아래 사람에게만 강조하는 경우가 흔하다. 아랫사람들은 당연히 예의를 지켜야 한다고 생

놀며 탐구하며 스스로 배우는 아이들

각하는 경우가 많다. 이렇게 윗사람, 아랫사람으로 구분하는 내 사고 자체도 우스운 생각이 든다. 내 사고도 이 범주 내에서 크게 벗어나지 못함을 알고 있다. 그러나 편리함과 실용성을 추구하는 미국 사람들을 보면서 많은 생각을 하게 되었다.

그렇게 형식적이고 체면을 중요하게 여기는 우리가 과연 전 세계 어디에 가서도 옛날에 듣던 '동방예의지국'이라는 말을 듣고 있는지는 다시 한 번 생각해 보아야 할 문제이다.

토마스 선생님은 오마를 내 옆자리로 바꾸어 주었다. 롬과 미케엘라, 오마가 자리를 바꾸게 되었는데, 이는 순전히 나와 정을 위한 배려이다. 고맙다고 했더니 토마스 선생님도 덩달아 좋아하였다. 오마는 수시로 나에게 와서 이런저런 얘기들을 나누고 싶어 하는 정이 많은 아이인데 내 옆으로 와서 다행이다. 오마의 뒤처지는 수학은 내가 가르쳐주고, '정'이나 내가 모르는 영어는 오마에게 배우면 될 것 같다. 그 따뜻한 배려…!

토마스 선생님이 내게 써주는 표현 중 'Sweet~'이라는 말은 내가 가장 좋아하는 말이다. 토마스 선생님은 내게 이 말을 자주 쓰는 편이다. 이것저것 도와드리고 도움을 받기도 하면서 보내는 하루하루가 더없이 소중하게 느껴진다. 많이 웃고 많이 배우기도 한다. 여러 가지 색다른 것들을 경험하게 해준 615호실의 선생님과 아이들에게 고마움을 느낀다. 토마스 선생님은 예민한 관찰력으로 학생들에게 필요한 것을 간파하고 적절하게 조처하거나 존중과 애정을 담은 언어로 상대의 마음을 움직인다.

따스함과 정감이 느껴지는 로마곶에서

차를 운전하다 보면 내려서 뒹굴어도 보고, 누워서 따사로운 햇살을 즐겨보고도 싶은 그런 곳이 자주 눈에 띈다. 이곳은 우리 가족이 종종 표현하는 '마치 텔레토비 동산 같다'라는 표현이 무색하지 않을 정도로 평화롭고, 작은 둔덕을 이루는 곳이 많다. 초록색 잔디와 이름 모를 작은 꽃들이 어우러져 그야말로 평화롭고 아름다운 그림 같은 곳을 흔히 볼 수 있다.

그런 곳 중 하나가 '로마곶'이다. 바다가 한눈에 훤히 내려다뵈는 한편으로는 작은 동산이 아기자기하게 펼쳐져 있고, 노란빛 주홍빛 작은 꽃들이 넘쳐나는 곳이다. '로마곶'은 16세기 카브릴로(Cabllilo)의 배가 제일 먼저 상륙했던 곳이다. 이를 기념하기 위해 작은 기념관이 있고, 바다를 한눈에 내려다볼 수 있는 곳에 전망대가 설치되어 있다. 이곳은 전망대가 아니더라도 어디에서나 바다와 샌디에이고 전역을 한눈에 내려다볼 수 있다.

샌디에이고의 전체적인 모습을 구경할 기회가 없었는데, 이곳에 올라서야 샌디에이고 전체 모습을 한눈에 내려다볼 수 있었다. 바다 너머 희뿌연 샌디에이고 모습은 생각했던 것보다 넓고 방대했다. 바다를 둘러가며 희뿌연 도시의 모습들이 한눈에 들어왔는데, 미국의 6대 도시인 것에 비하면 고층 빌딩은 그리 많이 눈에 띄지 않았다. 그만큼 도시가 넓게 분포되어 있다. 남편이 종종 말했듯 샌디에이고는 인근 지역을 포함해 인구 2백만을 수용하는 넓은 도시임에는 틀림이 없다.

로마곶 아래로 미군 해군기지가 있었다고 한다. 미국은 공군보다 해군이 더 비중 있는 역할을 한다고 한다. 로마곳을 기념하는 기념관에 들러 16세기 당시에 사용되었던 물건들과 Cabllilo 배 상륙지점을 표시한 지도 등을 관람하고 밖으로 나왔다. 소풍을 나온 학생들이 똑같은 머릿수건을 하고 점심을 먹으려고 준비를 하고 있었다.

이곳 아이들은 소풍을 가거나 견학을 가게 되었을 때 어수선하거나 뛰어다니는 모습을 볼 수 없다. 조용하게 그리고 교사가 인솔하는 대로 움직일 뿐이다. 내 상식으로는 점심을 먹는 시간만큼은 시끄럽고 부산스러울 거로 생각했는데 전혀 아니었다. 아이들은 일정한 장소에 앉아 있다가 자신의 차례가 되면 일어서서 교사에게 점심을 받아 자신의 자리로 돌아가서 점심을 먹었다.

나란히 앉아 점심을 먹고 있는 아이들

미국 아이들은 학교에서나 밖에서 남에게 피해가 가지 않도록 기본적인 공공질서 의식이 매우 뛰어난 편이다. 이는 학교 교육의 영향도 있을 테지만, 무엇보다 가정교육이 큰 몫을 차지하는 것 같다. 토마스 선생님이 질서 교육이나 남을 배려하는 교육을 따로 하지 않아도 아이들은 습관적으로 남을 배려하는 등 질서 있게 행동하는 모습을 보여 주었다. 이는 학교에서뿐만 아니라 현장 학습이나 소풍의 현장에서도 매번 확인하는 광경이다.

우리는 등대가 있는 곳으로 올라갔는데 등대 주변으로 풍경이 아름답게 펼쳐져 있었다. 이름 모를 작은 꽃들이 화려하게 수놓은 융단같이 흐드러져 있었고, 그 아래로 시퍼런 바다가 펼쳐져 있었다. 바다를 감상할 수 있게 길이 아래 바다로 이어져 있었는데, 우리는 등대를 내려오면서 그곳을 들러보기로 하였다. 등대를 지나서 산책로가 오솔길처럼 이어져 있었고, 우리는 그 산책로를 따라가면서 아름다운 풍광들을 음미하기도 하고 사진을 찍기도 하였다.

등대 주변을 도는 사이 제니가 배가 고프다고 하여 우리는 아쉽지만 그곳을 뜨기로 하였다. 점심은 바다 근처에서 먹기로 하였다. 구불구불한 길을 내려와 바다가 바로 보이는 곳에다 주차하고는 도시락을 펼쳤다. 도시락으로 김밥과 빵, 과일, 물 등을 준비했다. 요즘 어디를 가게 되면 우리는 늘 이렇게 점심을 준비해 간다. 요즘은 주말 아침이면 김밥 싸는 게 정해진 일과 중의 하나가 되었다. 정이 특히 좋아하는 게 김밥인데 정 표현에 의하면 환상적인 맛이란다. 김밥 속에 넣는 재료는 한국에서 넣는 것보다 오히려 적다. 간단하고 빨리, 그리고 맛있게 싸는 게 요즘 나의 목표다. 몇 가지 재료 중에서 특히 김밥 재료로 빼놓지 않는 것이 있는데 그게 바로 무김치이다. 빨간 무김치가 익어 제맛이 날 때 단무지처럼 적당한 크기로 잘라서 넣는 것이다. 무김치가 없을 때는 배추김치를 길게 찢어서 넣기

놀며 탐구하며 스스로 배우는 아이들

도 한다. 이것이 내가 싸는 김밥이 특별한 맛이 나게 하는 비결이다. 우리 가족 모두가 즐기는 김밥이다.

놀러 다닐 때 음식을 사 먹게 되면 식당을 찾아야 하는 등 번거로울 뿐만 아니라, 입맛에 맞는 음식을 찾기가 쉽지 않게 때문이다. 그래서 어디를 가게 되면 늘 점심을 싸가곤 하는데, 이렇게 싸간 도시락을 밖에서 가족들과 먹는 그 맛도 일품이다. 바다를 보면서 먹는 김밥 맛은 단순한 김밥 맛만이 아니다. 이럴 때 맛은 입으로만 느끼는 것이 아니라 시각으로도 느껴지니 말이다. 아이들이 빵조각을 조그맣게 떼어서 날아다니는 갈매기들을 위해 던져주었더니 갈매기들이 연신 날아와서 쫓아 먹었다. 그 모습이 재미있는지 아이들은 연신 깔깔거리며 빵 조각을 던져주었다.

3장 문화와 스토리가 있는 날

　　김구는 문화강국을 꿈꾸며 백범일지에서 아래와 같은 말을 남겼다고 한다.

　"나는 우리나라가 세계에서 가장 아름다운 나라가 되기를 원한다. 가장 부강한 나라가 되기를 원하는 것은 아니다. 오직 한없이 가지고 싶은 것은 높은 문화의 힘이다. 문화의 힘은 우리 자신을 행복하게 하고, 나아가서 남에게 행복을 주겠기 때문이다. 지금 인류에게 부족한 것은 무력도 아니오, 경제력도 아니다. 인류가 현재에 불행한 근본 이유는 인의(仁義)가 부족하고, 자비가 부족하고, 사랑이 부족한 때문이다. 이 정신을 배양하는 것은 오직 문화이다."

　흔히 문화 교육의 핵심으로 일컬어지는 예술 문화 교육은 아이들의 다양한 미적 체험을 통해 미적 안목을 기르고, 생활 속에서 이를 실천하고 향유할 수 있도록 하는 것이다. 한 마디로 자신의 삶과 주변을 아름답게 가꿀 수 있는 안목을 기르는 것이다. 듀이나 쉴러, 칸트의 경우 예술 문화 교육을 강조하면서 혼탁한 사회를 구할 수 있는 것을 문화 예술 교육에서 찾았다. 이렇게 길러진 안목은 단순히 예술에만 국한되는 것이 아니라, 삶에서 그리고 삶의 태도에서 조화와 질서, 균형, 통일을 지향하기 때문이다. 즉, 보기 좋고 아름다운 삶을 추구하기 위한 태도와 자질을 문화 예술 교육에서 기를 수 있다는 것이다. 이처럼 문화

예술은 한 인간이 전인적인 인간으로 성장할 수 있도록 돕는 데 중요한 역할을 하고 있다. 이러한 측면에서 학교에서 혹은 사회에서 시행하는 문화 예술 교육이나 문화예술 장려 정책은 그 사회의 성숙도를 가늠하는 기준이 될 수 있다.

그 나라의 문화 수준을 전체적으로 높이려면 다각적 측면에서 노력을 기울여야 하지만, 그중에서도 가장 효과적인 것은 역시 교육을 빼놓을 수 없다. 교육을 통해 질 높은 문화와 예술에 자주 노출된 학생들이 그 문화를 소비하고 향유하는 세대로 자라날 것이기 때문이다. 나아가 새로운 문화를 창조하고 확장해 나가는 주체가 될 것이기 때문이다. 미래에 필요한 역량은 바로 이러한 문화 역량이 아닐까?

도일학교에서는 뮤지컬, 공연, 음악회 등 질 높은 문화를 저렴한 가격에 경험할 기회를 자주 제공하고 있다. 학교로 초빙하거나 공연장을 종종 찾으며 학생들이 질 높은 문화와 예술을 수시로 접할 기회를 제공하고 있었다. 이렇게 길러진 안목으로 아이들은 세상을 보게 되고, 문화의 소비자로 혹은 창조자로 자라나게 될 것이다.

미국 교실을 드나들면서 부러웠던 것은 이런 고급문화를 접할 기회가 많다는 것과 학교에서도 아이들의 창의적이고 유연한 사고를 위해 다양한 시도를 한다는 것이었다. 단조로운 생활 속에서 사고나 차림, 문화의 경직성을 탈피하고자 다양한 노력을 기울이고 있었다. 옷을 재미있게 입고 오는 날, 거꾸로 입고 오는 날, 녹색 옷을 입고 오는 날, 커서 되고 싶은 직업과 관련하여 옷을 입고 오는 날 등등. 사소한 거 같지만, 이런 기회를 통해 학생들은 경직된 사고, 틀에 갇힌 사고에서 벗어나 자유롭게 사고하고 창의적으로 생각할 수 있는 아이로 자랄 수 있다.

창의성의 여러 요소 중 유연성이나 유머 감각은 이런 활동을 통해 길러질 수 있다. 늘 같은 일상적인 틀에서 벗어나 생각하는 것이 쉬운 일은 아니다. 이처럼 옷차림이나 활동에서 틀에서 벗어난 재미있는 발상을 할 수 있도록 기회를 제공함으로써 아이들의 생각을 말랑말랑하게 유지할 수 있을 것 같다. 실제 학생들은 이런 활동들을 즐기고, 그 속에서 스스로 고민하고 선택하면서 자유로운 생각들을 펼쳐나가고 있다. 학생들은 틀에 박힌 일상에 신선한 웃음과 유모를 던질 수 있는 프로그램들로 인해 학교생활을 더욱 즐겁고 활기 있게 해나갈 수 있는 힘을 얻고 있었다.

아름다운 음악 감상 수업

오늘 수업은 수잔나의 인디언에 대한 발표로 시작되었다. 수잔나는 요즘 인디언에 대해 꽤 오랫동안 학습을 해오고 있다. 첫 교시를 시작하자마자 인디언에 대한 발표(PPT) 자료와 모형 인디언 마을을 만들어 가지고 와서 발표하는 것으로 수업을 열었다. 인디언에 대해 개괄적으로 설명하였고, 자신이 만들어 가지고 온 인디언 마을 모형에 대해 설명하였다. 그 모형 마을이 커서 수잔나 어머님이 들고 왔다. 발표가 끝나자 아이들은 교사 주변 카펫에 모여앉아 질문하기 위해 손을 들었다. 큰소리 내거나 서 있는 학생들은 없다. 그저 조용히 손을 들고 수잔나가 지명을 하면 질문을 하고 수잔나는 답을 할 뿐이었다. 이들은 이렇게 서로 질문하고 답을 하면서 서로의 프로젝트에서 함께 배워 나간다. 아이들은 발표와 질의 응답이 끝나고, 이어 아메리카 원주민에 관련한 자료들을 찾아 워드로 정리하였다.

아메리카 원주민들은 북쪽과 남쪽으로 구분하여 주로 소개되고 있다. 관련한 책자들이 교실에 많이 비치되어 있었다. 교실의 한쪽 벽면은 아메리카 원주민과 관련한 내용으로 되어 있는데, 이는 이들의 역사적인 정체성 찾기와 역사에 대해 올바른 인식을 하려는 시도로 보였다. 그러나 그들이 전체 미국민들에게 어떻게 인식되고 있는지는 궁금한 부분이다. 이들은 아직도 보호 구역에서 생활 면이나 교육 면에서 소외된 형태로 살고 있다고 들었기 때문이다. 어쨌든, 그들의 역사 속에서 지금은 아메리카 원주민이라고 불리는 이들의 존재를 역사적으로 이해하고, 그들의 삶을 이해하는 것은 교육적으로 필요한 부분이다.

쉬는 시간이 끝나고 들어오니 나이 지긋한 여자분이 토마스 선생님과 이야기를 나누고 있었다. 아이들이 조용히 자리에 앉자 선생님이 소개를 해주었다. 얼마 후 현장 학습으로 구경하게 될 오케스트라와 함께하는 발레 공연을 위하여 사전 교육을 해주실 오케스트라 단원이라고 소개해 주었다. 나이가 지긋한 오케스트라 단원이 도우미 교사가 되는 것이다.

그 도우미 교사는 조용히 말문을 열었다. 먼저 오케스트라에 대한 정의와 오케스트라를 구성하는 각 파트, 즉 현악기, 관악기, 타악기, 건반 악기에 대해 설명을 하였다. 설명 도중에 아이들에게 악기 연주를 하는 아이들 손들어 보라고 하니 거의 모든 아이들이 손을 들었다. 피아노를 배우는 아이들이 가장 많았고, 바이올린, 기타 등을 배우는 학생들도 있었다. 학원도 보이지 않던데 그들은 기본적으로 그런 것들을 우리처럼 다 배우고 있었던 것이다.

이어서 스토리를 읽어주었는데 '불새(The Firebird)'에 대한 이야기였다. 공주와 왕자, 불새, 괴물, 구경꾼들이 등장하는 스토리였다. 아이들은 모두 이야기에 귀를 기울이고 있었다. 이야기가 끝나자 도우미 선생님은 캐릭터 역할 할 사람을 아이들 희망에 따라 지정해 주셨다. 그리고는 이야기에 따라 그들에게 적당한 행동을 하라고 하였다. 아이들은 그 도우미 교사가 미리 준비한 소품으로 각자 역할에 맞는 연출을 했고, 각 역할을 적은 표지를 목에다 걸어주었다. 일종의 즉흥극인 셈인데 아이들의 표현력은 멋지고 훌륭했다. 아이들은 역할극을 하는 것이 즐거운지 연신 웃어대며 자기 역할들을 열심히 해내고 있었다.

역할극이 끝나자 이번에는 음악을 조용히 들어주었다. 교실이 모두 오픈되어 있다 보니 큰 소리로 틀어줄 수가 없다. 옆 반과 우리 반이 서로 얇은 벽 하나로 나누어져 연결되어 있고, 문은 아예 없어 교실과 교실이 서로 오픈된 채로 연결되어 있기 때문이다. 615호실과 연결된 교실은 두 교실인 셈인데, 이렇게 모두가 서로 오픈된 형태로 수업을 진행하고 있다.

음악이 흐르자 아이들은 조용히 음악에 귀를 기울이고 있었다. 도우미 교사는 곡 흐름에 따라 각 부분이 어떤 것을 표현한 것인지 아이들에게 물었다. 아이들은 적절한 답을 다양하게 그리고 조용하게 말했다. 교사가 말을 하는 사이에도 음악은 계속 흘러나왔다. 각 음악에 해당하는 장면 장면을 아이들과 함께 하나하나 확인하고 넘어갔다.

아이들은 이미 스토리를 알고 있고 직접 역할극까지 했기 때문에 음악을 이해하기가 훨씬 수월했을 것이다. 그렇게 아름다운 감상 수업이 끝나고 며칠 후에는 그 음악을 오케스트라 연주로 직접 듣게 된다고 하였다. 발레와 함께…. 이 얼마나 멋진 음악 감상 수업인가? 한 음악을 이해하기 위해 아이들 수준에 맞는 이야기와 역할극, 그리고 음악 감상 발레까지 통합적으로 하는 음악 수업, 그렇게 한 번 수업을 받으면 그 음악을 훨씬 더 잘 이해할 수 있는 것은 두말할 나위가 없을 것이다. 이렇게 입체적인 음악 수업을 기획할 수 있다는 게 놀라울 뿐이다.

Today is Funny Day

아침에 등교하는데 아이들의 옷차림이 심상치 않다. 잠옷을 입고 온 아이부터 목욕 가운을 두르고 온 아이, 스타킹을 짝짝이로 신거나 한쪽만 신은 아이 등 뭔가 아이들이 잘못되어 있는 게 아닌가라는 생각이 들었다.

"저 아이들 차림이 왜 저렇지?"

그런데 그 의문이 곧 풀렸다. 광장에서 수업이 시작되기를 기다리고 있는데 선아 어머님과 예원이 어머님이 왔다. 제니네 반은 제니까지 한국인이 그렇게 세 명이 있다. 이야기를 나누고 있는데 오늘은 차림을 재미있고 우스꽝스럽게 입어도 되는 날이란다.

아니나 다를까, 아이들이 평소와는 다르게 좀 어색하거나 우스꽝스러운 차림들을 하고 있었다. 상식 밖의 옷차림을 한 아이들이 많았는데, 유치원 선생님들까지 옷차림이 다 우스꽝스러웠다. 어떤 선생님은 토끼처럼 커다란 귀가 달린 모자에다가 곰 발바닥을 연상시키는 커다란 털신, 원색에 가까운 아동과 같은 유치한 옷차림으로 등장하여 우리의 시선을 사로잡았다. 모두 개성이 톡톡 튀는 차림이었다.

교실에 들어와 보니 우리 반 아이 중에도 우스꽝스러운 차림으로 앉아 있는 아이들이 많았다. 매튜는 뽀글뽀글 파마한 은색 가발을 쓰고 있었는데, 그래서 머리가 실제보다 훨씬 더 커 보였다. 아버지 넥타이를 아무렇게 맨 모습이 웃음을 자아내게 했다. 까만 머리를 가지고 있던 미카일라는 머리를 이상한 모습으로 묶고 부분적으로 염색한 모습이었고, 수잔나는 스타킹을 한쪽만 신은 모습이었다. 또 다른 아이는 신발

놀며 탐구하며 스스로 배우는 아이들

을 한쪽은 운동화로 한쪽은 샌들로 신고 나타났다. 토마스 선생님도 짧은 스커트 차림에 울긋불긋 귀여운 옷을 입고 있었다.

토마스 선생님에게 "You look very cute."라고 하자 선생님은 함박웃음을 지었다. 개성이 톡톡 넘치고 우스꽝스러운 옷차림을 보자 웃음이 저절로 났고, 아이들도 덩달아 즐거워하는 분위기였다. 그런 차림들을 하고 있어도 놀리거나 특별히 얘기하지 않는 것을 보면 이것 역시 아이들의 문화로 자리 잡은 듯하다.

격식과 평범함을 벗어 던질 수 있는 날, 아이들에게 상상력과 독창성을 인정하고 길러줄 수 있는 사고의 유연함이 느껴져서 부러웠다. 그런 문화에 자연스럽게 길드니 커서도 개성이 넘치고 자신을 표현함에 어색해하지 않으며, 다양한 모습들과 다양한 개성들을 이해하고 받아들일 수 있는 융통성을 가지게 되는 건 아닐까? 창의성은 어느 날 갑자기 길러지는 것이 아니라, 이렇게 일상적이고 틀에 박힌 모습에서 탈피하려는 노력에서 싹틀 수 있다.

획일적이고 늘 틀에 박힌 모습들은 진부하며, 고루해 보이며, 융통성이 없어 보인다. 진부한 일상의 틀을 깰 수 있는 시도들 속에서 진정한 개성과 창의성이 싹트는 것은 아닐까? 다양한 가능성을 학생들 스스로 탐색할 수 있는 사고의 유연함을 위해서라도 우리 학교 현장에서도 이러한 시도를 해보는 것도 좋을 것 같다.

미국이라는 사회가 수많은 인종과 문화의 다양함을 수용하고 이해하며, 하나의 유기체로 움직이는 힘은 이런 데서 길러지는 것이리라. 다름과 개성을 수용하고 조장하는 모습들이 실제 학교에서도 이렇게 시행하고 있다. 토마스 선생님에게 이런 모습들에 대해 물으니 오늘은 기분 좋은 수요일(Hump Day)이고, 교장 선생님이 이런 것을 적극적으로 권장을 하기 때문에 가능하단다. 그러면서 교장 선생님 칭찬을 하였다.

중간에 끼인 Hump day는 수요일로 다른 날에 비해 모든 학교 일정이 오전 11시 50분쯤에 끝나기 때문에 가벼운 맘으로 하루를 보낼 수 있다. 월·화요일이 꽉 찬 일정임을 생각하면 오전에 일정이 끝나는 것을 중간에 넣음으로써 심리적으로 부담을 줄여주려는 시도처럼 보였다. 나도 이제는 어느새 Hump day가 기다려지곤 한다. 어쨌든, 이곳 미국도 한국처럼 교장 선생님에 따라서 학교 분위기가 많이 달라지는가 보다. 관리자가 이렇게 다양함과 융통성을 발휘할 수 있을 때 학생들에게 당연히 긍정적인 영향을 끼칠 수 있다.

토마스 선생님은 다른 선생님들이나 자모들이 우리 교실에 오면 꼭 나를 인사 소개한다. 인사시킬 때 빠지지 않던 내용이 '한국에서 교사 생활을 하다가 왔다'였는데 오늘은 그것과 더불어 내가 아주 '우스운 사람'이라고 소개를 하며 나를 보고 웃는다.

도대체 내가 뭐가 우스운지?

어쨌든 토마스 선생님 앞에서는 있는 얘기, 없는 얘기 생각나는 대로 말도 안 되는 영어들을 마구 쏟아내니 그럴 만도 하겠다 싶었다. 어제는 아이들 스크랩에 쓸 내용을 프린터로 뽑아 종이의 여백을 잘라주는 작업을 하였고, 오늘은 아이들 수학 40문제 시험 본 것 채점을 해주었다. 우리 반 모두의 것을…. 채점이야 늘 하던 것이니까 빠르고 쉽게 처리할 수가 있다. 중간에 아이들이 틀린 문제를 다시 고쳐서 오는 경우가 있는데, 고쳐온 답이 또 틀리면 안 되는 영어지만 열심히 설명까지 덧붙이고는 "이해할 수 있겠니?"라고 묻기까지 한다. 토마스 선생님이 보면 얼마나 우습겠는가? 매일 학교에 나갈 수 있게 해준 토마스 선생님이 고맙다. "It's my pleasure!"라고 큰소리로 외치며 도울 수 있는 일이 있다는 게 내게는 얼마나 큰 행복인가!

오케스트라와 함께 하는 발레 공연 'The Firebird'

오늘은 아침부터 마음이 들떠 있었다. 바로 기다리던 오케스트라와 함께하는 발레 공연을 보러 가는 날이기 때문이다. 일종의 현장 학습인 셈인데, 이 공연을 위해 오케스트라 단원이 미리 와서 한 시간 정도 음악 감상 수업을 해주었었다. 선수 학습이 있었으므로 당연히 아이들이 쉽게 이해할 수 있을 것이다.

615호실에 도착하여 보니 대여섯 명 정도의 학부모들이 미리 와서 기다리고 있었다. 대부분은 도우미 교사를 하는 분들이었고 몇 명마저도 이미 얼굴이 익은 분들이었다. 이분들이 학교에 온 이유는 아이들이 차를 타고 이동해야 하므로 운전을 해주러 온 것이다. 미리 안내하여 운전을 도와줄 학부모 자원봉사자들을 모집하였는데 여기에 지원한 학부모님들이다.

출발하기 전에 잠깐 시간이 있었기 때문에 토마스 선생님은 어제 아빠들과 함께하는 수업 장면을 찍은 사진들을 스크린에 띄워 아이들에게 보여주고 있었다. 토마스 선생님이 직접 찍으신 사진들이었는데, 내가 찍은 것도 있어서 토마스 선생님이 찍은 사진을 다 본 후에 내가 찍은 사진들도 볼 수 있었다. 사진이 한 장 한 장 넘어갈 때마다 아이들이 술렁거렸다. 가장 반응이 좋을 때는 역시 토마스 선생님을 찍은 사진이 나올 때였다. 아이들이 토마스 선생님을 좋아한다는 증거이다. 선생님을 따르고 좋아하는 것은 미국이나 한국이나 같은가 보다.

사진을 보고 있는 사이 출발할 시간이 되어 우리는 팀을 나누어 학부모님들 차를 탔다. 나와 정, 레이니, 샤이니는 레이니 아빠 차를 얻어 타고 가기로 하였다. 차는 학교 근처 도일 공원 주차장 내에 주차되어 있었다. 레이니 아빠는 어제 아빠들과 함께하는 수업에 참석하였기 때문에 안면이 익은 사람이었다. 큰 키에 어제 수업이 끝날 때까지 앉아 있었던 분이다. 인사를 나누고는 차에 올라 공연장으로 향했다. 공연장은 학교에서 샌디에이고 시내 방향으로 차로 20분 정도 걸린다고 한다.

가는 도중 레이니 아빠와 이런저런 얘기들을 나눌 수 있었다. 레이니 아빠는 미국에 정착한 지 12년째라고 한다. 그전에는 그리스에 살았고, 샌디에이고에는 유학을 오게 되면서 살게 되었다고 한다. 처음에는 영어와 그리스어가 달라서 상당히 힘들었다고 한다. 그러나 지금은 원어민에 가까운 발음으로 영어를 구사하고 있었다.

이곳에서 생활하면서 느낀 것은 미국 토박이보다 모국을 떠나 이곳에 와서 살게 된 사람들을 더 많이 만난다는 것이다. 세계 각국에서 모여든 사람들이 살다 보니 문화가 다르고, 음식이 다르고, 말이 다르고, 생활 방식이 서로 다르다. 그런 사람들이 자연스럽게 어울려 함께 생활해 나가는 것이다. 음식을 파는 가게(Food Store)에 가면 그 다른 문화들을 한눈에 확인할 수 있다. 수많은 종류의 음식들이 즐비한데 그 종류가 얼마나 다양하고 많은지, 도대체 어떻게 먹는지조차도 모르는 음식들이 대부분이다. 세계 각국의 음식이 다 모여 있다고 해도 과언이 아닐 것이다. 그렇게 많은 음식 재료 중에서 정작 한국의 음식들은 한국인 가게에나 가야 볼 수 있을 정도다. 그 수많은 소스와 음식 재료들, 인스턴트 음식들 사이로 우리가 흔히 보던 것들은 찾아볼 수가 없다. 대형 음식 마켓인 '본즈'에 우리나라 음식이 하나 있긴 한데, 한국에서 수입되어 들여온 두부가 바로 그것이다. 맛도 일품이다. 물론 과일이나 고기, 야채류는 풍성하다. 각국에서 수입된 음식이 이렇게 많음에도, 아쉽게도 나는 다른 나라의 음식을 접해볼 기회가 많지 않았다. 애니 엄마의 경우 다른 나라 음식 중에서 맛있는 것들이 많아 이것저것 즐기다 보니 몸무게가 10킬로가 늘었다고 한다.

이런저런 얘기들을 나누는 사이 차가 목적지인 공연장 앞에 정차했다. 주차장에 차를 주차하고 바로 공연장 안으로 들어갔다. 반별로 모여서 들어갔는데 도일 학교에서는 3학년만 온 것으로 보였다. 다른 학교에서도 왔는데 1층과 2층으로 나누어진 공연장은 이내 많은 학생과 교사들, 학부모들로 꽉 찼다.

이어 막이 오르고 오케스트라 단원들이 모습을 드러냈다. 지휘자가 직접 마이크를 들고 오늘 있게 될 공연을 설명하였다. 학생들임을 고려하여 오케스트라를 소개하고 각 파트별 악기 구성, 그리고 현악기, 관악기, 건반악기, 타악기 등을 차례로 소개하고 직접 시연도 해보게 하였다. 중간중간 질문을 하고 아이들이 답을 할 수 있게 하여 설명의 효과를 높였다. 공연에 대한 설명이 끝나자 바로 음악이 흘러나왔다. 공연 주제는 바로 며칠 전 음악 수업으로 만났던 '불새(The Firebird)'였다.

오케스트라의 연주가 시작되자, 곧이어 아름다운 모습을 한 발레리나들이 무대에 등장하였다. 극 내용에 맞게 알맞은 발레복으로 연출한 발레리나들이 우아하고 아름다운 동작으로 무대를 휘젓고 다녔다. 이어서 등장한 불새와 공주님, 왕자님의 모습을 아이들은 숨죽이고 보고 있었다. 많은 무용수들이 무대에서 아름다운 공연을 펼치는 사이 오케스트라 단원들은 아름다운 곡을 연주하고 있었다. 오케스트라의 아름다운 연주와 무용수들의 단아하고 우아한 모습들을 보면서 아이들은 발레리나의 꿈을 키우기도 할 것이다.

이런 고급문화를 어렸을 때부터 접할 기회를 가지는 아이들은 분명 행복한 아이들이다. 그것도 아주 저렴한 가격에 자주 접할 수 있다고 하니 이 얼마나 행운인가! 돌아오는 길에 차 안에서 레이니 아빠와 이야기를 나눌 기회가 있었다. 레이니 아빠에 의하면 아이들이 이런 고급문화를 접할 기회가 자주 있으며, 부모들도 당연히 그런 것들을 환영한다고 한다.

샌디에이고에 위치한 바닷가 풍경

놀며 탐구하며 스스로 배우는 아이들

오는 길에 레이니 아빠에게 샌디에이고에 대해 궁금한 몇 가지를 여쭈어보았다. 레이니 아빠의 말에 의하면 샌디에이고 인구는 가까운 카운티까지 합치면 2백만이 넘으며, 미국에서 7대 도시 중 하나에 속한다고 한다. LA보다는 작으나, 샌프란시스코보다는 큰 도시라는 것이다. 겨울에도 포근하고, 여름에도 20도를 넘지 않아 일 년 내내 온화한 기후를 자랑한다고 한다. 그래서 사람들이 살기에는 최적의 도시라는 것이다. 날씨가 따뜻하면서 바다를 끼고 있어 휴양지로 각광을 받고 있단다. 겨울은 포근한 정도가 아니라 반소매를 입고 다녀야 할 정도로 따뜻한 날씨다. 겨울은 우기라 푸른 들녘을 볼 수 있지만, 여름이 되면 건조해 들녘이 황갈색으로 변한다고 한다. 경치가 아름답고 사람들이 친절하고 좋다는 말도 덧붙였다. 그러니 누구나 살고 싶어 하는 곳일 수밖에 없다. 경치가 아름답고 일 년 내내 날씨가 온화한 곳, 그래서 미국 내에서도 휴양도시로 사랑받는 곳이라고 한다. 바다까지 근접해있는 곳이어서 이곳 사람들은 다양한 경험을 할 수 있다.

미국 초등학교의 점심과 교육 여건

미국 학교에서는 점심을 '카페테리아'라고 부르는 식당에서 먹는다. 이곳 도일초등학교는 아이들이 점심을 먹는 곳이 야외이다. 야외에 나무 식탁과 나무 의자가 죽 나열되어 있는데, 아이들은 이곳에서 점심을 먹는다. 급식비를 내지 못할 경우 주정부의 보조를 받아 급식을 시행하고 있으며, 그래서 모든 아이들이 급식을 하는 셈이다.

급식의 경우 미국도 큰 틀에서 보면 한국과 비슷한데 약간의 차이가 있었다. 급식은 일률적으로 시행되지 않으며 강요하거나 강제적으로 먹지 않아도 된다. 즉, 급식을 원하지 않으면 도시락 싸 가지고 다니는 것이 허용된다. 도시락을 지참할 때도 급식은 지정된 야외 식당에서 먹어야 한다. 보통 도시락을 싸 가지고 오는 경우는 학교에서 배식되는 음식이 입에 맞지 않거나 건강상의 이유로 도시락을 싸 오기도 한단다. 모든 아이에게는 학교에서 고유의 핀넘버가 부여되며, 학생들은 음식을 식판에 담아서 나오면서 컴퓨터 앞에서 이 핀넘버를 눌러야 한다. 핀넘버를 누른 횟수에 따라서 통장에서 급식비가 빠져나간다. 역시 합리주의적인 방식이다. 이 핀넘버는 다섯 자리로 되어 있는데, 제니는 그 번호를 잘 몰라서 주머니에 번호를 넣고 다녀야 했다.

음식은 보통 미국식으로 제공되는데, 주요리와 선택 메뉴로 먹을 수 있는 샐러드, 과일, 음료, 우유가 제공되고 있다. 주요 요리는 쌀로 만든 음식이나 빵, 햄버거, 고기류 등의 음식이 제공되고 있는데, 대체로 칼로리가 높은 식단이다. 샐러드와 음료는 학생이 선택할 수 있다. 우리가 생각하는 것처럼 샐러드 종류가 단순한 것이 아니다. 종류도 여러 가지이고, 특히 소스는 그 종류가 아주 다양하다. 각 나라의 음식들이 다 모여 있다 보니 기본적인 것을 이루는 것들에서도 종류가 단순하지 않고, 다양하고 선택의 폭도 넓다. 보통 교사가 학생들을 급식실까지 인솔하는 우리와는 달리, 이곳 아이들은 개인이 자유롭게 식당을 이용한다. 반별로 일제히 움직이는 것이 아니라 학생들이 각자 편리한 시간에 점심을 먹으면 된다. 점심시간은 정해져 있다. 그 시간 안에 점심을 먹으면 된다.

점심 전에 간식 시간이 있어 간식을 먹을 수 있는데 간식이라고는 하나, 점심과 비슷한 메뉴가 제공되어 아침을 못 먹고 오는 경우 그 간식 시간을 이용하기도 한다. 이곳은 우유도 100% 원유만 있는 게 아니라 그 종류가 아주 다양하다. 지방을 뺀 우유에서부터 강화우유까지 그 종류가 수십 종류나 된다. 이것저것 먹어보고 자기 입맛에 맞는 우유를 선택하면 된다. 보통 슈퍼에 가서 우유를 선택할 때도 한참 고민을 해야 한다. 지방을 다 뺀 우유를 먹자니 싱겁고, 강화우유는 보통 독특한 맛(단맛이 강함)이어서 입맛에 맞지 않고, 우리와 같은 100% 원유를 찾고 싶은데 쉽게 눈에 띄지 않아서 한참을 망설였던 적이 있다. 이곳 사람들은 비만한 사람들이 많아서 지방을 뺀 우유(Fat Free)를 많이 이용하고 있다. 이처럼 이곳은 같은 음식일지라도 그 종류가 아주 다양하다. 여러 나라에서 온 사람들의 입맛을 맞추어야 하기 때문이다. 오히려 이것이 아이들에게는 다양한 음식 문화를 체험할 기회가 되고 있다.

급식은 선택으로 자유롭게 이용할 수 있으며, 부모님이 수입이 없거나 일정한 수입이 되지 않으면 무료로 급식을 제공받을 수 있다. 보통 한 번의 급식비는 1달러 정도이며, 이는 미국의 물가를 고려하면 상당히 싼 가격이라고 보면 된다. 이렇게 싼 이유는 급식비 일부를 주정부로부터 지원받기 때문이다. 무료로 급식을 제공받기 위해서는 사무실에 가서 일정한 양식에 의해 신청을 해야 하며, 이는 사무실에서 자세하게 안내하고 있다. 물론 무료 급식자가 되기 위해서는 일정한 조건이 충족되어야 한다.

보통 한국 부모들이 유학을 와서 그들의 자녀들이 학교에 다닐 경우는 대부분 무료 급식을 신청할 수 있다. 이는 사무실에서 제공하는 간단한 서류 한 장만 작성하면 사무원의 판단으로 그 자리에서 무료 급식 여부를 확인할 수 있다. 이처럼 행정 절차가 아주 간편하다. 이곳은 행정적인 일들과 관련해서는 대부분 담임 선생님을 거치지 않고 사무실에서 직접 이루어진다. 이런 일들을 사무실에서 대부분 처리함으로써 담임 선생님들의 잡무를 줄여주고 수업에만 집중할 수 있도록 하는 것이다. 이곳 선생님들은 청소하는 것에서부터 아이들의 급식, 행정적인 절차로부터 자유롭다. 이런 것들이 가능한 것은 교육과 행정을 분리하여 행정적인 일은 사무실에서 해결할 수 있도록 하고, 교사는 아이들 교육에 전념할 수 있도록 교육 환경을 조성하고 있기 때문이다.

아이들은 아침부터 준비물 때문에 문구점에 들릴 필요가 없다. 모든 준비물은 학교에서 해결할 수 있기 때문이다. 백룸에 수많은 학습 준비물들이 갖춰져 있다. 교사는 자료실(Supply Room)을 이용할 수 있다. 이곳은 교사들이 이용할 수 있는 교구, 교육 자재들을 모아둔 창고인데 나도 가끔 그 방을 가게 된다. 그곳에 가면 한국에서는 볼 수 없었던 기자재들이 많고 다양함에 놀라곤 한다. 교사는 언제든지 이 공간을 자유롭게 이용할 수 있다. 오늘은 모양을 본뜨는 기계를 토마스 선생님으로부터 배웠는데 아주 쉽게 할 수 있었다. 이것도 한국에서는 한 번도 사용해 보지 않았던 기자재이다.

발렌타인 파티

오늘은 밸런타인데이다. 미국에서 밸런타인데이는 각종 행사와 파티가 열릴 정도로 중요하게 여기는 날 중의 하나이다. 학교에서는 며칠 전부터 안내문을 통해 밸런타인데이 파티에 쓸 캔디와 주스, 초콜릿 등을 지원을 받고 있었다. 될 수 있으면 카드 작성도 해 달라고 안내를 하고 있었다. 한국의 밸런타인데이는 주로 젊은 층에서 초콜릿과 사탕을 주고받는 날로 되어 있지만, 이곳은 학교에서 파티를 열 정도로 의미 있게 다루어지고 있다.

제니는 카드와 캔디 등을 준비하였고 정은 음료수를 준비하였다. 물론 반 아이들 모두가 먹을 수 있는 양을 준비해야 한다. 이것저것 준비한 것에 비해 아침 교실 분위기는 아주 차분하였다. 파티라고 해도 북적이고 들뜬 분위기가 아닌 평소와 다름없이 차분한 분위기였다. 아이들 가방 옆에는 아이들이 가져온 발렌타인 파티 준비물들을 볼 수 있을 뿐이었다.

선생님이 일정을 안내해 주었다. 오전에는 3일 휴일에 대한 저널 쓰기와 어휘 공부, 수학이 있을 예정이고, 이어서 발렌타인 카드를 만들고 점심 전에 발렌타인 파티를 할 거라고 안내하였다. 오후에는 비디오 한 편을 보게 될 거라고 덧붙였다. 아이들은 평소와 다름없이 조용한 분위기에서 학습에 몰입하였다.

제니가 만든 발렌타인 주머니(사탕과 초콜릿을 담을 수 있다.)

발렌타인 파티 시간이 되자 아이들은 준비한 것을 뒤에 놓여 있는 테이블로 가져가서 죽 진열을 해놓았다. 파티에 쓸 먹거리들을 내놓은 아이들도 있었고, 자기가 직접 주는 경우도 있었다. 특이한 것은 사탕 하나, 초콜릿 하나라도 받는 사람의 이름을 써서 곱게 포장을 해서 가져왔다. 우리의 경우 흔히 모든 아이들을 주기보다는 자신이 주고 싶은 친구에게만 보통 주는 편인데, 이곳은 선물을 준비한 아이들은 반의 모든 아이들에게 돌아갈 수 있도록 준비를 하였다. 또한, 비싸 보이거나 화려해 보이는 포장은 찾아볼 수 없었다. 그저 아이들 수준에 맞는 적당한 양과 아이들이 만든 카드가 전부였다. 파티라고는 하나 들뜬 분위기가 아닌, 그저 차분하게 발렌타인이 지나가고 있었다.

오후에는 제니네 교실에 가서 자원봉사 활동을 했다. 밸런타인데이 파티에 자원봉사를 지원할 사람은 지원하라고 해서 궁금하기도 하고, 도와주고 싶은 맘도 있었기 때문에 지원했었다. 단순히 파티 준비나 음식 차리는 정도겠지 생각했는데, 막상 가보니 그게 아니었다. 소그룹으로 나누어 아이들과 함께 학습 활동을 하는 것이었는데, 쿠키 장식과 그림 그리는 것 중 어느 것을 할지 선택하라고 해서 그림 그리는 것을 도와주겠다고 했다.

415호실 아이들 발렌타인 파티

선생님은 아이들이 해야 할 활동에 대해 자세하게 소개를 해주었다. 수채화 물감을 이용한 카드 표면에 그림을 그리는 것이었는데 두 명씩 앉아서 활동을 끝내고, 다 끝난 후에는 다른 아이가 와서 그림을 그리는 것이었다. 간단히 설명하고 아이들에게 하라고 했더니 모두 잘 해주었다. 대부분의 아이는 샘플로 놓인 카드와 비슷하게 그림을 그렸다. 샘

플이 아이들 교육에 효과적이긴 하나, 때로는 아이들의 상상력을 저해
할 수도 있다. 오늘 같은 경우도 아이들은 긴 생각 없이 바로 샘플을 따
라 하는 모습을 보였다.

제니네 반 아이들은 며칠 전 아이들이 만든 예쁜 모자에 사탕과 초콜
릿, 과자 등을 나누어 주었고, 대부분의 아이들이 발렌타인 카드를 가지
고 와서 친구들에게 나누어 주었다. 이런 활동을 통해 아이들은 자연스럽
게 삶 속에서 이벤트를 하는 방법을 배우기도 한다. 이벤트가 때로는 삶의
활력소가 되기 때문에 이런 것도 필요하겠다는 생각이 들었다.

뮤지컬 '신데렐라'

교실로 들어가는 내 발걸음이 오늘따라 무겁게 느껴졌다.
어젯밤 자정을 훌쩍 넘긴 시간에 잔 것이 이유인 듯하다. 늘 비슷한 시각
즈음에 잠들곤 했는데, 어제는 영화 한 편을 보느라 좀 늦게 잠자리에
들었다. 그 때문에 오전 내내 몸이 처지는 느낌이 들었다. 집에 가면 잠부
터 자 둬야겠다고 벼르기까지 할 정도였으니…. '매닉 먼데이!' 오늘 아이
들은 처지는 내 기분만큼이나 컨디션들이 좋지 않아 보였다. 기침 소리
와 코 훌쩍이는 소리가 여기저기서 났다. 일교차가 큰 탓일 것이다. 게다
가 오늘처럼 비라도 내리게 되면 썰렁한 느낌마저 들기도 한다.

쉬는 시간이 끝나고 얼마 지나지 않아 다목적실에서 특별 이벤트가

있다고 하였다. 아이들은 기다렸다는 듯이 썰물처럼 빠져나가 문 앞에 줄을 섰다. 나는 갈까 말까 망설이다 몽롱한 기분이라 그냥 교실에 남기로 하였다. 아이들이 다 빠져나가고 얼마 되지 않아 '롬'이 다시 교실로 들어오더니 함께 가지 않겠냐고 제안을 해왔다. 특별한 시간이 될 거라고 하여 가보기로 하였다. 광장으로 나오자 줄을 서서 다목적실로 들어가는 많은 아이들을 볼 수 있었다. 다목적실에는 이미 많은 아이들이 와서 자리를 잡고 앉아 있었다. 우리 반 아이들은 늦게 왔음에도 불구하고 맨 앞자리에 나란히 앉아 있었다. 나 또한 맨 앞자리 끝에 앉았다. 무슨 수업을 하는지 몰라도 이미 무대 배치가 다 끝난 상태였다. 오래 기다리지 않아 곧 시작을 알리는 안내 멘트가 흘러나왔다.

오늘 있을 특별 수업은 '신데렐라' 뮤지컬이었다. 여자 배우들이 고운 미성으로 아름다운 노래를 부르며 무대 위에 등장하는 것으로 막이 열렸다. 우리가 흔히 알고 있는 신데렐라를 뮤지컬로 각색한 것이었다. 공연은 한 시간이 넘게 이어졌다. 그 시간 내내 아이들은 신데렐라에 빠져 있었다. 때로는 웃기도 하고, 마음을 졸이기도 하면서 공연에 몰입하는 모습이었다. 남녀 혼성 4중창을 부를 때는 그 아름다운 느낌이 가슴에 고스란히 전해지기도 했다. 신데렐라 뮤지컬은 대사보다 노래가 많았는데, 여성 2부나 남성 2부, 혼성 4부 등 다양한 형태의 중창과 합창이 전개되었다. 바로 눈앞에 앉아 있었던지라 배우들의 표정들이 바뀌는 것까지 실감 나게 볼 수가 있었다. 배우들의 코믹한 대화나 표정 연기가 아이들을 까르르 웃게 만들기도 하였다.

학교에서 이런 프로그램을 정기적으로 연다고 하니 부러움을 금치 못하겠다. 티켓을 사고 공연장을 가서도 한참을 기다려야만 볼 수 있는 뮤지킬을 이렇게 쉽게 접할 수 있는 이곳 아이들이 부럽기만 하다. 어렸을 적부터 이런 공연 문화를 자연스럽게 접한 아이들은 뭐가 달라도 다를 것이다. 이런 질 높은 공연 프로그램을 수시로 접할 수 있게 해주는 학교의 방침이 내게는 교육적일 뿐만 아니라 획기적으로 보인다. 인성 교육이니 문화 교육이니 하는 것은 말로만 되는 것은 아니다. 실제로 아이들이 어떤 경험을 하고 어떤 환경 속에서 어떤 교육을 받으며 자라느냐에 따라 매우 다를 것이다. 이곳 아이들은 문화적으로는 비옥한 환경을 학교로부터 제공받고 있는 것이다.

아이들에게는 공연 문화를 자주 경험해 볼 소중한 기회도 되겠지만, 공연을 하는 입장에서도 다양한 관객층을 확보할 수 있으니 일거양득이 될 것이다. 크게 보면 한 나라의 문화 부양책도 될 수 있을 것 같다. 힘들게 공연 준비를 하고, 노래를 불러도 들어주고, 봐줄 사람이 많지 않다면 공연을 준비하는 사람들이 얼마나 낙심하겠는가? 이 아이들이 커서 자연스럽게 그런 공연들을 봐줄 관객들이 될 것이다. 학교에서도 일정한 돈을 지불하고 공연 팀을 초빙하는 것으로 알고 있는데, 공연하는 사람들에게도 경제적으로 큰 도움이 될 것으로 보인다.

주변의 연극을 하는 사람들이 겪는 어려움 중 하나는 바로 경제적인 어려움이다. 공연 하나 준비해서 다행히 관객들에게 큰 호응을 얻어 연극이 성공한다 해도 경제적으로는 한계가 있게 마련이다. 끼와 재능이 있어서 계속하고 싶어도 궁극적으로 경제적인 것이 뒷받침되지 않으면 그런 재능들을 제대로 펴나가기가 힘들다. 공연을 보아줄 층이 많다는 것은 그만큼 그들에게 경제적으로 안정감을 줄 수 있는 일이다. 뮤지컬 공연장에서만 뮤지컬이 공연되는 것이 아니라 학교로 직접 찾아가는 뮤지컬 공연, 얼마나 멋진 일인가? 이렇게 함으로써 일부 계층만이 향유하는 문화가 아닌, 누구나가 쉽게 접할 수 있는 공연 문화로 자리매김할 수 있을 것이다.

미국 초등학교의 교육은 여러 면에서 우리하고는 차이가 있다. 다양하면서도 깊이 있게 탐구하는 자세들, 다른 사람들과 구별되는 창의적인 활동들, 전체적이고 일제히 움직이기보다는 개인의 능력을 중시하는 학습 분위기, 다양한 것들을 경험해 볼 기회들, 보편화된 획일주의보다는 개인을 중시하는 풍토 등이 우리와는 다른 점이 될 것이다.

오늘은 쌍둥이 날(Twin Day)이라 친한 친구들끼리 커플룩을 입을 수 있는 날이다. 교사들도 옆 반 교사들과 색깔이나 모양을 맞추어 입고 왔는데, 그 모습들이 우스꽝스러운 차림에서부터 토마스 선생님처럼 색깔을 맞추어 입는 등 다양한 모습을 연출하였다. 아이들도 친한 친구들끼리 커플룩으로 맞추어 입고 온 아이들이 있었다. 내일은 '성 패트릭스 날'이라 녹색 옷을 입는 날이라고 한다. 오늘 패트릭과 관련하여 영어책 한 권을 읽었다. 패트릭은 기독교 전파에 많은 기여를 한 사람이다. 그를 기념하기 위해서 녹색을 입는다고 한다. 이곳은 이렇게 옷차림도 다양하게 연출할 수 있는 날들이 많다. 내게는 매우 재미있고 흥미로워 보인다.

패트릭스 데이

　　　오늘은 성 패트릭스의 날(St. Patrick's Day)이다. 그를 기리기 위해 성 패트릭스를 상징하는 녹색으로 된 옷을 입고 학교에 가는 날이다. 토마스 선생님은 미리 전날부터 녹색 티를 입고 왔다. 성 패트릭스에 대한 계기 교육은 일찍부터 있어 왔다. 패트릭의 일대기에 관련한 책을 읽어주고 관련한 활동을 하는 등 패트릭에 관련한 학습이 있었다. 우리나라에서는 생소한 날이지만, 이곳에서는 중요하게 다루어지는 날인가 보다. 꼭 녹색 옷을 입어야 하는 건 아니지만, 이런 날 의미를 함께 새기기 위해 정에게 녹색이 들어간 옷을 입히고, 제니는 옅은 녹색 빛 바지를 입혔다.

　아침에 등교하니 교문 앞에서 교장 선생님이 세 잎 클로버를 아이들 가슴에 달아주고 있었다. 아이들은 등교하면서 저마다의 가슴에 세 잎 클로버를 달고 총총히 광장으로 들어갔다. 녹색 옷을 입은 아이들이 눈에 띄게 많이 보였다. 각 교실에서는 미리 성패트릭에 관련한 계기 교육 외에도 패트릭 데이와 관련하여 만들기도 하고, 그리기도 하고, 이야기 꾸미기를 하는 등 반마다 특별하게 하루를 보냈다. 이렇게 의미 있게 다루어지고 있는 성패트릭에 대해 궁금해서 615호실에 비치되어 있는 패트릭에 관한 책을 한 권 읽었다.

　성 패트릭(St. Patrick: 385~460 A.D)은 아일랜드에서 태어난 것은 아니지만, 아일랜드 성인이다. 그는 영국의 한 작은 섬에서 태어났다. 그의 아버지는 로마의 정부직에서 일하고 있었다. 그 당시 로마 황제는 무능하고 힘이 없어서 외세로부터 침략을 많이 당했다. 패트릭이 살고 있는 지역도 아일랜드 침략자로부터 침탈을 당하였다. 그의 나이 16살 때였다. 그는 침략자들에게 잡혀서 노예로 팔려가게 되었다.

그의 주인은 패트릭을 양치기로 일하게 하였다. 양치기를 하는 동안 그는 외로웠고 고독했다. 그는 양을 치면서 하루에 수백 번씩 하나님께 기도하면서 보냈다. 그의 주인은 맛있는 음식과 좋은 잠자리를 제공하였지만, 그의 외로움을 메워 줄 수는 없었다. 그럴수록 그는 더욱 하나님께 기도하면서 하나님을 의지했다. 어느 날 꿈속에서 하나님의 음성을 듣게 된다. 패트릭이 도망칠 수 있도록 배가 준비되어 있으니 길을 떠나라는 지시였다. 패트릭은 그 말을 믿어 의심치 않고 길을 떠나 이윽고 배가 정박해 있는 항구에 도착했다.

배에 타려고 하였으나 노예가 도망치는 것을 우려한 선장의 의심 때문에 패트릭은 배를 타지 못하게 된다. 그는 다시 간절하게 하나님께 기도하였다. 그 배를 탈 수 있게 해 달라고. 마침 그 배에는 수많은 개들이 함께 타게 되었는데, 개들이 컹컹 짖고 날뛰고 요란하기 짝이 없었다. 그런데 패트릭을 보는 순간 수백 마리의 개가 이내 잠잠해졌다. 패트릭 앞에서 조용해지는 개를 보며 선장은 패트릭을 배에 태우기로 하였다. 그들은 그렇게 항해를 시작하여 3일 동안 항해를 한 끝에 서유럽 쪽에 닻을 내리게 되었다.

도착한 땅은 불모지에다 사막이어서 그 일행들은 걷고 또 걸어야 했다. 그러는 가운데 굶어서 죽어가는 사람들도 생기게 되고, 그들과 함께 온 개들도 굶어 죽어갔다. 패트릭은 기도하였다. 그러자 그들 앞에는 살찐 돼지 무리가 나타났다. 그들은 그 돼지를 맘껏 먹어 배를 채웠는데, 그 이후로 그들에게 더 이상의 배고픔은 없었다고 한다.

패트릭은 아일랜드에서 열심히 기도하면서 하나님의 복음을 전파하는 일을 하게 되었다. 그를 따르는 많은 사람 앞에서 기적을 행하여 보이기도 하였다. 그가 전파하는 복음 중에 '삼위일체'에 대해 사람들이 잘 이해를 못 하겠다고 하자, 패트릭은 한 줄기에서 세 잎이 난 클로버(Shamrock)를 보이며 비록 잎이 세 개일지라도 줄기는 하나라고 설명하여 사람들이 쉽게 '삼위일체'를 이해할 수 있도록 하였다. 그 이후 세 잎의 클로버(Shamrock)는 삼위일체를 상징하는 식물이 되었다. 성부와 성자와 성령을 세 잎 클로버에 비유하여 설명한 것은 참으로 적절한 설명이 아닐 수 없다.

패트릭이 죽은 후에 하나님에 대한 그의 복음은 더 크게 전파되었다. 그는 복음 전파의 대명사가 되었다. 카톨릭계 아일랜드 사람들은 성패트릭데이에 특별 미사에 참석한다. 오후에는 퍼레이드를 하고 저녁에는 특별한 만찬을 준비하고 춤을 추는 등 집집이 이날을 기리는 축하 행사가 열린다. 미국에는 아일랜드 혈통의 사람들이 아일랜드보다 더 많다고 한다. 그래서 미국에서 성패트릭스데이는 오히려 백 년 전보다 더 중요하고 의미 있는 날로 기억되고 기념되고 있다고 한다.

아침에 도일 교장 선생님이 손수 클로버를 달아주신 것은 '삼위일체', 즉 성부, 성자, 성령을 상징한다. 녹색 옷은 클로버 색깔의 의미도 있지만, 아일랜드를 상징하는 색깔이라고 한다. 아일랜드에 처음으로 기독교를 전파한 성 패트릭을 기념하는 날, 많은 아이들이 녹색 옷을 입었으며, 패트릭스 관련한 책을 읽는 등 나름대로 성 패트릭스를 기리며 하루를 보냈다.

새롭게 달라진 615실 풍경들

　오늘은 만우절(All Fools' Day)이며 한주의 수업이 끝나는 날이다. 615
호실에는 새 학기를 맞이하여 두 명이 전학을 와서 정원이 20여 명이
되었으며, 그 두 명으로 인해 교실은 더 꽉 찬 듯한 느낌이 들었다. 수
업이나 아이들의 활동은 지난 학기와 다름없이 진행되었다. 여전히 매
주 한 번씩 자신의 프로젝트를 한 가지씩 가지고 와서 브리핑하는 시간
을 갖고 있으며, 수업도 지난 학기와 비슷한 일정으로 진행되고 있다.
토마스 선생님은 환경 게시물을 대부분 떼어냈다. 그 공간은 아이들의
또 다른 학습 결과물들로 채워질 것이다. 지난 학기에는 글씨도 작고 책
도 제법 두꺼운 소설책을 두 권 다루었는데, 이번에도 새로운 소설책을
매일 몇 챕터씩 읽어나가고 있으며, 작문과 수학, 그리고 어휘력 학습이
어김없이 진행되고 있다.

　615호실 아이들의 수학 실력은 내가 생각해도 상당한 수준이며, 이는
다른 학교에 비해 두드러진 것이라고 토마스 선생님은 강조하여 말하곤

하였다. 토마스 선생님이 그런 말을 수업 시간에 이와 관련한 내용을 공개적으로 말하였다. 그러면서 이러한 학급을 맡게 된 것에 대해 매우 행운이라는 생각을 하고 있다고 했다. 나는 그 이유를 알고 있음에도 불구하고 왜 그렇게 생각하냐고 되물었다. 당연히 훌륭한 아이들을 만나서라는 말을 하였다. 이 소리를 들은 이 교실의 아이들은 얼마나 뿌듯한 자부심을 느꼈을까?

교사와 학생이 서로를 격려하고 고양하며 성장해 가는 모습은 얼마나 아름다운 모습인지! 이 반 아이들의 수준은 수학뿐만 아니라 여러 면에서 뛰어난 편이다. 특히 자신만의 프로젝트를 발표하는 모습을 보면 이 학생들이 도대체 초등학생인지, 고등학생인지 헷갈릴 때가 있다. 비록 몸은 작아서 3학년같이 보이나, 프로젝트를 소개하는 방법이나 프레젠테이션 하는 방법은 상당한 수준에 올라 있다. 선생님의 기대감과 그에 부응하려는 아이들이 만들어낸 결과이다. 물론 아주 어렸을 적부터 이런 형태의 학습에 훈련이 되어 있기 때문이다. 자신의 프로젝트를 동영상을 이용한 파워포인트나 실험, 실습을 통해 보여주게 되는데, 이런 자료들은 학생들이 그들의 부모나 친구의 도움을 받아 아이들이 직접 제작한 것들이다.

에디에 이어 새로 전학을 온 학생은 '제네비'이다. 당차 보이는 여학생인데 아빠가 UCSD 대학 수학과 교수님이라고 했다. 아빠가 교환 교수로 이곳저곳을 떠다니게 되어 제네비 역시 이 나라 저 나라를 옮겨 다닌 모양이다. 어제에 이어 수학 시험을 세 장(75문항)을 보았는데 모두 100점을 맞은 학생이다. 제네비는 2학년 초기까지 이곳 도일 학교에 다녔는데, 롬과 특히 친하게 지냈던 모양이다.

제네비가 전학을 온 첫날, 롬의 얼굴에 미소가 가득 그려졌다고 한다. 토마스 선생님에 의하면 롬이 제네비를 좋아하고 있다는 것이다. 그래서 파워포인트와 프로젝트를 컴퓨터로 배우는 시간에 롬과 제네비를 함께 묶어준 거라고 한다. 이렇게 토마스 선생님은 아이들의 마음과 정서까지 헤아리는 센스가 있다. 이는 교사로서 정말 필요한 덕목이다. 아이들의 눈높이를 맞추어서 함께 공감하고 사소한 것이라도 소홀히 하지 않고 배려하는 모습이야말로 아이들 정서적인 면에 좋은 영향을 끼칠 수 있기 때문이다.

롬은 또래에 비해 상당히 조숙한 아이이다. 작문 실력이 뛰어나 A4용지로 여덟 장 분량으로 작문을 해낼 수 있으며, 그가 읽는 책은 이미 초등학생 수준을 넘어서고 있었다. 그 양도 상당했다. 책을 얼마나 읽느냐는 나의 질문에 일주일에 보통 10권이 넘는 책을 읽는다고 하였다. 그런 학생들에게 흔히 발견되는 사회성 결핍은 롬에게도 나타나고 있었다. 그런 롬에게 제네비는 특별한 존재라는 것이다. 토마스 선생님이 아이들의 그런 마음까지도 헤아려주고 짚어준 것은 내게 잔잔한 감동을 주었다. 토마스 선생님의 또 다른 일면을 엿볼 수 있는 대목이었다. 인간적이고 따뜻한 마음…!

금요일마다 있는 학부모 발렌티어 수업도 어김없이 진행되었는데, 발렌티어 하는 학부모들이 몇 명 바뀌어서 조금 다른 분위기로 진행이 되었다. 금요일 날은 학부모 로테이션 수업이 끝나는 대로 한 시간 동안 도서실 수업이 있다. 독서 교육을 하거나 신간 소개 등을 하고 책을 빌릴 수 있는데, 오늘은 새로운 사서가 책을 대여해 주고 있었다. 지난 학기의 나이 지긋하신 할머님이 눈에 띄지 않았다. 20대 초반의 아가씨가 사서 역할을 하고 있었는데, 처음이라 익숙하지 않은지 여러 가지로 시간이 좀 걸리고 있었다. 그 시간에 정은 일종의 테스트를 받았는데 도서실 수업 거의 끝나갈 무렵 부랴부랴 와서는 책을 세 권 빌렸다.

만우절(All Fools' Day)을 기념이라도 하듯 토마스 선생님은 종이 한 장씩을 나누어 주었는데, 그야말로 학생들을 '바보'로 만드는 유인물이었다. 그 문제들을 풀면서 이곳저곳에서 아이들의 웃음소리가 터져 나왔다. 역시 유연하고 유머 감각이 있는 토마스 선생님이다.

When we grow up

Friday is career day.

We can dress up as what we want to be when we grow up.

When we grow up. 누구에게 있었을 꿈, 꿈을 꿀 수 있다는 것이 얼마나 행복한 일인가? 꿈이 있다는 건 삶에 대한 기대감이 있고 희망이 있으며, 그 희망을 위해 노력하는 삶이 있다는 것이다. 꿈은 비단 아이들에게만 해당되는 것이 아니다. 어른이 되어도 가슴 속에 꿈 하나쯤은 가지고 살아야 세상을 훨씬 더 풍성하게 살 수 있다. 꿈이 없는 삶은 메마른 가슴을 안고 황폐한 들판에 서 있는 것과 같다. 오늘 어느 교실 문 앞에 걸린 안내문을 읽으면서 꿈에 젖어 보았다.

놀며 탐구하며 스스로 배우는 아이들

오늘은 위의 문구대로 아이들이 자라서 자신이 되고 싶은 사람의 복장으로 등교하는 날이다. 늘 엄마가 꿈이었던 제니는 요즘 들어서 엄마처럼 엄마도 되고, 선생님도 되고 싶다고 한다. 제니는 담임 선생님인 '잉거브랫슨' 선생님을 좋아한다. 가끔 보는 나도 좋은데 매일 보는 제니는 얼마나 좋아할지? 그 선생님은 푸근하고 상냥하며 아이들을 지극히 사랑한다. 이는 이미 많은 학부모 발레티어들 사이에서 회자되고 있는 말이다. 그 정도로 정이 넘치는 선생님이라 수줍은 제니에게는 아주 좋은 선생님이라는 생각을 하곤 했었다. 말도 통하지 않는 유치원에 한 번쯤은 가고 싶지 않다고 투정을 부릴 만도 한데 아직까지 그런 말을 한 적이 없다. 오히려 유치원에 가고 싶어 안달하는 눈치다. 친구들 때문이기도 하겠지만 아무래도 선생님 역할도 무시 못 할 것이다.

집에서 제니가 즐기는 놀이는 잉거브랫슨 선생님 행동을 흉내 내는 것이다. 의자에 앉아 카드를 들어 보이기도 하고, 책도 읽어주기도 하면서 그야말로 꼬마 선생님 역할을 톡톡히 해내고 있다. 물론 제니가 가르치는 사람이라야 오빠와 엄마, 아빠 정도지만…. 그런 제니는 평소 차림으로 학교에 등교했다. 지휘봉 하나쯤은 챙겨줘야 하지 않겠냐고 남편이 말했지만, 지휘봉도 여의치 않아 그냥 학교로 보낸 것이다. "자라서 선생님이 되고 싶어요."를 영어로 몇 번 말해주었을 뿐이다. 정은 토마스 선생님이 그런 것에 별로 신경을 쓰지 않는 눈치라 평소대로 입혀서 보냈다. 설사 정이 되고 싶은 것이 있다고 해도 그 복장을 하고 가기가 여의치 않았기 때문이다.

학교에 도착하니 예상했던 대로 아이들의 옷차림은 평소보다 신경을 많이 쓴 눈치들이었다. 치과 의사복에다 의사복, 치어리더 복장, 발레

복, 한복까지 아이들은 다양한 차림으로 학교에 등장하였다. 제니가 기가 죽어 있지 않을까 우려했지만, 다행히 제니는 별 동요가 없어 보였다. 제니를 교실로 들여보내고 615호실로 들어갔다.

오늘은 직업 교육(Career) 주간 마지막 날이다. 토마스 선생님은 학부모 수업을 신청한 사람이 네 명이라고 했는데 한 분이 더 추가된 모양이다. 오늘까지 학부모 수업이 있다고 하였다. 쉬는 시간이 끝난 후 미케엘라 엄마가 들어오셨고, 그 뒤를 이어 미케엘라 아빠가 들어오셨다. 미케엘라 아빠는 건설과 관련한 일을 하는 모양이다. 자신이 짓고 있는 건물들의 사진들을 샘플로 보여주며 자기 일을 소개하는 것으로 수업을 시작했다. 보통 건설 현장에서 봄직한 투박한 느낌을 주던 사람이었다. 자기 일을 자세히 소개하고 이어 밖에 나가 건설 현장에서 씀 직한 도구들을 설명해 주었다. 많은 도구들을 가지고 왔는데 도구들마다 사용법과 어디에 쓰이는지를 설명해 주었으며, 도구 몇 가지는 직접 아이들도 직접 체험해 볼 수 있게 하였다.

자기 일에 자부심을 가지고 아이들 앞에서 설명하는 모습들은 그 자체만으로도 훌륭하고 멋지다. 학부모들이 이렇게 성의 있게 아이들을 위해 수업을 해주었다. 내게는 참 부러운 일로 여겨졌다. 대단한 성의로 보였기 때문이다. 한국에도 한때 학부모 수업이 있긴 있었다. 그러나 스승의 날 의례적으로 하게 되는 형식적인 수업이었다. 그마저도 이제는 하지 않는다.

우리도 안내문이 나가면 이렇게 많은 아빠들이 호응을 해줄까? 이번 주 내내 있었던 아빠들 수업을 보면서 가정적이면서 아이들과 함께하는 모습을 보여주는 이곳 아빠들이 참으로 멋져 보였다. 자기 일에 대해 자부심을 가지고 아이들에게 소개하며 그런 직업을 이해할 수 있는 계기를 마련해 준다는 것, 아이들에게 가장 현실적이면서 직접적인 꿈을 심어줄 수 있는 방법으로 보였다. 또한, 자연스럽게 직업 교육으로 연결되었다.

다양한 옷차림으로 재미와 웃음을

이곳은 늘 같은 옷차림이 아닌, 색다른 옷차림을 유도하여 아이들에게 재미와 유연한 감각을 길러주고 있다. 패트릭스 데이에 녹색 옷을 입고 갔었고, 잠옷 차림으로 등교를 했던 날, 우스꽝스러운(Funny) 차림으로 등교를 한 날, 미래에 되고 싶은 사람의 옷차림으로 등교를 하는 날, 양말이나 신발을 짝짝이로 신고 가는 날 등 다양하고 재미있는 옷차림을 할 수 있는 기회가 그동안에 많았다.

그런데 오늘은 옷을 거꾸로 입고 가는 날이라는 것이다. 아직 이런 차림에 그리 익숙한 것은 아니다. 그러나 많은 아이들이 그런 차림으로 나타날 때면 정상적인 복장이 오히려 튀어 보인다. 제니네 반은 유독 그런 옷차림에 신경을 많이 쓰는 편이다. 담임 선생님이 전날 아이들에게 알려주거나 간단한 안내문을 통해 그런 차림으로 등교를 할 수 있도록 안내하였다. 유치원이라 재미와 흥미를 위해 그런 것들을 더 강조하는 것 같다.

옷차림도 자기표현의 좋은 방법이다. 이렇게 다양한 자기표현을 할 수 있는 옷차림들을 통해 독특한 개성을 기를 수 있을 것이다. 이런 시도는 획일화되고 정형화되어 있는 모습들을 탈피하게 되어 궁극적으로는 아이들 사고의 유연성과 유머 감각까지도 기를 수 있을 것으로 보인다. 재미있고 흥미 있을 뿐만 아니라, 실제 이런 차림들로 인해 한 번 웃어볼 수 있는 여유도 가질 수 있다. 그들의 유모 감각을 엿볼 수 있는 시도들이다. 토마스 선생님은 오늘 옷차림에 대해 'Stupid!'라는 표현을 썼다. 내가 보기에도 바보 같아 보이는 옷차림들이었는데, 이곳 선생님들도 옷을 거꾸로 입고 나타나서 보는 이로 하여금 웃음을 자아내게 하였다. 그렇게 입으면 불편할 만도 한데 그 불편을 감수하면서도 색다른 모습을 연출해 주었다. 어쨌든 제니는 그렇게 해서 옷을 거꾸로 입고 학교에 갔다. 제니네 반 아이들 대부분은 이렇게 옷을 거꾸로 입고 나타나서 학부모들의 마음을 즐겁게 해주었다.

보통 이렇게 옷차림을 특별하게 입고 나가는 날은 미리 안내문을 통해 소개하고 있다. 평소에는 엄두도 못 낼 톡톡 튀는 차림을 아이들은 고민하면서 연출할 수 있는 것이다. 늘 같은 생활과 일상은 안정감은 주지만 지루하고 구태의연함에 머물게 할 수 있다. 이런 생활에 활기와 생기를 불러일으키는 방법은 삶에 가볍게 변화를 주는 것이다. 늘 같은 생활이지만 색다름을 추구하는 것은 어른에게도 아이에게도 활력이 될 것이다.

창의성은 이렇게 일상적인 것을 비틀어보거나 거꾸로 해 보거나 달리 해 보았을 때 길러질 수 있다. 이 학교에서 의도한 것인지는 모르겠으나 아이들이 유연하고 톡톡 튀는 사고를 시도함으로써 창의성 역시 자연스럽게 길러질 수 있을 것이다. 일부러 멍석을 깔고 창의성을 기르려고 애쓰기보다는 이렇게 일상 속에서 조그만 변화와 다양한 시도를 해봄으로써 자연스럽게 몸에 배게 하는 것이 중요하다. 이런 측면에서 도일에서 하고 있는 다양한 옷차림에 대한 시도는 참으로 신선해 보일 뿐만 아니라, 아이들 유연한 사고를 위한 적절한 시도로 보인다.

GATE Program 'Gifted and Talented Education'

제니를 교실로 들여보내고 615호실로 들어갔다. 들어가서 으레 나누는 "Good Morning."이라는 인사 끝에 토마스 선생님은 들뜬 표정으로 좋은 소식이 있으며 축하한다는 말을 전해주었다. 뭔가 궁금했는데 아닌 게 아니라, 정의 손에는 커다란 노란 봉투가 들려 있었다. 종이봉투 안에는 묵직한 책자와 안내문이 들어 있었다. 그것이 바로 축하를 할 내용인 모양인데 토마스 선생님은 뭐라고 빠르게 설명을 해주었다. 정확하게 알아들을 수는 없었지만, 뭔가 정에게 축하할 일이 생긴 것만은 분명한 것 같았다. 종이봉투를 열고 안내문을 읽어보니 정이 특별 학생으로 선발되었다는 것이다.

지난번에 본 시험과 관련이 있을 것 같았다. 지난번에 시험을 하나 보긴 했는데, 단순히 아이큐 테스트 정도로만 알고 있었다. 꽤 오랜 시간 동안 시험을 보았다는 기억밖에는 없다. 그 시험 결과와 관련이 있는 내용인 듯했다. 안내문에는 정의 시험 점수가 표기되어 있었다. 정은 99.9점 만점에 98점을 획득했다. 그런데 98점 이상인 아이들에게는 특별 프로그램을 실시하게 된다는 내용이었다. 즉, 한국에서 말하는 영재 교육인 셈이다. 이 영재 프로그램은 일명 GATE Program(Gifted and Talented Education)이라고 하는데 정이 이 프로그램의 대상자가 되어 9월에 특별반에서 공부할 수 있게 되었다는 내용이었다.

캘리포니아에서는 3, 4학년을 대상으로 영재 선발 시험을 보고, 그 시험 결과에 따라 영재아를 선발하여 특별 프로그램을 운영하고 있다. 이 영재 학급은 지정된 일반 초등학교에 설치되어 특별 영재 교육을 해나가고 있다. 이러한 특별 영재반에는 일반 선생님과 그 분야의 전문가 선생님이 배치되어 있다. 일반 교사가 영재반에 배치될 경우 반드시 영재아 특별 프로그램 연수를 받아야 한다. 모든 학교에 이런 영재반이 있는 것은 아니다. 그런데 다행스럽게도 도일 학교에는 이런 영재반이 두 개 반이나 있다고 한다. 아마 이곳 도일 학교의 수준이 다른 학교에 비해 높음을 고려하여 영재 특별반을 설치한 모양이다. 이런 영재아는 주정부 차원에서 길러지며, 다른 아이들과는 차별화된 교육을 받게 된다고 한다. 그 내용이 어떤 내용인지는 모르겠으나, 정이 영어가 능통하지 못함에도 불구하고 뽑힌 것을 보면 영어보다는 종합적인 사고력, 응용력, 수학적 사고력, 과학적 탐구력 등에 주안점을 두어서 교육이 될 것 같다.

문구를 다 읽고 난 나에게 토마스 선생님은 다시 물어왔다. 이제 이해가 가냐고? 대충은 이해가 간다고 하고 이런 프로그램에 정이 선발되어 기쁘다는 말을 전했다. 토마스 선생님은 오히려 나보다 더 들떠서 매우 잘된 일이라고 하였다. 정의 영어 실력이 부족해 걱정이라고 했더니 괜찮다고 한마디 해주었다. 내가 보기에 정은 수학적 사고력이 특출나게 뛰어난 편은 아니다. 그럼에도 이 특별 프로그램 대상자에 뽑힌 것을 보면 수학과는 다른 유형의 문제들이었을 것 같다. 정에게 어떤 문제들이었냐고 물으니 퍼즐 맞추기와 규칙성 찾기, 다음에 이어질 그림 찾기 등 다양한 문제들이었다고 한다.

이러한 영재 선발 시험은 캘리포니아 전체 3, 4학년을 대상으로 하고 있으며, 99.9점 만점에 90점 이상을 획득해야 한다. 영재아를 위한 프로그램은 점수에 따라 세 개 그룹으로 나누어 교육한다고 한다. 만점을 획득한 아이들을 위한 특별 프로그램과 98점 이상, 90점 이상인 아이들을 위한 세 그룹으로 나누어 프로그램을 운영하며, 그룹에 따라 학습 내용이 달라진다고 한다. 영재아 선발 시험과 영재아 프로그램이 어떤 내용일지 궁금하다.

한국에서도 영재 교육은 하고 있다. 교육청의 지원을 받아 각 분야에서 영재아를 선발하,고 그 결과에 따라 특별 프로그램을 운영하고 있다. 그야말로 프로그램 운영이라 일주일에 한두 시간 정도 이수하는 게 고작이긴 하지만, 이런 시도를 하는 자체만으로도 충분히 의미가 있다고 생각한다. 그런데 각급 학교에서 선발되는 영재아들은 이곳에서처럼 특별한 시험에 의해 선발되기보다는 각급 기관으로부터 상을 받은 경험과 관련하여 선발되는 예도 있다. 그러다 보니 해당 분야에서 한두 개 상장만 타도 영재아로 선발되는 경우도 있었다. 무엇보다 영재아를 선발할 수 있는 도구가 없는 상태에서 그렇게 영재아를 선발할 수밖에 없었다. 그러다 그마저도 관리가 어려워 슬그머니 자취를 감추고 말았다.

영재아는 특별한 능력을 가진, 특별한 잠재력을 가진 아이들이다. 단순히 상장 몇 개 탄 것으로 선발하는 것은 영재아의 전체적인 수준을 낮추게 되는, 즉 영재가 아닌 일반 우수 학생 선발에 그칠 수 있다. 캘리포니아처럼 주정부 차원에서 관리하며, 전체가 보게 되는 공신력 있는 시험이 있다면 이렇게 선발되는 것이 훨씬 더 신뢰성 있을 것으로 보인다.

그 분야가 무엇이건 간에 영재아를 선별하는 적절한 도구가 있어야 하고, 선출된 학생들을 교육할 수 있는 좋은 프로그램이 있어야 한다. 이는 학교 차원에서 연구할 수 있는 일은 아니다. 국가 차원에서 백년지대계인 교육적 안목을 가지고 먼 미래를 염두에 두고 투자해야 할 일이다.

영재아를 선발하는 것도 중요하지만, 그 영재아들을 위한 프로그램 개발이 시급하다. 지금은 일부 학교에서 영재아 특별 프로그램을 실시하고 있으나, 영재 특별 학교에서조차도 영재 프로그램의 부재를 고민하고 있다. 물론 그렇지 않은 곳도 있겠지만, 영재 교육 전반에 걸친 인프라 구축에 더 고심해야 할 때이다. 공신력 있는 기관에서 몇 차례의 영재아 선발 시험을 치르고 그 시험 결과에 따라 영재아가 선발되는 경우도 있다. 그러나 아직도 일반 학교에서 영재 특별 프로그램을 운영하기에는 많은 문제점을 안고 있다. 영재아 선발 과정의 문제, 특별 영재 프로그램 부재, 영재아를 맡아줄 교사의 부족, 지속적인 프로그램 운영, 영재아 관리가 그 문제점이 될 것이다.

한국에서는 영재아였던 아이들이 학년이 높아감에 따라 그 영재성이 사라지고, 일반 학생들 수준에 머무는 경우가 많다고 한다. 그만큼 그 아이들을 따로 교육할 수 있는 토대가 마련되어 있지 못하기 때문이다. 현장에서 부진아 지도에 많은 예산을 투자하고 지도 프로그램을 개발하는 것 못지않게 이제는 영재 교육에도 신경을 써야 할 시기이다. 특히 4차 혁명의 시대를 맞이하여 이를 운용하고 대처할 수 있는 인재들이 필요하기 때문이다.

오늘 에릭 엄마에게 이 얘기를 했더니 이곳 한국인 엄마들도 자녀들을 GATE School 꼭 들여보내고 싶어 한다는 말을 해주었다. 한국 엄마들 교육열은 이곳에서도 예외가 아닌 모양이다. 영어에 능통하지 못한 정이 어떻게 그런 프로그램에 들어가게 되었냐고 의아스럽게 물어왔다. 나도 그것이 의아스럽고 또 걱정이라고 한 마디 해주었다. 그야말로 우수한 아이들만 모이는 학급에서 정이 과연 잘 적응을 하게 될지 걱정이 된다.

며칠 후 Gate School 안내에 의하면 이곳 도일의 3학년 학생들 120명 중에 Gate 대상자는 50명이 넘으며, 이는 99.8점에서 90점 이상을 획득한 어린이가 해당된다고 하였다. Gate 학생만으로 구성된 반과 일반 학생들 반, Gate 학생반을 섞어놓은 반, 일반 학생들 반에서 선택하게 되어 있는데, 정은 Gate 대상자 반 일반 학생들 반반인 학급을 지원하였다.

도일 책 판매의 날

학교 도서실에서 책을 판매하는 날이다. 책을 한 권 살 경우 그 가격에 상응하는 책을 한 권 무료로 준다고 안내문에 안내되어 있었다. 책들은 아이들에게 권장할 만한 도서들이나 뉴베리상(NEWBERY) 등 아동 도서상을 수상한 책들을 팔게 된다고 하였다. 이곳 미국은 해마다 좋은 책들을 선정하여 뉴베리(NEWBERY)상이나 존 뉴베리(JOHN NEWBERY)상을 주고 있는데, 이 상을 수상한 책들에는 금빛 동그란 마크나 은색의 동그란 마크가 표시되어 있다. 나의 경우 내용을 읽어도 잘 모르기 때문에 주로 이런 표시가 되어 있는 책들을 사게 된다. 좋은 책이라고 이미 검증이 된 책들이니까. 이 외에도 각 학년에서 읽기 자료로 활용되고 있는 책들을 판다고 하였다. 그 팸플릿에 표시된 책들의 가격이 상당히 저렴한 편이라 중고 책을 팔겠거니 생각하였다. 이곳 미국은 아이들 책이라고 해도 그 가격이 상당히 비싼 편이다. 대체로 책값이 비싼 것에 비하면 팸플릿에 표시된 책값은 2~5달러 정도로 아주 저렴했다.

쉬는 시간이 되어 도서실에 가보았다. 이곳 도서실은 컴퓨터 랩 실과 같은 공간을 쓰고 있는데, 도서실로 들어가는 입구는 막아놓고 있었다. 행사 기간에는 컴퓨터 랩실로 출입을 하도록 안내되어 있었다. 컴퓨터 랩 실로 들어가 보니 도서실 분위기가 평소와는 많이 달라 보였다. 기존의 서가들은 덮개로 씌워져 있었고, 그 위에 새 책들 수백 종이 진열되어 있었다. 모두 새 책들이었는데, 페이지가 많음에도 책값이 대체로 저렴한 편이었다. 게다가 한 권을 사면 한 권을 무료로 준다고 하니 아주 저렴한 가격에 좋은 책들을 구입할 수 있는 기회였다. 수상 마크가 표시된 책들도 많은 편이었으며, 유치원에서부터 어른들까지 읽을 수 있는 책들이 다양하게 전시되어 있었다.

이 행사는 방학을 이용해서 아이들에게 책을 많이 읽히기 위해 벌이는 행사라고 한다. 책은 이번 행사 말고도 한 달에 한 번씩 주문할 수 있도록 안내문을 받아보고 있다. '이달의 도서'라는 팸플릿을 받아보고 있는데, 그중에서 신청하고 싶은 책들을 신청하면 학교에서도 책을 구입할 수 있다. 서점에 가지 않아도 좋은 책들을 싼 가격으로 쉽게 살 수 있다. 책을 한 바퀴 돌아보았는데 괜찮은 책들이 많았다. 아이들이 흥미 있게 읽을 수 있는 『해리포터』 시리즈 1권을 샀다. 제법 두께가 있음에도 불구하고 2.99달러에 팔고 있어서 나를 의아스럽게 만들었다. 오후에 아이들 픽업을 하면서 책을 몇 권 더 사기로 마음먹었다. 이번 행사는 일주일간 열린다고 한다.

아이들을 픽업을 한 후에 도서실을 갔다. 오전에 눈여겨본 책들을 죽 골랐다. 지원이 예원이 생일 선물도 고르고 수상 마크가 찍힌 것을 위주로 몇 권 골랐다. 좋은 책이라고 소개받았던 '두꺼비와 개구리' 시리즈도 샀다. 내가 읽을 만한 책도 한 권 샀다. 모든 책은 두 권씩 짝을 지어 선택했는데 한 권을 사면 다른 한 권은 무료로 준다고 했기 때문이다. 매튜 엄마도 고른 책을 한 아름 안고 있었다. 매튜 엄마는 내게 한국과 관련한 책자 한 권 소개해 주었다. 매튜네는 매튜 아빠가 군인이라 한국에 3년 거주한 경험이 있다. 그 이유 때문인지 한국에 대해 관심이 많았다. 자신도 그 책을 샀노라고 하였다. 그러나 정작 나는 사지 않았다. 민속놀이에 관련한 이야기 책자였는데 내게는 그다지 필요해 보이지 않았기 때문이다.

도서실에서 615호실의 앤디 엄마와 이쵸 엄마도 만났다. 모두 중국에서 온 사람들인데 만날수록 좋은 사람들이라는 생각을 하곤 한다. 어쩌다 앤디 엄마와 긴 얘기를 나눌 기회가 있었다. 앤디 아빠는 이곳에서 포스트닥터(Post Doctor)를 하고 있다고 한다. 앤디는 이번 학기를 마치고 캐나다로 갈 예정이라고 한다. 중국으로 돌아가게 될지는 모른다고 하였다. 앤디 만큼 정이 느껴지는 사람이다. 타츄야 엄마와 오팩 엄마도 만났다. 오팩 엄마는 내게 손을 흔들어 주었는데 나는 무의식중에 고개를 숙이며 인사를 했다. 하고 나니 그 상황이 어찌나 우습던지! 습관이란 것이 이렇게 무서운 것이다.

타츄야는 오늘 아침에 백룸에서 한참 동안 울었다. 마침 백룸에서 오마의 '탱그램 이야기' 작업을 하고 있었는데 토마스 선생님이 들어왔다. 선생님은 울고 있는 타쥬야에게 왜 우느냐고 물었지만, 타츄야는 대답을 하지 않았다. 엄마와 다투었냐니까 그제야 그렇다고 고개를 끄덕여서 탸츄야 엄마와 아침에 문제가 있었다는 것을 알게 되었다. 타츄야가 그러고 있어도 토마스 선생님은 달래거나 아이를 강제로 교실로 데려가지는 않았다. 그 대신 토마스 선생님은 타츄야 엄마에게 간단하게 상황을 설명하는 전화를 했을 뿐이다. 타츄야는 실컷 울고 난 뒤에야 스스로 자기 자리로 돌아왔다. 타츄야 엄마는 전화를 받고 왔는데 토마스 선생님은 타츄야 엄마에게 "나는 베이비시터가 아니다."라는 말을 했다고 한다. 다음부터 그런 일이 없도록 해 달라는 말이었다. 당연히 타츄야는 엄마와 밖에서 이런저런 얘기를 하다가 들어왔다.

아이들과 학부모들이 도일 책 판매의 날을 맞아 도서를 살펴보고 있다.

이곳은 아이들에게 문제가 발생하면 교사는 바로 학부모에게 연락을 취하고, 학부모는 열 일 제쳐두고 이렇게 달려오곤 한다. 교사가 학생을 나무라고 꾸중하는 것을 보지 못했다. 그런 행동을 하게 되면 학부모에게 연락해서 다음부터는 그런 일이 발생하지 않도록 조처를 해달라고 할 뿐이다. 그래도 어길 경우에는 교칙에 따라 처분을 하게 된다. 그게 처벌이든 무엇이든 간에.

쉬는 시간에 토마스 선생님은 이런 상황이 정말 싫다고 하였다. 한국에도 이런 학생들이 있냐고 물어왔다. 한국에도 그런 학생들도 있다고 했더니, 토마스 선생님은 탸츄야의 행동이 마치 아기 같은 행동이라며 이럴 때 참 당황스럽다고 하였다. 타츄야 엄마에게 타츄야의 오전 행동에 대해 얘기를 했더니, 아침에 자신과 작은 실랑이가 벌어졌다고 했다. 오늘 일 빼고 타츄야는 정말 착하고 조용하며, 성실한 학생이라고 타츄야 엄마에게 말해주었다.

감동과 환상의 뮤지컬 공연

아이들 현장 학습을 가는 날이다. 이번 학기의 현장 학습으로는 두 번째이며, 6월 초에 씨월드(Sea World)로 또 한 번의 소풍을 가게 되면 이번 학기 중에 세 번을 가게 된다. 이곳의 필드 트립(Field Trip)은 우리로 말하면 소풍이나 현장 학습 정도가 될 것이다. 우리 같은 소풍은 없지만, 여행과 공연을 보기 위해 자주 필드 트립(Field Trip)을 떠나곤 한다. 학교에서 차를 대절하여 일제히 움직이는 것은 드물고, 학년별로 혹은 반별로 다르게 움직이고 있다. 이런 현장 학습(Field Trip) 외에도 수시로 학교로 초빙되어 열리는 각종 공연으로 학생들의 호기심 충족과 보다 높은 차원의 경험을 제공하고 있다.

이번 현장 학습은 '미녀와 야수(Beauty and The Beast)' 뮤지컬 공연

놀며 탐구하며 스스로 배우는 아이들

을 관람하러 가는 것이었다. 이미 비디오로 여러 번 보았기 때문에 내용은 알고 있었으나, 뮤지컬로 보는 것이라 사뭇 기대되었다. 똑같은 내용일지라도 영화, 책, 뮤지컬에서 다루게 될 때 그 느낌은 사뭇 다르다. 경험에 의하면 대부분 원서를 뛰어넘는 영화는 드문 편이고, 뮤지컬은 그 특성상 책이나 영화에서는 느낄 수 없는 생생한 생동감을 느낄 수 있다. 또한, 음악으로 이야기를 이끌어 간다는 점에서 정서 교육에는 더할 나위 없이 좋은 기회이다. 장면 장면마다 달라지는 정서와 분위기를 음악으로 표현함으로써 장면의 극적인 느낌을 줄 수 있다.

선생님은 아이들 교통편 지원을 할 어머님들을 미리 확보해 놓았고, 그 어머님들 차에 맞추어 미리 인원을 분배해 놓았다. 렌이 우리와 함께 타겠다고 하여 정과 나는 렌 엄마 차를 얻어 타고 가게 되었다. 8시 30분쯤 되니 학교에 어머님들이 한 명 두 명 교실로 들어왔다. 대부분 젊은 엄마들인데 학교 일에 아주 적극적이다. 오늘 차편을 담당한 어머님들은 모두 여섯 사람이다. 렌, 미스티크, 타마라, 타츄야, 제네비, 미케엘라 엄마가 오늘 아이들을 공연장으로 데려다주기로 하였다.

시간이 되자 각자 차에 나누어 타기 위해 움직였다. 나는 렌의 엄마를 따라갔다. 렌 엄마는 전형적인 금발의 백인 여자였는데, 서글서글하니 인상도 좋고 운전하는 내내 우리에게 친절하게 대해주었다. 렌은 늘 조용하고 얌전하며 꼼꼼한 아이다. 렌 엄마 차를 타고 가면서 이런저런 이야기들을 나누었다.

렌은 외동아이라고 한다. 집은 샌디에이고 다운타운에 있는데 이곳 도일 학교에 다니게 되었다고 한다. 다운타운에서 이곳까지는 차로 30분이 넘는 거리로 꽤 멀다. 그럼에도 이곳 학교로 다니는 이유는 이곳 학교가 다운타운에 비해 좋기 때문이라고 한다.

　토마스 선생님도 몇 번 언급한 적이 있는데 다운타운의 경우 도시 외곽지역보다 여러 가지 면에서 수준이 떨어지고, 학생들 생활지도 면에서도 많은 곤란을 겪는다고 하였다. 다운타운에 있는 학교의 수준이 대체로 떨어지는 것에 비하면 이곳 도일은 학생들 수준은 우수하며 학생들의 기본 자질도 훌륭한 편이라고 했다. 그래서 학생들 가르치기가 훨씬 더 수월하다고 토마스 선생님이 여러 번 얘기한 적이 있다. 한국은 대체로 비슷한 수준이라고는 해도 문화와 지역 때문에 학교 간 차이가 나기 마련이다. 그런데 이곳은 한국과는 달리 도심이 오히려 교육 수준이 떨어지고, 외곽이 오히려 수준이 좋다는 것이다.

　615호실 아이들에 대한 이야기도 나누었다. 615호실 아이들은 다른 반에 비해 학력 수준이 대체로 높은 편인데, 이는 토마스 선생님의 교육 방침에 의해 그렇게 길들었기 때문이라는 의견에는 서로 공감을 했다. 토마스 선생님은 영재반(Gate Class) 학생들 특별 지도할 수 있는 능력을 갖춘 선생님이라고 한다. 그래서 다른 반에 비해 아이들에게 요구하는 것도 많고, 과제도 많으며, 진도도 빨리 나간다고 하였다. 이미 경험으로 알고 있는 사실들이다. 다운타운에 살 때 렌은 과제도 별로 없었는데, 이곳으로 전학을 온 후 유난히 과제가 많아 부모로서 다행스럽게 생각한다고 하였다. 딸을 위해 그 먼 거리를 하루도 빠짐없이 운전을 해주는 렌의 엄마가 대단해 보였다. 이곳도 한국 못지않게 자식을 위한 교육열이 대단함을 보여주는 사례였다.

　렌 엄마는 미국 출신으로, 다섯 주에서 생활해 본 경험이 있다고 하였다. 그중에서 가장 살기가 좋은 도시가 바로 샌디에이고라고 하였다.

경치가 아름답고, 겨울이 따뜻하고, 여름이 시원하여 사람들이 살기에 가장 좋은 도시라는 것이다. 이미 누누이 들어온 얘기이다. 미국에서 가장 살기 좋은 동네에서 살다가 가게 된 것을 행운으로 생각하라는 말을 했다. 미국에서 가장 살기가 좋은 도시인만큼 물가가 뉴욕이나 샌프란시스코 등 몇 곳을 제외하고는 가장 비싸다고 한다.

이곳 라호야에 사는 교포들에 의하면 이곳은 샌디에이고에서도 좀 특별한 동네라는 것이다. 집값도 비싸고 수준도 높은 만큼 아이들 교육에도 관심이 아주 많다고 한다. 샌디에이고 전체 150여 개 초등학교에서 전체적으로 치르는 학업 성취도 평가를 포함하여 전체적인 교육 평가에서 항상 10위권 내를 유지한다니 교포들 말이 틀린 말은 아닌 것 같다. 그만큼 부모들이 자녀 교육에 관심이 많다는 말일 것이다. 음악 교육을 위해 집에서 악기 개인 교습을 대부분 시키고 있으며, 외국 아이들 경우 대부분 튜터(Tutor)를 두어 개별 학습을 시키고 있다고 한다. 그러니 전체적으로 아이들 수준이 올라갈 수밖에 없을 것이다.

20여 분을 달려 목적지인 샌디에이고 소재 모 중학교에 도착하였다. 근처 주택가에 차를 주차하고는 중학교 내의 공연장으로 들어갔다. 중학교에 설치된 공연장치고는 상당히 훌륭한 공연장이었다. 객석은 학생들과 학부모들로 이내 꽉 찼다. 대충 보아도 사오백 명은 족히 들어갈 수 있는 공연장이었다. 도착하여 자리를 잡고 앉으니 얼마 지나지 않아 공연이 시작되었다.

막이 오르고 영화에서 본 장면들이 비슷하게 뮤지컬로 연출이 되고 있었다. 무대 바로 밑에서 실내악단이 자리하고 앉아 『미녀와 야수(Beauty and the Beast)』에 삽입된 곡들을 연주하고 있었다. 공연하는 캐릭터들이 50여 명이 넘을 것 같은 대형 공연이었다. 규모가 큰 뮤지컬 공연이었는데 어린아이들이 자주 등장을 하여 재미를 더해주었다. 그들이 함께 어울려 춤을 추는 장면 장면은 어찌나 신이 나던지, 영화보다도 훨씬 더 생생하고 실감 났다. 야수의 모습이 우악스러워 보이지 않는 것만 빼고는 훌륭한 공연이었다. 이미 알고 있었던 내용이라 뮤지컬을 이해하는 데 도움이 되었다. 공연 중간에 잠깐 쉬는 시간을 주었는데, 그 시간에는 공연에 대한 짤막한 설명이 있었다. 야수가 미녀를 사랑하면서도 보내주는 장면에서는 슬픈 단조 계열의 음악이 흘러나와 마음을 뭉클하게 해주었다. 음악도 좋았고, 배우들의 노래도 멋지고 훌륭했다.

공연은 두 시간에 걸쳐 진행되었다. 모두 감동적인 공연이었다고 감탄해 마지않았다. 어쩜 이렇게 멋진 뮤지컬 공연을 아이들이 쉽게 접할 수 있다니…. 단돈 6달러에 말이다. 뮤지컬의 본고장인 브로드웨이의 그 어떤 뮤지컬과 비교하여도 손색이 없을 정도로 훌륭하고 감명 깊은 뮤지컬이었다. 브로드웨이 뮤지컬의 경우 이것과는 비교도 안 될 정도로 비싼 편이다. 작년에 브로드웨이에서 본 『Wonderful Downtown』의 경우 할인된 가격이라고 해도 100달러가 넘었다. 그런 것에 비하면 아주 저렴하게 수준 높은 뮤지컬 공연을 본 셈이다. 이번 학기만 해도 뮤지컬을 다섯 번 보았는데, 디즈니랜드에서 본 『알라딘』 못지않게 훌륭한 뮤지컬이었다. 나오는 길에 렌의 엄마와 뮤지컬에 대한 이야기를 나누었다. 렌 엄마는 지금까지 보아온 뮤지컬 중에서 『라이온 킹』을 가장 감명 깊게 보았다고 한다. 그러나 이 Beauty and the Beast도 라이온 킹에 못지않게 훌륭한 공연이라고 칭찬해 마지않았다.

도일 음악 프로그램

이곳 도일 학교에서는 4학년부터 음악 프로그램(Instrumental Music Program)에 참여할 수 있다. 이는 순전히 본인 의사와 부모의 선택에 의해 참가할 수 있다. 이 프로그램은 캘리포니아 전체에서 실시하는 프로그램으로 아이들은 악기 한 가지나 두 가지씩 연주하는 법을 배울 수 있다. 이 프로그램에 참여하기 위해서는 몇 가지 조건이 있는데, 그중 하나는 악기를 사거나 렌탈을 해야 한다. 그 수업 시간에 반드시 악기를 지참해야 하며 배운 것을 하루에 30분 이상을 매일 연습해야 한다.

레슨은 일주일에 두 번 정도 받을 수 있는데, 물론 레슨비는 없다. 이 프로그램을 담당하는 강사는 이곳 학교에 배치된 교사가 아닌 전문적으로 악기를 전공한 전문 강사가 수업을 맡게 된다. 이곳 도일 학교에서 이 프로그램을 맡은 강사는 샌디에이고 청년 심포니(San Diego Youth Symphony)를 지휘하는 지휘자이며 음악 교육과 관련한 상을 받은 사람이라고 한다. 이로써 미국 아이들은 전문적인 음악 학원에 다니지 않아도 질 높은 음악 교육이나 악기 수업을 받을 수 있다.

얼마 전 이를 안내하는 안내문이 왔으며 이 프로그램에 참석할 것인지를 의향을 물었었다. 나는 그 안내문을 읽지도 않고 남편에게 어떤 내용인지를 물었던 기억이 난다. 남편의 말에 의하면 개인 튜터가 있어야 하지 않겠냐는 말을 했었다. 단순히 '사비를 들여 집에서 악기 레슨을 받은 이후 그 아이들이 학교에서 모여 음악 시간에 합주 정도 하겠지.'라는 생각을 했었다. 또한, 음악 수업이라고는 해도 일제히 실시하는 음악 수업의 한 부분으로 모든 아이들이 참석한 가운데 한 과정으로 그 수업이 이루어지리라고 생각했었다.

그러나 그 프로그램을 알리는 안내문을 다시 꼼꼼하게 펼쳐서 살펴보니 남편이 설명해 준 바와는 달랐다. 긴 장문으로 몇 페이지나 되는 음악 프로그램을 알리는 안내문을 읽지도 않고 대충 내버려둔 것이 아이에게는 아쉬움으로 남게 하였다. 영어가 **빽빽하게** 쓰인 안내문들은 그 내용이 쉽게 눈에 들어오지 않는다. 신중하게 읽어야만 그 내용이 들어오기 마련이다. 그래서 중요하지 않은 것들은 남편이 읽어주는 정보에 의존하는 편이다. 영어가 약한 것이 그 이유이다.

아이가 며칠 새 조르는 바람에 그 안내문을 다시 펼쳐 들고 꼼꼼하게 읽어 보게 되었고, 읽어 본 바에 의하면 정에게는 꽤 괜찮은 프로그램이 될 거라는 생각이 들었다. 그러나 이미 신청은 마감이 되었고, 그 음악 수업이 시작된 지는 2주 정도 지난 듯하였다. 중간에 들어가는 것이 가능한지는 몰라도 굳이 안 될 이유는 없어 보였다.

비록 2주 정도 수업이 진행되긴 했지만, 전혀 안하는 것보다 늦게라도 시작하는 것이 좋을 것 같아 아이를 그 프로그램에 참석시키기로 하였다. 이는 정과의 약속이기도 했다. 정이 하도 아쉬워하고 하고 싶다고 조르길래 그럼 엄마가 음악 선생님을 만나 그 프로그램에 정을 넣어달라고 부탁드리겠다고 약속을 한 것이다. 정은 그 소리를 듣자 너무 좋아했다. 어제 아이를 그 프로그램에 참석시키기로 마음의 결정을 내렸기 때문에 오늘 중으로 음악 선생님을 만나기로 하였다. 일단 마음의 결정을 내리고 나면 발로 뛰며 문제를 해결하면 된다. 그래서 모든 것은 마음의 결정이 중요하다. 마음의 결정이 어렵지 마음의 결정만 내리면 행동으로 옮기는 것은 시간문제이기 때문이다.

아침에 학교에 아이들을 데려다주는 길에 도일 학교에서 강당으로 들어가는호하임 음악 선생님을 만날 수 있었다. 선생님께 사정을 말씀드리고 정이 그 프로그램에 참석할 수 있는지를 물었는데, 호하임 선생님은 자신이 결정할 일이 아니라며 그 프로그램을 담당한 선생님께 직접 물어야 한다고 하였다. 그 선생님은 수요일과 금요일에만 나오는데 오늘 마침 나오니 그 선생님께 직접 여쭈라고 하였다. 그 선생님 수업은 강당에서 이루어지는데 그 선생님이 오는 시간을 정확하게는 모르니 사무실에다 물으면 된다고 하였다. 강당을 지나 사무실 앞을 지나는데 마침 사무실 앞에 직원이 서 있었다. 그 직원에게 음악 프로그램 선생님이 언제 나오는지 물으니 친절하게 가르쳐 주었다. 그 선생님은 수요일과 금요일 11시부터 2시까지만 도일 학교에 나온다고 하였다.

아이를 교실로 들여보내고 돌아와 남편에게 이 얘기를 하고 협조를 구했다. 그 선생님을 만나야 하니 조금만 일찍 나를 픽업하러 와 달라고 부탁하였다. 남편은 수업이 없는 날이다. 이미 남편과도 정을 바이올린을 시키기로 의논이 된 상태여서 남편도 기꺼이 그러겠다고 하였다. 남편은 정이 피아노를 치거나 악기를 배우겠다고 하는 것에 대해 적극적으로 찬성을 하는 편이다. 다행히 아이도 악기 배우는 것에는 흥미를 느끼고 있는 편이다. 체육 학원은 수시로 안 가겠다고 하여 한 달간 공백을 두기도 했던 아이가 피아노 학원은 단 한 번도 가지 않겠다고 말한 적이 없다. 아이들마다 적성과 흥미가 다르니 당연한 일이다.

아침에 일찍 커뮤니티 컬리지(Community College)에 도착하여 앤 선생님이 문을 여는 즉시 교실로 들어갔다. 평소라면 앤 선생님이 들어갔어도 차 안에서 조금 놀다가 들어가곤 했는데, 오늘은 해야 할 과제가 있었기 때문이다. 우리나라 출신의 예술가에 대한 글을 써가는 과제였다. 나는 백남준을 선택하고 그에 대한 자료를 우리말로 뽑아놓고 영어로 작성하지 않았던 것이다. 제대로 하려면 워드로 작성해 가야 하지만, 미루다 결국 쓰지 못했다.

교실로 들어가니 앤 선생님은 수업 준비를 하고 있었다. 앤 선생님에게 도일의 음악 프로그램에 대해 몇 가지를 물었다. 앤 선생님 딸이 도일의 5학년 학생이기 때문이다. 앤 선생님은 이 프로그램에 자신의 딸도 참석하고 있으며 꽤 괜찮은 프로그램이라고 했다. 아들을 이 프로그램에 넣어도 되는지 담당 선생님을 만나서 상의해야 하므로 조금 일찍 나가야 한다는 말을 했다. 쉬는 시간에는 집에 전화하여 남편에게 그 신청서를 작성해 달라고 부탁을 하였다. 만약 선생님이 허락한다면 바로 자리에서 신청서를 낼 생각이었다.

11시 30분이 넘은 시각에 도일 학교에 도착하니 강당에서 관악기 소리가 울려 나왔다. 바이올린 첼로 등 모든 악기와 함께 수업하리라 생각했는데, 어찌 된 일인지 아이들은 모두 관악기류의 악기를 연주하고 있었다. 내가 뒤에 서 있자 안내문에서 사진으로 보았던 음악 선생님이 수업 중임에도 불구하고 나에게 다가왔다. 이곳은 수업 중이라 해도 학부모들이 수시로 드나드는 것을 아무렇지도 않게 생각하는 편이다. 선생님께 사정을 말씀드리니 언제든지 환영이라는 말을 하였다. 후유! 안도의 한숨이 새어 나왔다. 선생님은 친절하게도 직접 사무실까지 가서 그곳에 걸려 있는 시간표까지 안내해 주었다. 시간표를 보니 그 시간에 아이들이 밴드만 일색인 이유가 있었다.

시간표에 의하면 수업은 현악기와 관악기, 기타로 나누어서 수업하고 있었으며, 1년 차와 2년 차가 다른 시간에 배울 수 있게 구성되어 있었다. 정은 그렇게 해서 다음 주부터 수·금요일 두 번에 걸쳐 음악 프로그램 수업을 받을 수 있게 되었다. 사무실에서 신청서 양식과 시간표를 복사한 후에 신청서를 음악 선생님께 제출하고 이 사실을 담임 선생님에게 알리기 위해 정네 교실로 갔다. 교실에 들어서자 이곳저곳에서 아이들이 반가운 인사를 건네 왔다. 인사를 건넨 아이들은 모두 지난 학기 토마스 선생님 반 아이들이다. 두 학기 동안 정든 아이들이다. 이 반에는 유난이 토마스 선생님 반이었던 아이들이 많다. 선생님께 말씀드리니 당연히 그 시간에 정을 강당으로 보내 주겠다고 하였다. 집으로 돌아와 바이올린을 구입할 수 있는 곳을 검색했는데 샌디에이고에 악기점들이 제법 많았다. 가까운 시일 내에 바이올린을 구입하러 다운타운을 가기로 하였다.

제니가 만들어 준 간식

제니는 어리다. 특히 음식을 만들기에는 아직 어리다. 그런 제니가 아침에 엄마를 위해 간식을 만들어 주었다. 제니는 아침을 먹으면서 오늘은 엄마 간식을 꼭 만들어 주겠다고 하였다. 제니가 엄마에게 간식을 만들어 주겠다고 한 얘기를 들은 것 같은데 정확하게 언제였는지 기억이 나지 않았다. 제니는 아침을 먹고 나서 엄마 간식을 만들어야 한다며 부산을 떨었다. 제니를 위해 식빵과 슬라이스 치즈, 잼과 지퍼락을 준비해 주었다. 싱크대가 제니에겐 너무 높으므로 제니는 티테이블용으로 쓰는 작은 어린이용 의자를 놓고 올라가서 샌드위치를 만들기 시작했다. 제니에게 간단하게 샌드위치 만드는 법을 가르쳐 주고 욕실로 들어갔다. 처음 만들어 보는 것이라 어설플 텐데 잘 만들랴 싶었다.

욕실에서 화장을 끝내고 부엌으로 나가보니 지퍼락에 샌드위치가 그럴듯하게 만들어져 넣어져 있었다. 지퍼락 옆에는 작은 물병까지 놓여 있었다. 순간 잔잔한 감동이 밀려왔다. 어린 줄만 알았던 제니가 엄마를 위해 간식을 만들어 챙겨주다니….

그 간식은 쉬는 시간에 성미 씨와 나누어 먹었는데 딸이 만들어 주었다고 하니, 성미 씨는 딸을 하나 낳고 싶다고 하였다. 제니 덕분에 맛있는 간식 타임을 가질 수 있었다. 딸은 어릴지라도 엄마에게는 든든할 때가 있다. 시키지 않아도 이것저것 배려하는 맘이 기특하다. 제니는 가끔 엄마를 놀라게 할 때가 있다. 어느 날인가는 빨래를 개려고 한쪽에다 몰아놓고 다른 일을 하고 와서 보니 쌓여 있던 빨래가 보이지가 않았다. 옷장으로 들어가 보니 빨래가 개어져 옷 별로 분류가 되어 깔끔하게 정리 되어 있었다. 제니가 엄마 대신에 빨래를 개서 정리해 놓았던 것이다.

제니는 학기 초에 수줍음을 탄다고 선생님으로부터 얘기를 들은 적이 있다. 그런데 이제는 제법 학교생활을 잘하는 모양이다. 제니네 반은 아이들이 일주일 동안 행동하거나 공부한 내용을 기록하여 금요일마다 보내곤 한다. 선생님은 학기 초에 제니가 'Shy'라고 표현한 적이 있다. 가족들 앞에서는 명랑하나, 낯선 환경에서는 많이 수줍어하는 것이 사실이다. 그런 제니가 한 달에 한 번 각 반에 한 명씩 주는 '도일 슈퍼스타(Doyle Super Star)'상 수상자로 선정되었다는 안내문을 받았다.

도일 슈퍼스타상은 그 반에서 생활이나 학습 활동을 잘하는 아이 한 명을 추천하여 한 달에 한 번씩 주고 있다. 그 상을 받는 날은 상을 받는 아이들의 가족들과 도일의 모든 선생님들이 강당에 참석한 가운데 시상식이 있으며 기념촬영이 있다. 상을 받으면 부모들 간에 서로 축하 인사를 건네기도 한다. 제니가 아직 어려서 학교생활을 잘할까 걱정했는데 도일 슈퍼스타로 뽑힌 것을 보면 그런대로 학교생활에는 잘 적응을 하는 모양이다. 제니는 그 반에서 두 번째 수상자가 되는 셈이다. 이 상 수상자로 선정되었다는 안내문을 받던 날 제니를 한참 동안 꼭 껴안아 주었다. 잘했다는 말과 함께… 아직 어린 줄만 알았더니 제 몫을 하는 것 같아 참 다행스럽다.

도일 슈퍼 스타상 'Doyle Super Star'

이곳 도일 학교에는 학교장이 주는 공식적인 상으로 도일 슈퍼스타(Doyle Super Star)상이 있다. 한 달에 한 반에 한 명씩을 추천하여 주는 상으로, 담임 선생님은 그 반에서 한 달 동안의 학습 활동이나 봉사 활동, 예능 활동, 태도 등을 고려하여 한 학생을 추천하고 추천받은 학생은 정해진 날에 상을 받게 된다. 모든 것을 종합적으로 잘해서 주는 상이라기보다는 한 가지라도 열심히 하고 잘하게 되면 이 상을 받을 수 있다. 이곳에서는 상을 남용하지는 않지만, 적당하게 줌으로써 아이들의 학습 활동이나 생활 등을 강화시켜 나가고 있다.

상을 받는 아이로 추천되면 안내문을 받게 된다. 안내문은 상을 받는 장소와 날짜 시간 등과 상을 받는 날 가족들과 함께할 수 있도록 권유하는 내용으로 작성되어 있다. 한국의 학교에서의 시상식이 전체 조회에서 이루어지는 것과는 달리 도일 슈퍼스타상은 상을 받는 아이들의 부모들 참석하에 학교 강당에서 시상식이 이루어진다. 시상식은 수업 시간 시작보다 30분 전에 이루어진다. 그래서 상을 받는 아이들과 부모들은 평소보다 30분 정도 더 일찍 학교에 등교 해야 한다. 도일 슈퍼 스타상 시상식은 보통 아침 7시 30분에 강당에서 있곤 하는데, 상을 받는 아이들과 그의 가족들, 도일 학교의 선생님들이 참석한 가운데 이루어지게 된다.

교장 선생님의 간단한 축하 멘트로 이어지는 시상식은 우리처럼 정중한 예와 격식을 갖추지는 않지만, 나름대로 진지한 분위기에서 이루어지게 된다. 교장 선생님의 호명에 따라 아이들은 앞으로 나가 교감 선생님으로부터 상장과 도일 슈퍼스타 로고가 새겨진 배지, 도일 슈퍼스타 리본을 받게 된다. 상장을 받은 아이들은 앞으로 나가 기념촬영을 하는 것으로 시상식은 막을 내리게 된다.

오늘은 제니가 도일 슈퍼 스타상을 받는 날이다. 평소보다 일찍 학교 강당으로 가니 이미 많은 아이와 그들의 부모들이 강당의 의자에 앉아 있었다. 곧이어 도일의 학교 선생님들이 하나둘 강당으로 들어왔다. 상을 받는 아이들과 그들의 부모들이 강당의 의자들을 가득 메우자 교장 선생님이 마이크를 잡았다. 축하 멘트를 간단히 하고 바로 이어 시상식이 있었다. 시상식에 이어 교장 선생님과 함께 기념사진을 찍으며 의미 있는 날을 함께했다.

도일 슈퍼스타상을 받은 아이들과 교장 선생님

학교에서 아이들이 학습 활동이나 생활면에서 잘 생활했을 때 이를 칭찬하고 강화해 나가는 여러 방법이 있다. 상도 그중 하나일 것이다. 상은 일단 학생들의 행동에 대한 대가로 칭찬을 하고 격려의 의미로 주는 것이기 때문에 학생들에게는 의미 있는 기회로 남을 수 있다. 상을 남용하는 것은 문제이지만, 적당하게 상을 주어 보상함으로써 학생들의 동기를 높이고 그 행동을 강화시켜 나갈 필요가 있다. 누구에게나 상을 받는 경험은 좋은 경험으로, 자신의 자존감을 높이고 자신감을 심어줄 기회가 될 수 있다.

애니의 생일잔치

애니의 생일이다. 그동안 여러 번에 걸쳐 애니 생일잔치에 대해서 들은 바가 있었고, 생일 초대 카드를 받았기 때문에 토요일임에도 불구하고 특별한 스케쥴을 잡지 않았다. 이곳은 아이들 생일이 되면 초대장을 보내며 미리 참석 여부를 확인한다. 초대장을 받게 되면 빠른 시일 안에 참석 여부를 알려주어야 한다.

생일잔치를 열게 되면 단순히 먹고 아이들끼리 노는 것에서 끝나는 것이 아니라 부모의 주도하에 주제성 있는 행사나 놀이를 하기도 한다. 봄에 어떤 아이의 생일잔치에서 열렸던 '매직쇼'나 615호실 '콰' 학생 생일날 그의 집에서 열린 '로고 월드(Lego World)' 등 주제를 가지고 프로그램을 진행하기도 한다. 보통 미국 가정에 생일 초대를 받아 가게 되면 먹는 것에는 그다지 비중을 두지 않는 편이고, 프로그램에 더 많은 비중을 두어 생일잔치를 치른다고 한다. 그래서 어떤 이는 미국의 생일잔치에 초대받았을 경우 먹거리들이 그리 많지 않아 미리 식사하고 가는 경우도 있다고 한다. 상다리가 휘어지라 차리는 우리와는 달리 보통은 가볍게 먹고 행사에 더 치중하여 생일잔치를 벌인다고 한다.

애니의 생일잔치는 도일 학교 앞에 있는 도일 파크에서 한 시부터 열린다고 했다. 시간이 되어 도일 공원(Doyle Park)에 도착하니 이미 많은 사람들이 와 있었다. 음식을 테이블 위에 차려 놓았는데 마치 잔칫집 음식같이 푸짐하였다. 역시 애니 엄마다. 애니 엄마가 얼마나 애썼는지는 음식 준비한 것만 보아도 알 수 있었다. 애니 엄마에게 다가가서 애 많이 썼노라고 말했다. 애니 엄마는 음식이 취미라며, 웃으며 대수롭지 않게 넘겼다. 결코 대수롭지 않아 보이던 차림들이었는데도 말이다.

야외에서 생일잔치를 준비하는 모습

애니 엄마는 이 음식을 준비하기 위해 두 주일 전부터 계획을 짰으며, 오늘 아침도 새벽 네 시에 일어났다고 한다. 웬만한 정성 가지고는 흉내도 낼 수 없는 준비였다. 사람들이 어느 정도 모이자 음식을 뷔페식으로 차려 놓고 음식을 먼저 먹을 수 있었는데, 보기에 좋을 뿐만 아니라 맛도 좋았다. 애니 엄마에게 레시피 몇 개를 받아야 할 것 같다. 예원이 엄마가 해온 '녹두 찹쌀떡' 맛도 일품이었는데 이것도 레시피를 부탁하였다. 달지도 않고 맛이 담백하여 아이들 간식으로 해주면 좋을 것 같았다.

한국 부모들과 아이들이 많았고, 미국 아이들과 부모들, 일본, 중국인 등 다양하게 와주었다. 415호실 아이들 중 꽤 여러 명이 온 셈이다. 이곳은 아이들 생일잔치에 부모가 동반하여 다니기도 하는데, 아빠들이 아이들 손잡고 생일잔치에 나타나는 경우도 흔하다고 한다. 오늘도 조오지 아빠, 팅호야 아빠 등 몇 분이 아이와 함께 와서 내 눈을 의아스럽게 했다. 내 짧은 생각으로는 아빠들보다는 엄마들이 주로 아이들을 데리고 다닐 거라고 생각했기 때문이다. 그러나 아빠들도 이런 자리에 아이들을 데리고 자주 등장을 한다고 한다. 미국에서는 남녀 구별 없이 남자들도 여자들과 똑같이 아이들을 챙기고 아이들 생일잔치에 아이와 단둘이 가기도 한다고 한다.

아이들 생일은 프로그램 위주로 진행된다. 게임을 하는 모습

준비된 음식으로 맛있는 점심을 즐겼고, 이어서 애니 엄마의 주도하에 이런저런 생일 행사가 있었다. 생일 케이크 촛불 끄기, 풍선으로 모양 만들기, 생일 캔디 박스 터뜨리기, 선물 풀기, 게임(눈감고 말에다 꼬리 붙이기) 등이 이어졌다. 꼬마 손님들이 많은 편이었는데 아이들은 게임을 하면서 놀이터에서 즐거운 한때를 보내고 있었다. 정과 제니는 생일 파티가 끝나고 집에 돌아오는 길에 아쉬운지 더 놀기를 원해 다시 도일 파크로 가서 저녁때까지 놀다 왔다. 아이들은 오후 한 시 이후 내내 도

놀며 탐구하며 스스로 배우는 아이들

일 파크에서 실컷 논 셈이다.

학기의 마지막 날

　　　　　3월이면 한국은 새 학기가 시작된다. 그러나 이곳은 3월 중순을 기점으로 한 학기를 마치게 된다. 다음 주부터 초·중·고·대학이 일제히 봄방학(Spring Break)에 들어간다. 기간은 일주일이며 대부분 아이들은 가족들과의 계획을 가지고 있다. 오마네는 디즈니랜드와 디즈니어드벤처를 가기 위해서 부모님이 입장권을 미리 끊어 놓았다고 한다. 롬은 서너 시간 정도 비행기를 타고 플로리다로 가서 며칠 여행을 할 것이라고 하였다. 데이빗 가족은 라스베이거스 쪽을 여행할 계획이라고 하였다. 우리는 라스베이거스, 그랜드 캐니언과 데쓰벨리(Death Belly)를 돌아보기로 하였다. 이렇게 대부분의 아이가 짧은 방학 동안 가족 여행을 계획하고 있었다.

　지도를 보면서 우리가 갈 목적지가 가까워 보여 "생각보다 가깝네."라는 말을 했더니, 남편은 지도상에서만 가까울 뿐 대부분 지역이 차로 온종일 달려야만 갈 수 있는 거리라고 하였다. 장거리 운전이다 보니 여행 준비의 첫째는 뭐니뭐니 해도 차 점검이 우선되어야 할 것이다. 이번 여행을 위해 엔진 오일을 갈고 타이어를 모두 교체했다. 수정이네는 20일 동안의 긴 여행을 위해 캐나다 쪽으로 이미 며칠 전에 출발하였고,

예원, 지원이네도 우리처럼 그랜드 캐니언과 라스베이거스 쪽을 돌아볼 계획이라고 하였다. 라스베이거스는 봄방학(Spring Break)을 맞이하여 이미 대부분의 호텔 예약이 끝난 상태라고 한다.

혹시 학기의 마지막 날이라 오전 수업만 하지 않을까 생각했는데, 마지막 날까지 평소와 다름없이 수업이 진행되었다. 학기의 마지막은 교실 정리나 휴일에 대한 안내 등으로 보낼 수 있을 것 같은데, 토마스 선생님은 학기 마지막까지 한 치의 낭비도 없이 시종일관하는 모습이었다. 어제 토마스 선생님은 수업 중에 아이들 앞에서 의미 있는 말을 하였다. 내게 매일 학교에 나와주어서 매우 고맙다는 말을 했다. 내가 나옴으로써 자신만이 가지고 있는 교수 노하우로 더 열심히 아이들을 가르치게 되었노라고 했다. 내가 615호실로 나오게 되어서 자신을 더욱더 채찍질할 수 있는 계기가 되었다는 토마스 선생님의 말씀은 내게 잔잔한 감동을 주었다. 자신에게 성실할 수 있었겠지만, 그만큼 부담도 되었다는 말로 들렸기 때문이다. 그러면서도 내가 교실에 있는 것을 허락한 것이다. 어찌 보면 매일 학부모 앞에서 수업한 셈이니, 아무리 개방적인 분이라고 해도 부담은 있었을 것이다. 이를 우회적으로 표현한 것이다.

학기 마지막 날이라고 토마스 선생님은 아이들에게 일회용 유리컵을 나누어주고는 예쁘게 고양이 그림을 색칠하고 오려 붙이게 하였다. 토마스 선생님은 아이들이 작업을 마칠 때마다 그 컵에다 연분홍 장식용 비닐들을 곱게 깔아놓도록 나에게 도움을 요청했다. 그 컵에다가 사탕과 초콜릿을 담아주실 거라고 하였다. 마지막을 나름대로 의미 있게 보내려는 의도였다. 무의미하게 지나는 것보다 이렇게 나름대로 의미를 만들어 가는 모습이 아름다워 보였다. 모든 선생님이 다 이렇게 하는 건 아니라고 토마스 선생님은 덧붙였다. 참신함은 자신이 만들어가는 것이다. 사소할 수 있는 것에 의미를 부여하면 더 애정이 생기는 법이다.

참으로 의미 있는 한 학기였다. 타츄야 엄마와 콰 엄마가 내게 "You had a hard time."이라고 말했듯이 부담스럽고 힘들 때도 있었지만, 내 인생에서 소중한 페이지로 남을 수 있는 날들이었다. 다양한 프로그램들과 한국과는 많이 다른 모습들, 여러 가지 교수 학습 활동들, 그 속에서 많은 것을 느끼고 배우고 깨우쳐 나갈 수 있었다. 고마운 토마스 선생님과 18명의 615호실 아이들의 눈빛은 그들이 내게 보여준 친절함과 함께 내 가슴속에 남을 것이다.

인생은 과정 과정들의 묶음으로 이루어진다. 그 과정들 속에서 자신이 어떤 생각을 하고, 어떤 판단을 하고, 어떤 선택을 하며 어떤 행동을 하는가가 곧 자신의 모습이다. 그래서 모든 과정이 중요할 수밖에 없다. 그런 의미에서 한 학기의 모든 순간이 내게는 소중했다. 그 순간들을 함께 해준 615호 가족들에게 감사의 마음을 전하고 싶다.

한 학기 동안 우리 아이들은 단 한 번도 학교에 가지 않겠다고 말한 적이 없다. 그것도 얼마나 감사하고 고마운 일인지…. 영어에 능숙하지 않아 선생님 말씀을 잘 알아듣지 못해 답답할 수도 있을 텐데 그런 내색 없이 잘 다녀주었다. 다섯 살 여섯 살 때는 유치원에 간 날보다 가지 않은 날이 더 많았는데, 이렇게 낯선 환경에 잘 적응을 하는 것을 보면 아이들이 그만큼 큰 것이다. 이는 큰아이만 그런 것이 아니라 둘째도 마찬가지였다.

그러면서 내가 깨닫게 된 것이 있다. 아이들에게 발달 단계가 있듯, 유치원이나 학교에 잘 적응하는 것도 적당한 때가 있다는 것이다. 나는 육아 휴직을 하고 있어서 아이들이 유치원에 가지 않겠다고 하면 아이 의사를 존중해서 유치원을 보내지 않았다. 그러다 보니 유치원 간 날보다 결석한 날이 훨씬 많았다. 어쩌다 아이를 데리고 놀이터에 나가면 대부분의 아이들은 유치원에 가 있어서 우리 아이들만 놀곤 했었다. 그러던 아이들이 자라서 일곱 살이 되자 유치원을 단 한 번도 빠지지 않았다. 일곱 살이라고 해도 아이가 유치원에 가지 않겠다고 했으면 보내지 않았을 것이다. 그런데 아이들은 신기하게도 그런 말을 하지 않았다.

여행 준비를 위해 시장을 보러 가는 길에 마지막까지 잘 생활했으니 먹고 싶은 것 사주겠다고 했더니 둘 다 짜장면을 먹고 싶다고 했다. 집에서 해주는 것보다 식당에서 먹고 싶다고 하여 처음으로 중국집에 들렀다. 한국에서 살았던 경험이 있는 사람이 운영하는 집이었는데, 깔끔하고 아늑한 느낌이 드는 중국집이었다. 조그마한 찻잔에다 따뜻한 쟈스민 차를 은은한 향과 함께 가득 부어주었다. 주인은 유난히 친절하고 웃음이 맑은 사람이었다.

제니 졸업식 'Kindergarten Graduation'

졸업 시즌을 맞아 오늘은 도일의 유치원(Kindergarten) 아이들 졸업을 하는 날이다. 전체 여덟 개 반인데 두 파트로 나뉘어서 오전과 오후에 각각 졸업식이 진행된다고 한다. 제니네 반과 다른 세 개 반은 오후 1시 15분에 졸업식이 있을 예정이었다. 오전에 앤 선생님 수업을 듣고는 서둘러 집으로 돌아와서 필요한 것들을 챙겼다. 겸사겸사 토마스 선생님을 뵙기로 한 것이다.

유치원 졸업식 장면

본즈(Vons)에서 카네이션을 샀다. 미국에서 카네이션이 한국에서처럼 감사의 의미로 전해지는 꽃인지는 모르겠다. 그러나 나름대로 의미를 부여하며 두 다발을 샀다. 카네이션의 종류가 여러 가지였는데 잉거브래슨 선생님을 위해서 진분홍빛 카네이션을, 토마스 선생님을 위해서 흑자줏빛 카네이션을 샀다. 꽃은 보기만 해도 저절로 마음이 환해진다. 그래서 사람들은 꽃을 좋아하는지도 모른다. 보기만 해도 저절로 환해지는 기분, 사람 중에도 분명 그런 사람이 있을 것이다. 며칠 전에 마지막 감사의 의미로 선생님들께 드릴 선물을 하나씩 샀는데, 무엇을 살까 망설이다가 한국에서 만든 도자기 다섯 개가 들어있는 접시 세트를 샀다. 내 맘에 드는 디자인과 색상이었는데, 미국에서도 실용적으로 쓰일 것 같아 선택한 것이다.

선물과 꽃을 챙겨 들고는 먼저 415호실로 갔다. 평소 수요일이었으면 벌써 끝났을 시간이었으나 오늘은 2시 10분에 끝나는 날이라 아이들은 교실에 있었다. 수업 중이라 교실에 들어가는 것이 망설여지기는 했으나. 이곳에서는 크게 방해가 되지 않는다면 그리 대수롭지 않게 생각하는 편이다. 물론 선생님에 따라 다르겠지만…. 시간이 그리 여의치 않아 교실 문을 열고 들어섰다. 교실에 들어가니 불을 끈 교실에서 아이들은 카펫 위에 누워 음악을 듣고 있었다. 그저 편안하게 음악을 듣는 시간이라고 했다. 잉거브래슨 선생님은 나를 보자 "That's O.K!"라는 말을 하며 내 마음을 편안하게 해주었다. 아이들 수업 중이지만 들어와도 괜찮다는 것이다. 카네이션을 안겨 드리고 선물을 드리며, 짧게 감사의 말을 전하고는 바로 교실을 나왔다.

이어서 615호실로 향했다. 얼마 만인가? 615호실을 떠난 지 그리 오래되지는 않았는데 꽤 오랜 시간이 흐른 듯 느껴졌다. 그리운 시간들이다. 615호실은 늘 그랬듯 교실 문을 열어놓고 수업을 하고 있었다. 곧 점심시간이 이어질 것이다. 교실을 들여다보자 아이들이 반갑게 인사를 해왔다. 토마스 선생님도 반가운 인사를 건네왔다. 그동안 정이 들었는지 토마스 선생님을 보자 마음 한구석이 진하게 울려왔다. 토마스 선생님은 부랴부랴 아이들을 카페테리아로 보내고 잠시 후에 다시 들어오셨다.

그간의 근황들을 서로 주고받으며 이런저런 얘기를 나누었다. 특별한 일이 아니면 토마스 선생님 볼 일도 마지막이 될 거라는 생각이 들자 마음이 짠해 왔다. 제대로 내 마음을 표현 못 할 것 같아 편지를 써가지고 왔는데, 그 편지를 토마스 선생님께 건네자 토마스 선생님은 그 자리에서 읽어버렸다. 그 편지에는 내 이메일 주소와 집 주소, 전화번호 등도 적었다. 내년에 한국을 방문하여 우리 교실을 한번 보고 싶어 했

놀며 탐구하며 스스로 배우는 아이들

는데 역시 그 말을 해왔다. 내년에 한국을 방문할 예정이라고…. 토마스 선생님 연락처를 받아들고는 학교를 나왔다.

졸업식은 1시 15분부터이다. 집으로 돌아와 서둘러 점심을 해먹고는 다시 도일 학교로 갔다. 이미 많은 학부모들이 강당을 꽉 메우고 있었다. 졸업식장은 그런대로 특색 있고 의미 있게 장식한 흔적이 역력했다. 반별로 특색 있게 아이들 작품을 벽면마다 게시하고 있었다. 자리에 앉아 아이들을 기다리는 사람들, 서서 카메라나 비디오를 들고 있는 사람들로 강당 안은 빽빽했다. 사람들이 많아도 대체로 조용한 분위기였다. 이어 아이들이 등장하였다. 비디오가 돌아가고 셔터가 빠르게 눌러지곤 했다. 제니네 반도 이어 입장을 하였다. 아이들이 들어서는 문 뒤로는 눈부신 햇살이 너울거리고 있었다.

유치원 졸업실. 선생님들과 함께 노래와 율동을….

아이들은 조용하게 줄을 서서 단상 위로 나란히 섰다. 네 개 반 아이들이 모두 서고 아이들은 그동안 준비한 노래와 율동을 선보였다. 아이들만의 귀여운 몸짓과 노래를 할 때마다 학부모들은 웃음을 터뜨리기도 했다. 이어 단상을 내려오고 한 반씩 졸업장 수여가 있었다. 담임이 아이들에게 졸업장을 나누어 주자 아이들은 다시 단상 위로 올라갔다. 한 반의 아이들이 모두 단상에 올라가자 담임이 그 아이들 앞에서 "유치원 졸업을 확인합니다."라는 짧고도 진지한 멘트를 해주어 졸업식 분위기에 무게를 실어주었다. 카메라 셔터들이 여기저기서 터졌다. 네 개 반 아이들의 졸업장 수여가 다 끝나자 처음처럼 모든 반이 다시 단상으로 올라가 율동과 노래를 하였다. 그 모습들이 어찌나 귀엽던지!

식이 끝나자 415호실 아이들은 담임 선생님을 따라 교실로 들어갔다. 교실에서도 기념촬영이 꽤 오랫동안 이어졌다. 선생님과 아이들이 차례로 돌아가며 촬영을 하였고, 개별적으로도 자유롭게 촬영을 하였다. 졸업식이 끝나도 아이들은 2시 10분까지는 교실에 있어야 했다. 아이들은 졸업식을 했지만, 이번 주 금요일까지 학교에 나와야 한다. 수업도 정상 수업이다. 마지막 날에 415호실을 비롯하여 몇 개의 반은 현장 학습(Field Trip)을 가기로 하였다.

한국에서라면 마지막 주는 으레 학교 전제적으로 단축 수업을 하는데, 이곳에서는 마지막까지 학기 초와 똑같이 시간을 운영하는 모습을 볼 수 있었다. 한국에서라면 으레 학기 말에는 교사들 업무 또한 산더미처럼 쌓여 일 처리에도 시간이 많이 필요하다. 업무적인 면에서 보면 비합리적인 면이 다분하다. 이곳에서 교사는 그런 업무로부터 자유로운 것 같다. 한국 같으면 담임들이 처리해야 할 웬만한 일들을 이곳에서는 사무실에서 대부분 처리한다. 심지어는 지각 조퇴, 결석까지 사무실에서 처리한다. 행정적 절차도 아주 간소한 편이다. 한국에서라면 학기 말은 교사들은 업무로 인해 그야말로 눈코 뜰 새 없이 바쁜 시기인데, 이곳 선생님들은 마지막까지 수업을 성실히 하는 모습들을 보여주었다.

새 학년 등교 표정들

두 달이 넘는 긴 여름 방학을 끝내고 드디어 개학을 했다. 개학과 동시에 아이들은 새 학년을 시작하였다. 이곳 미국은 3학기제로 9월에 학년이 시작된다. 새 학년의 첫날임에도 불구하고 학교의 일정은 평소와 다름없이 진행되었다. 아침에 교통 도우미 학생들도 어김없이 그 시간에 나와서 아빠의 까만 양복을 걸쳐 입고 자동차 문을 열어주었으며, 아이들은 어김없이 광장에 앉아 시작종이 울리기를 기다렸다. 시작종이 울림과 동시에 각 반의 담임들은 광장으로 나와 자신의 반 아이들을 인솔하여 교실로 들어갔다. 반 배정은 이미 지난주에 게시물로 안내되어 교실 번호와 담임을 미리 확인할 수가 있었다.

간혹 문제가 있거나 반을 바꾸어야 할 절실한 이유가 있는 경우 이곳에서는 학년 초에 반을 바꾸는 것이 가능하다고 한다. 작년까지 반 바꾸는 것을 학교에서 공식화하였으나, 여러 가지 문제점이 드러나 올해부터는 반 바꾸는 것을 공식화하지는 않는다고 한다. 그러나 비공식적으로 반을 바꾸어야 할 상황이라면 그 타당성을 고려하여 반을 바꿀 수 있다고 한다. 그러나 실제로 반을 바꾸었다는 얘기는 듣지 못했다.

제니는 한국인 친구들 몇 명과 같은 반이 되었고, 정도 마찬가지이다. 제니는 나이가 지긋하신 돌로렌스 선생님이 담임이 되었다. 정은 지난 학기에 토마스 선생님이 미리 언질을 준 대로 남자 선생님이 담임이 되었다. 정은 게이트 학생이기 때문에 미리 교사가 배정된 상태였고, 그것을 토마스 선생님이 내게 확인시켜 준 바 있다. 게이트(GATE)반 아이들은 게이트 자격증을 가진 교사나 게이트와 관련한 교육을 이수한 교사만이 맡을 수 있다고 한다. 정은 물론 일반 학생들과 게이트 학생들이 섞여 있는 반을 선택했었다. 학교 안내문에 따라 일반 학급과 게이트 학생들만 있는 특수 학급, 일반 학생들과 게이트 학생들 몇 명이 섞여 있는 학급 중에서 선택할 수가 있었다. 이렇게 이곳에서는 사전에 여러 가지 조건을 고려하여 학부모의 의사를 반영하여 반을 배정하고 있다.

이곳은 한국에서처럼 교사들의 학년과 반이 해마다 바뀌는 것이 아니라 고정되어 있다. 당연히 교사는 자신이 쓰던 교실을 쓰게 된다. 같은 학년을 계속 가르치다 보니 그 학년에 대한 전문성이 있다. 그러나 이도 장점만 있는 것은 아니다. 어쨌든 이곳은 교사가 고정된 학년을 계속하여 가르친다. 그래서인지 이곳 선생님들은 한국에서 교사였다고 하면 몇 학년 선생님인지를 꼭 묻곤 했다. 한국에서는 교사가 학년을 바꾸어 가며 맡기 때문에 그런 질문 자체가 무의미함에도 이곳의 시각에 비추어 그런 질문을 하곤 한다.

이곳은 학년이 시작되는 즈음에 학부모들로부터 학용품 등을 기부받는다. 학용품 기부에 관한 안내문은 학년별로 지난 학기에 나갔으며, 학부모들은 가능한 범위 내에서 학급에서 필요한 학용품들을 사가지고 가면 된다. 기부받은 학용품들은 학급에서 필요할 때 전체 학생들과 나누어 쓰게 된다. 준비물은 학년별로 차이가 있으며 대부분은 세트로 구매해서 보내줄 것을 명시하고 있다. 크레파스, 연필, 공책, 지우개, 풀, 복사지, 색상지 따위이며, 간혹 기자재를 기증하는 학부모도 있다. 지난 학기 롬은 토마스 선생님 반에 복사기를 기증한 바 있다. 그 외 일체의 학용품은 주정부에서 지급하고 있기 때문에 아이들은 학기 중에 학습 준비물을 준비할 필요가 없다. 그래서인지 학교 근처에서 문구점을 찾아볼 수가 없다. 문구점뿐만 아니라 학교 주변에서는 그 어떤 가게도 찾아볼 수 없다.

이곳 학교에 다니면서 맘에 드는 것 중의 하나가 바로 학교 주변 환경이다. 우리의 경우라면 오밀조밀하게 문구점이 몰려 있고 불량식품이나 불량 장난감 등을 쉽게 구입할 수 있는 가게들이 즐비한 것이 일반적이나, 이곳에서는 학교 근처에서 그 어떤 가게도 구경할 수가 없다. 아이들을 쉽게 유혹하는 오락실도 없다. 오로지 학교만 있을 뿐이다. 문구점이 따로 없어도 학습에 관련한 것들은 학교에서 모두 나누어주기 때문에 학습 활동에는 전혀 지장이 없다. 또한 아이들 혼자서 다니는 것이 아니라 등하교를 부모와 함께 하기 때문에 다른 것에 눈 돌릴 틈이 없다. 이런 것에 비하면 한국의 아이들은 자유롭긴 하지만, 어느 정도는 방치되고 있다는 생각이 들곤 한다. 등하교를 혼자서 하면서 불량식품이나 피시방, 불량 장난감 등에 쉽게 노출될 수 있는 상황, 이곳에서는 상상조차 할 수 없는 일이다.

제니는 1학년이 시작되는 첫날임에도 불구하고 입학식이 없었다. 졸업식은 격식을 갖추어 진행하는 것에 비하면 입학식은 따로 하지 않는 모양이다. 평소처럼 광장에서 모여 있다가 담임 선생님을 따라 교실로 들어갔을 뿐이다. 이미 자리 배치는 끝나 책상마다 학생들의 이름이 붙여져 있었으며, 책상 위에는 파일, 노트, 스케치북 등 기본적인 문구가 올려져 있었다. 도일의 1학년은 일곱 개 반이며, 제니네 반은 모두 스무 명이다. 첫 학년의 시작인 만큼 들뜬 표정으로 시작을 하였지만, 수업은 예전처럼 어김없이 2시 10분까지 진행되었다. 지난 학기와 마찬가지로 첫날부터 수많은 안내문이 파일에 끼여져 있었다.

놀며 탐구하며 스스로 배우는 아이들

4장 지역 공동체와 함께 하는 교육

미국 교육의 특징을 찾으라면 지역 사회 혹은 학부모들이 함께 참여하는 교육이 빈번하다는 것이다. 우리와 다른 모습이 많겠지만, 이곳에서는 학부모와 함께 하는 교육이 단지 구호로만 그치는 것이 아니라, 실제 교육의 여러 장면에서 학부모들이 많은 참여를 끌어낸다는 것이다. 아이들은 등하굣길부터 학부모와 동행해야 한다. 저학년의 경우 끝나는 시간에 맞추어 아이를 데리러 학교에 가야 한다. 이처럼 등교에서 하교까지 학부모들이 항상 함께한다.

교실에는 수많은 학부모 자원봉사자들과 튜터들이 드나들고 있다. 학부모 자원봉사자들은 단순히 교사의 잡무를 돕는 역할뿐 아니라, 학습 활동에 직접 참여하여, 교실마다 학부모와 함께 하는 학습이 다양하게 이루어지고 있다. 학부모, 교사, 학생이 교육의 주체라는 것을 인식할 수 있도록 수시로 학부모들을 여러 상황에 참여할 수 있게 하며, 실제 모든 것에서 학부모들의 참여가 상당히 높은 편이다. 우리의 경우 학부모들이 교육에 실제로 참여하지는 않는다. 그러나 이곳은 실제 학생들 교육에 이런저런 형태로 학부모의 참여와 협조를 이끌어내고 있다. 또한, 학생들의 학습 문제나 생활지도 상 문제가 발생하면 즉시 학부모와 상담이 시작되고, 이에 따른 적절한 처방이 내려져 학부모의 협조와 지도를 요구한다.

또한, 지역의 유능한 인적 인프라를 활용하여 특별 수업을 하는 등 지역 사회의 교육 자원들을 적극적으로 활용하여 교육적 효과를 극대화하고 있다. 교사의 수업에만 의존하지 않고 지역 인적 자연을 활용한 다양한 프로그램을 통해 학생들의 호기심과 흥미를 높일 수 있는 질 높은 수업을 수시로 제공하고 있다.

특별 수업과 Volunteer

토마스 선생님은 다목적실에서 특별한 수업이 있을 것이니 모두 그곳으로 가자고 했다. 특별한 수업이 진행될 거라고 해서 잔뜩 기대가 갔다. 강당에는 이미 많은 아이들이 와서 조용히 앉아 있었다. 아이들 앞으로는 헤드 마이크를 쓴 키 큰 아저씨가 서 있었다. 차림으로 보아 이곳 선생님 같지는 않아 보였다. 그 아저씨 뒤로 TV 두 대가 설치되어 있고, 가운데 특이한 캐릭터 인형이 서 있었다. 여러 가지 소품들도 놓고 있었는데 수업이 무엇인지 기대가 되었다.

이곳에 와서 아이들을 보면서 신기하게 생각하는 부분이 몇 가지 있는데 오늘 같은 경우이다. 넓게 깔린 카펫 위에 14개 반의 약 300명 정도의 아이들이 앉아 있었다. 그렇게 많은 학생들이 앉아 있었지만, 소란스럽거나 서 있는 학생들이 하나도 없다는 것이다. 우리 같으면 서로 떠들거나 서 있거나 하는 학생들이 있을 수 있는데, 어떻게 저렇게 많은 학생들이 조용히 앉아 있을까 신기할 정도이다. 이는 여행을 하면서도 목격되는 부분이다. 유적지나 박물관을 학생들이 단체로 갈 경우 학생들은 으레 조용히 앉아서 손을 들고 질문하고 자기 질문 순서를 기다리곤 한다. 이곳은 이렇게 기초 질서 교육이 철저하게 잘 되어 있다. 아이들은 강당에 들어오자마자 조용하게 들어와서 차례대로 자리에 앉았다. 무엇이 이런 차이를 만드는 것일까?

아이들이 모두 자리를 잡고 앉자 헤드 마이크를 쓴 오늘의 강사가 수업을 시작하였다. 주제는 바로 물(Water)이었다. 물이란 주제를 가지고 일종의 특별 수업을 하는데, TV에는 계속 물과 관련한 내용을 보여주고 그것에 알맞은 내용을 풀어나가고 있었다. 중간중간에 물과 관련한 마술을 보여주었는데, 마술을 보여줄 때마다 아이들은 신기해하며 그 마술에 쏙 빠져들고 있었다. 때로는 랩으로 강의를 하기도 하고, 음악에 맞추어 운율감이 느껴지게 말하기도 하였다. 수시로 익살스러운 표정과 우스꽝스러운 제스처 등을 사용하여 아이들을 즐겁게 해주었다. 학생들이 한눈파는 것을 한 치도 허락하지 않을 것처럼 쏙 빠져들게 했다. 캐릭터 인형과 대화를 시도하고 TV 속 리포터와 대화를 나누는 등 다양한 활동을 통해 물에 관련한 내용을 재미있게 풀어나가고 있었다. 자칫 지루한 느낌이 들 수 있는 주제였으나, 학생들은 지루하기는커녕 호기심 있는 태도로 그 강사에게 깊게 몰입하고 있었다.

강의 도중 강사는 물고기를 잡으러 가야 한다며 강당을 뛰어나가더니 곧이어 TV 안에서 움직이고 있었다. 차를 타고 도일 학교를 빠져나가 강에 가서 물고기를 잡아서 다시 도일 학교 강당으로 오는 장면을 보여주고 있었다. 화면에서 그가 사라진 후 그가 다시 커다란 물고기를 가지고 강당으로 짠~하고 나타나자 아이들은 좋아서 연신 손뼉을 쳐댔다. 그 익살스러운 표정 하며…. 이어서 물 오염에 대한 내용을 설명을 곁들여 보여주었다. 한 시간 정도의 특별 수업은 시간 가는 줄 모르고 끝이 났다. 토마스 선생님에게 강의한 강사가 누구냐고 여쭈었더니, 특별 강사이며 일주일에 한 번씩 이렇게 특별 강의가 있어서 아이들이 아주 좋아한다는 말을 덧붙였다. 아이들의 호기심을 자극하고 즐기면서 공부할 수 있는 아주 멋진 수업이었다.

학교에서 이런 특별 수업은 자주 있는 편이다. 담임 수업으로 죽 이어가다가 변화가 필요한 시점에 분위기를 전환할 겸 이렇게 특별 수업을 계획하고 실행하는데 그 과목도 다양한 편이다. 이것은 지역 사회의 인재들을 적극적으로 활용한 결과라고 할 수 있다. 교육은 학교 자체만으로 해결할 수 없는 부분들이 있다. 그러한 부분들을 지역의 인재와 지적 인프라를 적극적으로 활용하여 보다 질 높은 교육으로 전환하고 있는 셈이다. 이러한 수업은 아이들의 몰입도가 상당히 높은 편이다. 또한 창의력, 호기심을 적절히 자극하여 학생들의 사고력 향상에도 도움이 되고 있다.

이곳 수업을 참관하면서 발견한 한국과 두드러지게 다른 점은 이처럼 지역 인사들이나 해당 분야의 전문가들, 학부모들을 활용한 수업이 많다는 것이다. 교육의 극대화를 위해 다양한 지역 인적 자원을 적극 활용함으로써 교육의 질적인 향상을 도모하고 있다. 학부모들에게도 학교에 언제든지 드나들면서 아이들의 필요한 부분에서 자원봉사를 할 수 있도록 적극적으로 권장하고 있다. 학부모 자원봉사자가 되면 학교 활동에 적극적으로 참여 할 수 있고, 아동 교육에 직접 역할을 담당할 수 있게 된다. 이런 학부모 자원봉사자(Volunteer)가 615호실에도 상당히 많다. 오늘 선아 어머님도 제니네 반에서 온종일 교육 봉사 역할을 한다고 했다. 선아 어머님은 나보고 매일 자원봉사자라고 농담 삼아 말하곤 했다. 학부모들은 이런 역할을 해봄으로써 아이들 교육을 깊게 이해할 수 있으며, 함께 교육을 위해 고민해 나가고 있으니 참으로 바람직한 일이 아닐 수 없다.

수업하는 사람들은 특별히 초빙된 지역의 전문 강사들

학부모 로테이션 수업

으레 7시 30분쯤이면 집에서 출발하여 남편이 태워다주는 차를 타고 도착하여 공원 파크에 주차하고 나면 학교까지 걸어가곤 한다. 아침에 등교하면서 보니 비가 내려서 인지 보통 수업이 시작되기를 기다리는 광장에 보여야 할 아이들이 보이지 않았다. 이상하게 생각하면서도 몇몇 아이들이 기다리고 있었던 터라 함께 시간이 되기를 기다렸다.

수업 시간이 가까워져 오자 많은 학생들이 강당에서 쏟아져 나오고 있었다. 이렇게 비가 오는 날은 밖에서 기다리기 불편하니 강당에서 기다리는 모양이다. 시작종이 울리고 제니를 유치원 교실로 들여보내고 정네 교실로 들어갔다. 그런데 교실에는 학부모들이 여럿이 교실 안에 들어와 있었다. 토마스 선생님이 설명에 의하면 학부모님 로테이션 수업이 있다는 것이다.

이미 학습을 지원할 학부모님들이 테이블마다 학습 도구나 학습지들을 준비해서 아이들을 기다리고 있었다. 아이들은 네 명씩 한 팀을 이루어 각자 지정된 테이블로 갔다. 정은 1조라 Ms Kim의 테이블로 갔다. 학부모님이 학습 안내를 하였다. 먼저 어떻게 하는 것인지 학습 방법을 안내해 주었다. 학생들이 문제를 푸는 방식인데 모두 수학 문제였다. 단순한 계산 문제가 아닌 응응력과 사고력을 요하는 문제들이었다. 일종의 퍼즐 문제도 있었고 숫자 맞추는 게임도 있었는데, 채점 결과는 학부모 도우미 교사가 조별 학생들의 이름이 적힌 차트에 적어넣고 있었다. 그 결과는 교사가 학생들 평가에 사용하는지는 알 수가 없지만, 어쨌든 결과는 매번 테이블을 돌 때마다 적고 있었다.

학부모 팀이 다섯 팀이었기 때문에 학생들은 각 테이블을 돌 때마다 다른 유형의 학습을 하게 된다. 그러니까 모두 돌면 다섯 가지 형태의 문제를 해결하게 되는 셈이다. 학부모님들은 이 수업을 위해 준비를 해야 하며, 실제로 가르치지 않는다고 해도 방법 설명이나 학생들이 모르는 것을 물어볼 것을 대비해서 관련한 학습을 숙지해 온다. 이렇게 학부모님들을 활용한 수업은 학생들 개별화 지도에 효과가 있어 보였다. 특히 학습이 부진한 학생들의 경우 묶어서 학부모들의 도움을 받아 학습을 진행하기도 한다. 일종의 수준별 학습인 셈이다. 일정한 시간이 되자 토마스 선생님은 도서실에 가야 할 시간이라고 말했다. 그 시간까지 학생들은 학부모 학습 자원봉사자들과 함께 학습을 몰입해서 열심히 하는 모습을 보여주었다.

이곳은 이처럼 학부모들의 도움을 받아 학습을 진행하는 형태의 수업이 자주 있는 편이다. 일주일에 한 번은 학부모들과 함께하는 학습의 시간이 있으며, 그 외에도 학부모들의 도움이 필요할 때면 언제든 불러서 교육 활동에 배치하고 있다. 자원봉사자 안내문이 나가면 학부모들은 적극적으로 참여하는 편이며, 단순히 업무를 돕는 일에서부터 학생들 학습에 직접 참여하는 등 다양한 형태로 교육 활동에 참여하고 있다.

학생들은 도서실 수업이 끝난 후 교실로 돌아와 학부모들이 제시했던 수학 문제를 다시 풀기 시작했다. 두 자릿수 곱하기 문제로 3학년 1학기 후반부에 배울 내용이라 정은 스스로 풀 수가 없어 방법을 가르쳐 주었더니 금방 따라 했다. 9단을 쉽게 할 수 있는 방법을 토마스 선생님이 가르쳐 주었다. 열 손가락을 이용하여 9 3일 경우 3을 가리키는 세 번째 손가락을 구부린 상태에서 앞의 손가락과 뒤의 손가락을 읽어주는 방식이다. 새롭게 배운 방식이라 학교로 돌아가면 우리 아이들에게도 가르쳐 주어야겠다. 이어서 실내 놀이 시간을 가졌다. 아이들은 룰을 지켜가며 게임이나 퍼즐 맞추기, 조립, 빙고 게임 등 다양한 놀이를 팀을 이루어서 하거나 혼자서 즐기고 있었다. 교실에 생각보다 놀이를 할 수 있는 교구들이 많았는데, 이 또한 내게는 부러울 따름이었다. 아이들은 놀이 시간이 끝나자 놀던 것들을 정리하고 자기 자리로 돌아가 독서를 하였다. 이미 이런 활동에 익숙해진 모습이었다.

첫 번째 학부모 면담 'Parent Conference'

어제에 이어 학부모 면담(Parent Conference)이 있는 날이다. 이날을 위해 며칠 전에 안내문이 나갔고, 면담 가능한 시간을 적어 보내라고 하여 우리가 면담 가능한 시간들을 적어 보냈었다. 며칠 후 우리는 면담 시간이 정해졌다는 또 다른 안내문을 받아볼 수 있었다. 예원이네는 어제 학

놀며 탐구하며 스스로 배우는 아이들

부모 면담을 했고, 애니네와 우리는 오늘로 정하였다. 애니네 뒤를 이어 30분 간격으로 면담 시간이 잡혀 있었다. 이 학부모와의 면담은 올들어 두 번째이다. 우리는 처음이라 어떤 내용이 얘기될지 궁금했다. 남편 혼자서 들여보낼까 했는데 애니 엄마의 말에 의하면 둘이서 듣는 것이 더 좋다고 하여 둘이 들어가기로 하였다.

애니 엄마의 권유대로 우리는 함께 2시 10분에 유치원 교실로 들어갔다. 선생님이 기다리고 있었는데 우리가 마지막 면담인가 보다. 이곳 선생님들은 오후 세 시가 되면 하루의 모든 일과를 종료한다. 먼 후일 제니네 선생님을 생각하게 되면 웃는 얼굴을 떠올릴 정도로 미소가 아름다운 분이다. 늘 얼굴에 웃음을 머금고 있었다. 선생님은 우리를 반갑게 맞이했고, 이어 제니의 학교생활에 대해 자세히 들을 수 있었다. 우리가 모르는 제니의 학교생활에 대해서 아주 구체적이고 세밀한 얘기들을 들을 수 있었는데, 이는 이미 체크리스트에 체크가 된 사항들에 근거한 얘기들이었다.

알파벳은 1월 초에 확인했는데 반을 알고 반은 모르는 상태라고 했고, 수학적 이해력은 빠르나 말하기와 읽기가 부족하다고 하였다. 그림을 잘 그리고 아이들과 잘 어울려 논다고 하였다. 아주 구체적인 부분까지 이야기가 되고 있었다. 이로써 제니가 학교에서 어떻게 생활하고 있는지를 훤히 알 수 있었다. 앞으로 제언으로 선생님은 제니에게 필요한 부분을 부모가 직접 보충해줄 것을 요청하였다. 즉, 읽기와 쓰기 부분에 중점을 두어 가정 학습을 강화해 달라고 당부받았다.

학부모 상담을 통해 아이들의 전반적인 학교생활을 이해할 수 있었으며, 우리 아이에게 부족한 것이 무엇인지를 알 수 있었다. 애니 엄마도 돌아가는 길에 매우 만족스러워하는 얼굴이었는데 우리도 마찬가지였다. 비록 제니가 부족한 것이 많다고는 해도 그 상담은 우리에게 충분한 만족감을 안겨주었다. 선생님의 권유에 따라 교사 교재 교구들을 파는 가게를 들러 제니에게 필요한 읽기와 스펠링 자료집을 샀다. 토마스 선생님이 가르쳐준 시리즈물 중에서 유치원용으로 나온 교재가 있어서 그것을 샀다.

한국의 유치원은 읽기와 쓰기에 그리 비중을 두지 않는 것에 비해 이곳은 쓰기와 특히 읽기에 비중을 많이 두고 있다. 초등학교가 5학년까지 있는 것을 생각한다면 이곳의 유치원(Kindergarten)은 우리로 치면 초등 1년 정도인 것 같다. 과제로 하루에 30분 이상을 책을 읽어줄 것을 제시하고 있으며, 읽은 시간은 매일 체크리스트에 체크를 해야 한다. 한 달 후에는 이 체크리스트를 학교에 제출해야 한다. 오늘 그것을 재확인하는 시간을 가졌다.

제니는 사준 책으로 알파벳 공부를 했는데, 소문자, 대문자 알파벳은 이미 알고 있었다. 읽기와 말하기도 집에서 꾸준히 시키기로 하였다. 방과 후 수업에 일주일에 두 번 정도 보내 볼까 생각 중인데 아이들 상황을 봐가며 결정하기로 하였다. 여러 가지 시도해 보는 것이 지금 아이들에게 필요한 부분 같다. 읽기 자료를 꾸준히 읽어주는 것은 필요하다.

오늘 상담에 이용된 체크리스트는 구조화된 양식으로 규격화되어 있으며, 그 내용은 아주 구체적이었다. 면담은 그 내용 안에서 주로 이루어졌다. 이는 교육과정과 관련이 있는 내용이었다. 의도되고 계획된 교육과정뿐만 아니라, 드러나지 않은 잠재적 교육과정까지를 포함한 내용이었다. 그동안 생활을 하나하나 체크한 사항을 교사는 학부모에게 설명하고, 학부모는 궁금한 사항에 대하여 질문할 수 있다. 다른 아이들과 잘 어울리는지 아이의 성향이 어떤지, 어떤 활동을 좋아하는지 확인할 수 있다. 이미 학부모가 알고 있는 내용일지라도 아주 자세하고 세밀한 부분까지 들을 수 있다.

진정 학부모들이 원하는 것들이 이런 것들이 아닐까? 우리 자녀가 학교에서 과연 어떻게 생활해나가고 있는지에 대해 학부모들은 많은 궁금증을 가지고 있다. 면담에 이용된 체크리스트는 부모가 받아서 가지고 올 수 있다. 그 정보에 따라서 아이의 학습 면이나 생활면에서 가정에서도 적절한 지도를 하도록 하여, 가정과 학교가 함께 교육해나갈 수 있는 자료로 활용하고 있다.

우리는 흔히 가정과 연계한 교육을 말한다. 너무 피상적이지 않고 이렇게 구체적인 자료들을 근거로 학교 교육의 방향과 맞추어 나갈 때 가정에서도 아이 교육에 적극적으로 참여할 수 있다. 구호로만 끝나는 학교 가정 연계 교육이 아니라 구체적인 범위와 수준이 정해져야 하는데, 그 기초는 역시 학교로부터 나와야 실제적인 도움을 줄 수 있을 것 같다.

학부모와 함께 하는 소그룹 활동

매주 금요일은 학부모 도우미 교사들과의 그룹별 학습이 있는 날이다. 제니를 교실로 들여보내고, 다른 한국인 자모들과 잠깐 대화를 하며 정보 교환을 했다. 이어 정네 교실로 들어가니 이미 수업이 시작되고 있었다. 늦은 감이 있어 미안했다. 이곳 학생들도 한국처럼 제시간에 꼭 맞추어서 오는 편이지만 늦게 오는 경우도 있어, 늦게 교실 문을 열고 들어와도 자연스러운 편이라 그나마 심리적 위안이 되었다. 615호실 아이들의 경우 수업이 시작된 이후에 늦게 교실 문을 열고 들어오는 학생들을 종종 볼 수 있다.

이곳은 지각할 경우 바로 교실로 입실을 못 하고 사무실에 들러 지각 처리를 하고 일정한 절차를 밟아서 들어오는 것으로 알고 있다. 출결 체크를 담임이 하는 것이 아니라 사무실에서 하는 모양이다. 그러나 615호실은 예외인 것 같다. 교실 문이 닫히면 안에서 열어주어야만 문을 열 수가 있는데 정에 반은 항상 문이 열려 있다. 그 묵중한 철문에다가 조그만 나무 조각을 괴어 놓아 문을 열어놓는 것이다. 그래서 조금 늦게 와도 자유롭게 들어올 수 있다.

늦는 아이들에게 토마스 선생님은 훈계하거나 제재를 한 적이 없다. 학생들의 자율에 맡겨 놓은 것 같다. 그런데도 학생들 학습 활동에는 지장이 없는 것 같다. 어떤 형태로든 자기의 책임 분량에 대해서는 철저하게 책임을 지기 때문이다. 예를 들어, 리포트를 못 해오는 경우 쉬는 시간(Recess Time)을 박탈당하거나 체육(PE) 시간에 친구들과 함께 체육 활동에 참여하지 못하고 그 시간에 자신이 못한 과제를 해야 한다.

그래도 수업에 늦는 것은 미안한 일이다. 미안한 맘으로 조심스럽게 들어가서 자리에 앉아 숨을 돌렸다. 아이들은 이미 그룹별 학습에 들어가 있었다. 오늘도 여전히 4명씩 그룹을 지어 학부모 도우미 교사와 함께하는 수업으로 시작을 열었다. 수학 문제를 푸는 데 문제 푸는 방식은 같되, 문제는 저번 주와 다른 문제를 풀었고, 문제를 풀 때마다 번호를 체크해 나가고 있었다. 단순한 계산력을 요하는 문제라기보다는 모두 응용력을 요하는 문제들이어서 여러 단계를 생각해야 하는 문제들이었다. 학부모들은 이런 수학 문제가 담긴 카드를 수백 장씩 가지고 한 장씩 나누어주고 있는 것이다.

그룹별 문제 유형을 살펴보면,

그룹 1: 4개의 숫자를 이용하여 +, -,×,÷, (   )를 적당히 넣어 24를 만들어라.

그룹2 : 9개의 숫자를 가로 3줄, 세로 3줄로 각각 넣어 가로, 세로, 대각선의 합이 모두 같도록 숫자를 넣어라.

그룹 3: 각 4개의 연산에 숫자 10개를 한 번씩만 넣어 해당하는 연산의 답이 모두 맞도록 만들어라.

그룹 4: 생활 응용력을 요하는 문제들
(예: 20장짜리 한 묶음에 10센트, 60장짜리 한 묶음에 25센트 하는 종이 묶음이 있다. 95센트로 살 수 있는 최대의 종이 수를 구하여라.

그룹 5: 심화한 응용문제.

그룹 6: 수학적 사고를 요하는 게임 문제. 두 명이 팀을 나누어 게임을 한다.

일정한 시간이 흐르면 토마스 선생님이 신호하고 아이들은 다음 그룹으로 자리를 옮긴다. 아이들이 그동안 활동한 결과들은 도우미 교사들이 체크리스트로 가지고 있었는데 아이들마다 수준 차이가 났다. 문제를 빨리 풀어서 이미 많은 번호에서 체크가 된 아이들이 있는가 하면, 느리게 가는 아이들까지 그 수준은 다양했다. 그동안에 아이들이 활동한 것들은 따로 체크 목록에 표시가 되어 있었다. 이 체크리스트를 보면 학생들의 진도 사항을 점검할 수 있다. 학생들은 자기 수준과 속도대로 진행을 하면 된다.

시간이 되자 토마스 선생님은 도서실에 가야 할 시간을 알려주었다. 아이들은 어김없이 조용히 책을 들고 교실 문을 빠져나와 줄을 맞추어 섰다. 아이들이 줄을 서자 토마스 선생님 앞장을 섰다. 도서실에 도착하자 나는 아이들 책을 모두 걷어서 반납대로 가지고 갔다. 직접 바코드로 반납처리를 해보았다. 지난번에 배운 바가 있어 수월하게 처리할 수가 있었는데, 정 것은 오프라인에서 반납처리를 할 수밖에 없었다. 이어서 아이들이 도서 대출증 카드를 가지고 와서 도서대여 신청을 하였다. 대여 신청 역시 사서 선생님의 설명을 들으니 쉬운 일이어서 그것도 직접 처리해 주었다. 토마스 선생님이 고맙다고 했는데 고마울 게 뭐가 있겠는가? 오히려 이런 거 저런 거 경험하며 배울 수 있으니 내가 더 고마워해야 할 일이다.

한국에 있을 때 도서실과 관련한 업무를 맡은 적이 있다. 그래서 대출, 반납 정도는 내게는 그리 어려운 일들이 아니었다. 그 외의 업무들, 도서를 구입하고 라벨 작업을 하고 바코드 입력하는 등의 작업이 손이 많이 가고 힘든 작업에 속한다. 어쨌든 이래저래 상황에 맞추어 토마스 선생님을 도와 드리는 입장이 되었다. 도서실 수업이 끝난 후 교실로 돌

놀며 탐구하며 스스로 배우는 아이들

아온 아이들은 빌려온 책을 조용히 읽고 있었다.

아빠들 초대의 날 'Dad's Doughnut Day'

　　　　　오늘은 도일 학교의 Dad's Doughnut Day이다. 학교에 아빠들을 초대해 수업을 관람하거나 아이들과 함께 학습 활동을 하는 날이다. 한국의 경우를 생각해서 바쁜 아빠들이 과연 많이 와줄 것인가 의아했지만, 그건 기우에 지나지 않았다. 아침 7시 20분부터 학교가 개방되었는데 학교에 도착하고 보니, 아빠들 손을 잡고 아이들이 긴 줄로 늘어서 있었다. 그 줄은 다목적용 룸으로 연결이 되어 있었는데, 이 건물은 우리나라로 치면 강당 같은 곳이다. 많은 아이들이 아빠의 손을 잡고 하나둘 모여들고 있었다. 학생들과 아빠들이 줄지어 다목적실로 들어가자 이곳 학교 선생님들이 세 팀으로 나누어 가족사진을 찍어주었다. 사진을 찍고 나와서 간단한 음료나 커피, 도넛을 먹을 수 있도록 간식도 준비되어 있었다. 우리도 줄을 서서 한참을 기다려 사진을 찍었다. 도넛과 커피를 마시고 남편은 제니네 교실로 가기로 했고, 나는 정네 교실로 가기로 하였다.

　정네 교실로 들어가자 교실이 텅 비어 있었다. 어찌 된 일인가 하고 운동장을 살펴보았더니 우리 반은 체육(PE) 시간으로 모두 운동장에 모여 있었다. 운동장에는 615호실 아이들 말고도 다른 학급도 나와 있었는데 모두 아빠들과 함께였다. 사진기를 들고 우리 반 있는 곳으로 향했다. PE 시간은 체구가 단단해 뵈는 전담 선생님이 수업한다. 615호실 아빠들과 함께하는 수업 일부는 이 체육 전담 선생님이 한다는 것이다.

우리 반 아이들은 두 명을 제외하고는 아빠들이 모두 참석을 했다. 놀라운 참석률이었다. 아빠들과 하키 수업을 할 모양이었다. 모두 하키를 들고 선생님 말씀에 귀를 기울이고 있었다. 그 모습들이 아주 진지해 보였다. 아이들이 아빠들과 함께 서니 아이들 체구가 작아서인지 아빠들이 더욱 든든해 보였다. 체육 담당 선생님은 열심히 한 동작 한 동작 시범을 보였다. 보통 운동장 수업을 할 때는 우리처럼 육성으로 하기보다는 헤드 마이크를 쓰고 한다. 그래서 큰 소리를 내지 않아도 되며 무선 헤드 마이크라 아주 편리해 보였다. 보통 운동장 수업이 교실 수업보다 더 힘든 법인데, 큰 소리를 내지 않아도 선생님 말소리가 많은 아이들에게 정확하게 전달될 수 있으니, 선생님에게는 아주 좋은 수업 매체인 셈이다

토마스 선생님은 나를 보더니 사진 좀 찍어 달라고 부탁을 하였다. 당연히 내가 해야 할 몫이라고 생각하고 있었는데 부탁을 받고 보니 의무감이 생겼다. 이리저리 다니면서 아이들 활동하는 모습을 카메라에 담았다. 아빠들도 아주 진지한 모습이었다. 하키대로 공을 몰고 운동장을 돌아오거나 서로 공을 주고받는 활동, 소그룹으로 하는 게임 등 다양하게 진행이 되었다.

수업 내용이 바뀔 때마다 선생님은 호각으로 신호를 보냈는데, 그럴 때마다 학생들은 아빠들과 횡대로 한 줄로 나란히 서서 다음 단계의 내용을 경청하곤 했다. 선생님은 매 단계 아이와 함께 시범을 보였다. 그

놀며 탐구하며 스스로 배우는 아이들

시범에 따라 아이들과 아빠들이 함께 활동하였다. 아빠들과 함께하는 수업으로 수업 내용을 참 잘 선택을 했다는 생각이 절로 들었다. 마지막으로 소그룹을 지어 게임을 할 때는 아이들과 아빠들의 웃음소리가 그치질 않았다. 아빠들과 아이들의 자지러지는 웃음소리가 도일의 하늘 높이 울려 퍼지고 있었다..

아빠들과 함께 하는 체육 수업

운동장 수업이 끝나고 교실로 들어오자, 토마스 선생님은 미리 아이들과 아빠들이 학습할 내용을 프린터를 해 놓았다가 나누어 주었다. 학습지 문제는 주로 수학적 사고력을 요하는 문제였다. 3학년 수준보다도 난도가 있는 문제들로 높은 응용력과 종합적인 사고력을 요하는 퍼즐식 문제였다. 아이들은 아빠와 함께 풀었는데 아빠들조차도 어려워하는 문제들이었다.

콰 학생은 문제를 풀었는지 왔다 갔다 하면 도움이 필요하면 자신에게 도움 청하라고 했다. 성취감으로 의기양양해 하는 그 모습이 참으로 귀여웠다. 콰 학생은 중국 학생으로 엄마, 아빠가 UCSD 대학에 강의를 나가고 있다고 들었다. 모습이 아주 귀엽고 붙임성이 있는 아이다. 콰 학생만 보면 이 얘기 저 얘기를 묻곤 하는데, 특유의 중국식 영어 발음으로 열심히 말하는 모습이 귀여워 일부러 말을 시키는 경우도 많다. 콰에게 설명을 부탁했더니 아니나 다를까, 오더니 아주 자세하게 설명을 해주었다. 아빠들도 아이들도 문제 풀기에 여념이 없었다.

아빠들과 함께하는 교실 수업

아빠들과 함께하는 수업은 그렇게 끝이 났지만, 바쁘지 않은 아빠들은 남아 있을 수 있었다. 이어서 토마스 선생님은 '쓰나미 해일'에 대한 매거진을 나누어주고 아빠와 그룹을 지어 의논을 해보라고 하였다. 남은 아빠들은 자신의 자녀와 다른 아이 몇 명씩을 데리고 소그룹 테이블로 흩어졌다. 이어서 토마스 선생님은 아빠가 없는 학생들을 앞으로 모이라고 하였다. 토마스 선생님이 나누어 준 매거진은 우리나라 대학생들이 읽음 직한 잡지였는데, '쓰나미 해일'에 대한 내용이 자세하게 안내되어 있었다.

도일 학교에서도 동남아에서 발생한 쓰나미 해일 피해에 500불을 모금하기로 했는데, 학부모들과 함께 쓰나미를 주제로 공부하는 것은 그 모금과도 연관이 있을 것이다. 쓰나미 해일 피해를 이해하고 어려움을 당한 사람들의 입장을 생각하게 하고, 이어 모금으로 이어지는 일련의 활동들, 아이들은 아주 진지하게 토론을 하고 있었다. 매거진은 토마스 선생님과 학생들이 번갈아 가면서 읽곤 했는데, 학생들이 지원해서 읽기보다는 토마스 선생님 호명으로 읽곤 하였다.

그런데 일본인 아이 '타츄야'가 손을 들더니 자신이 한번 읽어 보겠다고 하였다. 타츄야는 영어를 배운 지 그리 오래되지 않았는데도 읽어보겠다고 손을 든 것이다. 비록 더듬거리는 속도지만 자신도 한번 읽어 보고 싶다는 것이다. 타츄야는 615호실에서 얌전하고 조용하게 움직이는 학생이다. 다른 아이들이 대부분 영어에 유창한 것에 비해 영어를 배운 지 얼마 되지 않았는데도 손을 들고 읽어 보겠다고 한 그 용기가 가상해 보였다.

타츄야는 다른 활동을 할 때도 내가 도와주겠다고 하면 자신이 스스로 하겠다는 의사를 분명하게 밝히는 학생이다. 일본의 교육 방식이 그런 건지, 아니면 타츄야의 성향이 그런 건지 우리 정이 꼭 배웠으면 하는 태도이다. 비록 서툴지라도 못하는 것에 대해 의기소침해 하지 않고 당당할 수 있는 태도, 자신이 스스로 뭔가를 끝까지 해내려는 태도 말이다. 아이들이 그림을 그리거나 도형을 배울 때 혹은 오리는 활동을 할 때 토마스 선생님은 내게 아이들을 도와주라고 한다. 그런데 타츄야는 늘 스스로 모든 것을 끝내고 싶어 한다. 느리지만, 열심히 활동에 몰두하는 타츄야의 모습이 아주 멋져 보일 때가 있다. 체구는 작을지라도 어찌나 야무진지….

대부분 아빠들이 간 후에도 라이네 아빠는 끝까지 남아서 수업이 끝날 때까지 함께했다. 한국에서는 아빠들의 경우 교육의 현장에서 한발 물러나 있는 경우가 많다. 이곳은 아빠들도 이렇게 교육에 적극적으로 참여할 수 있도록 다양한 행사와 기회를 만들고 있다. 학교에 아이들 교육 상담을 위해 오는 아빠들이 상당히 많으며, 아침마다 아이들을 학교에 데려다주는 아빠들도 많다. 직접 간접적으로 아빠들도 교육의 주체로서의 역할을 톡톡히 해내고 있는 셈이다. 아빠들이 이렇게 직접 교육 활동에 참여하며 아이들과 함께할 수 있는 시간들은 아이들뿐만 아니라 아빠들에게도 좋은 경험이 되는 것은 분명한 사실이다. 수업이 거의 끝나갈 무렵, 아빠가 자신의 아이를 꼭 껴안아주는 모습은 그 어떤 모습보다도 아름다웠다.

교육은 이렇게 교육 주체들이 모두 참여를 했을 때 그 교육적 효과가 클 것이다. 특히 한 발짝 물러서서 지켜보기만 할 것 같은 아빠들을 교육의 주체로 적극 동참시키고, 함께 아이들 교육을 위해 노력하는 모습은 정말 바람직해 보였다. 이곳의 교육은 이처럼 교육에서 그 누구도 소외시키지 않고 모두 동참시키며, 아이들 성장을 위해 전방위적으로 접근을 하고 있다. 아빠들을 동참시키는 것은 당연히 아이들 정서에도 더할 나위 없이 좋다. 이런 기회는 아빠들에게 아이들 교육에 대한 참여의식을 불러일으키고, 교육의 주체라는 인식을 확실하게 심어줄 수 있다.

놀며 탐구하며 스스로 배우는 아이들

'Crazy' Mrs Thomas

토마스 선생님은 자신을 'Crazy'라고 말하기도 한다.

    내가 토마스 선생님을 처음 본 것은 아이들을 전입시키던 날이었다. 모든 것이 낯선 이곳에서 학교에 아이들을 보내는 것이 적잖이 걱정되긴 했다. 하지만 새로운 경험을 할 수 있다는 자체만으로도 아이들에게 소중한 기회가 될 수 있을 거라고 생각하였다. 더군다나 영어권인 나라에서 영어를 배우는 경험은 아이들에게는 참으로 소중한 기회가 아닐 수 없었다.

  토마스 선생님은 615호실 아이들이 모든 면에서 우수한 것에 비해 정의 학습을 걱정하며 정의 학습을 돕는 보조 교사로 내게 매일 학교로 출근해줄 것을 요청해왔다. 당황스럽긴 했지만 아이를 위해 그리고 좋은 경험이 될 것이라 생각해서 흔쾌히 승낙했고, 그렇게 해서 정과 함께 매일 토마스 선생님 교실로 등교하게 된 것이다. 그렇게 해서 토마스 선생님과의 생활이 시작되었다.

토마스 선생님 반 아이들은 선생님 표현대로 학습 훈련이 상당히 잘 되어 있었다. 학생들은 스스로 주도적으로 하는 학습이나 일제 학습 모두 잘 따르고 잘하는 편이었다. 잘하는 정도가 아니라 이 반 아이들은 읽기나 수학이 이미 동 학년 수준을 넘어서고 있었다. 그런 모습을 토마스 선생님은 매우 자랑스러워했고, 자신이 특별한 아이들을 맡고 있음을 강조하곤 하였다. 이 아이들이 바로 영재반(GATE) 아이들이었던 것이다. 교육의 질은 교사의 질은 넘지 못한다는 말이 있다. 그 말은 달리 말하면 선생님의 기대 수준이 높은 경우, 아이들을 그 높은 수준으로 끌어올릴 수도 있음을 말하는 것이다. 토마스 선생님이 이 경우가 아닌가 싶다. 아이들은 선생님 기대에 충분히 호응을 했고 그 이상의 성과를 보여주었다.

엄하면서도 수용적이고, 무엇보다 토마스 선생님 자신을 "I'm Crazy!"라고 외칠 정도로 교육에 대한 열정을 가지고 있다. 오늘도 체육 시간에 운동장 두 바퀴를 돌고 오셔서 '화이파이브'를 외치시며 내 손바닥을 쳤다. 이곳 운동장은 한국 학교 운동장의 두세 배는 족히 넘을 정도로 상당히 넓다. 그 넓은 운동장을 두 바퀴나 돌고 왔으니 스스로에 대해 자부심이 넘쳤을 것이다. 이럴 때는 50 중반의 나이가 무색할 정도로 젊음이 넘쳐 보인다. 지루하게 학습 활동이 진행하는 것을 싫어하며, 다이내믹하고 재미있게 학습을 이끌기를 좋아한다는 말을 덧붙였다. 내가 토마스 선생님 교실로 매일 등교를 할 수 있는 것도 어찌 보면 토마스 선생님의 교육에 대한 열정 때문이다.

요즘은 정의 학습을 돕는 것 외에 토마스 선생님 일거리를 많이 도와

드리고 있다. 아이들이 학습지를 풀면 채점하고 다시 확인하는 것을 내가 도맡아 하고 있으며, 아이들 스크랩에 필요한 종이를 잘라주는 것도 내 몫이다. 사진기를 들고 다니며 아이들 모습을 찍어서 토마스 선생님 컴퓨터에 저장해 주고, 스크린에 띄워 슬라이드를 보여주는 것도 내 몫이다. 도서실에 가서 아이들 책을 반납하고 대여해 주는 것도 내가 한다. 가끔 토마스 선생님이 교실을 비울 때 아이들을 맡아야 하는 사람도 나다. 토마스 선생님은 이럴 때마다 고맙다는 인사를 빼놓지 않는다.

학부모이기도 하고, 배우는 학생의 입장이기도 한 나를 수용해준 토마스 선생님께 감사의 마음을 종종 전하고 있다. 토마스 선생님의 교수법이나 미국 전반적인 교육, 아이들의 학습 활동에 대해 경험하고 배울 기회를 제공한 토마스 선생님이 내게는 더할 나위 없이 고마운 분이다. 나를 누군가에게 소개할 때면 'Good Friend'라고 소개를 해준다. 나이를 초월해서 남을 수 있는 친구, 그렇게 생각해주는 토마스 선생님이 좋다.

점심시간이 되어 토마스 선생님이 준 수많은 자료를 가슴에 가득 안고 나오고 있었다. 여전히 태양은 눈 부시며 맑고 투명하게 쏟아져 내리고 있었다. 학교를 나오는 길에 어떤 여선생님을 만나게 되었다. 웃는 얼굴로 반갑게 인사를 나누었는데, 인사를 나눈 끝에 그 여선생님이 내게 물으셨다. 토마스 선생님 반으로 매일 나오는 사람이 내가 맞냐고? 그렇다고 대답을 하니 그 선생님은 웃으시며 "She loves you so much."라는 말씀을 해주셨다. 토마스 선생님이 자주 내 얘기를 한다고 하며 나를 많이 좋아하신다는 말씀까지 덧붙였다. 그 말을 듣고 나니 괜히 쑥스럽다는 생각이 들었다. 사랑 고백을 받은 수줍은 소녀마냥 쑥스러운 웃음이 스멀거렸다. "Thank you!"라는 말을 했는데, 그 말을 해준 그 선생님이 고마운 건지, 아니면 나를 좋아해 주시는 토마스 선생님이 고마운지 어쨌든 고마운 생각이 들었다. 나오면서 내 얼굴에는 미소가 그려지고 있었다. 나도 그런데(Me too)….

밤에 열리는 가족과 함께하는 수학 교실 'Family Math Night'

도일학교 3, 4학년을 대상으로 하는 '밤에 열리는 가족과 함께 하는 수학 교실(Family Math Night)'이 있는 날이다. 이곳 도일 학교는 저녁 시간에 학생들과 부모들을 대상으로 하는 프로그램이 다양하다. 이틀 전에는 천체 망원경으로 별을 보는 'Gazing Star' 시간이 있었는데, 안타깝게도 그날 날씨가 잔뜩 흐려 별은 보지 못하고 피자만 먹고 나온 적이 있다. 유치원에서도 얼마 전에 '문학의 밤'을 연 적이 있다. 그날 제니의 몸 상태가 좋지 않아 참석을 못 했는데, 들려오는 얘기로는 아이들에게 '읽기를 어떻게 가르칠 것인가'에 대해 학부모 강연이 있었다고 한다. 이렇게 학교에서 주최로 한 학부모들이 참여할 수 있는 저녁 프로그램이 많다.

물론 안내문은 나가고 참가할 사람은 미리 정해진 양식에 의해 신청을 해야 한다. 오늘은 3, 4학년 대상으로 그들 가족들과 함께할 수 있는 수학 수업을 저녁 여섯 시부터 열게 될 거라고 며칠 전부터 토마스

놀며 탐구하며 스스로 배우는 아이들

선생님이 안내하였다. 토마스 선생님이 오래전부터 이날에 대해 설명을 해주었기 때문에 사뭇 기대가 컸다. 토마스 선생님은 얼마 전부터 이날을 위해 여러 가지 준비를 했었다.

Family Math Night에 참여한 아이들과 학부모들

저녁 6시가 되자 다목적실에 3, 4학년 가족들이 꽤 많이 모였다. 책상 위에는 오늘 있게 될 자료들이 미리 준비되어 있었다. 토마스 선생님은 그곳에 모여 있는 많은 선생님들에게 나를 소개해 주었다. 한국과 미국의 교육이 아주 다르다는 것을 말하니 선생님들은 호기심을 보여 왔다. 그들의 말을 다 못 알아듣는 것이 안타까울 뿐이었다. 남편이 옆에서 말을 거들어 주었다. 이곳 선생님들은 내게 말을 할 때는 내가 영어를 잘 알아듣는 것으로 생각해 빠른 속도로 말을 하므로 잘 알아들을 수 없다. 토마스 선생님은 내 수준을 알고 느리게 말을 하는 편이다. 강당 안은 50여 명이 넘는 학생들과 그들의 가족들로 이내 가득 찼다.

행사가 시작되자 먼저 토마스 선생님이 프레젠테이션을 하였다. 마이크가 준비되어 있지 않은지 육성으로 하여 소리가 작을 뿐 아니라 듣는 이로 하여금 안타까움을 느끼게 해주었다. 토마스 선생님은 며칠 전 목 수술을 해서 아직도 턱 아래에 커다란 밴드를 붙이고 다닌다. 목소리 사정도 좋지 않고 목도 아픈데, 육성으로 하니 안타까울 수밖에 없었다. 그럼에도 프레젠테이션을 무사히 마치고 우리 반의 매튜와 오팩이 나가서 첫 번째 문제 해결 방법을 시범으로 보여주었다.

첫 수학 문제는 게임을 통해 숫자 감각을 익히는 것이었다. 이것은 615호실에서는 이미 다루어진 게임이라 우리 반 아이들은 다 할 수 있는 게임이었다. 게임은 일정한 룰에 따라 바둑알을 제거하는 것인데, 맨 마지막에 하나를 가지게 되는 사람이 지는 게임이다. 물론 머리를 써야 하는 문제이다. 정은 내게 엄마 아이큐가 얼마인지 확인을 해보겠다며 나와 게임을 하자고 하였으나, 다른 사람의 요청이 들어와서 다른 사람과 게임을 해야 했다.

이어진 활동은 이쑤시개를 이용하여 여러 방법으로 사각형과 삼각형을 만드는 것이었다. 이쑤시개 여덟 개를 이용하여 삼각형 네 개와 사각형 두 개를 만들어 보는 것이다. 여러 가지 예가 제시되었고 거기에 따라 아이들과 그들의 부모들이 열심히 문제 해결을 위해 고심하였다.

세 번째로 제시된 문제는 '경우의 수'였는데 확률과 수열을 이해할 수 있는 문제였다. 마지막 문제는 36개의 사탕을 놓고 색깔별로 나누어 비율별로 원을 채워나가는 문제였다. 360도를 이해하며 비율을 알아야 하는 문제였다. 응용으로 평균율 구하는 방법도 소개해 주었다.

각 문제들은 세 명의 선생님들이 돌아가면서 프레젠테이션을 하였다. 각 문제를 푸는 방법은 한 가지 방법이 아닌, 다양한 방법으로 풀 수 있도록 유도했다. 다양한 문제 해결 방법이 교사의 안내에 따라 소개되었다. 이에 대한 문제 해결은 학생과 학부모들이 함께해야 한다. 어떤 사람은 확률 문제를 해결할 때 초등학교 수준이 아닌, 고등학교 수준으로 문제를 푸는 방식을 실물화상기를 이용하여 보여주었다. 그것을 지켜보던 담당 선생님이 그것은 대학 수준(Colledge lebel)이라고 하여 강당 안을 웃음바다로 만들었다. 내가 보기에 기발하고 단순해 보이는 것이 아주 재치 있는 답으로 여겨졌다.

밤에 열리는 가족과 함께하는 수학 교실

대부분의 사람들이 어렵게 수학 문제를 풀기보다는 재미있게 수학을 즐기는 분위기였다. 직접 다양한 경험을 해봄으로써 정답을 찾아내곤 했다. 문제는 학생에게도, 학부모에게도 호기심을 자극할 수 있는 수준이었다. 아이들의 수준에 맞추다 보면 어른들이 지루할 수 있고, 어른들의 수준에 맞추다 보면 아이들이 어려워할 수도 있는데, 그런 것을 고려하여 적절하게 선정된 문제들이었다. 많은 학생이 대체로 수학을 어렵게 여긴다. 그러나 이런 접근은 흥미 있고 재미있게 할 수 있어서 아이들에게 수학적 관심과 흥미를 불러일으키고 있었다. 깔아놓은 멍석 위에서 엄마, 아빠와 함께 수학 문제를 가지고 고민하고 해결하는 경험은 이 수업에 참여한 아이들에게 특별하고 소중한 경험으로 남을 것이다.

대부분의 아이들이 엄마, 아빠와 함께 참석하였다. 이것을 보면 이곳 부모들이 아이들과 아이들 교육에 얼마나 관심과 열성을 가지고 있는지 알 수 있다. 아이들을 학교에만 맡겨 놓고 모든 것을 학교에 일임하는 것보다는 어떤 형태로든 아이들 교육에 참여하는 모습이 참으로 멋져 보인다. 학교에서는 이렇게 다양한 시도들을 통해 학부모들을 교육에 적극적으로 참여시키고 관심을 고취시키려고 노력을 기울이고 있다.

특히 교육 활동에 참여하려는 아빠들의 참석률은 나를 놀라게 할 때가 많다. 한국에서 아빠들은 학교에서 하는 활동들에서 소외되어 있는 경우가 많은데, 이곳 아빠들은 적극적으로 아이들 교육에 참여하고 있다. 형식적인 참여가 아닌, 진정으로 아이들과 함께 느끼고, 해결하고, 부딪히면서 아이들을 더 잘 이해할 수 있는 계기로 삼고 있다. 이는 학교에서 적절한 프로그램을 개발하여 운영하기 때문에 가능한 일이다. 이렇게 미국의 초등학교는 아이들 교육에 학부모들을 적극적으로 참여시키고 있다. 이곳에서의 시간들은 내게 진정으로 아이들을 위하는 것이 무엇인가를 느끼게 해주는 시간들이다.

놀며 탐구하며 스스로 배우는 아이들

도일 학교 공개(Open House)의 날 사전 디스플레이

내일은 이번 학기의 학습 활동들을 학부모들에게 공개하는 학교 공개의 날(Open House)이 있다. 내일을 위해서 아이들의 학습 결과물들은 벽에 여백이 없을 정도로 **빽빽**이 게시되었다. 마지막으로 보완할 곳을 보완하는 등 바쁜 하루를 보냈다.

615호실 교실은 학부모 학교 공개(Open House)가 아니더라도 수시로 환경 게시물들을 바꾼다. 교실 자체가 역동적인 느낌이 들 때가 많다. 아이들이 변해가는 만큼 교실의 환경물 역시 수시로 변한다. 에너지가 넘치는 교실인 셈이다. 교실 여기저기에는 아이들의 과제물들이 흩어져 있는 모습을 볼 수 있다. 정리된 느낌을 주는 곳도 있지만, 어지럽게 아무렇게나 놓인 과제물들도 많다. 그만큼 아이들이 해오는 과제물이 상당한 편이다. 아이들은 다른 아이들의 과제물을 보고 배우면서 성장해 나가고 있다.

이렇게 수시로 환경 게시물이 바뀌는 것을 보면서 많은 생각을 하게 된다. 조금은 산만한 느낌을 주기도 하지만, 이런 모습들 속에서 아이들이 진정으로 성장해 나가는 것은 아닐까?! 창의적인 아이들로 키우려면 지나치게 정돈되고 깔끔한 환경보다는 약간은 흐트러지고 산만한 환경이 오히려 낫다는 얘기를 흔히 듣는다. 교실 역시 예외는 아닐 것이다. 교실 환경은 교사의 성격이나 취향에 따라 그 모습이 많이 달라질 수밖에 없다. 토마스 선생님 교실을 보면 늘 움직이는 느낌이 들어서 좋다. 고여 있지 않으며, 정적인 가운데 다이내믹하게 변화해 가는 모습들이 있어서 좋다.

615호실에서 생활하면서 교실 환경에 대해 다양한 측면에서 생각해 볼 기회가 되었다. 내 교실은 정돈된 모습이기는 하나 다이내믹한 느낌이 없고, 대체적으로 정적인 풍경들이었던 것 같다. 아이들에게는 그런 환경이 도움이 되었는지는 모르겠으나, 적당히 흐트러져 있는 모습이 아이들에게 더 좋을 수도 있다. 때로 적당히 흐트러져 있는 모습이 아이들의 창의성과 정서에는 더 도움이 되기 때문이다. 이를 생각한다면 교실 환경도 흐트러진 모습도 적당히 허용하면서 정리와 질서를 잡아나가는 것이 교육적으로는 더 바람직할 것 같다.

학교 공개의 날에 전시된 학습 결과물

학교 공개의 날을 맞아 아이들은 학습 결과물 파일 표지를 따로 만들었다. 표지를 만들 때 생긴 자투리 종잇조각들이 교실 바닥 여기저기에 널려 있어서 오랜만에 청소기를 돌려야 했다. 토마스 선생님은 평소에 지각하거나 과제를 안 해오는 학생들에게 그런 일들을 시키는 편이다. 오늘은 조쉬아가 청소기를 맡게 되었다. 키가 작은 조쉬아가 큰 청소기를 돌리는 일이 아무래도 무리일 것 같아서 내가 도와주겠다고 했더니 토마스 선생님은 조쉬아가 해야 할 몫이라며 그대로 두라고 한다. 자리로 돌아와 앉으니 정이 한마디 한다. '지나친 친절은 도리어 친절이 아닌 것'이라며 나에게 충고를 한다. 그 말을 들으니 껄껄껄 웃음이 나왔다. 어디서 그 말을 들었냐고 물으니 책에서 읽었다고 한다. 제법이군!

청소기 돌리는 일은 내가 도와줄 수 있는 작은 일처럼 보일지도 모른다. 그러나 토마스 선생님 반에서는 자신이 해야 할 일은 스스로 책임을 져야 한다는 기본 원칙이 철저히 지켜지고 있다. 이는 내가 배워야 할 것이다. 아이들이 스스로 할 수 있는 일을 어른이 해주는 것은 '죄악'이라는 말을 들은 적이 있다. 작고 어려서 못할 것 같아 어른이 혹은 부모가 다 해주다 보면 아이들이 배울 기회를 박탈당하게 된다는 것이다. 동감은 하지만 막상 이런 일이 닥치면 안쓰러운 맘에 선뜻 나서곤 한다. 그들이 배울 기회를 이런 식으로 박탈하는 것은 그만큼 아이들의 성장을 막는 일이 되는 것이다. 615호실에서 나는 선생님으로부터, 그리고 아이들로부터 이렇게 배워 나가고 있다.

도일 학교 공개 날 'Doyle Open House'

아이들의 학습 결과물들을 전시하는 학교 공개(Open House)가 저녁 5시 30분부터 있는 날이다. 이날을 위해 각 반에서는 그동안의 학습 결과물들을 정리하여 전시해 놓았다. 토마스 선생님은 쉬는 시간에 나에게 구경시켜준다면서 이 교실 저 교실을 함께 둘러보았는데, 수업 중인 교실도 있어서 미안했다. 그러나 정작 이곳 선생님들은 누가 와서 봐도 별로 개의치 않는 눈치들이었다. 3학년과 4학년 교실 위주로 돌았는데, 교실마다 기발한 아이디어의 학습 결과물들을 선보이고 있었다.

교실 환경물은 반마다의 특색을 고스란히 드러내고 있었다. 정리된 느낌이 드는 교실도 있었고, 벽면 가득 풍성한 느낌이 들도록 학습 결과물들을 게시한 반도 있었다. 토마스 선생님 반의 결과물들은 여백이 없을 정도로 빽빽하고 풍성했다. 그런 결과물들을 학부모들에게 선보이게 되는 것이다. 게시물뿐만 아이라 그동안 아이들이 학습해왔던 일체의 것들과 프로젝트, 소프트웨어 자료들, 시험 치른 것까지 모두를 공개하는 날이다.

시간이 되어 615호실을 들어가니 이미 많은 사람들이 와 있었다. 토마스 선생님은 평소와는 다른 차림으로 학부모들을 맞이하고 있었다. 검은색 투피스 정장 차림이었는데 캐리어 우먼의 전형을 보여주는 듯했다. 학부모들에게 이런저런 것들을 소개하기도 했는데 이는 아이들도 마찬가지였다. 아이들도 파워포인트 자료나 교실에 비치된 자신의 학습 결과물들을 소개하고 있었다. 부모들은 대체로 만족하는 분위기였고,

매튜 엄마는 아이들의 결과물들을 보며 훌륭하다고 연신 감탄사를 쏟아냈다.

학교 공개의 날 학부모들이 학생들 학습 결과물들을 살펴보고 있다.

이런 학교 공개의 날은 아이들의 학습 결과물들을 소개하는 의미도 있겠지만, 교사가 학부모들에게 교수 활동들을 소개함으로써 교사들에 대한 신뢰감을 쌓을 수 있는 계기도 된다. 대부분의 학부모들은 자신의 아이들이 학교에서 실제로 어떤 활동을 하는지 궁금해한다. 시험 점수보다는 우리 아이가 학교에서 어떤 학습 활동을 하는지 더 궁금해한다. 그동안 학생들의 학습 과정이나 결과를 보여주는 자료들을 전시함으로써 그 어떤 학예회보다도 훨씬 실속 있어 보였다.

교사는 학교 공개의 날(Open House)을 계기로 자신을 돌아보는 기회를 가질 수 있다. 자칫 매너리즘에 빠질 수 있는 자신을 돌아보며 새롭게 다지는 시간들이 될 수 있다. 누군가에게 내 교수 활동들을 간접적으로 보여줌으로써 스스로 박차를 가하는 일이 될 수 있기 때문이다.

이곳은 교육에서도 형식적인 것보다 이처럼 실리적이고 합리적인 면을 추구해 나가고 있다. 그들의 실용성을 엿볼 수 있는 대목이다. 교사들도 이런 활동들을 통해 수시로 학부모들에게 간접적인 평가를 받고 있다.

　이곳 미국 학교에 다니면서 느끼는 것이지만, 학교 공개의 날 외에도 학부모들이 아주 자연스럽고 자유롭게 교실을 왕래한다는 것이다. 특별히 형식적인 절차를 밟지 않고도 수업 중이라 해도 자연스럽게 교실에 들어와 교사와 대화를 나누는 모습을 볼 수 있다. 형식적이고 격식을 따지는 우리하고는 많이 다른 모습이다. 학부모와 수많은 튜터(Tutor)들이 자유스럽게 교실을 드나들고 있으며, 수업 중에 교실에서 아이들의 이런저런 활동들을 돕기도 한다. 오늘은 조퇴 시간을 기다리는 몇 명의 학부모들이 수업 시간 내내 아이들과 함께하는 모습을 볼 수 있었다.

　이곳은 훌륭한 교사에게는 학부모가 직접 후원할 수 있는 제도가 있다. 이는 샌디에이고 연합 교육청에서 주관하는 것으로, 학부모 입장에서 훌륭한 교사가 있어 후원할 생각이 있으면 일정한 양식을 작성하여 후원금과 함께 편지를 연합 교육청으로 보낼 수 있다. 교육청에서는 그 교사가 있는 학교에 통보하게 되고 학교장은 학교장 명의로 그 교사에게 우수 표창장을 주게 된다. 표창장과 더불어 후원금도 그 교사의 격려금으로 전달된다. 후원금은 보통 25불에서 200불 정도로 제시되고 있는데, 며칠 전에 우리도 안내문을 받고 토마스 선생님을 명예 교사로 추천했다. 그런데 그 표창장을 오늘 받았다며 토마스 선생님은 좋아하였다. 아침에 도착하자마자 나에게 고맙다며 허깅을 해주었다. 그 표창장에는 명예 교사를 후원한 우리 가족의 이름도 적혀 있었다.

놀며 탐구하며 스스로 배우는 아이들

아빠에게 배우는 시간 'Doyle Career Week'

　　　　　이번 주는 도일 직업 주간(Doyle Career Week)이다. 이 주간에는 학부모가 자신의 직업을 소개하고 그 분야에 관련한 공부를 할 수 있는 시간으로, 직접 학부모들이 와서 수업을 하게 된다. 신청은 한 달 전에 미리 받았으며 신청자에 한해 수업을 할 수 있다. 우리 반은 네 명이 신청하여 아빠들 수업을 네 번 들을 수 있다. 이런 도일 직업 주간(Doyle Career Week)을 통해 아이들은 직업에 대해 공부를 할 수 있으며, 미래 자신의 직업에 대해 생각해 보는 기회를 가질 수 있다. 이것이 직업 주간을 갖는 주목적이다.

　오늘은 그 수업의 첫날로 오팩 아빠가 오셔서 수업을 해주었다. 오팩 아빠는 'The Genetic Code'에 대한 수업을 해주었다. 유전자에 대한 전반적인 이해와 더불어 초파리들을 현미경으로 직접 관찰하면서 유전에 대해 학습하는 시간을 가졌다. 브리핑 자료는 파워포인트 자료로 만들어서 오팩의 도움을 받아 프레젠테이션 하였으며 오팩 엄마도 와서 아이들 학습을 도왔다.

우선 모두가 가지고 있는 유전자에 대한 개념 설명으로 수업은 시작되었다. 유전 정보는 대부분 같지만 중요한 정보에 있어서는 차이가 난다는 것, 그리고 서로 다른 유전 정보에 의해 초파리들의 눈 빛깔이 다름을 현미경 관찰을 통해 확인하였다. 유전에 관련한 전반적인 프레젠테이션 시간에 이어 세 팀의 그룹을 나누어 그룹 학습이 이루어졌다. 한 그룹은 초파리 관찰, 한 그룹은 유전자 코드 만들어 보기, 나머지 그룹은 과학 퍼즐 맞추기 등으로 재미있고 흥미 있게 진행되었다. 한 학습 활동이 끝나면 다른 활동으로 로테이션이 이루어졌으며, 그렇게 해서 한 시간이 넘게 수업이 진행되었다.

아빠와 함께 현미경으로 세포를 관찰하고 있다.

개괄적인 정보 전달보다는 구체적이고 직접적인 활동과 관찰을 통해 아이들이 지루하지 않게 학습을 이끌어 나갔다. 중간중간에 아이들은 질문할 기회를 얻어 유전에 대한 궁금증을 채워 나갔다. 3학년 수준에는 좀 어려울 수 있는 주제였으나, 아이들은 호기심을 가지고 한 시간 넘게 진지하게 학습에 임하는 태도를 보여주었다. 아이들은 늘 그렇듯 차분하고 조용하게 한 시간 동안 오팩 아빠에게 집중하는 모습이었다.

학습이 끝난 후 쉬는 시간에 오팩 부모님에 대해 토마스 선생님과 대화를 할 기회가 있었다. 오팩 아빠는 지금은 이곳의 대학에서 생물학을 가르치고 있으며, 다음 학기부터 하버드 대학교 교수로 임용될 거라는 말을 해주었다. 이곳 도일 학교 학생들의 전체적인 수준이 높은 이유는 바로 그들의 부모가 교수가 많기 때문이란다. 그 부모들로부터 도움을 받아 프레젠테이션 하는 방법을 배우게 되고, 그 배운 것들은 다른 아이들에게 쉽게 전파를 한다. 서로 배우고 가르치게 되니 학생들 전체적인 수준이 올라가는 것은 당연한 일일 것이다. 하버드 대학교수가 되려면 어느 정도 수준이 되어야 하는지는 모르겠다. 그러나 세계적으로도 유명한 대학의 교수이니 그 자체만으로도 '훌륭하다'라는 생각이 들었다.

오팩 아빠가 깊이 있는 주제를 다룬다는 생각을 했었는데 그 이유가 있었던 것이다. 대학교수님이 해주는 수업, 훌륭한 수업이었다. 아이들에게도 좋은 학습의 기회가 되었으며, 오팩은 그런 부모에 대해 자부심이 가득한 얼굴을 하고 있었다. 오팩 아빠 덕분에 유전에 관해 좋은 공부를 할 수 있었다. 이번 주는 오팩 아빠를 시작으로 오마 아빠와 콰 학생의 아빠, 그리고 또 다른 한 명의 학부모 수업이 있게 된다. 아이들이 다양하게 배울 기회가 될 것 같다.

아이들은 오팩 아빠의 설명이 끝난 후 많은 질문을 했다. 모든 학습이 끝난 후에는 반드시 학생들에게 질문하는 시간을 주는데, 이곳 아이들의 질문은 광범위하며 질문도 많은 편이다. 질문을 하는 데 있어서 쑥스러워하거나 수줍어하는 모습을 본 적이 없다. 조용히 손을 들고 자기 차례가 되면 차분하고 조용한 목소리로 수많은 질문을 한다. 듣는 자세 또한 훈련이 잘되어 있다. 보통 이런 시간이 있으면 거의 모든 아이들이 한 번 이상은 질문을 한다. 발표도 잘하지만, 질문도 아주 많은 아이들이다.

며칠 전 들었던 모 대학 강의실에서는 학생들의 질문이 너무 많아 교수가 준비한 것을 다 말하지도 못하고 강의를 끝냈다고 했는데 그 말이 충분히 이해가 간다. 이 아이들이 그대로 자라 고등학생, 대학생들이 될 것이기 때문이다. 자기 생각을 그리고 자신이 궁금한 것을 말하는데 자연스럽고 거리낌이 없는 모습들, 우리가 배워야 할 모습이 아닐까?

How to be an Engineer?

오늘은 캐리어 주간 두 번째 시간으로, 콰 학생 부모의 수업이 있었다. 정확하게 콰 학생의 아빠와 엄마가 함께 준비한 수업이었다. 'How to be an Engineer?'라는 주제로 한 시간 넘는 수업이 있었는데, 오팩 아빠와 수업과 마찬가지로 컴퓨터와 실제 실험과 실습을 통해 엔지니어에 대해 생각해 보는 시간을 가졌다. 오팩 아빠의 프레젠테이션은 파워포인트를 이용한 것이었는데 비해, 오늘은 콰 아빠의 일과 관련한 것을 동영상 애니메이션으로 제작하여 아이들을 흥미롭게 하였다.

콰 학생의 아빠는 엔지니어이다. 콰 아빠는 자신의 직업을 소개하고, 엔지니어란 무슨 일을 하는 사람인가에 관해 설명해 주었다. 콰 아빠가 짓고 있는 집에 대한 설명이 있었는데, 지진에 대비하여 흔들림에도 끄떡없는 집을 짓는 과정에 대해 자세하게 설명을 해주었다. 다음으로는 콰 학생 엄마의 '엔지니어가 되기 위해서는 무엇을 준비해야 해야 하는가'에 대한 설명이 있었다. 콰 학생 엄마는 대학교에서 학생들을 가르치고 있다. 콰 엄마가 준비한 여러 가지 것들은 전에 보지 못했던 신기한 것들이었다. 여러 가지 활동들을 통해 아이들에게 엔지니어의 꿈을 심어주고 있었다.

콰 아빠의 수업이 끝난 후 롬 학생의 프로젝트 발표 시간이 있었다. 주제는 '빛의 굴절'에 대한 것이었는데, 프로젝트 발표는 발표로만 끝나는 것이 아니다. 발표하는 동안에 아이들은 배우면서 중요한 부분은 과학 노트에 필기를 하여야 한다. 중간중간에 토마스 선생님이 보충 설명을 하여 아이들의 이해를 도왔다. 롬 학생은 파워포인트로 자신의 프로젝트를 발표했다. 토마스 선생님은 내게 와서 '이것이 초등학생 수준이라는 것이 믿어지냐고' 내게 물어왔다. 내가 늘 대단하게 생각하던 이 아이들의 수준에 대해 토마스 선생님도 혀를 내두르곤 한다.

초등학생 3학년짜리가 두 개의 미지수가 나오는 방정식을 푸는 것을 보고, 금요일이면 오는 튜터도 놀랍다며 그 종이를 토마스 선생님께 가져온 적이 있다. 무엇이 이런 것들을 가능하게 하는 것일까? 우리나라처럼 학원에 다니는 것도 아니고, 과외를 받는 것도 아니다. 순전히 스스로가 학습해 나가는 방법을 터득하고 있을 뿐인데, 가끔 이 아이들은 토마스 선생님이나 이곳에 오는 튜터들, 그리고 나를 놀라게 하고 있다.

누가 시켜서 하는 공부는 그 한계가 분명 있게 마련이다. 결국, 진정한 공부는 스스로가 터득한 방법으로 스스로 해나가는 것이 가장 효과가 크다. 그 스스로 학습하는 방법을 이 아이들은 아주 어렸을 때부터 배워 나가고 있다. 우리처럼 무조건 외우거나 단순한 지식을 습득하는 것에 그치지 않고, 스스로 탐구하고 필요한 지식을 찾아내서 정리하고 프레젠테이션 하는 방법들을 배워 나가고 있다.

콰 아빠가 'Carrer Week'를 맞이하여 엔지니어에 대해 수업하고 있다.

오마 아빠 수업

오늘 직업 주간(Career Week) 학부모 수업은 오마 아빠

순서였다. 오마 아빠는 엔지니어이다. 오마 아빠는 우리 교실 외에도 오마 동생과 오마 누나의 반에 가서도 수업을 하였다. 40분 정도 수업을 돌아가면서 했는데 많이 힘들었을 것이다. 세 반씩이나 연이어서 수업하였으니…. 오마 아빠는 컴퓨터와 관련한 일을 한다. 컴퓨터 내장 칩을 자료로 가지고 와서 수업하였다. 여러 종류의 핸드폰을 가지고 와서 수업 자료로 활용했는데 우리나라 삼성 핸드폰도 있었다. 그런 것을 보면 한국인으로서 자부심이 느껴진다. 토마스 선생님 핸드폰도 우리나라 제품이라고 정이 말한 적이 있는데, 이렇게 우리나라 상품들을 만날 때면 반가움과 자부심이 느껴진다.

오마 아빠의 수업 역시 엔지니어가 되기 위해서 어떻게 해야 하는가 라는 면에 많은 비중을 두어 설명을 했다. 수업이 끝난 후 나는 오마 아빠의 뒤를 따라 나가 잠깐 오마 아빠와 대화를 할 기회를 가졌다. 우선 나 자신을 간단하게 소개했는데 이미 오마 아빠는 나를 알고 있었다. 아이가 가서 이야기를 했을 것이다. 오마를 수요일마다 우리 집에 놀러 올 수 있게 허락을 해줘서 고맙다는 말을 전했다.

오마 부모는 참 좋은 사람들이라고 토마스 선생님이 내게 말한 적이 있다. 역시 오마 아빠는 느긋하고 너그러운 맘을 가지고 있는 사람이었다. 오마 아빠가 돌아간 후 아이들은 오마 아빠께 감사의 편지를 쓰는 시간이 가졌다. 그 시간에 새롭게 알게 된 사실에 의하면 오마 아빠는 그 분야에 대한 박사 학위를 가진 사람이며, UCSD에서 학생들을 가르친 적이 있다고 하였다. 이번 주에 수업을 해준 분들 모두가 멋진 부모들이다. 자기 분야에서 열심히 생활하는 모습, 그런 모습은 언제 보아도 보기 좋다. 그런 모습을 자신의 아이에게 혹은 아이 친구들에게 보여주는 것이야말로 근사한 일 아닌가?

아이들은 자신의 아빠가 직접 와서 수업하는 모습을 매우 자랑스러워 했다. 자연스럽게 다양한 직업에 대해 관심을 갖게 하는 수업이었고, 아이들에게 아빠들이 직접 직업 교육을 할 수 있는 시간이었다. 아빠들 역시 40분에서 한 시간 넘는 수업을 아이들 수준에 맞게 어떻게 교육할 것인가에 대해 많이 고민했을 것이다. 자신의 아이를 위해 이렇게 노고를 마다치 않고 와서 수업해준 멋진 아빠들 덕분에 아이들은 다양한 직업 세계를 엿볼 수 있었다.

오마 아빠 수업

Tutor '미셸'

　　　　도일 학교에는 수많은 튜터들이 드나들고 있다. 그들은 학습이 뒤처지는 아이들 학습을 돕거나 특별한 학습이 필요한 아이들을 돕는 역할을 하고 있다. 교실마다 수업이 진행되는 동안 백룸에서는 수많은 튜터들의 수업이 또 다른 형태로 진행되고 있다. 이들은 주로 한 명이나 두세 명 정도 극소수의 인원을 맡아서 수업하게 되는데, 수학이나 영어 Reading, Speaking 등 기본적인 과정을 주로 다루고 있다. 이외에도 컴퓨터 수업을 돕거나 책을 정리해 주는 등 여러 가지 역할들을 해내고 있다. 한 반의 인원이 스무 명이 넘지 않는 교실이지만, 선생님들을 돕기 위해 수많은 튜터들이 수시로 드나들고 있다.

　대부분의 튜터들은 대학생들이며 이들은 시간당 계산을 해서 돈을 받고 있다고 한다. 다른 곳의 아르바이트보다 시간당 수당이 높으므로 많은 대학생들이 선호하는 아르바이트라고 한다. 부진아 아이들을 모두 담임교사에게 떠맡기는 것보다 훨씬 더 능률적이고 효율적으로 보인다. 학교에서의 튜터 도입이 내게는 부러워 보였다. 학습이 부진한 아이들의 보충 학습을 도울 뿐만 아니라, 담임교사의 업무나 수업 부담을 많이 덜어주는 것으로 보이기 때문이다.

　교사가 가르칠 때 모든 아이들 수준을 맞추어서 가르치는 것은 불가능에 가깝다. 아이들 수준이 천차만별이기 때문이다. 따라서 이러한 불균형을 도와 학습이 늦은 아이들을 도와줄 튜터들이 수시로 드나들며 아이들을 돕는 것은 참으로 바람직해 보인다. 그러고 보면 도일 학교에는 수많은 교사가 있는 셈이다. 보조 교사, 지역 인사, 학부모 교사, 튜터에 이르기까지 다양한 층의 교사들이 수시로 학교를 드나들면 학생들의 학습을 돕고 있다.

그 수많은 튜터들 중에서 유난이 내 눈에 띄는 튜터가 있었다. 아이들 시험을 보거나 정이 2학년 교실에서 수업을 받는 그 시간에 나는 백룸(Back Room)에 있곤 한다. 그러면 옆의 백룸에서 수업하는 튜터들의 수업이 귀에 들어오곤 한다. 늘 한결같은 모습으로 아이들에게 쉬운 언어로 차분하게 영어를 가르치는 키가 큰 튜터, 그녀가 바로 '미셸'이다. 미셸은 거의 매일 빠지지 않고 오고 있으며, 그녀가 맡은 학년은 2학년이다. 한두 명의 아이를 데리고 조용하게, 그리고 친절하게 가르치는 모습이 내게는 인상 깊게 보였다. 다른 튜터들과는 다른 분위기이다. 그녀가 교사를 하면 아주 훌륭하게, 잘할 거라는 생각을 여러 번 했었다.

그 많은 튜터들 중에서 '미셸'이 내 맘에 들어왔고, 드디어 지난주에 그녀의 수업 중에 메모까지 남기게 되었다. 수업이 끝나면 나 좀 만나고 갈 수 있겠느냐는 의사를 간단한 메모로 물었다. 그녀는 흔쾌히 승낙했고 수업이 끝난 후 미셸을 만나 대화하는 시간을 가질 수 있었다. 내가 그녀를 염두에 둔 것은 바로 우리 아이들의 튜터 역할을 그녀가 좀 해주었으면 하는 바람에서였다. 다음 학기부터는 정은 교실에서 혼자서 스스로 학습을 해나가야 하는데, 그 학습을 잘 따라가려면 영어 공부를 더 열심히 해야 하고 이를 가르쳐줄 튜터가 필요했다. 일주일에 두 번 정도 우리 아이들을 맡아줄 수 있겠냐고 물었더니 다행히 가능하다는 말을 해주었다. 얼마나 반갑고 고마운 대답인지. 적당한 가격에 수업료를 결정하고 이번 주부터 미셸과의 학습에 들어가기로 한 것이다. 정에게는 정의 학습을 돕기 위해 미국 선생님이 이번 주부터 오실 거라는 말을 해주었는데 순응적으로 받아들이는 태도였다.

오늘이 바로 그 첫날이다. 시간은 네 시에서 다섯 시까지 월·목요일에만 해주기로 했다. 미셸은 오늘 약속이 있는 관계로 좀 일찍 학습을 시작했으면 좋겠다는 의사를 전해 왔다. 나는 한국인 학부모 회의를 주관해야 하는 입장이라 세 시 반까지 회의를 끝내야 한다는 부담감이 생겼지만, 흔쾌히 그러자는 약속을 하였다. 회의가 세 시 반 넘어 끝나게 되면 남편이 미리 집에 와서 미셸을 기다려 주기로 하였다. 회의를 끝내고 집으로 돌아오니 미셸은 정과 이미 수업 중이었다. 고마운 미셸!

미셸은 교사가 되고 싶다고 한다. 9월에는 공부를 더 하려고 대학원에 진학할 예정이라고 한다. 그래서 9월 이후에는 우리 아이들 수업을 해줄 수 있는지 여부에 대해 확답을 할 수가 없다고 했다. 요일에 구애받지 않고 9월 이후에도 우리 아이들 수업을 해주었으면 좋겠다는 의사를 전했는데, 그건 그때 상황을 봐서 미셸이 결정하겠다고 하였다. 정은 좋아하는 눈치고 제니는 많이 수줍어하며 수업을 따라가는 눈치였다. 남편도 미셸이 차분하게 아이들을 잘 가르친다는 말을 했다. 참 다행이다.

Volunteer Appreciation Luncheon

아침에 아이들을 교실로 들여보내고 다시 집으로 왔다. 내가 이곳 615호실을 드나든 이후 처음으로 오전 수업을 빠진 셈이다.

토마스 선생님께 미리 말씀드리지 못한 것이 내내 마음에 걸렸지만, 토마스 선생님은 이해해 주실 것이라고 믿었다. 정에게는 쉬는 시간이 끝나는 대로 교실로 들어가겠다고 했다. 이번 축제와 관련하여 사무실에 들러 처리해야 할 문제를 처리하고 이미 작성한 양식을 한 부 복사한 후 음악 선생님 사물함에 넣어 두었다. 도서실에 들려 책 몇 권을 더 사가지고 집으로 돌아왔다. 눈부신 아침 햇살 아래로 걷는 느낌이 생경했다. 아침 햇살임에도 불구하고 햇살은 강렬했으나, 마음은 자꾸만 흐려져 가고 있었다.

아이들 픽업하러 가기 전에 부랴부랴 떡을 굽고 팬케이크를 구웠다. 빵을 잘게 썰어서 간식 세 가지를 준비하였다. 물과 준비한 간식을 싸서 도일 학교로 향했다. 오늘은 아이들을 학교에서 놀릴 생각이었다. 학교 식당에서 점심을 해결하여도 되지만, 정의 경우 요즘 수요일이면 앤디와 이쵸와 노느라 점심 먹을 시간조차 없다. 점심을 먹고 놀라고 해도 먹지 않겠다고 하기 일쑤다. 그만큼 놀이가 재미있는 것이다.

오늘은 오마와 오마 동생도 함께 정과 놀이터에서 놀게 될 것이다. 오마 역시 학교에서의 점심을 잘 먹는 편이 아니다. 어쩌다 수요일 날 우리 집에 오게 되는 날 오마와 정은 점심을 안 먹곤 해서 집에 오면 이것저것을 챙겨 먹여야 했다. 오늘은 앤디와 이쵸, 오마 형제가 함께 놀 것을 예상하여 간식거리를 충분히 쌌다. 학교에 도착하니 이미 아이들 끝나는 시간이 되어 학부모들과 아이들이 하나둘 교문을 빠져나가고 있었다.

오늘은 마침 Volunteer Appreciation Luncheon이 있는 날이기도 했다. 그동안 교육 봉사를 해준 학부모들에게 감사하는 날이라고 한다. 그래서 강당에서 간단한 다과가 있을 예정이라는 것이다. 며칠 전 앤디 엄마가 Volunteer Appreciation Luncheon에 함께 참석하자고 제안을 한 적이 있다. 이 행사에 참여하기 위해서는 미리 나누어준 안내문 끝 부분의 양식에 신청해서 학교에 제출해야 했다. 신청 마감은 월요일까지였다. 수요일은 오마가 우리 집에 오는 날이라 망설여졌었다. 만약 내가 참석을 하게 되면 오마 형제들이 우리 집에 오기로 한 것을 취소해야 할 것이다. 아이들이 수요일 날 우리 집에서 노는 것은 아이들과의 약속이라 망설여졌다. 오마에게 수요일 날 우리 집에 올 수 있느냐고 먼저 의사를 물었는데 올 수 있다는 말을 했다. 그래서 결국 참석을 하지 않는 쪽으로 마음을 굳히고 있었다.

아이들을 픽업하러 제니네 교실로 가니 오마 형제와 정은 미리 와 있었다. 아이들에게 이곳 도일 놀이터에서 놀다 가기로 했다고 하니 아이들도 좋아하는 눈치였다. 아이들을 놀이터에 보내고 나무 그늘에 서서 아이들 노는 모습을 구경하고 있었다. 곧이어 앤디가 나타났고 타츄야도 나타났다. 이쵸는 보이지 않았다. 오마, 정, 앤디, 타츄야가 함께 공놀이를 하고 있었다.

곧이어 앤디 엄마도 다가왔다. 나무 그늘에 서서 앤디 엄마와 이런저런 얘기들을 나누었다. 앤디 엄마는 오늘 행사에 참여할 거라며 함께 참석하자고 제안을 하였다. 나는 아이들을 네 명씩이나 돌봐야 하므로 참석을 할 수 없다고 하였다. 행사 시간까지는 아직도 20분 정도가 남아 있었다. 이쵸 엄마가 같은 중국인으로서 앤디 엄마와 늘 함께 다니는 것이 생각나서 이쵸 엄마와 함께 행사에 들어가지 않냐고 했더니, 이쵸 엄마는 행사에 참석하지 않는다고 하였다. 이쵸도, 이쵸 엄마도 오늘은 눈에 띄지 않았다. 오늘 뭔 일이 있는가 보다.

앤디 엄마는 아이들은 놀이터에서 놀아도 괜찮으니 함께 참석하자고 자꾸만 권하였다. 다행스럽게도 놀이터에 선생님까지 나와 있었다. 오늘 행사를 위해 선생님이 놀이터에 배치가 된 모양이다. 신청서도 안 냈다고 하니 신청서를 안 내도 괜찮다고, 같이 참석하자고 하였다. 아이들을 생각하면 놀이터에 있어야 하지만, 앤디 엄마는 아이들은 놀게 내버려두어도 괜찮다고 여러 번 설득했다. 결국, 앤디 엄마와 함께 행사장에 들어가기로 하였다. 정에게 오마 형제와 제니를 맡기고, 아이들에게는 어디 가지 말고 놀이터에서만 놀라고 신신당부하였다.

행사가 열리는 강당 안으로 들어가니 많은 사람들이 긴 줄을 서고 있었다. 대부분은 엄마들이었는데 가끔 아빠들도 눈에 띄었다. 줄을 서고 있노라니 타츄야 엄마가 다가왔다. 앞으로는 미케엘라 엄마도 눈에 띄었다. 줄을 따라 들어간 강당 안에는 뷔페식의 근사한 상차림이 차려져 있었고 그 뒤로는 많은 선생님들이 서 있었다. 오늘 행사에 참여한 사람들도 생각보다 많았다. 그 넓은 강당은 이내 많은 사람들로 꽉 찼다. 그리 많이 참석하지 않으리라고 예상했던 행사에 사람들이 예상외로 많이 참석하였다. 도일 학교에 학부모 자원봉사자 교사들이 이렇게 많았다니!

이곳은 대체로 학부모들이 협조적인 편이다. 모든 행사에 열 일 제쳐두고 참석을 하는 편이다. 자원봉사도 마찬가지다. 자원봉사 역할은 단순한 일에서부터 아이들의 심화 학습을 돕기도 하고, 견학을 가게 될 경우 아이들을 인솔하기도 한다. 교통정리뿐만 아니라 각종 행사에 행사 요원으로 여러 가지 도움을 주게 된다. 한 반 학생 중 반 이상의 학부모들이 자원봉사 교사가 되기도 한다. 수많은 학부모 자원봉사자들

놀며 탐구하며 스스로 배우는 아이들

은 실제적인 면에서 많은 역할을 해내고 있는 셈이다. 그들에게 감사를 전하기 위해 마련된 이번 행사에 사람들은 어김없이 많이 참석을 해주었다.

토마스 선생님은 평소와는 다른 우아한 보랏빛 투피스를 입고 있었는데, 대부분의 선생님들이 평소보다 우아한 차림들을 하고 있었다. 그런 드레스 코드에 비하면 학부모들의 옷차림은 아주 다양했다. 정장 스타일에서 캐쥬얼까지…. 나는 참석을 예상 못 했기 때문에 당연히 편안한 격식 없는 차림이었다. 음식은 아주 다양했다. 수십 가지가 넘는 음식들이 긴 상위에 차려져 있었는데, 각 나라의 음식들로 다양하게 준비가 되어 있었다. 볶음밥에 새우 미역 초절임까지 등장했으니…. 나는 볶음밥과 과일, 피자 등을 챙겨 앤디 엄마가 잡아 놓은 자리로 향했다. 예원이, 애니 엄마도 눈에 띄었다.

행사가 끝나고 앤디 엄마와 많은 대화를 나누었다. 앤디는 우리 집에서 가까운 아파트에 살고 있었는데, 걸어서 채 5분도 되지 않는 곳이었다. 앤디 엄마는 전화번호와 아파트 주소를 주면서 언제든지 놀러 오라는 말을 했다. 앤디가 혼자 자라는 외동아이라 친구가 필요하다고 하였다. 타츄야 엄마와도 이런저런 얘기들을 나눌 수 있었다. 이야기가 끝나고 놀이터로 돌아오니 아이들은 여전히 그 자리에서 놀고 있었다. 아이들에게 싸 가지고 온 음식을 먹이고 더 놀도록 하였다. 그 뜨거운 태양볕에 아이들은 까맣게 그은 얼굴로 지칠 줄 모르고 노는 데 열중하고 있었다.

514호실 Volunteer가 되어

애니 엄마가 내게 한 말이 있다. 늘 학교에 나오니 매일 자원봉사(Volunteer)를 하고 있는 것이라고. 학교에는 하루도 빠짐없이 수많은 자원봉사자가 드나들며 아이들 학습과 교육 활동을 돕고 있다. 오늘은 전혀 예상치도 못했던 제니네 반 교육봉사자(Volunteer)가 되어야 했다.

아침부터 제니의 몸 상태가 좋지 않았다. 내내 잘 다니던 학교를 오늘은 안 가겠다고 고집을 부렸다. 제니의 기분이 침체된 이유를 며칠 전부터 알고 있었다. 친구들과의 관계에서 빚어진 문제인데, 내가 할 수 있는 일이라곤 친구들과 얘기를 해보고 제니를 달래는 정도였다. 그런데 오늘은 학교에 가기 싫다고 하였다. 겨우 달래서 아침을 먹이고 집을 나서는데 내게 계속 제니네 교실에 함께 있어 달라고 졸랐다. 그럴 수 없다고 말을 해주었지만, 제니는 고집을 꺾지 않았다. 오빠네 교실에 엄마가 가듯이 자기 교실에도 좀 와 있어 달라고 졸랐다. 차를 타고 가는 내내 졸라댔다. 마음이 안쓰러웠다. 제니는 학교에 도착해서까지 끈질기게 자기 교실에 있어 달라고 조르고 있었다.

광장을 들어서는데 때마침 잉거브래슨 선생님을 만날 수 있었다. 얘기할까 말까 망설이다가 결국 잉거브래슨 선생님께 제니에 대해 얘기를 했다. 오늘 제니의 몸 상태가 좋지 않아 엄마가 제니네 교실에 와주었으면 하는데, 한 시간만 제니와 함께 있는 것이 가능하냐고 물었다. 잉거브래슨 선생님은 흔쾌히 허락을 해주었다. 사무실에 가서 8시부터 9시까지 자원봉사 신청을 하고 615호실로 부랴부랴 갔다. 615호실 선생님에게 가서 오늘은 415호실에서 한 시간 동안 교육 봉사를 하기로 했으니, 9시가 넘어서 오겠다고 하고 패찰을 달고 415호실로 들어갔다.

교실에 들어가니 제니의 표정이 금방 달라지고 있었다. 아이들은 잉거브래슨 선생님을 빙 둘러앉아 이야기를 듣고 있었는데 제니의 눈은 엄마만 찾고 있었다. 이어 아이들의 자유 활동 시간인지 아이들은 책을 읽거나 놀이를 하거나 다양한 활동들을 스스로 찾아서 하였다. 제니는 내게로 다가와 책을 함께 읽거나 아이들이 그린 그림을 보았다. 엄마에게 찰싹 붙어서 내내 떨어질 줄을 몰랐다. 제니에게 엄마는 9시까지만 이 교실에 있을 수 있다고 말을 해주었더니 제니는 또 떼를 쓴다. 점심시간까지 있어 달라고…. 제니에게 그건 불가능하지만, 간식을 먹거나 운동장에서 노는 점심시간에 한 번씩 엄마가 나와 보겠다는 말을 해주었다. 그래도 떼를 멈추지 않았다.

아이들이 다시 선생님 주변으로 모여들 때 나는 제니를 선생님 주변으로 보내고 백룸으로 갔다. 그곳에서는 애니 어머님이 자원봉사자가 되어 아이들이 커다란 불가사리(Starfish)를 만드는 것을 돕고 있었다. 한 명이나 두 명의 아이들이 테이블에 둘러앉아 애니 엄마의 지도에 따라 불가사리를 만들고 있었다. 한 팀이 끝나면 다른 아이들을 불러 활동을 하곤 했는데, 그렇게 하여 개별 학습이 모두 돌아가면서 이루어지고 있었다. 옆 교실의 백룸에서는 한나 어머님이 그 반의 학습 결과물에다 도장을 찍어주고 있었다.

유치원은 반마다 학부모 자원봉사자가 매일 있어서 여러 가지 활동을 돕고 있다. 애니 엄마와 아이들이 활동하는 것을 지켜보면서 간간이 제니가 어떻게 하나를 살피고 있었다. 제니는 엄마가 교실로 들어가면 엄마에게만 시선을 주고 있었다. 선생님 말씀이 귀에 들어올 리 없다. 다시 백룸으로 와 있는데 제니가 그곳으로 오더니 엄마에게 안긴다. 그러더니 또 졸라대기 시작한다. 점심시간까지만 있어 달라고. 난감하지 않을 수 없었다. 제니를 꼭 안아주며 달랬는데 제니는 막무가내였다. 제니는 엄마 품속에다 얼굴을 묻고 울기 시작했다. 무엇이 그리 서러운지 한참을 울어댔다. 잉거브래슨 선생님이 오셔서 제니를 걱정스러운 표정으로 지켜보더니 이내 교실로 들어갔다.

아이들이 이렇게 퇴행적인 행동을 하는 데에는 심리적인 이유가 크다는 것을 알고 있다. 제니는 심리적인 스트레스를 받으면서 이렇게 퇴행적인 행동을 하고 있었다. 엄마에게 의존하면서 나름대로 심리적인 안정감을 찾으려는 것이다. 떼도 쓰고 응석도 부리면서…. 그 행동이 밉다고 아이를 야단치면 아이 맘에 상처만 남을 것이다. 그렇지 않아도 힘들어서 엄마를 찾고 있는데 매정하게 하면 아이가 얼마나 힘들어할지? 분명 퇴행 행동은 수정이 되어야겠지만, 아이의 맘을 어루만져주는 것이 더 필요했다. 그렇다고 타협의 여지도 없이 졸라대는데 모두 들어줄 수도 없고, 들어줄 형편도 못되었다. 어차피 제니가 겪고 있는 스트레스는 제니 스스로가 극복해야 할 문제이기도 했다. 엄마가 해줄 수 있는 역할은 아이 맘을 다독이거나 문제 해결을 위해 친구들이나 주위 부모, 선생님께 도움을 요청하는 일밖에는 달리 어떻게 할 수가 없었다.

아이를 한참 동안 달래서 교실로 들여보내고 나니 아홉 시가 넘고 있었다. 아홉 시까지 교육 봉사를 신청하였으나 30분간만 더 지켜보기로 하였다. 아홉 시 삼십 분이면 아이들 간식 시간이 된다. 간식 먹는 것을 지켜보고는 615호실로 가리라 다짐을 하였다. 간식 타임이 되자 아이들이 밀물처럼 빠져나갔다. 유치원에서 간식 시간은 선택이 아니다. 아이들 모두가 먹게 되며 교사가 늘 인솔하곤 한다. 제니는 백룸으로 와서 엄마에게 함께 갈 것을 권유했다. 아이의 손을 잡고 나가는데 아이는 줄은 안 서고 엄마 치마꼬리만 잡고 있는 형상이 되어버렸다. 제니는 또 울 기색을 보였는데 잉거브래슨 선생님이 다가오더니 엄마가 있어서 오히려 아이가 더 엄마에게 의존하려고만 한다고 하며, 그냥 가는 것이 좋을 것 같다는 말을 했다. 나도 동감하는 바라 아이를 선생님께 인계하고는 발걸음을 돌렸다.

제니는 이내 눈물을 뚝뚝 흘리며 울고 있었다. 그 순간 마음이 더없이 아팠지만, 돌아보지 않고 정네 교실로 뚜벅뚜벅 걸어 들어가고 있었다. 내 맘도 좋지 않았다. 너무 아기처럼 키웠나? 더 독립심을 길러주었어야 하는 건 아니었는지? 늘 예뻐하기만 하고 귀여워만 했지 단단한 마음을 갖는 법을 가르치지 못한 것은 아니었는지? 별별 생각이 다 들었다. 정네 교실로 향하는 내내 마음이 무거웠다. 교실 밖에서 한참 동안 마음을 가라앉힌 후 교실로 들어가니 정네 반 아이들은 마침 컴퓨터실에 가고 없었다. 혼자 남아서 인터네셔널 페스티벌(International Festival)에 쓸 태극기를 복사하여 샘플 하나 만들고 있노라니 아이들이 들어왔다.

제니는 오후에 다행히 기분이 많이 회복되었다. 잉거브래슨 선생님에게 제니의 상태를 여쭈었더니 엄마가 간 이후에 기분이 많이 좋아졌다고 한다. 단순한 응석이 아닌 원인이 있다는 데 문제가 있지만⋯. 그 원인 제거를 위해 계속적인 관심을 가져줄 필요가 있다. 친구들 문제라 친구들과 그 엄마들에게도 양해를 구했으니 분명 나아질 것이라 믿는다.

학부모 발렌티어는 교사의 요청에 의해 하게 되는 경우가 대부분이지만, 이렇게 응급 상황에서 학부모가 요청하면 교사의 판단하에 필요하면 기꺼이 허락을 하게 된다. 비록 한 아이를 위한 발렌티어지만, 그 한 아이를 위해 한 아이와 학부모의 의사를 존중하는 모습을 엿볼 수 있다. 이곳은 이처럼 실리적이고 실제적인 면에서 아이들 교육에 도움이 되는 일이라면 언제든 학부모가 보조 교사가 되어 활동하는 것이 가능하다. 우리의 경우 지나치게 형식과 격식, 절차를 따지는 것에 비하면 이들의 교육은 상당히 실리적이고 합리적인 면이 강하다는 것을 교육의 여러 장면에서 발견하곤 한다.

엄마 초대의 날 'Mom's Muffin day'

지난달에는 아빠들을 학교에 초대해서 아이들이 학습하는 모습을 보여준 'Dad's Day'가 있었다. 그런데 오늘은 똑같이 아이들의 학습하는 모습을 어머님들을 초대하여 소개하는 Mom's Muffin day를 여는 날이다. 지난 'Dad's Day' 때처럼 우선 강당 안에서 기념촬영을 하고 머핀 빵과 커피를 한잔 하는 것으로 행사를 열었다. 강당에는 일찍부터 많은 선생님들이 와서 기념사진을 찍어주고 있었다. 우리도 사진을 찍고 빵 한 조각 먹고는 615호실로 들어갔다.

이미 교실에는 많은 엄마들이 아이들과 함께 자리하고 수업을 준비하고 있었다. 지난번 아빠 때와 마찬가지로 대부분 엄마들이 참석했다. 토마스 선생님은 오늘을 대비하여 몇 가지 준비를 하였는데 이미 오신 엄마들은 그 문제들을 풀고 있었다. 모두 자리에 앉아 더없이 조용하게 수업에 임하고 있었다. 카메라를 들고 엄마들과 함께 공부하는 모습들을 찍었는데 그것마저도 미안할 정도였다. 그러나 토마스 선생님의 설명이나 직접적인 지도는 없었고, 학습 문제들을 엄마들과 아이들이 함께 의논하며 해결할 수 있도록 하였다.

엄마 초대의 날, 엄마와 함께 학습하는 모습

평소 토마스 선생님 수업이 창의적이고 열정적인 것에 비하면 아주 차분한 모습이었다. 그래서 학습을 주관하는 모습이라기보다는 관조하는 모습, 안내하는 모습 정도를 보여주었다. 그래서 참관이라는 것은 교사가 가르치는 단편적인 모습을 확인하는 것에 불과할 때가 많다. 가장 멋진 수업을 해주실 것으로 기대를 하지만, 그렇지 않을 때가 많기 때문이다. 우리가 한 시간씩 잠깐 참관을 하는 것은 그야말로 수박 겉핥기에 불과한 것이다. 그 많은 것을 보여주기에는 시간이 짧을 뿐만 아니라 주제 선정에서도 한계가 있기 때문이다. 그래서 한 시간 수업을 보고 그 선생님에 대해 이러쿵저러쿵하는 것이 때로 옳지 않을 수도 있다.

나의 경우, 몇 달 동안 토마스 선생님 수업을 참관했기 때문에 토마스 선생님의 교수법이나 수업하는 모습, 아이들을 다루는 방법 등을 고르게 배울 수 있었다. 그래서인지 엄마들을 위해 준비한 공개수업이 내게는 그리 색다르게 다가온 것은 아니었다. 토마스 선생님은 교실 수업을 끝내고 컴퓨터실로 가서 컴퓨터 수업을 했지만, 그 수업 또한 수업이라기보다는 아이들 스스로 탐구하는 학습에 불과하였다.

컴퓨터 수업은 평소에도 순전히 아이들 스스로가 탐구하며 학습해 나가는 시간이다. 선생님은 조력자이고 안내자 역할을 할 뿐, 나서서 아이들을 지도하거나 일제 수업은 하지 않는다. 아이들 스스로 탐구하는 학습임에도 불구하고 파워포인트나 프로젝트 작성 수준은 이미 상당한 수준에 올라 있다. 스스로 학습을 하므로 아이들마다 수준 차이가 나기는 하나, 서로 가르치고 배워 나가고 있기 때문에 대부분 아이들은 상당한 수준에 올라 있다. 엄마들에게는 생소해 보일 수 있는 수업이었을 것이다. 엄마들은 아이들과 함께 파워포인트를 작성해 보는 등 많은 관심을 보였다.

부모들은 자신의 자녀들에 대해 많은 궁금증을 가지고 있다. 그런 궁금증을 해소할 수 있도록 엄마, 아빠들을 학교에 초대해서 공개수업을 하는 것은 참으로 바람직해 보인다. 그러나 교사들에게 이 시간은 부담스러운 시간으로 남을 수도 있다. 누군가에게 보여주기 위한 수업은 준비를 많이 해야 하기 때문이다. 단편적으로 보여 주기 위한 한 시간의 수업만으로는 그 선생님의 수업을 모두 파악할 수는 없다. 그러나 이런 시도를 통해 아이들의 학습에 대한 부모들의 관심을 고취하고, 학교에 대한 관심을 유도하는 것은 여러 가지 면에서 긍정적인 결과를 낳을 수 있다. 오늘 토마스 선생님은 별다른 준비 없이 그저 평상시 수업하는 모습 그대로를 보여주었다. 그래서 오히려 편하게 볼 수 있었던 수업이었다.

Back to School Night

도일 학교에서는 종종 학부모 회의가 있다. 대부분 학부모 회의는 학부모 일정을 고려하여 저녁에 열리는 편이다. 'Back to School Night'도 일종의 학기 초 학부모 회의인 셈인데, 낮이 아닌 저녁때 하는 것이 한국과 다를 뿐이다. 저녁때 학부모 회의를 함으로써 그 참석률을 높일 수 있을 뿐만 아니라 아이들의 학사 일정의 차질도 피할 수 있다. 이곳은 대부분의 학부모 회의가 이렇게 저녁 시간에 이루어지고 있다.

오늘 있게 되는 Back to School Night는 샌디에이고 전체적으로 실시하는 학부모 행사라고 한다. 초·중·고 모든 학교에서 학부모 회의가 열린다고 한다. 학교에서 정한 시간은 저녁 일곱 시였으나, 제니네 반만은 조금 이른 5시 30분과 6시 30분으로 두 번에 걸쳐 이루어진다고 안내하고 있었다. 제니네 반만 유독 이르게 하는 이유는 제니네 반 선생님도 자신의 자녀가 다니는 고등학교 학부모 회의에 참석해야 하기 때문이라고 한다. 시간 조정에 관해서는 며칠 전에 안내문을 받은 적이 있다.

이곳은 Back to School Night에는 대부분 학부모들이 참석한다. 제니네 반의 Back to School Night는 학부모들이 자신의 일정을 조정하면서까지 참석할 정도로 대단한 성의를 보이고 있다. 앤 선생님도 제니 선생님도 오늘 이 행사에 참석할 것이라고 하였다. 이곳의 학부모 회의 참석률은 상당히 높은 편이다. 그만큼 자녀들에게 쏟는 관심도 크다고 할 수가 있다. 또한, 학부모 회의라고 해서 엄마들만 회의에 참석하는 것이 아니라 아빠들과 함께 참석을 하며, 그렇게 부부가 함께 참석하는 비율 역시 높은 편이다.

Back to School Night는 학기 초에 그 반의 학사 일정에 대한 전반적인 프레젠테이션을 듣는 시간이라고 보면 된다. 한 학기 동안 이루어질 학습 내용을 학부모들에게 소개를 하고, 학부모들의 도움이 어느 부분에서 필요한지를 안내하는 시간이다. 그 반의 한 학기 동안의 이루어질 모든 학사 일정과 어떻게 수업을 이끌어 갈 것인지에 대해 자세하게 소개를 하게 된다. 수학 공부, 읽기, 과제, 프레젠테이션, 현장 학습, 도서관 가는 날, 체육 시간, 음악 시간, 컴퓨터 랩 사용 시간, 악기 배우는 시간에 대해 자세하게 소개를 하고 있었다.

이곳 아이들에게 가장 강조되는 있는 것은 읽기이다. 모든 과제에서 '읽기'는 꼭 다루어진다. 개인적인 생각으로 이곳 학생들이 한국의 학생들보다 훨씬 더 많은 책을 읽는다는 생각을 종종 하곤 한다. 학교에서 의도적으로 책을 많이 읽히고 있다. 읽기 수업에서뿐만 아니라, 적절한 보상과 도서관 가는 날을 정기적으로 정하여 아이들이 책과 친숙할 수 있는 시간을 만들고 있다. 책 읽기는 집에서나 학교에서도 생활화할 수 있도록 늘 강조하고 있으며, 이와 관련한 프로그램들도 다양하다.

놀며 탐구하며 스스로 배우는 아이들

제니네 선생님은 그동안 아이들 학습 결과물들을 볼 수 있도록 각자의 책상 위에 진열해 놓고 있었다. 제니네 반은 한 그룹에 네 명씩 앉는다. 그런데 그 네 명 중 세 명이 한국인이었다. 1학년 중에서도 그 반에 유독 한국인 학생들이(다섯 명) 많긴 하지만, 그룹에서도 한국인들끼리 앉는 것은 영어 배우는 데 도움이 되지 못할 듯했다. 그래서 선생님께 그 그룹 대부분이 한국 학생들임을 환기하고 자리를 좀 바꾸어 줄 수 있느냐고 부탁하였다. 선생님은 다행히 흔쾌히 청을 들어주어서 곧 자리를 조정할 것이라고 했다. 이렇게 학부모는 담임에게 부탁할 수 있으며, 담임교사는 무리한 부탁이 아니라면 흔쾌히 승낙한다.

정네 교실에서도 한 학기 학사 일정에 대한 소개가 있었다. 한 학기 중에 10개 정도의 프로젝트를 파워포인트로 만들어서 발표해야 한다는 말에 학부모들 놀라는 소리가 여기저기서 터져 나왔다. 정은 이곳으로 학급을 옮긴 후 이 반에 계속 머물고 싶어 했다. 그 이유는 단순히 지난 학기를 함께했던 친구들이 많기 때문이라고 했다. 정의 선생님인 주디 선생님은 토마스 선생님과는 절친한 친구이다. 말 속도가 토마스 선생님에 버금갈 정도로 아주 빠른 편이다. 정도 이미 얘기한 바 있었지만, 학사 일정을 소개하는 것을 보니 말이 여간 빠른 게 아니었다.

선생님과 개인적으로 얘기하는 자리에서 정이 잘 따라갈 수 있을지 걱정이라고 했더니, 다음 주에 자리를 바꾸려고 하는데 정에게는 도움이 될 만한 친구 옆자리에 앉혀주겠다고 하였다. 쥬디 선생님은 데이빗이나 콰를 추천해 주었지만, 나는 쇼피아 옆자리에 정을 앉혀 달라고 부탁하였다. 선생님은 다음 주에 정의 자리를 소피아 옆자리로 옮겨주겠다고 하였다. 소피아는 정에게는 아주 친절하며, 똑똑하면서도 천사

같이 예쁜 마음씨를 가지고 있는 아이다.

오늘 행사와 더불어 학교에서는 기념될 만한 도일 로고가 새겨져 있는 티셔츠를 팔았다. 이 수익금은 모두 학교에 기부하게 된다고 한다. 도일은 지난 학기에 비해 학생 수가 100명이 더 늘었으며, 그래서 4학년의 경우 한 반의 학생 수가 상당히 많다고 한다. 하기야 교실 수가 정해져 있기 때문에 반을 늘리는 것은 힘들 것으로 보인다. 도일은 가건물처럼 보이는 교실도 있고, 교실마다 창문이 없는 게 특징인데, 토마스 선생님 말씀에 의하면 이는 캘리포니아 교육 예산이 많지 않아 싼값에 교실을 지었기 때문이라고 한다. 캘리포니아 주정부의 교육 예산이 부족해서 학교에서는 행사가 있을 때마다 이런저런 것들을 팔아 학교 자체 재정을 확보하고 있다. 우리도 'Doyle' 로고가 새겨진 티를 정과 제니, 남편 몫으로 하나씩 사두었다.

학부모 상담 주간

이번 주는 내내 학부모 컨퍼런스가 있는 주이다. 학부모 컨퍼런스가 있는 주는 단축 수업을 하며, 수업이 끝나면 각 교실에서는 교사와 학부모 간의 상담이 있다. 이는 전체 상담이 아닌, 개별 상담으로 모든 학부모는 이 상담에 참석해야 한다. 개별 상담이다 보니 각 학부모마다 시간 스케줄이 다르다. 상담 시간과 관련한 안내문은

놀며 탐구하며 스스로 배우는 아이들

이미 나갔으며, 학부모는 상담 스케줄을 보고 상담이 가능한 시간을 체크하여 학교로 보내게 된다. 담임은 상담 시간을 학부모들마다 겹치지 않게 조절하여 학부모가 상담 가능한 시간을 개별적으로 안내문으로 알려주게 된다. 학부모는 담임이 지정해준 상담 시간에 각 반으로 가서 교사와 상담을 하면 되는 것이다. 이렇게 학부모 개별 컨퍼런스는 정해진 시간에 진행된다.

학부모들은 개별 컨퍼런스에서 교사로부터 자녀들에 대한 그동안의 학습 경과나 학교생활에 대한 내용을 비교적 자세하게 들을 수 있다. 교사는 그동안 모아 놓은 학생과 관련한 자료들과 성적 및 자녀의 학교생활에 대한 체크리스트를 만들어 학부모에게 자세히 설명하게 된다. 학부모는 이 상담을 통해 자녀의 공식화된 교육과정뿐만 아니라, 잠재적 교육과정을 수행하는 능력에 대해 들을 수 있다. 이외에도 학부모는 자녀의 학교생활에 대해 궁금한 것이 있으면 질문을 하여 아이가 학교에서 어떻게 생활하고 있는지를 확인할 수 있다.

제니 상담 시간은 목요일 2시 15분으로 잡혔고, 정 상담 시간은 금요일 오후 2시 15분으로 잡아 놓았었다. 그러나 화요일 날 하굣길에 학교 광장에서 615호실 정 선생님을 우연히 만났는데, 선생님은 마침 시간이 있으니 상담을 할 수 있으면 지금 하는 것은 어떻겠냐고 의사를 물어왔다. 우리도 시간이 가능하기에 흔쾌히 그러자고 하여 정 선생님과의 상담은 화요일 날 마칠 수 있었다.

선생님은 정에 대한 학습 자료들과 체크리스트를 가지고 하나하나 자세히 설명을 해주었다. 영어 읽기, 독해, 수학, 사회, 과학 등 전반적인 면에 대한 설명이 있었으며, 이로써 정의 수준이 어느 정도인지를 파악할 수가 있었다. 정은 그런대로 학교생활을 잘 적응을 하는 편이라고 했다. 스스로 푼 문장제 수학 문제는 세 문제 중 한 문제가 틀렸는데 ,선생님 표현으로는 정이 아마 문장제 문제 자체를 이해를 못 해서 못 풀었을 거라고 했다. 그렇게 긴 문장을 제대로 이해를 못 하는 것은 문해력과 관련이 있을 것이다. 담임 선생님과의 상담은 정의 학교생활에 대한 막연한 생각들을 좀 더 구체적으로 알 수 있게 하는 기회가 되었다.

　제니 담임도 학습 활동에 대한 체크리스트에 근거하여 제니의 학습 활동 전반에 대한 설명을 해주었다. 제니의 학교생활에 대해서 궁금한 점 몇 가지가 있었는데, 그 부분에 대해서도 친절하게 답을 들을 수 있었다. 제니는 학기 초에 담임 선생님으로부터 수줍어한다는 말을 들었었다. 그 부분에 대해서도 여쭈었는데 선생님은 그리 걱정할 정도는 아니며, 나눔(Sharing) 시간에는 발표도 곧잘 한다고 하였다. 소리가 너무 작기는 하지만, 학기 초보다는 많이 좋아졌다고 했다. 선생님 딸이 금요일이면 학교에 나와서 자원봉사(Volunteer) 역할을 하는데, 그 딸과는 조잘조잘 얘기를 잘한다는 것이다. 남편도 제니의 성격에 대해 거들었다. 학교에서와는 달리 집에서는 명랑하고 말도 많은 편이라는 얘기를 해주었다. 제니는 친근감 가는 사람들 앞에서는 말도 많고 명랑한 편이지만, 낯선 사람들 앞에서는 조용한 편이다. 선생님도 제니는 대체로 조용하며 차분하다는 표현을 해주었다. 걱정할 정도로 수줍어하는 건 아니라니 그나마 다행이라는 생각이 들었다.

　이렇게 교사와의 상담을 통해 학부모들은 아이들의 전반적인 학교생활에 관한 이야기를 들을 수 있다. 막연한 얘기들이 아닌, 학생들 학습이나 생활에 대한 구체적인 자료들에 근거한 얘기들이다. 이곳 학교에서는 이렇게 학부모 컨퍼런스가 학기마다 있으며, 학부모 컨퍼런스가 있는 주는 평소보다 일찍 수업이 끝난다. 이곳 학부모 회의는 실제적이고 구체적이며, 자녀들에 대한 정보들이 아주 세세하게 얘기가 되고 있다.

모든 학부모의 궁금증은 같을 것이다. 과연 우리 아이가 학교에서 학습이나 사회성, 정서 면에서 잘 생활하고 있는지 궁금해한다. 이곳은 이렇게 개별적인 상담을 통해 학부모들의 알고 싶은 욕구들을 충족시켜 주고 있으며, 이로써 아이들의 학습에 대한 전반적인 이해와 두각을 나타내거나 부족한 부분을 비교적 자세하게 들을 수 있다.

미국은 사회 전반에 개인주의 문화가 자리를 잡고 있다. 이는 학교생활에서도 마찬가지이다. 학교생활의 기본적인 전제는 개별화와 개성 존중이다. 그만큼 개인을 존중하고 중요하게 여긴다. 전체적이고 획일적인 것보다는 학생 개개인을 중요하게 다루고 있으며, 이는 학부모 회의에서도 마찬가지이다. 한 학생에 대해 아주 구체적이고 자세하게 다루어지며, 이런 개개인의 자료들을 학부모와 함께 공유함으로써 아이의 성장을 위해 가정과 학교가 함께 협력해 나가고 있다.

5장 색다름에 대한 이해와 존중을

　　　　미국은 다양한 인종과 민족들이 모여 있는 다문화 사회이다. 여러 가지 면에서 많은 것들이 혼재되어 있다. 생활 방식, 사고 방식이 다양한 각국의 사람들이 어울려서 생활하다 보니 음식 문화뿐만 아니라 다양한 문화들이 함께 공존하고 있다. 그런 다양함 속에서 색다른 문화를 체험하고 경험할 수 있다. 다양한 문화 속에서 기본적으로 서로 다른 문화를 존중하고 이해하는 교육을 기본으로 하고 있다. 다양하기 때문에 오히려 색다름에 대한 이해와 존중을 바탕에 깔고 있다. 이렇게 다양한 문화가 함께 공존함으로써 문화간 융합이 자연스럽게 일어나고 있으며, 이는 미국 교육이나 미국 사회의 무한한 가능성을 보여주는 요소로 작용하고 있다.

　미국은 기본적으로는 다문화 교육을 지향해나가고 있다. 모든 문화가 존중되는 가운데 인터네셔널 페스티벌이나 각국 음식을 체험하는 기회를 통해 학생들의 문화 인식을 넓혀가고 있다. 중요한 건 어느 문화를 강요하거나 획일적으로 몰아가지 않는다는 것이다. 각국에서 온 학생들이 많은 만큼 그 나라의 문화 정체성을 존중하며, 이를 마음껏 펼칠 수 있게 장을 열어준다는 것이다. 이는 다문화를 효과적으로 아우르는 방법임에는 틀림이 없다.

　미래 글로벌 인재는 융합적 사고가 가능한 '창의 융합인'이라고 한다.

놀며 탐구하며 스스로 배우는 아이들

이는 다양함 속에서 싹틀 수 있다. 지식적인 면에서 융합적 사고도 중요하지만, 문화나 사고, 생활양식의 다양함 속에서 자연스럽게 싹틀 수 있는 융합적 사고도 중요하다. 다양함을 수용할 수 있는 유연한 사고방식은 다양한 사람들과 어울려 사는 다문화 속에서 효과적으로 기를 수 있다. 다양함은 무한히 변용되고 확대 재생산됨으로써 우리가 지향하는 새로운 창조의 기반이 될 수 있다. 즉, 다양한 문화를 체험한다는 것은 이를 바탕으로 새로운 문화를 창조해낼 수 있는 기반이 될 수 있다.

옷차림이 자유로운 토마스 선생님

토마스 선생님은 55세를 넘어섰다. 그런데도 청바지를 즐겨 입는다. 즐겨 입을 뿐만 아니라 잘 어울린다. 거기다 청재킷이나 무릎 위로 올라가는 미니 주름치마도 즐겨 입는다. 젊은 사람 못지않게 감각적이고 옷차림도 다양하게 연출을 한다. 옷차림에 따라서 머리 모양도 수시로 달라진다. 액세서리도 빠지지 않고 챙긴다.

이곳은 정형화된 틀 속에서 자기를 표현하기보다는 남녀노소 할 것 없이 자기 개성을 거리낌 없이 연출하는 모습을 흔히 볼 수 있다. 옷차림만 봐도 이곳 미국 사람들의 다양성과 융통성, 자유로움을 느낄 수 있다. 그러한 모습이 내게는 참으로 신선해 보인다. 거리에 나가면 반소매 차림, 민소매 차림, 긴소매 차림, 힙합 스타일, 거리 댄서 같은 화려한 차림 등 다양한 차림의 모습들을 볼 수 있다. 두꺼운 털 잠바를 입고 다니는 옆에 민소매 차림의 사람들이 함께 지나가도 누가 쳐다보거나 이상하게 생각하는 사람들이 없다. 이색적이고 다양한 차림들이 자연스럽게 조화를 이루고 있는 모습들이다.

이런 모습은 토마스 선생님의 옷차림에서도 쉽게 확인할 수가 있다. 어떤 때는 소녀 같은 분위기로 나타나기도 하고, 어떤 때는 아주 우아한 차림일 때도 있다. 우리라면 환갑을 바라보는 나이에 어찌 미니 주름 스커트와 청재킷을 자유롭게 입을 수 있을 것인가? 자기 자신보다도 남의 시선 때문이라도 그런 차림들을 기피하게 될지도 모른다. 어쩌다 토마스 선생님이 무릎 정도의 주름 스커트를 입고 나타나면 그 연세에도 발랄함이 느껴진다. 나이가 많다고 발랄함이 느껴지면 안 된다는 법은 없지 않은가? 그 연세에도 발랄함이 느껴진다는 것은 장점 중에서도 장점일 것이다. 아무나 흉내 낼 수 없는 경지이기 때문이다.

많은 사람들은 옷차림만 봐도 그 사람이 교사인지 아닌지를 알 수가 있다고 한다. 한 마디로, 교사다운 옷차림이 정형화되어 있다는 것이다. 옷차림은 어찌 보면 그 집단이 가지는 문화의 반영이다. 교사는 '교사'라는 틀 속에서 그들만의 독특한 문화를 이루어 가므로 사고나 말, 옷차림에서 자연스럽게 그들 집단의 성격을 드러내는 것은 어찌 보면 당연한 일이다.

작년인가 주름 스커트를 입고 학교에 간 적이 있다. 그런데 어떤 동료 여교사가 나보고 "꼭 여학생 같다."라는 표현을 했다. 그 어감이 어찌 그 나이에 학생 같은 그런 스커트를 입고 왔냐고 묻는 듯한 느낌이 들어 기분이 썩 좋지 않았었다. 그런 경직된 사고방식을 가진 사람 옆에 있으면 옷차림도 신경이 쓰이고, 시선에서도 자유롭지 못하다.

우리 상식으로 한 눈에도 알아볼 수 있다고 하는 여교사들의 옷차림은 쉽게 상상할 수가 있을 것이다. 다 그런 것은 아니지만, 수수한 차림에 파스텔 색조나 무채색 계열의 옷차림을 흔히 생각할 수 있을 것이다. 개성에서 벗어나 있는 그저 평범하거나 무난한 차림들이라 단정한 느낌은 들지만, 뭔가 자기만의 독특한 색깔이 느껴지지 않는 차림들이다. 지금 신세대 교사들의 경우 자기 연출에 뛰어난 감각을 지닌 사람들이 많다. 그러나 보편적인 교사들의 모습은 이런 틀에서 크게 벗어나지 않는다. 그렇게 정형화된 교사들의 옷차림에 대해서는 왈가왈부하고 싶지 않다. 나름대로 자신을 드러내는 방법이기 때문이다.

흔히 나이 들면 꼭 이래야 하고, 젊은 애들은 이렇게 해야 한다는 강박 관념에 사로잡혀 있는 경우가 많다. 옷차림도 예외는 아니다. 머리 모양은 어때야 하고 옷차림은 어때야 한다는 고정관념에서 벗어나지 못

한다. 물론 개성이 넘치는 사람들은 이런 고정관념에서 벗어나 자유롭게 개성적인 옷차림을 하는 사람들도 더러 만날 수 있다. 그러나 그러려면 어느 정도의 용기가 필요하다.

지나치지 않다면 자유롭게 표현하고 자신의 개성을 연출하는 모습이 내게는 훨씬 더 아름다워 보인다. 토마스 선생님은 때로는 아주 우아하고 품위 있는 모습으로 나타나기도 하고, 때로는 더없이 격식 있게 정장 스타일로 나타날 때도 있다. 때로는 톡톡 튀는 젊은 사람들처럼 경쾌하고 발랄한 차림으로 등장하기도 한다. 그 연세에도 미니스커트가 어울리는 선생님. 이는 지금까지 자유롭고 개성을 마음껏 연출해 왔기 때문에 가능한 일이다. 옷차림이 아무것도 아닌 것 같지만, 그 사람에 대해 많은 얘기를 해준다. 옷차림이 자기표현의 한 방식이기 때문이다.

토마스 선생님의 성격이 고스란히 드러나는 옷차림, 난 그 모습을 좋아한다. 나이를 초월해 자신의 모습을 자유롭게 연출하는 모습, 내가 배우고 싶은 모습이다. 토마스 선생님이 특히 신경을 써서 입고 오는 날에는 어김없이 내 입에서 감탄사가 전해진다. 토마스 선생님은 그런 말을 해주면 아주 좋아한다. 누구든 긍정적인 피드백을 받으면 기분은 좋아지게 마련이다.

놀며 탐구하며 스스로 배우는 아이들

615호실 아이들을 생각하며

　　한 교실에서 공부하면서도 만날 때마다 인사를 주는 아이가 있다. 바로 소피아이다. 항상 웃는 얼굴로 "하이(Hi)!"라고 말할 때면 소피아의 예쁜 마음이 고스란히 전해진다. 어쩜 저리도 예쁜 마음을 가졌는지? 그 착한 마음만큼이나 누구에게나 무엇이든지 친절하게 해주려고 하는 아이다. 정이 처음 입학한 후에 가장 먼저 정에게 도움을 주었던 아이도 소피아였다. 소피아의 착한 마음과 순수한 미소는 늘 여과 없이 내게 닿곤 했다. 지난주 금요일 날 도서실에서 "Look at this."라고 하며 벽에 걸린 세계 전도에서의 코리아를 가리키며 우리가 온 나라에 관해 관심을 나타냈었다.

　　소피아가 태어난 나라는 유고슬라비아이며, 소피아가 세 살 때 이곳 미국으로 건너오게 되었다고 한다. 정에게 관심을 가지고 이런저런 얘기들을 물어오곤 했다. 모르는 것을 묻기라도 하면 아주 친절하게 차근차근 말해주곤 했다. 소피아는 천사 같은 고운 심성을 가진 소녀이다. 어느 날인가 정에게 소피아가 정에게 잘해주고 친절하니 정도 좀 더 친절하게 소피아에게 대해주는 것이 어떠냐고 했더니 정은 수줍게 웃기만 하였다. 소피아의 미소를 보고 있으면 이곳 미국이라는 나라가 더욱 포근하게 느껴진다. 소피아의 미소를 보고 있으면 마음이 맑아지는 느낌이다.

앤디! 오늘 모의고사 수학 문제 채점을 했는데 65문항을 모두 맞춘 유일한 아이다. 정이 늦게 채점 대열에 끼는 바람에 채점을 미처 못해 앤디의 시험지를 빌려달라고 했더니 기꺼이 빌려주었다. 모든 일에서 꼼꼼하고 깔끔하며 누구보다도 영리하다. 그뿐만 아니라 언제나 예의 바르며, 학습 활동에도 아주 열심히 참여한다. 선하나 긋는 것에도 온갖 정성을 다 들이는 앤디는 훌륭하게 잘 자라날 것이다. 영어나 수학 등 모든 과목에서 두각을 나타내면서도 모르는 것이 있으면 내게 찾아오곤 했었다. 영어를 잘 못 하는 내게도 배우겠다고 찾아오는 그 태도가 참 기특해 보였다.

토마스 선생님께 파워포인트로 프레젠테이션 하는 법을 가르쳐 주면서 농담처럼 했다던 "토마스 선생님, 참 배우는 속도가 느리네요."라는 앤디의 말은 내게도 전해져서 토마스 선생님과 함께 한참 웃기도 했었다. 이런 앤디 못지않게 앤디 엄마도 대단한 사람이라는 것을 토마스 선생님에게서 들은 바 있다. 영어, 일어, 중국어에 모두 능통하며, 겸손하고 학급 일에도 적극적이라고 한다. 앤디 같은 훌륭한 학생을 둔 것을 토마스 선생님은 무척 자랑스럽게 생각하고 있다고 말한 적이 있다.

정 옆자리에 앉아서 발음 교정해 주는 데 많은 도움을 주고 있는 오팩. 오늘도 어김없이 발음 몇 개를 교정받았는데, 오팩은 싫을 만도 한데 매번 싫은 내색 하나 없이 항상 친절하게 말해주곤 했었다. 남자답고 정의감 넘치는 아이, 그런 오팩이 가끔 우울해하는 얼굴로 나타나면 무슨 일이 있는 건 아닐까 걱정이 되기도 한다. 오팩이 우울해 있을 때마다 내가 물었던 말은 "Are you O.K?"였다. 좀 더 근사한 말로 위로를 해주고 싶었지만, 마음만 있을 뿐 오팩의 마음을 어루만질 수 있는 말을 할 수가 없었다. 토마스 선생님도 오팩의 '조울'에 대해 걱정을 하고 있듯이 오팩은 유난히 감정의 기복이 심한 듯하다. 힘들 때가 있는 법이지만, 그럴 때일수록 웃는 얼굴로 친구들을 대하다 보면 힘든 일쯤은 곧 잊을 수 있는 법이라고 얘기를 해줄 날이 오기를 바라본다.

미스티크! 데이빗이 오마에게 수학을 가르칠 때 오마가 잘 따라오지 못한다고 데이빗이 오마에게 상처가 될 만한 말을 했을 때, 미스티크가 단호하게 데이빗에게 한 말이 있다. 토마스 선생님이 가르치라고 했지, 비난하라고 한 건 아니라고… 그 말을 아주 당차게 데이빗에게 말하며 다시는 오마에게 그런 말을 하지 말라고 했었다. 우리 반에서 가장 작은 아이가 그런 큰마음을 보여줄 수 있다는 것이 어찌나 기특하던지! 그 말에 민망스러워하던 데이빗의 표정이 아직도 생생하게 내 기억 속에 남아 있다. 그날 나는 미스티크를 보면서 씨익 웃으며 엄지손가락을 치켜 보여주었는데, 미스티크는 당연한 일을 했다는 듯이 씨익 웃어 주었다. 당차고 눈치가 빨라, 내가 하는 말을 대충 알아듣고도 바로 내가 원하는 답을 주곤 했던 아이다. 비록 어린아이들일지라도 어른 못지않게 속이 깊은 아이들이 있는데 미스티크가 그런 아이다. 어른도 감히 생각할 수 없는 그런 말을 작은 체구의 미스티크가 할 때 아이가 아니라, 마치 거인 같아 보였다.

아침마다 교통 도우미를 하는 아이 세리니, 지난 학기에 이어 이번 학기에도 하루도 빠짐없이 교통 도우미 일을 해내고 있다. 남들보다 일찍 나와서 남을 위해 그렇게 교통봉사를 한다는 것이 말처럼 쉬운 일이 아니다. 더군다나 나이도 어린 아이인데. 그래도 세리니는 아침마다 큼직한 아빠의 검은 색 양복을 입고는 아이들 차 문을 열어주고 있다. 열 명 정도의 교통 도우미 아이들과 함께 늘 같은 일들을 하루도 빠짐없이 해내고 있는 세리니. 그 성실성 하나를 보더라도 세리니는 이미 훌륭하다.

미국의 스승의 날

오늘은 미국의 스승의 날이다. 우리처럼 요란하지 않게 지나고 있어 나도 수업이 끝난 후에야 알게 되었다. 학교 신문에 월중 행사로 인쇄되어 나오긴 했는데, 눈여겨보지 않아 오늘이 '스승의 날'인지조차도 몰랐다. 오늘은 선생님께 감사하는 날이라고 붙은 조그마한 팻말을 교문 앞에 붙여놓은 것을 수업 중에 우연히 보긴 했으나 대수롭지 않게 여겼다. 아침에 토마스 선생님의 책상 위에 하얀 꽃이 환하게 꽃병에 꽂혀 있었지만, 그 꽃이 그런 의미로 꽂혀 있었는지 알지 못했다.

오늘은 수요일이라 수업이 오전 중으로 끝나는 날이다. 615호실에서 일찌감치 나와 제니네 교실 옆 벤치에 앉아 있노라니 애니 엄마가 장미 한 다발을 들고 나타났다. 애니 엄마의 분홍색 바지에 잘 어울리는 분홍 장미 한 다발이었다. 웬 장미냐고 묻자, 오늘이 미국 스승의 날이라 애니 선생님께 드릴 꽃을 사 들고 왔노라는 말을 했다. 한나 엄마 손에도 커다란 꽃다발이 들려 있었고, 승우 엄마는 케이크를 사 들고 왔다. 그리고 보니 뭔가를 챙긴 사람들은 모두 한국 사람들이었다. 한국에서처럼 스승의 날을 생각해서 그냥 넘어갈 수 없다는 생각에 모두 그렇게 선물 한 가지씩 사 들고 온 모양이다.

오늘이 미국의 스승의 날인 것에 비해 오히려 교실은 차분하게 지나가는 느낌이었다. 그저 평소와 다름없이 조용하게 지나가고 있었다. 수업도 다른 날과 다름없이 진행되었으며 아이들 손에 선물 꾸러미, 꽃 한송이 들린 것을 보지 못했다. 평소보다 더 조용하게 지나가고 있었다. 오늘이 스승의 날이라는 것을 미리 알았더라면 토마스 선생님께 고맙다는 말이라도 전했을 텐데….

토마스 선생님은 요즘도 여전히 수많은 학습 자료들을 복사해서 쓰라고 주는데, 대부분 창의적인 사고력을 요하는 문제들과 그런 활동에 관한 책자들이다. 줄 때마다 필요한 자료는 복사해 놓았는데 그 자료들만도 이제는 제법 많이 쌓여 있다. 토마스 선생님은 자신을 'Crasy'라고 하거나 'Creative 하다'는 말을 쓰곤 하는데 나도 그 말에는 전적으로 동감을 하는 편이다. 나이와 상관없이 대단히 열정적이고 활동적이다. 또한, 새로운 것을 도입하는 데 주저함이 없으며, 2년간 썼던 자료들은 될 수 있으면 쓰지 않으려고 한단다. 그만큼 새로운 것을 시도하고 받아들이는 데 주저함이 없다.

세상은 자꾸만 변해가고 그에 따라 가치관도 변해간다. 변해가지 않는 것은 아무것도 없다. 변해가는 만큼 교사들도 변해가야 하는 것은 당연하다. 토마스 선생님은 스스로 이를 실천하려고 노력한다. 젊다는 게 무얼까? 새로운 것에 대해 두려움이 없고, 그것에 도전하려는 자세가 젊은이들의 특권 아닐까? 그런 면에서 토마스 선생님은 나이에 상관없이 젊다. 새로운 것을 받아들일 수 있다는 것은 그만큼 사고가 유연하다는 증거이다. 나이가 들수록 사고가 경직되어가기 마련이다. 사고가 경직되면 그만큼 새로운 것은 받아들이는 데 인색하게 되며, 고집스럽고 융통성이 없어지게 된다. 이런 모습이 나이 들어가는 사람들의 특징이기도 하다. 나이와 상관없이 항상 새로운 것을 받아들일 수 있는 유연한 사고를 하고 있다면 그것이 바로 젊다는 증거가 아닐까?

나 스스로 경계해야 할 것 중 하나도 변화에 대한 태도이다. 나는 새로운 것을 받아들여 변화를 시도하기보다는 늘 그대로의 모습을 고수하는 경우가 많다. 가르치는 것뿐만 아니라 생활에서도 그런 편이다. 가장 가까운 사람에게 때로 '늙은이 같다'라는 말을 들을 정도이다. 일례로 미국에 왔으니 먹거리를 미국식으로도 길들여 보라는 말을 몇 번 들었는데, 난 여전히 된장찌개에 시래깃국이나 김치, 콩나물 무침 등등 순한국식 식사를 고집하고 있다. 이도 어찌 보면 새로운 문화를 받아들이는 데 인색하기 때문은 아닐까? 입맛은 둘째 치고 시도를 해봄직한데 난 그러질 못하고 있다. 그런 나에 비해 새로운 것을 늘 시도하는 토마스 선생님을 보면서 배우고 느끼는 것이 많다. 미국 생활에서 내게 가장 큰 도움을 준 분으로 기억에 남을 것이다.

오늘은 가까운 백화점에 가서 토마스 선생님과 잉거브래슨 선생님 선

놀며 탐구하며 스스로 배우는 아이들

물을 샀다. 내가 선물을 준비하는 이유는 물론 오늘이 스승의 날이기 때문이기도 했지만, 내게는 두 분 다 특별하게 고마운 분들이라 선물을 드리고 싶었다. 그동안 먹거리는 몇 번 챙겨 드렸지만, 오늘은 선물다운 선물을 해드리고 싶었다. 잉거브래슨 선생님은 또 얼마나 고마운지, 늘 사랑과 웃음으로 아이들을 대한다고 어머니들 사이에 칭송이 자자한 선생님이다. 그런 고마운 선생님이 우리 제니의 담임이 되어 행운이라는 생각이 든다. 제니는 이곳에 와서 유치원 가는 것을 좋아하게 되었고, 심지어는 집에서도 잉거브래슨 선생님 흉내를 자주 내며 선생님 놀이를 하곤 한다. 오늘은 토마스 선생님과 잉거브래슨 선생님 편지를 포함해서 그동안 밀린 여덟 통의 편지를 한꺼번에 썼다. 그동안 컴퓨터가 고장이라 아무것도 할 수 없었는데, 오늘 새로운 컴퓨터를 들여왔다. 컴퓨터가 없는 생활은 이제 상상조차 할 수 없게 되었다. 고국의 반가운 소식들을 접할 수 있으며, 내일 회의에 필요한 자료들도 뽑아낼 수가 있다.

학부모 회의에 참석하다

또 다른 한 주를 맞이하고 있다. 주말을 보내고 궁금했던 사람들 안부도 묻고 반가운 얼굴들 두루두루 볼 수 있는 월요일이다. 아이들은 지난주에 이어 이번 주에도 캘리포니아 전체적으로 시행하는 시험을 보고 있다. 이 시험은 7일 동안 보게 된다. 정과 같이 시험이 안중에도 없는 학생들이 있는가 하면, 이곳 학생들이나 샌디에이고에 터를 잡고 사는 교포들 자녀들에겐 아주 중요한 시험이라 신경을 써야 하는 학생들도 있다. 615호실은 오늘 수학 시험을 보았는데, 정은 수학 시험을 치른 후 백룸으로 와서 시험 경과에 대해 얘기를 해주었다.

오후에는 6월 1일에 있게 되는 인터네셔널 페스티벌(International Festival)에 대해 사전 의견을 주고받는 학부모 회의가 있다. 인터네셔널 페스티벌 축제답게 각국을 대표할 수 있는 노래나 무용, 퍼포먼스 등을 선보이게 된다고 한다. 이날 행사를 위해 오늘 각 나라 사람들이 만나 사전 협의를 한다고 안내문에 안내되어 있었다. 이전에도 학부모 회의는 여러 번 있었지만, 그때마다 별로 신경을 쓰지 않고 지났었다.

그런데 이번 학부모 회의만큼은 신경이 쓰였다. 오전까지도 학부모 회의에 참여해야 하나 말아야 하나 망설여졌다. 남편은 그 안내문을 받자마자 내가 아마 총대를 메야 할지도 모른다는 말을 했었다. 강요는 아니었으나 심리적인 부담감이 생겼다. 다행히 누군가가 한국을 대표해서 노래나 무용을 지도한다면 별문제 없겠지만, 그럴 사람이 없어 축젯날에 한국을 대표하는 노래나 무용이 없다면 그건 나 자신이 용납할 수가 없을 것 같았다.

회의 참석을 망설이는 이유는 영어가 능통하지 못한 이유가 컸지만, 선뜻 내키지 않는 일이기도 했다. 그러나 많은 한국 학생들이 이곳 도일학교에 다니는 것을 생각하면 그냥 넘어갈 수는 없는 일이었다. 한국을 대표할 수 있는 학부모가 있다면 내가 굳이 안 나가도 될 것 같았다. 협조 정도는 해 줄 수 있을 테니까…. 내가 이렇게 신경을 쓰고 있는 것에 비해 다른 한국인 학부모들은 그다지 신경을 쓰는 눈치들이 아니었다. 오늘 회의가 있는지조차도 모르고 있었다.

직업의식 때문인지 내가 나서야 할 것 같은 생각이 들었다. 남편은 내가 만약에 참석하게 되면 수업이 끝나는 대로 학교로 오겠다고 하였다. 아이들을 내가 픽업하는 날이기 때문이다. 아이들 끝나는 시간은 2시 10분, 회의 시작은 2시 15분, 남편이 끝나고 학교에 올 수 있는 시각은 2시 20분쯤 될 것이다. 회의에 참석하겠다고 말했다. 신경 쓰고 망설이는 것보다 영어가 되든 안 되든 일단 부딪혀 보는 것이 나을 것이라는 생각 때문이었다.

오후에 아이들을 픽업하는 자리에서 애니 엄마에게 아이들을 잠깐 맡기고는 회의장으로 들어갔다. 영어를 잘하는 애니 엄마나 예원이 엄마를 동반하고 싶었지만, 들어가고 싶어 하는 눈치들이 아니어서 혼자 들어갈 수밖에 없었다. 회의장에 들어서니 교장 선생님과 여러 선생님들, 학부모들이 이미 자리에 와 앉아 있었다. 인사를 나누고는 자리를 잡고 앉아 둘러보니 우려했던 대로 한국인 학부모는 한 명도 나와 있지 않았다. 이곳에 다니는 한국 학생들이 많은 것에 비하면 이런 회의는 별로 신경을 쓰지 않는 것 같았다. 일본 사람은 두 사람이 앉아 있었는데 둘 다 영어가 유창한 편이었다. 회의가 시작되고 자신과 어느 나라에서 왔는지에 대한 소개가 있었다.

교장 선생님이 먼저 이번 축제에 관한 내용을 설명해 주었다. 이어서 작년에 참가했던 학부모들의 의견과 선생님들의 의견들이 오고 갔다. 그날 각국 음식을 선보일 예정인데, 그 과정이 너무 번거로워 아이스크림과 간단하게 해결할 수 있는 것들로 음식들을 대치할 모양이다. 각국을 소개하는 노래와 춤은 한 장르당 3분에서 5분 정도로 간단하게 할 것과 사무실에서 나라별로 인원을 파악하여 연락을 취한 후 프로그램을 선정하고 연습할 것에 대한 얘기들이 있었다. 퍼레이드는 각 나라의 커다란 국기를 앞세우고 자기 나라의 국기를 손에 들고 입장하는 것으로 얘기가 되었다. 가능한 아이들에 한해서 민속 의상을 입히도록 하였다. 이어 학부모들의 질문을 받고 그 질문에 대한 설명이 이어졌다.

대충 알아들을 수는 있었지만, 역시 말하는 것에서 막히고 있었다. 내 의견을 그 짧은 영어로 얘기했는데 내가 생각해도 좀 무모하긴 했다. 그러나 어쩌랴! 한국인은 아무도 없는데. 서툴지만 나라도 그 자리에 있어야 할 분위기였다. 영어는 서툴지만 이번 축제에 도움이 되었으면 하는 생각에서 이번 회의에 참석했으며, 내가 할 수 있는 한 열심히 돕겠다는 말을 했다. 대충 어떻게 진행될 것인가에 대한 전체적인 얘기들이 오갔는데, 우선 나라별로 프로그램이 정해지면 다시 한 번 더 모임을 갖기로 하였다.

회의를 끝내고 회의장을 나오는데 왠지 서글픈 생각이 들었다. 다 생각하기 나름이지만, 한국 사람이 왜 한 사람도 나오지 않았는지 나는 그 부분이 의아스러웠다. 이곳에 학생들을 둔 한국의 학부모들 역시 아이들 교육에 관심이 많다고 들었는데…. 그런데 왜 단 한 명도 참석하지 않았을까? 작은 문제일 수도 있지만, 큰 문제일 수도 있었다. 한국을 알릴 수 있고 아이들에게 한국인으로서의 정체성을 심어줄 좋은 기회가 될 텐데 아무도 회의장에 나오지 않았다. 남편이 잘했다고 격려의 말을 해주었지만 잘했다는 생각도 들지 않았다. 내일 애니 엄마와 예원이 엄마가 있는 자리에서 의견을 들어보기로 했다. 한인회에 연락해서 한국

놀며 탐구하며 스스로 배우는 아이들

을 알릴 수 있는 소품들 중 빌릴 수 있는 것들을 확인하고 한국인 아이들이 몇 명인지, 그 아이들의 연락처를 파악해야 할 것 같다. 마음은 무거웠지만, 꽤 괜찮은 경험은 될 수 있을 것 같다는 생각이 들었다. 이참에 영어 공부나 더 열심히 하던지! 결국, 영어도 안 되는 내가 앞장서서 일하게 되었노라고 말했더니, 남편도 그렇게 될 줄 알았다는 표정이다.

인터네셔널 페스티벌 사전 회의

계획했던 대로 인터네셔널 페스티벌(International Festival) 관련하여 한국인 학부모들의 모임이 있었다. 컴퓨터 고장으로 안내문이 늦어지는 바람에 모임 자체가 늦어진 감은 있지만 아주 늦은 것은 아니다. 월요일 날 안내문을 각 반 사물함에 넣었으나, 선생님들 모두가 월요일 날 아이들에게 안내문을 전달하리라는 것을 기대하지는 않았다. 선생님에 따라서는 더 늦게 전달하기도 할 것이다. 수요일은 'Hump day'라 일찍 끝나므로 점심시간과 겹쳐 마땅한 시간을 낼 수가 없었다. 결국, 목요일로 모임을 결정한 것이다.

회의 장소를 위해 강당 사용 여부에 대해서는 사무실(Office)에 가서 상의하였지만, 강당은 그 시간이면 늘 다른 사람들이 사용하고 있으므로 강당을 이용할 수 없다는 말을 들었을 뿐이다. 일단 모임은 강당에서 모인 후 학부모들이 모이면 밖으로 이동하여 회의를 진행하기로 하였다. 협의 시간은 아이들 픽업 시간에 맞추어 학부모들이 모이기 적당한 2시 20분으로 정하였다. 이곳은 시간 개념이 투철한 편이라 2시 20분에 회의를 진행한다고 예고가 나가면 꼭 그 시간을 맞추어 진행해야한다. 아무리 한국 사람들이라고 해도 이곳 생활에 익숙한 사람들이라시간은 꼭 지키는 편이다. 시간이 되어 강당으로 가니 이미 많은 한국인 학부모들이 와 있었다. 학부모들에게 식당으로 이동할 것을 안내하고 그곳에서 회의를 진행하기로 하였다. 이미 사무실에는 얘기를 해놓았다.

그날 행사가 어떻게 진행될지에 대해 소개를 하고 진행 과정에 필요한것들에 관해 이야기하는 것으로 회의가 시작되었다. 작년에 진행된 상황을 이미 경험이 있는 어머님으로부터 들었는데, 이 행사는 도일 학교에서 10년간 있어 온 행사라고 한다. 나라별로 전체가 참여하는 노래나무용 등의 공연으로 진행되었다고 한다. 행사 진행을 혼자서는 하기 힘든 상황이고 학부모들의 협조를 받아야 할 상황이었다. 지난해와 비슷한 수준으로 공연을 준비하기로 하고 행사 진행에 필요한 자원봉사자를선발하였다. 총무는 애니 어머님이 맡아주기로 하였고, 합창 지도는 재윤이 엄마와 다른 한 분이 맡아서 해주기로 하였다. 물품준비와 소품은성주 어머님에게 부탁을 드렸고, 각 학년 대표 어머님을 선발해 놓았다.그 대표 어머님들은 회비를 걷는 역할을 하기로 하였으며, 행사 당일 날아이들 질서 유지와 진행요원으로 세 명이 더 협조해 주기로 하였다.

연습은 일주일에 두 번으로 결정하였는데, 강당과 음악실 사용이 가능한 시간으로 사용하기로 하였다. 강당이나 음악실 사용 시간은 다른나라의 연습 시간도 있기 때문에 제한된 시간만 이용이 가능했다. 우리에게는 화요일과 수요일이 가능하다고 하여 그날로 연습 시간을 잡기로 하였다. 다행스럽게도 많은 아이들이 한복을 가지고 있어 한복이 있는 아이들은 행사 당일 날 한복을 입히기로 하였고, 나머지 아이들은 흰색 옷에 청바지를 입히기로 하였다. 회의는 한 시간 정도 진행되었으며, 어머님들이 생각했던 만큼 협조적이어서 참 다행스러웠다. 오늘 회의에 참석한 사람은 모두 열일곱 명이며, 남자분도 한 분 포함되어 있어서 눈길을 끌었다.

나는 어쩔 수 없는 상황에서 이번 행사를 총괄하는 역할을 맡게 되었다. 나와 함께 근무했던 동료 선생님이 이 소식을 접하고는 '성격이 많이 진취적으로 변한 것 같다'는 글을 주었는데, 변한 게 아니라 이 상황에서 내가 할 수 있는 최선의 행동을 했을 뿐이다. 누군가는 진행의 책임을 져야 하는데 아무도 나서지 않았기 때문이다. 그렇다고 우리 아이들을 구경꾼으로만 만들고 싶지는 않았다. 옆 나라인 중국도, 일본도 공연을 하고 자기 나라 국기들을 흔들어 대는데, 우리 아이들만 멀뚱멀뚱 쳐다보며 구경하게 할 수는 없는 노릇이었다.

성격적으로 나는 이런 일에는 적극적으로 나서지 않는 편이다. 그러나 여러 가지 정황을 고려할 때 어쩔 수 없이 책임의식으로 앞에 나서야 할 때도 있다. 또 다른 페르소나를 쓰고 그에 맞는 역할과 행동을 해야 하는 경우이다. 누군가는 페르소나를 자연스럽게 바꾸어 쓰는 데 익숙한 사람이 건강한 사람이라고 했는데, 그런 말이 아니더라도 자신의 성격과는 어울리지 않게 앞장서서 뭔가를 해야 할 때도 있는 것이다. 특히 사회생활을 하는 경우라면 더욱 그렇다.

어쨌든 회의는 원만하게 진행이 되었고 많은 학부모 봉사자들이 진행요원이 되어 협조를 해줄 것이다. 회의에서 나온 내용을 정리해서 내일 중으로 안내문을 한 번 더 발송하기로 하였다. 그 정리는 애니 엄마가 해주기로 하였다. 아침에 자료를 건네받는 즉시 복사를 해서 각반으로 넣어주기만 하면 된다. 애니 엄마는 정리를 위해 우리 집에 수시로 전화를 했는데, 책임을 맡아 그 책임을 다하기 위해 기꺼이 노고를 아끼지 않았다.

페스티벌 첫 연습

오늘 국제 페스티벌을 대비해 처음으로 노래와 춤을 연습하는 날이다. 오늘 연습은 아이들 픽업 시간에 맞추어 2시 20분부터 음악실에서 하기로 하였다. 이미 안내문이 나갔으나 반마다 다 안내문이 모두 배부된 것은 아닌 모양이다. 선생님마다 다르므로 며칠 후에 안내문을 받아보는 경우도 있다. 어제 복사를 해서 각 반의 사물함에 이름을 적어 넣으면서도 전달이 다 되지 않으면 어쩌나 걱정을 했었다. 음악실에 도착하니 많은 학생들과 엄마들이 와서 기다리고 있었다. 30명은 족히 넘어 보였다. 안내문이 어제 나간 것에 비하면 참석률이 좋은 편이다. 한국 엄마들끼리는 서로 정보들을 나누기도 하므로 설사 안내문이 나가지 않았더라도 이래저래 소식들을 들은 모양이다.

마침 화요일이라 큰아이 영어 보충수업과 시간이 겹쳐지기는 했으나,

음악실 사용 시간이 마땅치 않아 화요일 날로 강행할 수밖에 없었다. 아이를 데리고 갈까 말까 망설여졌다. 남편은 당연히 정이 다른 일정을 빠지더라도 노래 연습에 참석을 시켜야 한다고 했지만, 난 아이에게 영어 보충수업에 참석하는 게 좋을 것 같다고 말했다. 노래는 이미 아이가 알고 있는 곡이고, 무용은 내가 가르치면 된다는 생각에서였다. 이렇게 정과 같은 입장에 처해 있는 3학년 학생들이 빠진 가운데 공연을 위한 첫 연습이 시작되었다.

고운 한복을 입고 페스티벌에 선보일 춤과 노래를 연습하는 아이들

먼저 악보를 복사하여 학생들에게 나누어 주었다. 이곳 도일에 다니는 학생들은 유치원 학생들과 1학년 학생들이 가장 많다. 고학년으로 갈수록 학생 수가 적어진다. 그걸 고려하여 곡은 쉬운 것으로 정했다. 재윤이 어머님을 비롯하여 음악을 담당하신 어머님들이 곡 선정을 했는데 내 맘에도 들었다. 짧은 시간 내에 유치원 아이에서부터 5학년 학

생들까지 부를 수 있는 곡으로 선정해야 하므로 될 수 있으면 쉬운 곡으로 선정해야 했다. 곡이 선정된 후에도 다른 노래로 바꾸자는 의견들이 있었지만, 그냥 쉬운 것으로 하자는 의견이 다수여서 최종적으로 곡 선정이 되었다. 선정된 노래는 「올챙이와 개구리」, 「아리랑(빠르게)」이다. 이곳에서 오래 산 아이들의 경우 한국어보다는 영어에 익숙한 것을 생각하면 쉽고 재미있는 곡을 선정할 필요가 있었는데, 그런 면에서는 괜찮은 선택인 셈이다.

재윤이 어머니가 앞에 나서서 적극적으로 지도를 맡아 해주었다. 고학년 아이가 피아노를 담당하고, 다른 어머님들은 뒷자리에 앉아서 함께 노래를 부르며 연습이 끝나기를 기다렸다. 대부분의 아이들이 이 두 곡을 알고 있어서 참 다행이었다. 동영상 자료로 무용도 보여주고 율동도 함께 했는데, 어수선하긴 했지만 첫날치고는 제법 괜찮은 모습이었다. 연습 시간이 끝날 즈음 총무인 애니 엄마는 부랴부랴 아이들 간식을 챙기러 근처 마트로 갔다. 이래저래 애니 엄마가 총무로서 많이 애쓰는 눈치다. 애니는 엄마가 보이지 않자 울음을 터뜨렸는데, 엄마와 떨어져 보질 않아서일 것이다. 하기야 그 나이면 아직도 애기인 것을…. 예원이 엄마가 애니를 데리고 나가서 달래서 함께 애니 엄마를 찾으러 나갔다.

아이들이 잘 따라와 주어 노래와 율동 연습이 수월하게 진행이 되었다. 이번 주는 목요일 날 한 번 더 모이기로 하고 첫 연습을 끝냈다. 3학년에 영어 보충수업이 진행됨에도 불구하고 3학년 학생은 두 명이 참석했는데 그중에 수정이도 있었다. 수정이 엄마의 깊은 맘이 느껴졌다. 수정이, 수현이는 방과후 학교도 하고 있어 시간 내기가 그리 쉽지 않았을 것이다. 그런데도 그 모든 것들을 접고 연습에 참여하는 성의를 보였다.

이번 행사와 관련하여 중국은 두 번, 일본은 세 번 연습을 하기로 했다고 한다. 우리는 다섯 번 연습을 할 수 있다. 아무래도 일본 사람과 중국 사람들이 많다 보니 그들이 어떻게 진행이 되는지 제일 먼저 정보가 들어왔다. 물론 일본인 엄마, 중국인 엄마에게 직접 물어서 얻게 된 정보이다. 미국 아이들 연습을 하는 것을 우연히 보게 되었는데, 미국 아이들은 제대로 된 합창단의 모습을 보여주었다. 미국 아이들은 이곳 음악 선생님이 가르치고 있었다.

페스티벌 2차 협의회

인터네셔널 페스티벌과 관련하여 최종 협의회가 있는 날이었다. 이미 프로그램이나 음식 준비 상황, 전시 관계는 준비가 되고 있었고, 프로그램은 학교에 제출했기 때문에 최종적인 점검 차원에서 회의가 진행된 것이다. 지난 회의 때는 혼자서 참석을 했지만, 이번 회의에는 예원이 엄마와 재영이 엄마를 동참시켰다. 미리 부탁을 드렸었다. 회의 시간이 한국 아이들이 음악실에 모여서 연습을 하는 시간과 겹치긴 했지만, 아이들 지도를 담당하는 어머님들이 따로 있어서 걱정은 없었다. 학교에서 재윤이 엄마를 만나 아이들 연습을 부탁하고는 회의가 진행될 B10으로 향했다. 그러나 화요일 날에는 그 교실에서 3학년 아이들 영어 보충수업이 있는 날이라 그 교실을 사용할 수가 없었다. 회의 장소를 변경하여 강당 옆 소회의실에서 회의가 진행되었다.

이번 행사를 주관하는 음악 담당 선생님과 음식과 관련한 부분을 맡아줄 사무실 직원이 회의를 진행하였다. 이미 얘기된 내용을 한 번 더 짚어주었으며, 그날 이루어질 행사와 시간, 그리고 나라별 간식 준비 사항에 대한 확인, 총연습 시간에 대한 협의가 있었다. 이번 행사에는 모두 일곱 나라가 참석을 하게 될 것이라고 한다. 행사 전날 총연습은 나라별로 실시할 수 있으며, 무대가 설치되면 그 무대 위에서 리허설을 해볼 수 있다고 하였다.

우리는 아이들 픽업하는 시간에 맞추어 두 시부터 총연습을 하겠다고 예약을 하였다. 간식과 관련하여 한국은 간단하게라도 간식을 준비하는 것으로 하였다. 이렇게 준비된 간식들은 50센트에 판매가 될 것이고, 이 수익금은 모두 학교에 기부금으로 전달하게 된다. 간식을 준비해서 카페테리아로 넣어주면 판매는 학교에서 담당하겠다고 했다. 또한, 한국을 알릴 수 있는 자료들을 전시할 수 있는 테이블 두 개를 신청했다. 행사가 있는 날 다섯 시부터 식사할 수 있고, 퍼레이드와 공연은 오후 다섯 시 반부터 시작하기로 하였다. 회의는 사십 분간 진행되었으며 예원이 어머니와 제영이 어머니가 많은 도움을 주었다. 회의 중간에 토마스 선생님이 잠깐 왔는데 토마스 선생님은 나를 보더니 반가워하며 친구라고 자연스럽게 허깅을 해주었다. 그 자연스러움이 좋다. 이런 식의 표현들에 이제는 익숙해졌다.

회의를 끝내고 음악실로 가니 아이들은 연습이 끝나 간식을 먹고 있었다. 이번 간식은 수정이 어머님이 해가지고 왔다. 이번 행사 준비를 위해 어머님들이 여러 가지로 애써 주시는 모습들을 역력히 보였는데 그 정성이 고마울 따름이다. 어머님들이 돌아가면서 간식을 직접 만들어 가지고 오고 있으며, 한국에 연락해서 한복까지 준비시키는 엄마들도 있었다. 화요일 날 있는 3학년 영어 보충수업까지 빠져가며 아이들을 연습에 동참을 시키고 있었다. 참으로 대단한 정성이 아닐 수 없었다. '엄마들이 협조하지 않으면 어쩌지?'라는 걱정을 했는데 이는 단순히 기우일 뿐이었다.

모두 맡은 역할들을 톡톡히 잘 해내고 있었다. 음악 사이트에 들어가서 빠르고 경쾌한 아리랑 곡을 다운받아 온 제윤이 어머니, 아이들 연습 시간에 장구 장단을 맞추어 주는 한준이 어머니, 각 학년 회계를 맡아서 돈을 걷어준 여러 어머니들, 간식과 재정 관리를 맡아 애쓰는 애니 어머니, 그날 간식 준비를 해줄 여러 어머니들, 한국을 알릴 수 있는 소품들을 담당한 성주 어머니와 재영이 어머니, 당일 날 아이들 질서를 잡아줄 예원이 어머니, 승우 어머니 등 각자의 역할들을 잘해주었고 또 앞으로도 잘해낼 것이다. 연습 시간에 가끔 아빠들 모습도 보이는데 역시 멋진 아빠들이다. 오늘은 서른다섯 명 정도가 모여서 연습을 하였다.

연습이 끝난 후에도 어머니들은 도일 파크에 모여서 정보 교환을 하면서 이런저런 얘기들을 나누었다. 이번 행사를 계기로 엄마들이 이렇게 적극적으로 모이고 단합을 하는 모습들을 보며 그동안 내가 가졌던 편견들을 깰 수 있었다. 어느 나라 엄마들보다도 한국 엄마들이 훨씬 더 잘 모이고 열심히 하는 모습이어서 얼마나 다행스러운지 모른다. 이렇게 여러 가지로 애써주는 엄마들에게 감사의 마음이 절로 생겼다.

내일부터 토마스 선생님은 보스턴에 있는 대학으로 3일간 연수를 떠나신다고 하였다. 토마스 선생님을 대신할 보조 선생님이 와서 반 아이들과 학습에 대해 인수를 받았는데, 토마스 선생님은 내게도 몇 가지 부탁을 해놓았다. 수학 학습지 꾸러미를 확인하는 것과 보조 선생님을 돕는 역할이다. 이곳도 담임교사가 없으면 아이들이 금방 표가 나기 때문에 조금 걱정은 된다. 이곳에서 보스턴까지는 비행기로 네 시간이 걸린다고 한다. 그 먼 곳까지 가서 배우는 모습이 대단해 보일 뿐이다.

인터네셔널 페스티벌 'International Festival'

오늘은 드디어 그동안 준비했던 인터네셔널 페스티벌(International Festival)이 열리는 날이다. 오전에는 평소와 다름없이 수업이 진행되고 행사는 오후 다섯 시 반부터 열리게 된다. 아침에 아이들을 교실로 들여보내고 애니 엄마와 가까운 커피숍에서 커피를 마시며 행사 준비 사항을 점검하기로 하였다. 며칠 전부터 615호실 수업에 들어가지 않아도 되어서 심적으로나 시간상으로 여유가 있는 편이었다. 오랜만에 아침 공기를 마시며 커피를 마시는 것도 썩 괜찮았다. 415호실의 리나 엄마도 함께했다. 커피 한 잔씩을 빼 들고는 야외 테이블에 앉아 행사 준비에 관해 이야기를 나누었다. 이번 행사를 위해 제니는 한나로부터 한복을 빌렸는데, 애니 엄마로부터 그 한복을 전해 받았다. 색감도 곱고 예쁜 한복이었다.

며칠 전에 애니 엄마는 페스티벌에 사용할 간식으로 한국 마켓에 떡을 주문했는데, 이곳 샌디에이고에서는 떡을 만들지 못해 LA에서 가져와야 한다고 하였다. LA에서 떡이 도착하는 시간에 맞추어 나갔는데 떡은 이미 도착해 있었다. 우리가 신청한 떡은 커다란 은박지 볼로 두 개 분량이었는데 그 양이 생각보다 많았다. 그 떡을 작은 비닐 팩에 네 개씩 담아 쉰 세트를 만들어 학교에 기부하기로 한 것이다. 그렇게 준비된 간식은 행사 중에 학교에서 팔게 되고, 그 수익금은 학교 발전 기금으로 들어가게 된다. 쉰다섯 개 정도의 팩을 만들고도 떡이 많이 남아, 남은 떡은 오늘 행사에 오는 한국 분들에게 나누어 드리기로 하였다. 팩에 적당히 넣어서 행사에 온 한국 사람들에게 한 봉지씩을 들려 보내는 것도 좋은 생각인 듯했다. 학교 근처 주차장에 차를 주차하고 애니가 쓰던 유모차에 떡과 태극기, 전시 물품들을 싣고 학교로 들어갔다.

준비된 간식을 가지고 카페테리아로 가니, 다른 나라에서 온 간식들이 진열되어 있었다. 적당한 곳에 간식을 놓고 행사장으로 향했다. 행사장에는 벌써 성주 어머님이 나오셔서 전시를 준비하고 있었다. 한국은 이번 전시를 위해 테이블을 학교에 두 개 신청했는데, 두 개의 테이블은 이내 한국을 알리는 전시물들로 가득 찼다. 다른 나라들이 대부분 한 개 테이블을 사용한 것에 비해 한국은 두 개의 테이블을 쓸 정도로 전시물들이 풍부한 편이었다. 디스플레이를 하고 나니 한국 아이들이 몰려들기 시작하였다. 제니는 한복을 입고 왔지만 고름을 매지 못하고 있었으며, 머리도 다시 손을 봐야 할 것 같았다. 잠깐 짬을 내서 고름을 매어주고 머리도 다시 묶어주었다. 한복을 입으니 제법 큰 아이 같아 보였다. 행사는 다섯 시 삼십 분부터 시작되지만 아이들 연습을 위해 네 시 반까지 모여 달라고 사전에 안내했었는데 대부분의 아이들이 제시간에 학교에 나와주었다. 아이들에게 여러 번 연습을 시킨 후 전시물 관람과 식사를 할 수 있는 시간을 주었다.

학생들과 학부모들은 각국의 전시물들을 돌아보기도 하고, 학교 카페테리아에서 식사하기도 하였다. 식사비는 5달러, 간식은 50센트 정도로 이미 식사비를 받아 식사 티켓이 나가 있는 상태였다. 나는 식사할 시간이 없을 것 같아 애니 엄마에게 제니를 부탁하고는 마지막 점검을 하였다. 5시 30분이 넘자 614호실 선생님이 메가폰으로 퍼레이드 준비를 하라고 안내를 하고 있었다. 우리 아이들을 모아 퍼레이드가 시작되는 곳으로 가서 줄을 서서 퍼레이드를 기다렸다.

대부분의 한국 아이들이 한복을 입고 왔다. 먼 이국땅에서 한복을 입는 것은 한국에서 입을 때와는 또 다른 감회와 느낌으로 다가왔다. 마음 한편으로 뿌듯함이 밀려왔다. 이곳에서는 한복을 쉽게 구입할 수 없다. 대부분 한국에 주문하거나 한국 친척들에게 부탁하고 혹은 아예 올 때부터 가져오기도 하였다. 제니처럼 빌려 입기도 하여 많은 학생들이 한복을 입었다. 대단한 성의와 열성이었으며, 우리 아이들이 가장 많은 전통 의상을 입어 내 마음을 흐뭇하게 해주었다. 한복을 입은 아이들 가슴에 태극기를 하나씩 달아주고 손에도 들 수 있게 태극기를 나누어 주었다. 복사해간 태극기에 꼼꼼하게 색칠을 도와준 몇몇 엄마, 아빠들이 있었기에 가능한 일이었다.

아이들에게 태극기를 크게 흔들며 관중석을 지나가라는 말을 해주었다. 아이들은 두 줄로 서서 퍼레이드를 하기로 했으며, 몇 명의 엄마와 나도 그 행렬을 따르기로 하였다. 곧이어 퍼레이드가 시작되었다. 미국 아이들을 선두로 우리 아이들이 두 번째로 퍼레이드 행렬에 참여하였다. 태극기를 흔들며 관중석을 지날 때 마음이 뭉클했다. 그 순간은 애국자가 아니더라도 한국 사람이라면 누구나가 마음 한구석이 뿌듯해졌을 것이다.

한국에서 태극기를 휘날리며 퍼레이드를 했다면 이처럼 벅차지는 않았을 것이다. 미국이라는 나라에서 수많은 아이들이 함께 한복을 입고 미국 하늘에 태극기를 휘날렸다는 것이 내게 벅찬 감동을 주었고, 아이들에게도 다시없는 소중한 기회로 남았으리라는 생각이 들었다. 이번 행사에 한국 아이들은 대부분 참여를 했는데 그 사실도 내게는 놀라움 그 자체였다. 한국의 저력 같은 것이 느껴졌다. 어머니들과 아빠들이 모두 협조를 잘해주었고, 자기 역할들을 책임감 있게 해냈다. 이는 혼자서는 해낼 수 없는 일이었다. 이곳에 살고 있는 한국인 부모들과 학생들이 함께 협력하고 열심히 참여했기 때문에 가능한 일이었다. 누구 하나 아쉬운 소리 없이 적극적으로 협조하고 참석을 하던 모습들이 주마등처럼 스쳐 지나갔다. 이 멋진 장면은 아쉽게도 내가 퍼레이드 행렬에 참여하는 바람에 사진으로 남길 기회를 놓쳐버렸다. 내내 아쉬웠지만, 내 기억 속에서 그 가슴 벅찬 순간은 남아 있을 것이다.

행진에 이어서 공연이 시작되었다. 우리 아이들은 여섯 번째로 공연 무대에 오르기로 하였다. 아이들이 준비하고 있는 사이에 나는 관중석으로 가서 다른 나라 아이들의 공연 사진을 찍었다. 노래와 무용, 연주를 주를 이룬 공연이었다. 학교에서 준비한 것도 있었고, 나라별로 준비한 것들도 있었다. 수많은 학부모가 잔디밭을 메우고 있었는데, 이처럼 학부모들의 관심이 대단했다. 이윽고 우리 아이들 순서가 되어 한복은 곱게 차려입은 아이들이 무대에 오르고 있었다. 5학년 어린이가 이번 노래와 춤에 대한 프레젠테이션이 있었는데, 원어민에 가까운 발음으로 아주 훌륭하게 설명을 해주었다. 이어서 이어지는 한국 아이들의 노랫소리가 도일에 퍼져 나갔다. 그 모습을 보고 있노라니 흐뭇해서 저절로 미소가 지어졌다. 아이들은 배운 바대로 잘해냈다. 두 곡을 부르고 내려오는 아이들이 어찌나 이쁘던지!

각 나라의 의상들도 다채로웠고 공연들도 다양하게 펼쳐졌다. 학부모들은 자리에 담요를 깔거나 의자를 펼쳐놓고 앉아 끝까지 지켜보고 있었다. 마지막 순서는 이곳 5학년 학생들의 춤이 펼쳐졌는데, 어찌나 흥겹게 춤을 추던지 관중들의 자리까지 들썩이게 하였다. 그 춤을 지도한 나이 지긋하신 여선생님이 무대 아래서 함께 흥겹게 춤을 추고 있는 모습도 인상적이었다. 선생님은 중간중간 무대로 올라가서 아이들과 함께 춤을 추기도 하였는데, 그때마다 환호성이 터졌다. 공연을 위한 춤이라기보다는 공연 자체를 즐기는 모습이어서 보는 이로 하여금 신명이 나게 하였다. 틀에 얽매이지 않고 자유분방한 것 같으면서도 질서가 있고 조화가 있었다. 모든 공연이 끝나자 사람들이 밀물처럼 빠져나갔다. 전시장 정리를 하는 사이 그 많던 사람들이 빠져나가고 학교는 텅 비어가고 있었다. 마지막으로 학교 운동장에서 촬영한 후 우리도 학교를 빠져나왔다.

이번 행사는 아이들만의 행사라기보다는 어머님들과 함께하는 행사였으며, 각국에서 몰려든 사람들과 학생들 앞에서 한국을 알릴 기회였다는 점에서 많은 의미를 남겼다. 비록 이곳에 평생을 몸담고 살게 될 아이들일지라도 자신의 근본과 뿌리에 대한 정체성을 심어준 소중한 기회로 남을 것이다. 내년 인터네셔널 페스티벌 행사를 위해 이번 행사를 위해 준비했던 모든 자료를 올해 총무를 맡았던 애니 엄마에게 맡기기로 하였다. 애니 엄마에게 부담을 드리는 것 같아 미안하긴 했지만, 애니 엄마라면 잘해낼 것이라 믿기 때문이다.

한국을 알리는 전시물들을 아이들이 소개하고 있다.

미국에서의 할로윈 축제

오늘은 할로윈이다. 할로윈은 미국에서는 공식적인 휴일은 아니지만, 많은 사람들이 할로윈을 맞이하여 퍼레이드를 벌이거나 그들만의 축제를 열기도 한다. 아이들은 동물을 흉내 낸 코스튬(Costumes)이나 TV나 영화 속 캐릭터 의상을 입기도 한다. 젊은이들 역시 코스튬을 입고 그들만의 파티에 참석하기도 한다. 밤이 되면 아이들은 "Trick or treat."을 외치며 집집을 다니면서 사탕이나 초콜릿을 받아들 수 있다. 'Trick or treat'이란 사탕을 주지 않으면 장난을 치겠다는 애교가 섞인 협박으로, 그들은 'Trick or treat'으로 할로윈 백 안에 사탕을 채워 넣는다. 할로윈을 맞이하여 집집마다 잭어렌턴(Jack-a-lantern)을 켜놓기도 한다. 잭어렌턴(Jack-a-lantern)은 호박 안에 불을 밝혀둔 것으로 악령을 쫓는다는 의미를 담고 있다고 한다.

미국에서 할로윈은 아이들에게 더 밀접한 축제 문화로 자리 잡고 있다. 간혹 어른들도 할로윈을 맞이하여 코스튬을 갖추어 입기도 한다. 할로윈(Halloween)은 'Holy evening'의 뜻으로 '모든 성인들의 날' 전날, 즉 11월 1일 전날인 10월 31일 날 있게 된다. 크리스천들은 죽은 가족들이나 친구들을 기억하며 교회로 나가 의식을 행하기도 한다.

할로윈은 영국으로부터 유래된 것으로, 원래는 죽은 자들로부터 깨어난 악령을 두려워하는 날로부터 시작되었다고 한다. 그래서 그들이 초기에 입었던 커스튬은 유령이나 해골, 뼈다귀 등 무시무시한 복장이 많았다고 한다. 그러나 요즘은 영화나 애니메이션에 등장하는 캐릭터 복장을 즐겨 입는 편이며, 하루 아이들이 즐길 수 있는 축제의 날로 자리 잡아 나가고 있다.

할로윈을 맞이하여 도일 학교에서도 코스튬을 입고 퍼레이드를 할 것이라고 며칠 전에 안내문을 받았다. 제니와 정도 코스튬을 준비하긴 했으나, 그리 큰 의미를 두지는 않았다. 미국에서 새로운 축제 문화를 접해볼 좋은 기회라고 생각을 했을 뿐이다. 그러나 아침부터 학교는 술렁이기 시작했다. 수업에 방해가 될까 봐 커스튬은 집에서부터 입고 오지 말라고 했지만, 유치원생들의 경우에는 아침부터 커스튬을 입고 등교하였다. 단순히 커스튬을 입는 것에서부터 얼굴 화장까지 꽤 신경들을 쓰는 모습들이었다. 도일 학교에서의 할로윈 퍼레이드는 두 번 있을 예정이었다. 오전에는 유치원 학생들의 퍼레이드가 있고, 오후 한 시 이후에는 1학년 이후의 학생들 퍼레이드가 있다고 안내되어 있었다.

아침에 광장에서 캐릭터 차림의 학생들 사진 몇 컷을 찍고는 커뮤니티 컬리지(Community College)에 나갔다. 오늘 학교에서도 할로윈을 맞이하여 호박으로 Jack-a-lantern을 만들어 본다고 하였다. 강의실로 들어서는 몇몇 사람들의 복장이 웃음을 자아내게 하였다. 그들 역시 코스튬 복장으로 강의실에 등장한 것이다. 코스튬이 등장할 때마다 강의실은 술렁거렸다. 여기저기서 감탄의 소리가 흘러나왔다. 주로 마녀 복장을 한 차림들이었는데, 그 복장으로 나타난 자체만으로도 강의실에 신선한 느낌을 주었다.

Jack-a-lantern은 쉬는 시간을 이용하여 만들었다. 몇몇 준비된 사람들만 호박을 모양 있게 잘라 속을 파내고 촛불을 밝혀두었다. 학교에서는 이렇게 그들의 국경일이나 축제일에 대해 무심히 흘려보내지 않는 편이다. 그와 관련한 행사를 꼭 치르고 넘어가곤 한다. 그것만으로도 미국 문화를 이해하는 데 많은 도움이 되고 있다. 호박으로 Jack-a-lantern을 만들어 보고 할로윈에 대해 공부를 할 수 있는 시간들이 내게는 필요했는데, 항상 시기적절하게 강의와 실습을 겸하곤 했다.

오늘은 아이들 퍼레이드 준비로 인해 학교에서 일찍 나와야만 했다. 할로윈을 맞이하여 12시 반부터 한 시간가량 각 반에서는 파티가 열린다고 했다. 그 파티에 발렌티어를 하려고 일찍 서두르긴 했지만, 아쉽게도 그 시간을 맞출 수가 없었다. 한 시가 조금 넘어 도일 학교에 도착하니 이미 아이들은 코스튬을 차려입고 있었다.

곧이어 아이들은 의자를 가지고 밖으로 나갔다. 1학년에서 5학년까지의 아이들 모두 의자를 가지고 나와 운동장 가장자리를 빙 둘러앉았다. 아이들은 모두 코스튬을 차려입고 있었으며, 신나는 음악이 분위기를 한껏 고취시키고 있었다. 아이들 코스튬은 동물 복장이나 만화 영화의 캐릭터, 이야기 속의 캐릭터들이 대부분이었다. 그 많은 아이들이 코스튬을 입고 나타나자 학교는 또 다른 축제 분위기를 자아내고 있었다.

놀며 탐구하며 스스로 배우는 아이들

한 선생님의 사회로 곧 퍼레이드 행렬이 시작되었다. 1학년부터 아이들은 한껏 제 모습을 뽐내며 담임 선생님을 따라 많은 사람들 앞을 지나가고 있었다. 예쁘게 차려입은 공주 복장부터 마귀할멈, 어른을 흉내 낸 복장 등등 코스튬은 아주 다양했으며, 보는 것만으로도 우습고 재미있었다. 선생님들 또한 커스튬을 차려입고 등장했는데, 아이들과 함께 축제를 즐기는 모습이 보기 좋았다. 각 학년별로 퍼레이드 행렬이 끝나자 5학년 아이들이 운동장 한가운데로 나와 음악에 맞추어 신나게 춤을 추기 시작하였다. 보기만 해도 어깨가 절로 들썩여지는 모습들이었다. 교사와 학생들, 학부모들까지 덩달아 즐거워지는 할로윈 축제였다.

애니 엄마의 제안으로 밤에 '트릭오어트릿(Trick or treat)'를 해보기로 하였다. 이것을 할 때 반드시 부모가 함께해야 한다고 한다. 재미있는 경험이 될 거란 생각이 들었다. 애니네와 만나기 전에 남편이 아이들을 데리고 먼저 아파트 내에서 '트릭오어트릿'을 하며 한 바퀴 돌았다. 아이들에게 코스튬을 다시 입혀서 집마다 돌며 "Trick or treat."을 외치며 사탕이나 초콜릿을 달라고 하였다. 남편은 아이들을 데리고 '잭어렌턴(Jack-a-lantern)'이 켜져 있는 집만 돌았다고 하는데, 그 짧은 동안에 꽤 많은 사탕과 초콜릿을 얻어 왔다. 우리 집 베란다 앞에도 잭어렌턴(Jack-a-lantern)을 켜 놓았는데, 그 레턴을 보고 커스튬 차림의 아이가 우리 집 문을 두드리기도 하였다. 문을 두드리면 사탕이나 초콜릿을 내주곤 했다.

애니 엄마와 'Trick or treat' 하기로 한 장소는 아파트 인근 주택가이다. 애니 엄마가 미리 알아둔 주택가를 애니 아빠 차를 타고 갔다. 우리 외에도 준수네 가족과 태환이네 가족도 함께하였다. 주택가는 어둠이 내려 어두웠다. 그 어둠 사이로 아이들은 잭어렌턴이 켜져 있는 집들을 골라 다니며 "Trick or treat!" 외쳤다. 그럴 때마다 문이 열리고 사탕이나 초콜릿을 주었다. 우리 아이들처럼 코스튬을 차려입고 사탕이나 초콜릿을 얻으러 다니는 아이들을 종종 볼 수 있었다.

Trick or treat!, 집 앞에 켜져 있는 잭어렌턴(Jack-a-lantern)

잭어렌턴이 켜져 있는 집보다 켜 놓지 않은 집이 많았다. 그러나 잭어렌턴이 켜져 있는 집은 문을 두드리면 어김없이 문을 열고는 아이들에게 사탕이나 초콜릿을 듬뿍 내주었다. 집집을 거칠 때마다 아이들의 할로윈 바구니는 점점 무거워져 갔다. 이미 한차례 가까운 쇼핑몰을 돈 태환이와 준수의 할로윈 바구니는 제법 무거웠다. 각 상가에서도 오늘만큼은 아이들에게 사탕이나 초콜릿을 듬뿍듬뿍 내주었다고 한다.

미국에서 할로윈은 아이들이나 젊은이들의 놀이 문화로 자리매김하고 있다. 그들은 이날 색다른 경험을 하며 이 집 저 집을 돌기도 한다.

오늘 아이들이 경험한 할로윈 축제와 퍼레이드, Trick or treat을 외치며 집집을 누비고 다닌 오늘 밤을 아이들은 오랫동안 잊지 못할 것이다. 미국에서 바구니를 들고 남의 집 문을 두드리며 사탕이나 초콜릿을 얻을 수 있는 날이 바로 할로윈이며, 아이들은 그것을 몸소 체험해 본 것이다.

새로운 아이 '에디'

가끔 아이들의 머릿속을 들여다보고 싶어질 때가 있다. 아이들의 사고는 어떻게 진행될까? 아이의 행동을 이해할 수 없거나 나를 당혹스럽게 할 경우가 그렇다. 어떤 생각으로 저런 행동을 하는 것일까? 보통 아이들은 상식적인 범위 안에서 행동하며 적당히 자신의 행동을 컨트롤 할 줄도 안다. 교실은 어찌 보면 사회의 축소판이나 다름없는 곳이다. 그런 교실에서 사회의 룰을 배우고 다른 사람들과 어울려 나가는 법을 배우게 된다. 비록 자신이 원하지 않는다고 해도 교실에서 공부하는 한 학생들은 그 룰과 규칙을 따라야 마땅하다. 그것이 사회를 배워 나가는 가장 기본이 되는 것이다.

그런데 가끔 그런 상식적인 범위를 벗어난 사고와 행동을 하는 아이들을 만나게 된다. '딥스'나 '한 아이'에 나오는 셜라 같은 아이 말이다. 물론 그들처럼 극단으로 치닫는 행동을 하지는 않을지라도 사고와 행동이 상식적인 범주 안에서 이해하기가 어려울 때가 있다. 토리 헤이든 선생님같이 무한한 인내와 사랑을 가지고 그런 아이들을 받아주기에는 교실이라는 특수한 상황이 그런 여유를 허락지 않을 때가 많다. 토리 헤이든 교사와 쉴라를 생각하면 아직도 가슴이 뭉클하다. 토리 헤이든 같은 무한한 인내력이 있는 교사들이 과연 얼마나 될는지? 아울러 나는 어떤지?

'에디', 첫 학기 시작인 어제 새로 전학을 온 학생이다. 전학 온 첫날부터 나는 에디로부터 도전장을 받은 것이나 다름이 없었다. 어제 오마와 정, 그리고 새로운 아이 에디를 한 그룹으로 묶어 그들에게 수학을 가르치는 동안 에디는 나의 가슴속 깊은 곳의 버튼을 수시로 눌러댔다. 내 수준에서 이해할 수 없는 행동들이었다. 그런데 오늘 또다시 나는 에디를 맡게 되었다. 백룸에서 정과 에디에게 2학년 읽기 책을 읽어주라는 토마스 선생님의 제안에 따라 에디를 또 맡게 된 것이다. 에디의 영어 말하기 수준은 의사소통에는 지장이 없을 정도로 유창한 편이나, 정작 읽기 부분에서는 정과 비슷한 수준이라는 것이 토마스 선생님의 판단이었다. 어제 오후에 읽기를 시켜 본 결과 정과 비슷한 수준이었다고 한다.

어쨌든 그렇게 해서 정과 에디와 함께 백룸으로 가게 되었다. 두꺼운 2학년 읽기 교과서를 꺼내놓고 첫 단원부터 읽기 시작하였다. 정은 내가 시키는 대로 잘 따라와 주었다. 그런데 에디는 자신이 읽고 싶은 페이지를 열고는 그 페이지만을 읽겠다고 고집을 부렸다. 꼭 첫 단원부터 할 필요까지는 없겠다 싶어 에디의 의견을 받아들였다. 큰 소리로 읽어야 수준을 가늠할 수 있을 것 같아 큰 소리로 한번 읽어 보라고 했더니 내내 속으로만 중얼거리고 있었다. 아예 내 말을 귀에도 담아두지 않으려는 도발적인 태도였다. 정과 함께 읽기를 하는 내내 에디는 이해할 수 없는 행동을 하곤 했다. 내가 정에게 관심을 가지고 가르치려 하면 참견을 하면서 나의 관심을 흩어놓고 있었다. 그렇다고 함께 책을 읽을 것도 아니면서 끊임없이 관심을 갖도록, 그리고 신경을 쓰도록 유도했다.

쉬는 시간이 되어 아이들을 밖으로 내보내고 토마스 선생님과 에디에 대해 대화를 나눌 수 있었다. '에디'. 그의 행동은 다 이유가 있었던 모양이다. 그는 어렸을 적 끔찍한 일을 직접 목격했다고 한다. 그 이후 에디의 부모는 에디를 에디 엄마 친정인 중국으로 보냈다고 한다. 그의 아빠와 엄마는 직장 때문에 이곳저곳을 떠돌아다녀야만 했다. 그는 외할머님 댁에 맡겨졌는데, 어찌 된 이유인지 할머니는 에디를 일종의 기숙학교에 보내놓고 일주일에 한 번 토요일에만 에디를 집으로 데리고 왔다고 한다. 사랑을 듬뿍 받으며 자라나야 할 나이에 에디는 남의 눈치나 보면서 천덕꾸러기로 자라게 된 것이다.

기숙학교라는 곳은 가정하고는 다르다. 그 어린 나이에 받아야 할 사랑을 먹고 자랄 수 있는 곳이 아니다. 천덕꾸러기같이 자라게 된 에디, 맞기도 하고 협박도 당하면서 어린 시절을 보냈다고 한다. 그러니 정서적으로 피폐해져 있는 것은 당연한 일인지도 모른다. 그의 행동은 토마스 선생님 말씀이 아니면 듣지 않을 태세였는데, 토마스 선생님 말씀조차도 잘 듣게 될지는 모르겠다. 어쨌든 에디와 함께 읽기 학습을 하는 것은 아무런 의미가 없으며, 그의 행동을 이해할 수 없다는 의사를 전했다. 토마스 선생님은 에디에게 경고성 멘트를 주겠다고 했지만, 그게 그 아이에게는 그리 의미 있어 보이지는 않았다.

그런데 쉬는 시간이 끝난 후 오마와 정, 에디를 함께 또 소그룹으로 묶어 분수 학습하는 것을 도와달라는 토마스 선생님 부탁을 받아 또 에디와 함께 학습을 하게 되었다. 분수의 전반적인 이해와 기약 분수로 나타내는 부분을 내가 맡아서 가르쳤다. 시험 문제는 60문제가 넘고 있었다. 어제 이미 많은 부분을 해결하였고, 오늘 이어서 그 남은 부분을 가르쳐야 한다. 정은 내가 원하는 대로 따라와 주는 편이라 별로 신경 쓸 게 없었다.

그런데 오마와 에디는 분수 이해를 위한 구체물들을 가지고 티격태격 다투기 시작했다. 지기 싫어하는 이면으로 공격적인 면도 강한 아이였다. 오마를 진정시키고 오마의 문제를 먼저 부랴부랴 봐주고는 오마를 오마의 자리로 보냈다. 이제는 에디 차례, 에디에게 설명을 해주겠다고 여러 번 말을 했다. 에디는 여전히 콧등으로도 말을 듣는 것 같지 않은 태도였다. 방자하기 짝이 없는 태도였다. 직업의식이 발동되었으며 묘한 도전 의식이 생겼다. '그래? 어디 해보자!' 에디에게 분명히 내 의사를 전달했다. 네가 문제를 풀고 안 풀고는 너에 달렸다는 것과 네가 만약 원하지 않으면 네 자리로 돌아가도 좋다고 했다. 그러면 토마스 선생님이 너를 가르쳐 줄 거라는 의사를 전했다. 듣는 것 같지는 않으나 영리한 그가 내 말을 듣지 않을 리 없었다.

그 말을 끝으로 에디에게 눈길도 주지 않았다. 정의 문장제 문제 해결을 돕고 기약 분수로 나타낸 문제들을 확인해 주었다. 그 사이 에디는 끊임없이 나의 관심을 유도했지만, 일부러 무시해 버렸다. 중간에 묻기도 했지만, 가르쳐 줄 수가 없다고만 했다. 그에게는 일절 관심도 없는 척했다. 정이 에디 좀 가르쳐 주라고 부탁했지만, 그 말도 일축해 버렸다. 에디가 다시 문제를 풀 수 없다고 말을 해온다. 어떻게 하는지 가르쳐 달라고 한다. 못 이기는 척 설명을 시작하자 에디는 또 딴짓이다. 묘한 신경전을 걸어오는 것이다. 또다시 정에게만 관심 집중을 하고 있으니· 그 사이에 수십 차례 물어온다.

 거의 기가 꺾인 듯하여 그때를 포착하여 문제를 설명하니 그때는 조금 듣는 듯했다. 분수를(Fraction)을 배웠냐고 물었더니 배우지 않았다고 한다. 설명을 위해 연필로 그의 시험지에 푸는 방법을 써 주었더니 그것마저도 다 지워버렸다. 도발적인 행동이었다. 겨우 그의 집중력을 잡고는 딱 두 문제를 겨우 가르쳐 주었다. 보통 아이들은 몇 번을 해야 이해를 하는 편이다. 그런데 에디는 이해하고 있는지, 못하고 있는지조차도 내보이지 않았다. 위의 기약 분수를 해결한 후에야 그 기약 분수에 달린 알파벳을 밑에 써놓을 수 있는데, 위에는 아까 틀린 대로 그대로 놔두고는 밑에 알파벳만 맞추어 나갔다. 그 알파벳은 기약 분수로 나타낸 숫자들의 조합으로 일정한 문장이 되게 구성되어 있다. 그런데 그 문장을 에디는 정확하게 맞추어 나가고 있었다. 놀라운 일이 아닐 수 없었다.

 에디는 문장을 다 맞추더니 내게 묻는다. 맞았는지 확인을 해 달라고. 그래서 문장은 맞았지만, 위의 기약 분수로 나타내는 것은 모두 틀렸다고 했다. 그는 그것마저도 받아들이고 싶지 않은 모양이다. 한참을 들여다보더니 또 물어온다. 맞았는지 봐달라고⋯. 똑같은 말을 반복해서 말해주었다. 에디는 또 물어온다. 세 번째! 나는 에디의 눈을 똑바로 바라보았다. 그 또랑또랑하고 맑아 보이는 아이의 눈, 그 이면에 어떤 상처가 있길래 이런 행동을 하는 것일까? 나는 다시 한 번 똑같은 말을 반복해

주었다. 그랬더니 그는 그 많은 기약 분수를 단 일 분도 안 되어 모두 고쳐 놓았다. 분수를 한 번도 배우지 않았다는 에디가 나를 놀라게 했다. 보통 잘하는 학생일지라도 한두 문제 정도는 틀리는 게 순서일 텐데, 그는 한 문제도 틀리지 않고 모두 맞추었던 것이다. 이런 맹랑한 에디! 에디는 분수의 문장제 문장도 척척 풀어나갔다. 대단한 응응력이었다. 그는 아주 명석한 두뇌를 가지고 있었던 것이다.

토마스 선생님에게 에디의 수학적 계산력이 매우 놀랍다는 말을 전하자 토마스 선생님은 이해하겠다는 말을 했다. 그러나 그의 행동은 나를 당혹스럽게 했다고 하자 이미 알고 있었다고 했다. 이틀 동안 관찰을 통해, 그리고 나와 학습하는 것을 지켜보았다고 했다. 에디! 그는 왜 그런 행동을 하는 것일까? 에디가 내 관심 대상으로 들어왔다. 묘한 호기심과 도전 의식까지 발동시키면서 말이다.

녹두 찹쌀떡 만들던 날

며칠 전 예원이 엄마로부터 녹두 찹쌀떡 레시피를 받아들었다. 한 번 만들어봐야지 벼르다, 드디어 시온 마켓에 가서 재료들을 사가지고 왔다. 아이들 영양 간식으로는 제법 괜찮아 보이던 떡이었기 때문이다. 우리 아이들은 떡을 좋아하는 편이다. 일주일에 한 번씩 시온 마켓에서 장을 볼 때마다 아이들은 늘 떡을 집어들곤 한다. 아이들은 떡 중에서도 인절미나 꿀떡, 절편, 약밥 등을 좋아한다. 삶은 옥수수나 구운 감자, 집에서 만든 핫케이크, 떡, 과일 등도 즐겨 먹는 간식이다.

간식 중 나 역시 반한 것이 있는데 바로 캘리포니아산 옥수수이다. 이곳 옥수수 맛은 꿀맛인데, 내가 먹어 본 옥수수 중에서 가장 맛있는 옥수수였다. 물이 탱탱한 알갱이가 톡 터지며 퍼지는 그 달콤한 맛은 먹어 보지 않은 사람은 모를 것이다. 이곳 캘리포니아는 일 년 내내 햇살이 좋아 일조량이 풍부해서 과일이나 옥수수의 당도가 아주 높다. 맛이 좋은 데 비해 옥수수 가격은 싼 편이다. 껍질을 벗겨 삶아서 주면 아이들도 즐겨 먹는다. 옥수수는 제니가 좋아하는 간식이기도 하다. 그 외 과일들도 당도가 높아 맛이 좋다.

드디어 벼르던 녹두 찹쌀떡을 만들어 보기로 했다. 예원 엄마가 준 레시피를 펴놓고 적혀 있는 순서대로 수행해 나갔다. 우선 깐 녹두를 두 시간 넘게 불려놓고 적당하게 물렀을 때 녹두를 삶았다. 삶아야 하는 시간이 적혀 있지가 않아서 녹두가 푹 익을 때까지 삶았다. 그런데 녹두가 너무 퍼진 느낌이 들었다. 예원이 엄마에게 전화해서 녹두가 지나치게 퍼진 것 같은데 어떻게 해야 하는지를 물었더니, 설탕과 소금 간을 하게 되면 좀 퍼진다고 하였다.

전화를 끊고 녹두를 체에 밭쳐 물기를 제거하였다. 워낙 걸쭉하게 퍼져있었던지라 물기가 잘 제거되지 않았다. 적당히 체에 밭쳐 물기를 제거한 후 적혀진 분량대로 설탕과 소금을 넣고 휘휘 저었다. 이어서 찹쌀가루에 적당량의 설탕과 소금을 넣은 후 물을 넣어 반죽하였다. 예원 엄마가 반죽할 때 주의할 점을 몇 가지 말해 주었는데 그 상황을 몰라 레시피에 적혀 있는 대로 하였다. 물양이 적어서인지 반죽에는 가루가 폴폴 날렸고 가루 사이로 덩어리 반죽이 섞여 있었다. 커다란 그릇에다가 녹두를 곱게 깔고 그 위에 반죽한 찹쌀 반죽을 얹었다. 찹쌀 반죽 위로 다시 한 번 녹두를 곱게 폈다. 알루미늄 은박지로 덮은 후 예열된 325도의 오븐에다가 한 시간 반 동안 구웠다. 시간이 상당히 걸리는 작업이어서 그 사이에 내일 정 소풍에 싸 가지고 갈 김밥에 쓸 채소를 볶았다.

드디어 시간이 되어 오븐을 열고 떡을 꺼내니 겉모양은 그런대로 괜찮은데 가운데 찹쌀 반죽이 처음 넣던 그대로 가루가 성글게 남아 있었다. 한눈에 보기에도 실패였다. 곰곰이 생각해 보니 찹쌀 반죽에 물기가 고르게 배야 차지게 익을 것 같았다. 생각 끝에 찹쌀 반죽만 다시 해서 오븐에 익혀보기로 하였다. 그 사이에 예원이 엄마에게 전화가 왔다. 책임감이 느껴진다는 말과 함께 전화를 주었는데, 첫 번째는 실패라는 말에 다음에 한 번 예원이 엄마가 하는 것을 직접 보고 해보라고 하였다. 그래도 포기할 수 없어 반죽을 한 시간 반 동안 오븐에 넣었는데, 시간이 되어 꺼내보니 이번에는 딱딱한 쿠키가 되어 있었다. 두 번째도 실패! 남편은 실패한 찹쌀 쿠키를 집어 먹으며 맛이 좋다고 하였다.

생각 끝에 다시 한 번 더 시도해 보기로 하였다. 세 번째 시도인 셈이다. 한국에서 인절미를 집에서 만들어 본 적이 있다. 그 경험을 생각하여 이번에는 찹쌀 반죽을 물기를 충분하게 한 후 약식 시루를 만들어 김을 쐬게 하여 찹쌀 반죽을 익혔다. 드디어 찹쌀 반죽은 그런대로 성공하였다. 처음에 시도했다가 실패한 녹두를 살살 걷어내어 찹쌀 반죽 아래 위로 골고루 묻혔다. 그리고는 식히기를 기다려 적당한 크기로 잘랐다. 그러고 나니 시간이 밤 열한 시를 훌쩍 넘고 있었다. 결국, 남편이 걱정 어린 한마디를 했다. 내일 아침 김밥을 싸려면 평소보다 일찍 일어나야 하는데 자야 하지 않겠냐고…. 내일은 정이 현장 학습(Field Trip)을 가는 날이라 김밥을 싸주어야 한다.

결국, 세 번의 시도로 그런대로 구색을 갖춘 찹쌀떡을 완성하였는데 맛은 그런대로 괜찮았다. 그러나 결국 세 번째도 레시피대로 만든 것이 아니어서 실패한 셈이다. 오븐에다 구워서 해야 하는데 간이 시루를 만들어 쪘기 때문이다. 그러나 세 번의 실패를 거울삼아 다음에는 성공할 수 있을 것 같다.

우선, 녹두를 적당히 삶아야 한다는 것이다. 물기가 빠질 수 있을 때까지 삶아야지, 푹 삶게 되면 너무 차지게 된다. 둘째, 찹쌀가루 반죽은 물기를 적당히 머금어야 한다는 것이다. 가루가 폴폴 날리면 그 가루가 오븐 안에서도 그대로 남기 때문에 적당한 물기는 필수이다. 시루에다 찔 때는 물기가 없어도 되겠지만, 오븐에다가 굽게 되면 물기가 필요하다. 셋째, 설탕과 소금의 배율이 적당해야 한다. 너무 달지 않도록 해야 한다. 넷째, 적당히 식힌 후에 잘라야 잘 잘린다.

그러나 뭐니뭐니해도 예원이 엄마가 하는 것을 직접 보는 것이 가장 좋을 것 같다. 백문이 불여일견(百聞不如一見)이기 때문이다. 특히 음식의 경우는 더욱 그러하다. 내가 즐겨 만들던 영양 빵을 가까운 이웃에게 설명을 해준 적이 있다. 그 이웃은 순전히 내 말에 의존해서 영양 빵을 만들게 되었는데, 빵이 아니라 떡이 되었다고 해서 함께 웃었던 적이 있다. 그 빵은 베이킹파우더나 일체의 첨가물이 들어가지 않은, 달걀 흰자로만 거품을 내어 빵을 부풀리고, 우유와 건포도, 설탕, 달걀 노른자 등을 적당히 배합하여 만드는 빵인데, 배합 비율이 아주 중요하다. 계량컵 몇 컵, 몇 숟가락이 아닌, 눈으로 보고 그 걸쭉한 농도를 체크해야 하는데, 그 걸쭉함은 보지 않고는 가늠하기가 어렵다. 그 걸쭉함이 빵의 성공 여부를 판가름하는데, 아무리 설명을 해도 보지 않고서는 빵이 아닌 떡이 나올 수밖에 없는 것이다. 이럴 때 백 번 듣는 것보다는 차라리 한 번 보는 게 훨씬 낫다.

That's Okay!

영어 공부를 위해 커뮤니티 컬리지에 다닌 지 며칠이 지났다. 이곳에서는 시험을 통해 일곱 단계의 수준으로 나누어 수준별 학습이 진행되고 있는데, 나는 앤 선생님 반에서 수강하게 되었다. 처음 청강을 했던 반도 앤 선생님 반이었는데, 발음이 정확하고 좋아 내게는 듣기가 수월했었다. 영어가 다 같은 영어 같지만, 사람에 따라 많은 차이가 있다. 특유의 억양이나 발음에서 미묘한 차이가 나기 마련이다. 그래서 어떤 선생님 영어는 쉽게 알아들을 수 있지만, 어떤 선생님 영어는 알아듣기 어려울 때가 있다.

물론 영어가 능통한 사람들은 발음에서 느껴지는 뉘앙스가 어떻든 다 알아들을 수 있겠지만, 영어 초보자들에게는 그렇게 쉽게 모든 말이 귀에 들어오는 것이 아니다. 그런데 앤 선생님 발음이 내게는 듣기가 수월했던 것이다. 그래서 오전에 하는 영어와 12시부터 2시까지 있는 회화 수업을 모두 앤 선생님 강의로 듣기로 하였다. 커뮤니티 컬리지에는 수준별 일곱 강좌 외에도 여러 강좌가 있어서 자기 수준과 취향에 맞는 강좌를 선택하여 들으면 된다. 프로그램도 어학 강좌로는 더할 나위 없이 좋다는 것이 이곳을 다니는 사람들의 공통된 의견이었다. 대학원에 다니거나 대학에 다니는 사람들뿐만 아니라 이민자들, 그리고 나같이 영어를 배우고 싶어 하는 사람들의 어학연수 과정으로 많이 이용되는 곳이다.

봄 학기의 마지막 날, 오전 수업을 당겨서 끝내고 포틀럭 파티(Potluck Party)를 연다고 하였다. 수강생들 모두 음식 한 가지씩 가져와서 함께 식사하며 대화도 나눌 수 있는 일종의 종강 파티이다. 오전 수업 중에 지난주에 보았던 시험을 확인하는 시간을 가졌다. 채점은 앤 선생님이 미리 마쳤기 때문에 우리는 피드백하며 마지막 수업을 보냈다. 앤 선생님은 시험지를 나누어주기 전에 93점 만점에 83~93까지는 Excellent! 73~82점까지는 Very Good! 62~72점까지는 Good! 62점이하는 That's O.K!라고 하여 수강생들로 하여금 웃음을 자아내게 하였다.

드디어 시험지를 나누어 주었는데, 나는 93점 만점에 60점을 맞아서 'That's O.K!'가 되었다. 틀린 문제들을 살펴보니 시제가 틀리거나 동사가 틀린 것이 대부분이었다. 이 얘기를 남편에게 해주었더니 남편은 한참 동안을 웃었다. 나 또한 그 얘기를 하면서 얼마나 웃었던지! 시험을 못 보았으니 부끄럽게 생각해야 하는데, 부끄럽다는 생각보다는 그 점수도 That's O. K라고 했던 앤 선생님의 발상이 우스워 한참을 웃을 수 있었다.

남편은 점수도 시원찮게 받았는데 마치 자랑인 양 떠벌리는 내 모습이 우스웠을 것이다. 어쨌든 나는 시험에서 'That's O.K!' 점수를 받았다. 그 시험은 이번 과정을 모두 끝낸 사람들의 기말고사에 해당하는 문제들이었다. 듣기 문제와 대부분 쓰는 문제들로 이루어져 있었으며 문항 수는 51문항이었다. 이번 학기 과정을 제대로 끝낸 사람들이라면 대부분 Good 이상의 점수를 얻을 수 있는 문제들이었다. 그리 어려운 문제들은 아니었으나, 동사 하나 틀려도 틀린 거라 내게는 헷갈리는 문제들이기도 했다. 아무튼 재미있는 경험이었고, 점수도 그야말로 That's O. K다.

이곳에 와서 느끼는 거지만 시험에서 문제 제시도 신선한 충격을 주곤 한다. 우리라면 10문제, 20문제, 25문제, 33문제 등 100점 만점에 맞추어 시험 문제를 제시하겠지만, 이곳은 31문항, 17문항, 22문항…. 이렇게 문제를 제시한다. 100점에 점수를 맞추지 않기 때문에 점수를 특별히 고려하지도 않는다. 다만 틀리면 몇 개가 틀렸는지를 표기해 주는 것이 더 일반적이다. 이것 역시 내게는 신선하게 다가왔다.

다양한 음식 체험 'Potluck Party'

오전 수업을 당겨서 끝내고 파티 준비를 하였다. 가져온 음식들을 세팅하고, 드디어 음식들을 먹어볼 수 있는 시간이 되었다. 강의실 이곳저곳에서 사람들이 쏟아져 나오고 있었다. 오전 강의를 끝내고 돌아가는 사람들도 있었지만, 대부분 수강생들이 이번 종강 파티에 참석하였다. 이곳에서 영어를 배우는 사람들은 세계 각국에서 몰려들었다고 해도 과언이 아니다. 각국에서 몰려든 사람들이 준비한 음식들이라 그런지 음식들도 다양하고 색달랐다. 각국의 음식을 고르게 체험해 볼 수 있는 시간이다.

수강생 모두 모두들 음식 한 가씩을 내놓으니 수십 가지가 넘는 음식들로 테이블은 빽빽이 채워졌다. 마치 세계 음식 전람회에 온 것 같았다. 한국 사람들도 많았는데 그들은 김밥과 떡볶이, 김치, 유부초밥, 오곡밥, 잡채 등을 만들어 가지고 왔다. 나는 세 번의 실패를 거듭한 끝에 드디어 성공한 '녹두 찹쌀떡'을 가지고 왔다. 맛이 그런대로 괜찮아서 외국인들의 입맛에도 맞을 것 같았다. 테이블에 세팅된 음식들을 보니 입이 쩍 벌어졌다. 음식들이 어찌나 다양한지!

사람들은 접시 하나씩 들고 뷔페식으로 길게 줄을 서서 각국의 음식들을 하나씩 담아 들었다. 이곳저곳에 삼삼오오 짝을 이루어 음식을 즐기며 대화를 나누는 모습이 정겨워 보였다. 나는 될 수 있으면 먹어보지 못한 음식들을 체험해 보리라 생각을 했다. 그런데 막상 접시에 담은 음식들을 보니 결국 내가 즐기는 음식들이 대부분이었다. 다 먹어보기에는 음식 종류가 너무 많았다.

포틀럭 파티(Potluck Party)

음식을 받아들고는 앤 선생님 강의를 함께 듣는 한국인 몇 명과 함께 이런저런 얘기를 나누며 음식을 먹었다. 내게는 색다른 경험이었고 좋은 경험으로 남을 것이다. 세계 각국 사람들이 준비한 포틀럭 파티인만큼 각 나라의 다양한 음식들을 체험해 볼 수 있었다. 실컷 먹고 난 후에 마시는 커피 한 잔은 왜 그리도 맛나던지!

미국에 살면서 부러운 것이 꽤 있는데 그중 하나도 파티 문화이다. 특히 포틀럭 파티(Potluck Party)는 미국에서는 일반적인 파티인데, 파티에 참석하는 사람들이 음식 한 가지씩 해가지고 와서 음식을 나누며 대화를 하는 파티이다. 실제 파티 준비에서 음식이 차지하는 비중이 큰데, 보통 한국에서는 여자들이 그 몫을 담당한다. 수 명에서 수십 명에 달하는 파티 참석자들을 위해 음식을 한 사람이 준비하는 것은 그야말로 힘든 일이다. 경험에 의하면 그렇게 음식 준비를 하고 나서 아파 누운 적도 있다. 이런 형태의 파티, 즉 누군가의 희생과 일방적 봉사로 이루어지는 파티는 그 누군가에게는 큰 부담일 수 있다. 그런데 이렇게 파티에 참석하는 모든 사람들이 자기가 잘하는 음식 한가지씩을 해가지고 와서 파티를 열게 되면 파티를 준비하는 입장이나 오는 입장 모두 부담 없이 즐거운 파티를 즐길 수 있다. 약간의 수고로 함께 즐거운 파티여야지, 누군가의 일방적 희생으로 이루어지는 파티는 바람직해 보이지 않는다.

요즘은 집에서 모여서 파티를 하기보다는 보통 식당에서 하는 경우가 많다. 우리에게 포틀럭 파티(Potluck Party)는 아직은 생소하다. 그러나 여러 가지 측면을 고려하였을 때 이런 유형의 파티가 우리 사회에서도 보편화되면 좋을 것 같다. 가족 간 모임도 마찬가지로 음식을 각자 해가지고 와서 즐기게 되면 모두가 즐거운 가족 모임이 될 것 같다. 누군가는 늘 부엌에서만 동동거리는 것이 아니라, 같이 노고를 분담하고 같이 즐길 수 있다면 가족 모두의 행복감이 올라가지 않을까?

앤 선생님 결근

      해가 진 공원에는 주홍빛 가로등들이 점점이 뿌려져 주위를 은은하게 비춰주고 있었다. 요즘은 저녁때 집을 나서도 그리 추운 느낌이 들지 않는다. 지금쯤은 아침저녁으로 선선해야 함에도 오히려 여름날의 저녁 시간보다도 더 훈훈해져 있다. 피부에 와 닿는 공기는 더없이 부드러워 짧은 운동복 차림으로 나서도 부담스럽지 않다. 나무들 사이로 뿜어져 나오는 달콤한 향을 맡으며 그사이를 걸었다. 하늘은 짙은 음영이 드리우고 있었고, 여유롭게 산책을 나온 사람들의 모습이 편안해 보였다. 촉촉해진 뺨 위를 스치는 공기는 감미로웠으며, 발밑으로는 훈훈한 기운이 느껴졌다.

  지난 며칠 동안 가을 날씨답지 않게 여름 날씨처럼 덥다고 느껴졌는데, 오늘 남편은 이와 같은 날씨에 관해 이야기를 해주었다. 이는 이상 기후가 아닌, 가을 동안이면 늘 경험하는 이곳 특유의 날씨라고 한다. 이를 인디언들은 '인디언 썸머'라고 불렀다고 한다. 즉, 가을 동안에 잠깐 있게 되는 이 시기에는 봄날 같은 따뜻한 날씨가 계속된다는 것이다. 인디언 썸머는 미국과 캐나다에서 가을 동안 잠시 볼 수 있는 따뜻한 날씨라는 의미도 있지만, 사람들이 평온한 만년(晚年)에 갖는 조용하고 즐거운 시기를 상징적으로 부르기도 한다고 한다.

  이렇게 가을 날씨답지 않게 날씨가 따뜻해지는 이유는 사막에서 불어오는 바람 때문이라고 한다. 사막에서 더위를 품은 공기가 이동하면서 일시적으로 따뜻한 날씨가 진행된다고 한다. 이곳은 사계절이 확연하게 드러나지는 않는다. 사계절 내내 온화하고 따뜻한 편에 속한다. 그러나

놀며 탐구하며 스스로 배우는 아이들

아무리 사계절의 특징이 뚜렷하지 않다고 해도 환절기는 환절기인지라, 며칠 전까지만 해도 한 낮과 아침저녁의 기온 차이가 제법 나서 가벼운 감기 증상을 앓는 사람들도 종종 있었다.

어제는 학교에서 앤 선생님 딸을 볼 수가 있었다. 앤 선생님 딸은 감기 기운이 있어 학교를 나가지 못했다고 한다. 그래서 앤 선생님이 근무하는 학교로 아이를 데리고 온 것이다. 쉬는 시간 동안 딸이 강의실에 들어왔는데, 앤선생님 딸은 전형적인 동양인 아이였다. 까무잡잡한 피부, 까만 머리, 약간 마른 듯한 체형 등이 중국 아이의 모습을 하고 있었다. 전형적인 백인인 앤 선생님이 그 아이를 입양한 것이다. 쉬는 시간 잠깐 사이에 그들이 나누는 교감은 친딸 이상의 것이었다. 딸을 바라보는 앤 선생님의 눈에는 지극한 사랑을 담고 있었다. 그 모습이 한없이 아름다워 보였다. 앤 선생님의 딸에 대한 사랑은 사람들 사이에서 간간이 이야기되고 있는데, 주로 수업 중에 흘러나온 이야기에 근거한 것들이다. 앤 선생님의 딸에 대한 지극한 사랑이 때로 거룩해 보이기까지 했다.

그런데 오늘 앤 선생님이 결근하였다. 아침에 8시 10분이면 늘 강의실 문이 열리곤 했었는데, 차에서 아무리 기다려도 앤 선생님이 나타나지 않았다. 15분쯤 되어 남편을 보내고 강의실 앞에 있는 의자에 앉아 있노라니 낯선 사람이 #B3 강의실을 열어주었다. 앤 선생님은 오늘 '조금 늦어지나 보다.'라고 생각했는데 앤 선생님은 수업 시작하기까지 나타나지 않았다.

결국 문을 열어준, 처음 보는 선생님이 수업을 시작하였다. 선생님은 앤 선생님의 결근에 대해 언급을 하였다. 앤 선생님은 딸이 감기 기운이 있어 학교에 나가지 못해 집에서 아이를 돌보아야 해서 못 나왔다는 것이다. 그럴 수도 있겠다 싶었는데, 왠지 그 말을 듣고 나니 마음 한구석이 훈훈해져 왔다. 앤 선생님 딸은 5학년이다. 우리 상식으로는 5학년씩이나 된 아이가 감기를 앓는다고 부모가 직장까지 못 나오겠냐고 했을 것이다.

어쨌든 앤 선생님은 딸의 감기로 인해 직장을 나오지 못했고 집에서 딸을 돌보고 있다는 것이다. 앤 선생님의 딸에 대한 지극한 사랑이 엿보이는 대목이 아닐 수 없다. 이곳에서는 법적으로는 10살 이하의 어린이를 혼자 집에 놔두는 것은 금지하고 있다. 그러나 앤 선생님 딸은 5학년이다. 충분히 혼자서도 있을 만한 나이거나 하루 베이비시터에게 부탁을 해도 되었을 것이다. 그러나 앤 선생님은 그렇게 하지 않고 자신이 직접 아이를 돌보고 있다는 것이다. 앤 선생님은 내게 영어만 가르치는 게 아니다. 앤 선생님의 입양한 아이에 대한 지극한 사랑이 내게 많은 생각을 하게 하였다. 미소만큼이나 푸근하고 정이 많은 앤 선생님이 인간적으로 더 가깝게 느껴졌다.

앤 선생님의 결근으로 오늘 회화 수업은 케롤 선생님이 맡았다. 케롤 선생님도 앤 선생님처럼 발음이 분명하고, 앤 선생님과 같은 빠르기여서 듣기가 수월한 편이었다. 여러 가지 상황에 맞는 주제에 대해 네 명이 토론하고, 그 토론 결과를 발표하는 시간이었다. 다른 선생님의 강의를 가끔 이렇게 들어보는 것도 좋은 기회라는 생각이 들었다. 같은 교재를 가지고 수업을 해도 선생님에 따라 강의 스타일이나 교수법이 많이 다르기 때문이다.

놀며 탐구하며 스스로 배우는 아이들

아시안 축제

    오늘은 한국 날짜로 음력 1월 1일 설날이다. 이곳은 설날의 느낌도 없이 조용하기만 하다. 늘 그렇듯 우리 가족은 모두 아침 7시 30분에 집을 나서 모두가 학교로 향했다. 오후에 고국에 계신 부모님께 전화로 설날 인사를 드리고 나니 그제야 설날 느낌이 났다. 설날 느낌을 들게 한 것은 또 있다. 바로 '아시안 새해 축제'가 그것이다. UCSD(University Califonia San Diego)에 다니는 아시아의 각국 대학원생들이 벌이는 축제인데 우리도 구경 가기로 한 것이다.

    축제 시작 시각은 오후 3시 30분이었다. 정이 화요일만 하는 ELS 수업이 3시 15분에 끝나기 때문에 우리는 서둘러야만 했다. UCSD에 도착하여 코인 주차장에 차를 주차했는데, 보통 2시간 주차에 2달러 정도의 코인을 직접 넣어야 한다. 정해진 시간 이상 주차를 하게 될 경우 30분에 50센트를 더 지불해야 한다. 주어진 시간에 한해서 주차를 할 수 있고, 주차 시간이 지났는데도 주차를 계속할 경우에는 주차 위반 딱지가 붙게 되어 벌금을 물어야 한다. 어쨌든 우리는 두 시간 정도를 예상해서 2달러 정도 코인을 기계에다 넣고 축제가 열리는 행사장으로 올라갔다. 행사장으로 가는 길에 본 기숙사가 단조로운 모습으로 길게 늘어서 있었다.

    행사장에는 시간이 되었음에도 한산해 보였다. 자리를 잡고 앉아 행사가 시작되기를 기다렸다. 사람들이 여기저기서 모이더니 이내 자리가 꽉 찼고 곧이어 행사가 시작되었다. 오프닝 인사에 이어 중국 옷을 입은 나이가 있어 보이는 두 사람이 여기저기를 다니며 빨간 조그만 포장지를 나누어 주었는데, 열어보니 코인 모양의 무엇인가가 금박지가 싸여 있었다. 마치 금돈을 연상시켰는데 이는 중국에서 설날 아침에 행운의 코인을 주는 의미라고 했다. 우리로 치면 세뱃돈 같은 것인데 금박지를 열어보니 초콜릿이었다.

이어서 중국 '용춤'이 시작되었다. 여러 사람이 커다란 용 모양을 들고 음악에 맞추어 춤을 추는 것이었는데, 중국 특유의 원색적인 요란함을 느낄 수 있었다. 춤사위는 대체로 단조로워 보였으나, 그 큰 용의 움직임을 나타내기 위해서는 여러 사람의 호흡이 중요해 보였다. 그런대로 잘 맞추어서 용이 하늘을 꿈틀 꿈틀거리며 왔다 갔다 하였다.

중국의 용춤

용춤에 이어 우리의 '사물놀이'가 소개되었다. 먼저 상쇠가 외국인들에게 사물에 대한 소개와 더불어 악기별 연주법을 소개했다. 이어 호남 좌도 가락을 흥겹게 연주하였는데, 듣기만 해도 흥이 절로 나는 무대였다. 사물놀이에 대한 소개를 악기 위주가 아닌 우리의 정서를 어떻게 표현하고 있는지, 어떤 자리에서 즐겼으며, 사물놀이의 유래는 어떤 것인지에 대해 더 자세히 소개했으면 하는 아쉬움이 남았다. 그래도 미국에서 외국인들 앞에서 훌륭하게 사물놀이를 연주해준 우리 학생들이 기특하고 자랑스러웠다.

한국의 사물놀이

사물놀이에 이어 아시아의 각국 의상들이 선보이는 패션쇼가 진행되었다. 어디서 의상을 구했는지 제대로 갖춘 아시아 각국의 의상들이 다 집결한 듯했다. 오늘이 설날임을 고려하여 우리 한복을 입은 학생들이 곱게 세배 인사를 올려서 많은 박수를 받았다. 내가 한국인이라 그런지 내 눈에는 한국 학생들이 가장 의젓하고 고와 보였다.

다음으로 일본 드럼인 타이코(Taiko)를 선보이는 시간을 가졌다. 드럼을 가지고 나온 학생들의 폼새가 예사롭지 않았다. 정적인 느낌보다는 역동감이 느껴지게 하는 자세였다. 마치 쿵 후 자세를 연상케 해주는 동작이 많았으며, 힘이 느껴지게 하는 시연이었다. 전체적인 시연은 안하고 각 악기 연주법만을 선보였는데, 그 악기들이 전체적으로 어울려 하는 공연은 금요일에 한다는 초대장을 시연에 맞추어 나누어 주었다. 그래도 좀 아쉽다는 생각이 들었다. 살짝 맛만 보여주고 진가는 금요일 날 다시 와서 구경하라니….

이어 일본인들이 함께 모여 새해 축하 노래인 'haiku' 노래를 불렀는데, 그곳에 온 일본 사람들이 모두 무대에 올라간 것 같았다. 꽤 많은 사람들이 올라갔는데, 이 축제 동안 내내 느껴지던 차이들을 일본인들이 더 실감 나게 느끼게 해주었다. 물론 축제의 목적이 화합과 아시아를 다른 나라에 소개하려는 의도된 축제였겠지만, 어쩔 수 없이 국가 간의 차이를 느끼게 해준 축제였다. 아시아 축제라고는 하나, 일본, 중국, 한국이 무대를 독차지하는, 사실상 삼국 축제였다고 해도 과언이 아닐 것이다. 프로그램도 하나만 빼고는 모두 삼국이 돌아가면서 공연을 하는 식이었기 때문이다.

이어서 우리의 전통 결혼식 장면이 연출되었는데, 영어와 한국어의 소개에 맞추어 전통 결혼식을 하여 많은 사람들의 웃음과 호감을 불러일으켰다. 우리 문화를 알리려는 학생들의 태도들이 기특해 보여 손에 열이 나도록 손뼉을 쳐댔다. 이만한 공연을 준비하기 위해서 학생들이 얼마나 고생하고 노력했는지 안 봐도 훤히 알 수 있었다. 짧은 시간 동안의 공연일지라도 무대에 내놓기 위해서는 보이지 않게 많은 노력을 기울여야 한다는 것을 잘 알고 있다. 더군다나 자국의 이미지와 문화를 알릴 수 있는 기회여서 준비하는 데 큰 노력을 기울였을 것이다. 그런 면에서 공연을 선보여준 각국의 아시아 학생들에게 박수를 보내고 싶다. 공연을 잘하고 못 하고를 떠나 아시아의 문화를 한눈에 체험할 기회를 제공한 그들에게 감사의 마음을 전하고 싶다. 공연이 끝난 후에 각국의 음식을 맛볼 수 있었는데 이것도 색다른 경험이었다.

세계 어디를 가도, 세계 각국의 누구와 설지라도 당당하고 자신감 있게 설 수 있는 한국의 아이들이었으면 좋겠다는 바람을 가져본 하루였다. 당연히 그럴 수 있으며, 앞으로 그렇게 키워지고 교육돼야 한다고 생각했다. 결국, 우리의 아이들은 세계를 무대로 세계 각국의 아이들과 함께 협력하고 공존해 나가야 하기 때문이다.

6장 뛰며 놀며 자라는 아이들

　　잘 노는 아이들이 잘 자란다. 노는 것은 단순히 노는 차원을 뛰어넘는다. 놀면서 체력도 단련할 수 있고 쌓인 스트레스도 풀수 있다. 또한 어울려 놀면서 사회성과 인성적 자질을 기를 수 있다. 그래서 앉아서 하는 공부 못지않게 함께 뛰어노는 것도 중요하다.

　이곳은 아이들이 뛰어놀기에 좋은 환경이 조성되어 있다. 아파트나 학교 근처에 학교 운동장보다 훨씬 더 넓고 큰 공원들이 곳곳에 있으며, 차를 타고 조금만 나가면 자연 속에서 마음껏 뛰어놀 수 있다. 아이들에게 자연만큼 위대한 스승은 없으리라. 자연 속에서 자연을 경험하고 그 속에서 뛰어노는 경험들은 그 어떤 경험보다도 아이들 심성에 좋은 영향을 미칠 수 있다.

　이곳은 기본적으로 신체활동을 강조하여 건강한 아이들로 자랄 수 있도록 독려한다. 그런데 아이들끼리 놀더라도 부모의 허락을 받아야 하며 필요한 경우 아이들이 같이 놀 수 있게 하려고 편지를 쓰기도 한다. 그만큼 아이들에 대한 어른의 책임을 강조하고 있다. 아이들이 노는 것에도 부모의 개입이 필요하지만, 부모의 안전망 안에서 함께 놀 수 있는 분위기가 형성되면 아이들은 자기들끼리 시간 가는 줄 모르고 놀곤 한다.

　학교에서도 쉬는 시간이나 체육 시간, 혹은 학교에서 열리는 체육 행

놀며 탐구하며 스스로 배우는 아이들

사에 학생들은 자유롭게 참가할 수 있다. 그러면서 학생들은 자연스럽게 친구들과 어울리고 사회인으로서 필요한 자질들을 키워나가고 있다. 아이들에게 놀이가 중요하다는 것은 굳이 학자들 말이나 이론을 빌리지 않더라도 익히 알고 있는 부분이다. 잘 놀기 위해서는 잘 놀 수 있는 환경을 만들어 주는 것이 중요하다. 아이들 놀기에 적합한 이곳 아이들은 저절로 잘 놀게 된다. 우리도 이곳처럼 아이들이 실컷 뛰어놀 수 있는 환경을 물리적으로나 사회적으로 만들어나가야 한다. 우리 아이들이 잘 자라기를 바란다면 말이다.

도일 조깅 대회 'Doyle Jog-A-Thon'

이곳 도일 학교는 학교 재정 확보를 위해 여러 가지 행사를 벌이고 있다. 근처 대형 마트의 지원을 받아 학교 가게를 여러 차례 열었으며, 그 이후에도 초콜릿이나 연필 등을 사무실에서 팔고 있다. 며칠 전 Doyle Jog-A-Thon 행사를 열 것이며, 이 행사를 계기로 기부(Donation)를 할 것을 권유하는 안내문을 받은 적이 있다. 이런 행사 말고도 크고 작은 행사를 통해 공개적으로 기부를 받고 있다. 오늘은 기부와 더불어 조깅 대회를 여는 날이다. 행사를 위해 학부모 발렌티어 지원을 받았으며, 조깅 대회는 오전 중에 두 번 있게 된다고 하였다. 대부분 아이들 기부 봉투에는 10달러 정도가 기입되어 있었으며,

100달러 넘게 기부하는 학생들도 있었다. 우리도 이에 맞추어 제니는 10달러, 정은 20달러를 기부하기로 하였다.

이런 모든 행사는 학교 재정을 확보하기 위해 실시하는 것이다. 이곳 도일의 교장 선생님이 직접 광장에 나오셔서 초콜릿을 팔고 있을 정도로 학교는 재정 확보에 적극적이다. 듣기로는 캘리포니아 교육 예산이 충분하지 못해 학교는 주정부로부터 충분한 지원을 받지 못하고 있다는 소리를 들은 적이 있다. 그 부족한 예산을 메꾸기 위해 학교마다 이렇게 자체적으로 여러 가지 행사를 벌여 기부금을 받고 있다.

이렇게 확보된 예산은 아이들 책이나 학습 준비물, 여러 가지 교수 학습 활동 자료들을 구입하는 데 사용된다고 한다. 이곳의 경우 모든 학습 활동에 필요한 것들은 학교 내에서 다 해결이 된다. 즉, 준비물을 따로 준비할 필요가 없으며 준비물 자체가 없다. 아이들은 아침마다 준비물 사느라 문구점을 들어갈 필요가 없으며, 학부모들은 학습 준비물을 준비시키느라 고심하지 않아도 된다. 그래서인지 학교 주변에 문구점 자체가 없다. 문구점뿐만 아니라 그 어떤 가게도 없으며, 오로지 공원 하나를 끼고 있을 뿐이다. 학습 활동에 필요한 모든 것들은 학교에서 나누어주고 있다.

백룸(Back Room)에는 학습에 필요한 많은 자료와 노트, 종이, 컬러페이퍼, 풀, 크레파스, 색연필, 자 등의 학습 준비물들이 비치되어 있다. 또한, 교실에 많은 책들이 비치되어 있는데, 특이한 것은 많은 종류의 책들이 학급의 모든 아이들이 함께 수업용으로 이용할 수 있을 정도로 충분하게 복권으로 구입이 되어 있다는 것이다. 그 자료 중 많은 것들이 이렇게 학부모의 지원을 받아 산 것이라고 한다.

어떤 학부모는 학교가 얼마나 가난하며 이렇게 수시로 기부를 받고 있느냐고 말하기도 한다. 그러나 대부분 학부모는 그런 활동이나 행사들에 대해 긍정적으로 생각하고 있으며 협조를 아낌없이 하고 있다. 오늘 615호실 총 기부 금액은 500달러에 달하며, 다른 반들도 이 정도라면 전체 기부금은 상당할 것이라는 생각이 든다.

조깅은 유치원, 1, 2학년과 3, 4, 5학년 두 파트로 나누어서 시행된다고 한다. 이곳 도일 학교에서 출발하며 다른 장소로 이동할 것이라는 예상과는 달리 도일 운동장 내의 잔디 운동장에서 달린다고 하였다. 아이들이 운동장 한 바퀴를 돌 때마다 나누어준 종이에 체크를 해주고 아이들의 기록을 체크하는 식이었다. 반마다 학부모 발렌티어들이 기부받은 물과 과일 등 간식을 테이블 위에 준비해 놓고 있었다. 514호실 제니네 반은 일본인 엄마와 애니 엄마가 발렌티어를 하고 있었다. 유치원은 잔디 운동장 반 바퀴를 돌게 된다. 음악을 틀어놓고 아이들은 신나게 달리고 있었고, 선생님들은 음악에 맞추어 몸을 흔들며 아이들을 격려하고 있었다. 제일 많이 달린 아이들에게는 반별로 상장이 전달된다고 한다. 제니는 엄마에게는 시선도 주지 않고 열심히 달리고 있었다.

아이들 조깅 대회에 음료수와 물을 제공하는 학부모 자원봉사자들

11시부터는 3, 4, 5학년 달리기 대회가 있었다. 우리 반은 발렌티어를 하기 위해 미케엘라 엄마와 터마라 엄마, 콰 엄마가 왔다. 아이들 체육시간에 미케엘라 엄마와 꽤 오랜 시간 동안 이런저런 얘기들을 나눌 기회가 있었다. 미케엘라 엄마는 이혼에 관한 얘기를 숨기거나 꺼리는 기색도 없이 일상의 얘기를 하듯이 아주 쉽게 말하고 있었다. 지금 살고 있는 남편도 이혼 경력이 있는 사람이라고 한다. 이들은 이혼을 부끄럽게 생각하거나 감추지 않는, 그냥 일상적으로 이루어질 수 있는 일이라는 생각을 하고 있다.

놀며 탐구하며 스스로 배우는 아이들

나의 작은 친구 오마

615호실에서 함께 생활하는 나의 작은 친구 오마를 생각하며…

오마가 과연 나를 친구로 생각해줄 것인지는 아직 의문이다. 어린아이건, 어른이건 그 사람의 눈을 보면 어느 정도 그 사람에 대해서 알 수 있는 것 같다. 그만큼 눈은 정직하고 솔직하며, 많은 느낌을 담고 있기 때문이다. 오마는 아주 선한 눈을 가지고 있는 아이다. 정과 같은 그룹이어서 금요일마다 함께 학습하면서 알게 된 아이이다. 오마는 선한 눈만큼이나 마음도 아주 예쁜 아이다.

오늘 있었던 일이다. 수학 시간에 정삼각형과 이등변 삼각형을 배우는 시간이었다. 정삼각형과 이등변 삼각형을 그려야 하는데 이등변 삼각형이야 쉽게 그릴 수 있지만, 정삼각형의 경우 정확하게 세 변이 모두 같아야 하므로 좀 신경을 써서 그려야 한다.

토마스 선생님의 지시대로 아이들은 한 선 한 선을 그려서 삼각형을 완성해 나갔다. 토마스 선생님은 잘한 아이들에게 "You got it." 혹은 "Good job."이라는 표현을 해주었다. 토마스 선생님은 맨 앞자리에 앉은 오마가 그린 것을 보더니, 내게 가라는 말을 했다. 즉, 내 옆에 와서 내게 배우라는 것이었다. 교사들의 경우 일일이 세밀한 부분까지 아이들의 작업을 챙겨주기가 때론 버거울 때가 있다. 그러다 보면 전체적인 흐름을 놓칠 수 있기 때문이다. 오마는 그렇게 해서 내 옆자리의 롬과 자리를 바꾸게 되었다.

오마의 수학 노트를 보니 어수선하고 정리가 되어 있지 않았다. 체계가 없이 이곳저곳에다 연습하다 보니 노트가 전체적으로 산만해 보였다. 빈 페이지를 펴서 먼저 빨간 볼펜으로 날짜를 적었다. 그리고는 한 선 한 선 그리는것을 도와주었다. 틀렸을 경우 어디가 틀렸는지 말을 해주고 다시 한 번 시도해 보라고 하였다. 잘했을 때는 당연히 물론 엄지손가락을 세워서 "Good job."이라고 말하는 것도 빼놓지 않았다. 색연필을 빌려주면서 색깔을 칠하라고 하니 잘 따라와 준다. 그렇게 해서 오마와 함께 정삼각형 두 개와 이등변 삼각형을 한 개를 그리고, 각 삼각형을 그린 후 각각 다른 색깔을 칠하도록 하였다.

오마는 자신감이 생겼는지 연신 얼굴에 미소를 짓더니, 노트를 번쩍 들고는 토마스 선생님에게 자신이 한 것을 보라며 자랑을 했다. 그 모습을 옆에서 보던 미스티크가 어이없다는 듯이 웃었다. 모든 것을 늘 잘하는 아이들에게는 오마의 모습이 어이없어 보일 수도 있다. 그러나 오마는 자신이 직접 해냈다는 성취감에 들떠 있었다.

그러더니 이번에는 작은 목소리로 내게 질문 공세를 한다. 선물 받는 것을 좋아하느냐? 어떤 선물을 좋아하느냐? 머핀 빵을 좋아하느냐 등등. 오마는 내게 선물을 해주고 싶다고 하며 연신 물어댔다. 나는 선물은 좋아하지만 선물은 하지 말라고 내 의사를 전했다. "No thank you."라고 말하고 씽긋 웃어 주었더니 오마도 따라서 웃는다. 이어서 또 질문 공세….

토마스 선생님 말씀에 귀 기울이자고 하니까 잠시 조용하더니, 잠시 후 또 이것저것 물어온다. 작업하는 도중에 오마의 지우개가 없어 내 것을 주면서 이제부터는 오마의 것이라고 했더니 다시 돌려준다. 지우개가 내게는 두 개가 있어서 하나는 오마를 주어도 된다니까 그제야 좋아하며 받아든다. 오마에게 준 지우개는 빨간 하트 모양의 지우개인데, 가운데에 라운드가 있어 특별한 상징을 표시하는 것처럼 보인다.

지난여름 치코에 있을 때 호스티스트인 니키로부터 선물을 받은 것이었다. 니키에게는 좀 미안하지만 정말로 필요한 사람에게 주었으니, 니키도 내 맘을 이해해줄 것이다. 그 원안에다 오마의 이름을 적어 주었더니 나를 보고 씩 웃는다. 그 맑은 웃음이 어찌나 예쁘던지! 오마는 그 지우개 뒷면에다 자신의 이름을 한국어로 써달라고 한다. '오마'라고 써 주었더니 좋아서 함박웃음을 지었다.

곧이어 점심시간을 알리는 종이 울렸는데, 오마는 그 지우개를 아이들에게 그리고 토마스 선생님에게 자랑했다. 한국어로 이름까지 있다면서…. 토마스 선생님은 귀담아듣지 않았지만, 오마의 천진난만한 그 마음이 내 맘에는 쏙 들어 왔다. 오마는 그 지우개를 들고 점심을 먹으러 카페테리아로 갔다.

어제도 하굣길에 오마가 지나가길래 손을 흔들며 잘 가라고 하자, 오마도 손을 흔들어 주었다. 오마는 우리보다 한참 앞서서 갔는데 그의 아파트에서 우리가 다 지날 때까지 아파트 모서리에 얼굴을 빼꼼히 빼고 기다렸다가 우리를 보자, 그 특유의 해맑은 함박웃음을 지으며 손을 마구 흔들어 주었다.

오마의 행동을 보면 순수하고 맑은 아이의 마음이 느껴진다. 우리에게 호감을 느끼고 있음을 느낄 수 있다. 비록 토마스 선생님 맘에 들게 공부를 썩 잘하지는 못하지만, 심성 하나는 아주 착하고 고운 아이다. 그런 오마가 종종 내 눈에 들어오곤 한다. 공부도 잘하고 행동도 빠르고 빈틈없어 보이는 아이들보다는 좀 어설프지만, 정이 담뿍 느껴지는 아이가 내 눈에는 더 잘 들어온다. 오마가 그렇게 해서 내 눈에 들어왔다.

Good Answer

이곳은 아이들과 함께 놀기 위해서도 그들의 부모에게 편지를 쓰거나 허락을 구해야 한다. 아이들 자의대로 논다는 것이 참으로 어려운 나라이다. 조금 씁쓸한 생각이 들지만 어쩌랴! 이곳 풍습대로 따라야지. 오마와 정이 함께 노는 것에 대해 오마 엄마에게 편지를 했는데 오늘 저녁 전화로 그 답을 들었다. 물론 반가운 답이다. 매주 수요일날 두 시간씩 오마와 정이 함께 노는 것에 대해 찬성을 한다는 내용이었다. 우리 집에 데리고 와서 놀다가 오마네 집까지 데려다주기로 하였다. 오마의 집은 우리 집에서 매우 가까운 아파트에 살고 있었다.

아침에 오마에게 편지를 건네주었더니 오마는 매우 기뻐하는 모습이었다. 그 편지를 미스티크와 라이니에게 보여주기까지 하였다. 미스티크는 영리한 꼬마 숙녀인데 편지에 내 사인이 빠져 있음을 지적해 주었다. 토마스 선생님에게도 보여드렸는데 매우 좋은 생각이라고 하였다. 어쨌든 그 답을 빠르게 듣게 되어 정말 다행이다.

전화하면서 내 영어의 한계를 많이 느꼈다. 생각해보니 개인적인 문제도 있겠지만, 학창 시절 참 영어 공부를 제대로 하지 못했다는 생각이 들었다. 문법과 시험 위주의 영어 공부였으니 당연히 말하기에서 부족할 수밖에 없을 것이다. 물론 지금 아이들이야 그렇지 않겠지만···. 콰 학생은 이곳에 온 지 4년째인데 영어가 아주 유창하다. 내가 영어 공부를 몇 년째 했지? 잘못 배웠다는 것은 한국의 영어 교수법, 영어 학습 전반적인 것에 문제가 있다는 뜻일 테지. 10년 넘게 영어를 배웠어도 현지인들과 제대로 회화를 할 수 없는데, 과연 영어를 배웠다고 할 수 있는지? 우리 세대인데 영어를 유창하게 하는 사람들이 많으니 이는 핑계에 불과한 것인가? 요즘은 내 짧은 영어 실력 때문에 가끔 이렇게 난관에 부딪히기도 한다. "Parden me!"를 연발하며 양해를 구한다. 영어 교육을 탓하기보다는 지금부터라도 열심히 하는 것이 현명한 태도일 것이다.

Dear Omar's Mom,

How are you? I am Jung's mom from Korea.

Mrs Thomas asked me come to school to help my son

because Jung is not good at English,

so everyday I go to Doyle Elementary School.

Omar is very kind and good boy.

My son Jung likes him very much.

I think Omar and Jung got along with very well

in the class.

A few days ago, Mrs Thomas suggest

that Omar and Jung play together after school

once or twice a week in my home.

I'm very glad to hear that,

but I wonder you will admit it or not.

If it is possible I want Omar comes to my house

once or twice a week and plays with my son,

for 1 or 2 hours.

Of course I will bring him to my house

and take your house after playing.

If you permit this idea, would you please

Let me know the convenient day of the week.

I live in Oakwood Apartment #514, very close to your

apartment.

And my phone number is 453-****.

I hope to get a positive response from you and Omar.

Thank you.

Best regard,

좋은 이웃들과 함께

오늘은 수요일(Hump Day)이라 오마와 오마 동생이 놀러 오는 날이다. 그런데 예원의 엄마가 우리에게 예원이네 집에 함께 가기를 청해 왔다. 그래서 오마가 우리 집에 오게 된 이야기를 해주었다.

놀며 탐구하며 스스로 배우는 아이들

예원이 엄마는 앞으로 수요일에는 우리가 시간 내기가 힘들겠다며 아쉬워하길래, 우리 집으로 가면 되지 않겠냐는 제안을 하였다. 다음 주 수요일에 우리 집에서 차나 한잔 하자고 하였더니 그러자고 했다.

점심을 먹는 자리에서 우리와 같은 아파트에 사는 에릭네도 만났다. 에릭 엄마의 강력한 요청으로 오늘 세 시 반쯤에 에릭네에 가서 커피 한 잔 마시기로 하였다. 에릭 엄마는 우리를 꽤 기다린 모양인데, 우리가 한 번도 에릭네를 찾아주지 않아서 서운했다고 한다. 에릭이 제니와 정을 여러 번 찾았던 모양이다. 수요일마다 몇 번씩이나 방문해줄 것을 요청받았으나, 시간이 여의치 않은 관계로 에릭네에 결국 못 가고 말았다. 에릭네가 우리 집에 온 날로부터 꽤 시간이 흐르고 있었다. 결국, 에릭 엄마가 오마가 가는 시간 이후 세 시 반으로 약속 시간을 정해버렸다.

점심을 먹고는 오마 형제와 함께 집으로 오는 길이었다. 예원이네를 또 만났는데 집으로 가는 길인데 아쉽다는 말을 또 했다. 아쉬워하길래 그럼 우리 집에 가서 차나 한잔하고 갈 수 있느냐고 제안을 했더니 쉽게 내 제안을 받아들였다. 예원이 아빠까지 있었지만, 이미 인사를 나누고 있는 사이라 그리 어색한 분위기도 아니었다. 예원이 엄마와 남편이 함께 수업을 듣고 있으며 예원이 아빠와도 인사를 나눈지라, 남편도 그리 어색해할 것 같지 않았다. 이곳에서 가끔이나마 이런 시간을 마련하는 것이 기분 전환을 위해 좋을 수 있을 거라는 생각도 들었다. 어쨌든 남편은 충분히 이해해 주리라 생각이 들었다.

예원, 지원, 제니, 오마 동생이 예원이네 차를 타고 우리 아파트로 먼저 떠나고 나와 정, 오마가 걸어오게 되었다. 그런데 오는 길에 스프링클러에 젖어 있는 경사진 면에서 오마와 정이 장난을 치다가 넘어져 바지를 버리고 말았다. 경사진 면으로 올라가지 말라고 몇 번을 말했는데, 기분에 취해서 장난을 치더니 결국 그렇게 되었다. 다치지 않았으니 그 것만으로 다행스럽게 생각하였다.

아파트로 돌아오니 예원이네 차가 이미 도착을 해 있었다. 들어가니 남편이 나를 맞는다. 손님들이 오마 형제 외에 더 있다고 말하니 괜찮다 고 말한다. 하기야 아이들이 북적이는 시간이니 거기에 손님들 더 얹혀 있다고 싫어할 이유가 없으리라. 그래서 우리 집은 아이들 여섯 명과 어 른 네 명, 모두 열 명이 북적거리게 되었다. 오마와 정 옷을 벗겨 세탁기 를 먼저 돌려놓고 간단하게 다과와 차를 준비하고 아이들에게도 간식거 리를 차려주었다. 아이들은 먹는 것에는 관심이 없고 이 방 저 방 뛰어 다니며 신나게 놀았다.

차를 마시며 얘기를 나누다 공원으로 나갔는데 마침 스프링클러가 작동하기 시작했다. 햇볕은 따갑고 잔디밭은 촉촉이 젖어갔다. 아이들이 꽥꽥 소리를 지르며 스프링클러 사이를 뛰어다니느라 난리였다. 그 동안 예원이 엄마와 벤치에 앉아 이런저런 얘기들을 나누었다. 아이들은 모두가 물에 빠진 생쥐 꼴이었다. 그래도 좋은지 연신 웃음소리가 그치질 않는다. 집으로 돌아와 예원이, 오마 형제, 제니까지 옷을 갈아입혔다. 예원이네는 돌아가고 오마 형제의 젖은 옷을 드라이기에 넣고 말리고 있었다. 시계는 세 시를 훌쩍 넘고 있었고, 오마 형제가 갈 시간이 되어 마음이 바빠졌다. 세 시 10분쯤이 되니 오마 엄마에게서 전화가 왔다. 사정을 말하고 20분 후에는 아이들을 보내겠다고 양해를 구했다. 다행히 오마 엄마는 상황을 너그럽게 이해해주었다. 이곳은 아이들이 집에서 놀 때도 부모에게 허락을 받아야 함은 물론이고 그 약속된 시간도 지켜주어야 한다.

아이들이 모두 돌아가고 난 후 난 제니의 손을 잡고 에릭네 문을 두드리고 있었다. 세 시 반이었다. 에릭이 많이 기다렸다며 에릭 엄마가 우리를 반갑게 맞아주었다. 에릭 동생 예빈이 너무 귀여웠다. 제니가 많이 예뻐하던 눈치더니 결국 예빈이가 자기만 좋아하는 것 같다는 발언을 해 우리를 웃게 하였다. 예빈이, 에릭, 제니도 즐거운 날이었다. 그 조그만 것이 연신 방긋방긋 웃어대고 있었다. 에릭은 이곳에서 태어난 아이라 영어 반, 한국어 반을 섞어쓰고 있었다. 핫케이크를 만들어 커피를 마시며 이런저런 얘기들 나누다 다섯 시쯤 집으로 돌아왔다. 이래저래 많이 바쁘고 왕래가 잦은 날이었다. 남편은 사람들이 이렇게 쉽게 집을 드나들 수 있어야 좋은 것이라고 한마디 해주어 내 마음을 편하게 해주었다.

놀며 배우며

　　　　　매주 수요일이면 오마가 우리 집에 와서 아이들과 함께 논다. 오마가 오는 날, 점심은 학교에서 해결하기로 하였다. 오마 엄마가 그것을 원했고, 미국 아이 입맛에 무엇이 좋은지 모르고 해서 오마가 우리 집에 오는 날에는 학교에서 점심을 해결하기로 하였다. 오마뿐만 아니라 오마 동생 역시 우리 집에 오기를 희망하여 함께 점심을 먹었다. 점심은 햄버거, 생선가스, 마카로니, 파스타 중에서 선택할 수가 있었다. 나와 우리 아이들은 생선가스를 먹었다. 점심을 먹은 후 오마 동생과 제니를 양손에 잡고 우리 집까지 걸어왔다. 오는 도중에도 오마와 오마 동생은 무엇이 그리 즐거운지 아주 즐거워하는 모습이었다.

　아이들은 장난감을 가지고 놀기도 하고 컴퓨터 게임도 했다. 숨바꼭질을 하거나 공원에 나가 놀면서 재미있게 두 시간을 보냈다. 오마에게 몇 시까지 가기를 희망하느냐고 물었더니 2시쯤 가기로 엄마와 약속이 되어 있다고 했다. 그런데 아파트 옆 공원에서 프리스비를 날리며 놀다 보니 두 시가 훌쩍 넘고 있었다. 오마에게 다시 물으니 전화를 하겠다고 하여 집에 와서 전화 통화를 한 후 30분 연장할 수 있었다.

　다음 주에는 오후 3시까지 놀다가 가기로 허락을 받겠다고 했고 오마 동생 또한 다음 주에 다시 오고 싶다는 의사를 전해왔다. 물론 환영이다. 정은 영어가 점점 늘고 있는 모양이다. 오마와 이 말 저 말 하면서 노는 걸 보니… 애초에 토마스 선생님이 정과 오마가 함께 놀기를 제안한 것도 정의 영어 실력 때문이었다. 놀면서 떠들면 아이들은 더 잘 배운다는 것이다. 그래서 오마와 함께 시간을 정해 놀게 되었는데 정에게는 정말 잘된 일이었다. 놀면서 배울 수 있으니 말이다. 이보다 좋은 일이 또 있겠는가?

아이들 노는 걸 옆에서 지켜보면 내 마음이 흐뭇해진다. 내 어렸을 적 생각이 나기도 해서 덩달아 즐거워진다. 어렸을 적 동네 친구들과 해가 지는 줄도 모르고 뛰어놀다 저녁이 되어서야 엄마의 부름에 하나둘 집으로 들어갔던 그 추억들…. 생각해 보면 놀면서 많은 것들을 배웠던 것 같다. 특별한 놀이터가 있는 것도 아니었는데, 주변에 펼쳐져 있는 자연이 모두 놀잇감이었고 놀이터였다. 자연 속에서 마음껏 뛰어놀았던 기억은 아직도 내 마음속에 보물처럼 남아 있다.

결국 어디에 있든, 어느 시대를 살든 아이들에게 자연만큼 위대한 스승은 없다. 특히 도시에서만 자란 아이들이라면 자연을 자주 경험할 수 있어야 한다. 그래서 아이들 어렸을 적에는 수시로 자연을 찾아들곤 했었다. 아이들은 장난감이나 규칙이 없어도 상황에 맞게 놀잇감도 구하고, 자기들만의 규칙을 만들면서 즐겁게 놀이를 했다. 온몸이 땀으로 흠뻑 적실 정도로 온 힘을 다해 노는 아이들 모습은 경이에 가깝다.

아이들은 무엇이 그리 즐거운지 공원에서 땀을 뻘뻘 흘리며 놀고 있다.

현장 학습 'Field Trip'

514호실 제니네 반 현장 학습(Feild Trip)을 가는 날이다. 며칠 전 안내문에 이번 현장 학습에 대해 자세한 안내가 있었으며, 아울러 자원봉사를 할 학부모들은 신청하도록 안내하고 있었다. 이곳은 보통 현장 학습이나 야외로 소풍을 나가게 되면 학교에서 모든 것을 해결하기보다는 학부모들의 도움을 받아 행사를 하고 있다. 그래서 어디를 이동할 경우 대형 버스를 대절하여 학급 아이들 모두가 버스에 타서 이동하는 경우는 드물다. 학부모들의 차를 이용하기 때문에 삼삼오오 짝을 이루어 자원봉사로 나선 학부모의 차를 타고 주로 이동하게 된다. 때로는 스쿨버스를 이용하기도 한다.

자원봉사를 할까 말까 망설였지만, 경험 삼아 자원봉사자가 되어 보기로 하였다. 제니 손잡고 소풍(Field Trip)을 한번 가보는 것이 아이에게 좋은 추억을 남겨줄 수 있을 것이라는 판단에서였다. 지난번 정네 반 소풍 때도 정과 함께 갔으니, 이번에는 제니와 함께 가는 것도 아이에게 좋은 경험으로 남을 것이다. 장소는 시월드(Sea World)이다. 샌디에이고에 사는 아이들은 지척에 바다를 두고 있고, 바다와 관련한 세계적인 대형 해저 동물원인 시월드(Sea World)가 있어 종종 현장 학습으로 이곳을 찾는다.

제니를 생각해서 김밥은 특별히 아주 작게 쌌다. 선생님 것을 준비하고 싶었으나, 남편 말에 의하면 먹거리를 외국 사람들에게 주는 것은 주의해야 한다고 하여 우리 것만 쌌다. 제니네 소풍은 학교 스쿨버스를 이용한다고 하였다. 학교에 아이들을 들여보내고 다시 집으로 왔다. 출

놀며 탐구하며 스스로 배우는 아이들

발 시각은 아홉 시인데 시계가 필요할 것 같아서 시계를 챙기기 위해 다시 집으로 온 것이다. 평소에는 시계를 잘 차고 다니지 않기 때문에 시계를 잊었었다. 시계를 매고는 다시 산책하듯이 천천히 온 길을 걸어갔다. 조금 전에 스프링클러에서 물을 뿜어댔는지 풀 내음이 더욱더 진하게 코끝을 자극했다. 풋풋한 가을 향 같기도 하고, 싱그러운 새벽 공기 향 같기도 했다. 냄새 하나로도 얼마나 향기로운 추억에 젖어들 수 있는지. 상쾌한 아침 공기와 젖은 풀잎들, 풋풋한 흙 내음이 먼 추억 어느 언저리쯤으로 나를 데려다주었다. 나뭇잎들은 더욱더 짙은 녹음을 드리우고 있었다.

학교에 도착하니 애니 엄마와 예원이 아빠가 문밖에서 기다리고 있었다. 예원이 아빠 성의가 대단해 보였다. 아이에게는 함께 소풍을 가는 좋은 아빠로 남을 기회가 될 것이다. 밖에서 기다리다 교실로 들어가니 다른 엄마들 세 명이 더 와 있었다. 오늘 415호실 자원봉사할 학부모들은 나까지 모두 여섯 명이었다. 열여덟 명 중에서 여섯 명이 자원봉사를 자청한 것이다. 학부모 자원봉사가 많아 한 학부모당 아이는 두 명씩 배정이 되었다. 내게는 제니와 줄리아가 배정되었다. 제니와 줄리아는 둘 다 차분하고 말을 잘 듣는 아이들이었다. 오늘 현장 학습(Field Trip)은 415호실 외에 세 개 반이 더 가게 되며, 이들 모두 스쿨버스를 이용하게 된다고 하였다. 화장실을 다녀온 후 스쿨버스로 향했다. 노란색 스쿨버스 두 대가 학교 앞에서 대기하고 있었다.

아이들이 차에 오르자마자 차는 바로 출발하였다. 통로 맞은편 쪽으로 앉은 걸러렌의 엄마와 이런저런 얘기들을 나누었다. 걸러렌은 도일 학교 근처에 살지 않는다고 했다. 학교에서 차로 한 시간 정도 걸리는 먼 거리에 살고 있는데, 이곳까지 다니는 이유는 학교가 좋기 때문이라고 한다. 그래도 어린아이가 매일 한 시간씩을 달려서 학교로 등교를 하는 것은 좀 무리가 아닌가라는 생각이 들었다. 어쨌든 걸러렌은 매일 스쿨버스로 한 시간씩 걸려 등교하고 있었다. 그래서 새벽 다섯 시가 조금 넘으면 일어나야 한다고 한다. 어린아이가 새벽에 일어나는 것이 참 힘들겠다는 생각이 들었다.

좋은 학교를 찾아 보다 좋은 교육을 받게 하려는 부모 마음은 한국이나 미국이나 마찬가지인 것 같다. 거리가 아무리 멀어도 이곳으로 학교를 보내는 것을 보면 말이다. 정네 반 렌도 샌디에이고 다운타운에 살고 있는데, 다운타운에 있는 학교보다 이곳 도일학교가 더 좋다고 이곳으로 매일 자동차로 25분 이상을 달려 등교하고 있다. 이곳은 학군이 특별히 정해져 있지는 않은 모양이다. 아이들도 어디에서 교육을 받느냐가 중요한 모양이다. 걸러렌 엄마는 일본, 한국, 필리핀, 쿠웨이트에서 생활해 본 적이 있다고 한다. 이곳은 이렇게 여러 곳을 옮겨 다니며 사는 사람들이 많은 편이다.

걸러렌 엄마와 대화를 하는 사이 어느새 차는 시월드(Sea World)에 도착을 하고 있었다. 바다만 보아도 가슴이 확 트이는 느낌이다. 멀리 보이는 바다를 끼고 시월드로 들어갔다. 우리가 평소에 내리던 곳이 아닌 학생들 전용으로 들어갈 수 있는 게이트가 따로 설치되어 있는 모양이다. 차는 정해진 주차장으로 들어갔다. 차에서 내려 시월드 입구로 가니 이미 그곳에는 우리 말고도 다른 학교에서 온 학생들로 북적였다. 유치원생들부터 큰아이들까지…. 우리는 이미 표와 돈을 냈기 때문에 소지품 검사만 간단히 하고 들어갔다.

놀며 탐구하며 스스로 배우는 아이들

대형 수족관을 구경하는 아이들

잉거브래슨 선생님은 도착하자 몇 가지 안내를 해주었다. 12시 30분 쯤까지 점심을 먹고 앞으로 모일 것과 점심은 아이들이 원하는 시간에 먹일 것, 전체적으로 움직이지 않고 개별적으로 움직일 수 있음을 말해 주었다. 잉거브래슨 선생님은 아이들 다섯 명을 맡았는데, 먼저 돌고래 쇼를 볼 것이라고 했다. 대부분의 엄마들과 아이들도 잉거브래슨 선생 님을 따라 돌고래 쇼를 보기로 하였다. 시월드에서 보는 돌고래 쇼는 처 음이라 우리도 함께 보기로 하였다. 쇼는 야외에서 열렸는데 관중석이 꽤 넓어 보였다. 대형 수족관에서는 언뜻언뜻 돌고래의 모습이 보였다. 자리를 잡고 앉았는데 아래쪽 자리는 돌고래 쇼로 물이 튀길 수 있다고 하여 우리는 윗자리로 이동하였다. 정말로 아래쪽 자리는 군데군데 젖 어 있었다.

자리를 잡고 앉으니 기타를 든 사람이 노래와 율동을 하며 흥을 북돋 웠다. 이어 조련사가 등장하고 돌고래가 유유히 나타났다. 유난히 부드러워 보이는 피부와 매끈한 몸을 자랑하며 천천히 대형 수족관을 휘젓고 다녔다. 돌고래들은 조련사의 지시에 따라 다양한 모습들을 선보였다. 돌고래들은 음악에 맞추어 묘기를 하였고, 그때마다 해설자가 설명을 해주었다. 돌고래들을 훈련할 수 있다는 게 참 신기해 보였다. 군집을 이루어 몇 마리가 똑같이 움직이고, 이런저런 모습들을 다양하게 연출해 보일 수 있는 돌고래들이 기특해 보였다. 돌고래는 덩치는 컸지만 하는 모습들은 아주 귀여웠다. 실제 돌고래는 동물 중에서도 아이큐가 높은 동물에 속한다고 한다. 돌고래 쇼를 보고 있는 아이들이 즐거워하니 내 마음도 덩달아 즐거워졌다.

돌고래 쇼가 끝난 후 우리는 애니 엄마와 예원이 아빠, 수잔 엄마, 그리고 아이들과 함께 움직이기로 하였다. 시간은 그리 넉넉지 않아 근처 헬리콥터 시뮬레이션장에서 시뮬레이션을 해보기로 하였다. 이미 헬리콥터 시뮬레이션 장에는 많은 사람들이 기다리고 있었지만, 우리도 기다려서 체험해 보기로 하였다. 10분 정도 기다려서 드디어 헬리콥터를 탔다. 가상 헬리콥터를 타고 남극과 바닷속, 눈 덮인 산, 기암절벽을 가보는 체험이었는데 마치 모험을 한 기분이었다. 제니는 재미있다며 이 헬리콥터를 세 번씩이나 탔다. 그만큼 가상 헬리콥터 체험은 아이들에게 인기 만점이다. 내내 소리 지르고 환호성을 질러댔다. 나는 두 아이의 손을 꼭 잡아 주었다.

헬리콥터를 빠져나오면 바로 남극을 체험할 수 있는 공간이 있다. 백곰과 커다란 백고래가 대형 수족관 안에서 유유히 헤엄쳐 다니는 모습을 볼 수 있다. 대형 수족관 안에는 그 밖에도 작은 물고기들이 헤엄쳐 다니고 있었다. 이름도 알 수 없는 대형 동물이 있었는데 물개인지 꽤 커 보였다. 남극 생활을 하는 사람들의 생활공간도 있었고 곰이 잠자는 굴도 있었다.

그곳을 빠져나온 후 우리는 점심을 먹기로 하였다. 가까운 테이블을 차지하고 앉아 각자 준비해 온 도시락을 펴들고 점심을 먹었다. 미국, 중국, 한국 아이들이 싸 가지고 온 점심은 모두 달랐다. 한국 아이들은 세 명 다 김밥을 싸 가지고 왔으나, 미국 아이인 줄리아는 빵과 음료수, 과자를 사가지고 왔다. 중국 아이들도 간단하게 해결할 수 있는 것으로 점심을 준비해 가지고 왔다. 서로 나누어 먹으며 즐거운 점심시간을 보냈다. 점심을 먹고 시간이 조금 남아서 마지막으로 펭귄을 보기로 하였다. 작은 펭귄들이 아주 많은 수족관이었는데, 그 작은 것들이 얼마나 빠르게 헤엄쳐 다니는지! 시간이 그리 넉넉지 않아 몇 군데밖에 돌지 못했으나, 아이들에게는 기억에 남을 현장 학습이었다. 엄마 손잡고 다녀온 소풍, 나는 내내 줄리아와 제니의 손을 잡고 다녔다. 모든 엄마 아빠들이 아이들 손을 그렇게 잡고 다녔다. 사람들이 많이 붐비는 곳이기 때문에 한시도 아이들 손을 놓을 수가 없었던 것이다.

시간이 되어 약속한 장소로 가니 이미 415호실 아이들이 여러 명 와 있었다. 선생님은 도시락을 싸가지고 오지 않고 점심을 이곳 시월드에서 사서 해결한 모양이다. '이럴 줄 알았으면 김밥이라도 싸다 드릴걸.' 후회감이 들었는데 애니 엄마도 마찬가지 생각을 한 모양이다.

아름다운 화모니

도일 합창부 어린이들의 발표 수업

특별 수업이 시작되는 시간이 가까워지자 선생님은 하던 수업을 멈추고 아이들을 데리고 강당으로 향했다. 그곳에는 이미 3, 4, 5학년 아이들이 와서 자리를 잡고 앉아 있었다. 615호실 아이들이 제자리를 찾아 앉자 바로 공연이 시작되었다. 오늘의 집합 수업(Assembly)은 그동안 4, 5학년 합창반 아이들이 연습한 노래들을 선보이는 시간이었다. 합창반 아이들과 음악 선생님인 호하임(Ho Haim) 선생님이 앞에서 준비하고 있었다. 이곳 도일 학교의 음악 선생님은 나이가 지긋한 분이다. 인터네셔널 페스티벌(International festival)을 담당해서 알게 되었는데 늘 함박웃음을 짓곤 하는 분이다.

음악실이나 강당을 지날 때면 악기 소리와 노랫소리들이 간간이 들리곤 했는데, 오늘 드디어 그 연습한 것들을 발표하는 것이다. 이미 유치

놀며 탐구하며 스스로 배우는 아이들

원과 1, 2학년은 구경을 하였고, 이어서 3, 4, 5학년이 구경을 하는 시간이었다. 4학년부터 음악 수업은 호하임 선생님이 맡아준다고 한다. 4학년부터 음악 시간에 악기 하나 정도는 기본으로 다루어야 한다. 악기는 자신이 선택할 수 있으며, 이는 개인 교습을 받거나 학교에서 지도를 받을 수 있다.

아이들의 아름다운 화모니가 시작되었다. 흰색 상의와 짙은 색 하의를 맞추어 입은 아이들이 율동에 맞춰서 노래를 부르고 있었다. 가끔 노래 속에 선생님 특유의 유머가 느껴지는 율동과 동작, 구음 등을 넣어 아이들에게 웃음을 선사하기도 하였다. 그 동작 하나에도 까르르 웃는 모습들이라니…! 역시 아이들은 순수하다. 그 아이들 웃음소리에 내 마음조차 맑아지는 기분이었다.

일종의 학습 발표회인데 그 준비가 쉽지가 않았을 것이다. 그런데도 나름대로 훌륭한 화음들을 들려주었다. 한 곡 준비시키기도 힘들었을 터인데 여덟 곡씩이나 준비했다는 게 대단해 보였다. 듣는 사람 입장에서는 그 준비 과정에 대해 잘 모를 것이다. 나는 70명이 넘는 아이들 합창 지도를 해본 경험이 있어서 파트를 나누어 합창을 지도한다는 게 그리 쉽지만은 않은 일이라는 것을 잘 알고 있다. 발성부터 아이들의 율동, 태도까지 다 교사의 생각과 노력이 들어가야 한다. 특히 발성은 하루아침에 이루어지는 것이 아니다. 소박하게나마 발표를 했다는 게 참으로 대단해 보였다.

아이들은 이런 특별한 음악 수업을 들으며 합창단으로 활동할 생각을 하기도 할 것이다. 아이들 가슴 속에 고운 꿈을 하나 심어줄 수도 있다. 이래저래 아이들은 다른 아이들의 활동을 보면서 자극받기도 하고 배워 나가고 있다. 그래서 어릴수록 다양한 경험을 하는 것이 필요하다. 그 경험 속에서 아이들은 성장해 가기 때문이다.

415호실 학기 마지막 소풍

오늘은 학기의 마지막 날이다. 415호실과 몇 개의 반이 소풍(Field Trip)을 가고 5학년은 졸업식을 하고 남은 반 학생들은 종업식을 하게 되는 날이다. 415호실 아이들의 소풍 장소는 도일 학교 바로 앞에 자리 잡은 잔디가 드넓게 펼쳐져 있는 도일 파크이다. 소풍에 학부모들을 초대하는 초대장은 이미 나갔으며, 엄마들이 각자 반 아이들 먹을 수 있는 분량의 음식을 해가지고 오는 것으로 얘기되었다. 나는 아이들과 학부모들이 함께 이용할 컵과 아이들 간식으로 먹을 수 있는 '찹쌀 머핀'을 해가기로 하였다.

아침부터 아이들과 함께 소풍을 가야 해서 커뮤니티 컬리지는 결석을 해야 했다. 유치원 생활에서 제니의 마지막 소풍이고, 제니의 요청도 있고 해서 함께 참석하기로 한 것이다. 8시 50분쯤 만든 음식을 가지고 학교로 향했다. 미리 415호실에 가서 도와줄 생각이었다. 잉거브래슨 선생님은 지금 임신 중이라 여러 가지 도움이 필요할 듯하였다. 학교에 가는 길에 글래랜 엄마를 만났다. 글래랜 엄마도 음식 바구니를 들고 있었다. 글래랜 언니는 5학년이라 오늘 졸업을 한다고 하였다. 드레스를 갖추어 입었는데 신경이 쓰이는지 자꾸만 옷매무새를 매만지고 있었다.

함께 415호실에 들어가니 교실 뒤쪽에 피크닉에 쓸 음식과 일회용 용품들이 책상 위에 가득 놓여 있었다. 선생님은 우리를 보자 반가운 인사를 건네 왔다. 음식들 나르는 데 도움을 주려고 일찍 왔다는 말을 하니, 물건들을 나르기 위해 선생님 남편이 오기로 했다고 한다. 수업 중이라 나가 있으려고 하니 교실에 남아 있어도 괜찮다고 했다. 마지막 수업 장면을 몇 컷 찍고 나니 남자 몇 사람이 교실로 들어섰다. 이번 피크닉에 쓸 음식과 물건들을 나르기 위해 온 학부모들과 선생님 남편이었다.

함께 준비된 음식과 행사에 쓸 물건들을 싣고 교실을 나섰다. 아이들은 엄마를 따르는 병아리들처럼 줄을 서서 잉거브래슨 선생님을 따라갔다. 소풍 장소가 학교에서 가까운 도일 파크라 걷는 데 큰 부담은 없었다. 학교에서 걸어서 불과 3분 거리에 있기 때문이다. 도일 파크는 넓은 잔디 구장뿐만 아니라 어린이 놀이터, 벤치 등이 고르게 설치되어 있어 소풍지로는 적격이다. 아이들이 어린 것을 고려하여 소풍 장소를 가까운 곳으로 정한 것은 잘한 선택이었다. 짐을 싣고 공원에 도착하니 다른 학부모들이 속속 도착하고 있었다. 학부모들 손에는 음식들이 한 가지씩 들려 있었다. 아이들 점심으로 먹을 음식이었다.

보통 소풍을 갈 때 음식을 아이들이 각자 싸 가지고 오는 경우도 있지만, 어머님들이 한두 가지씩 음식을 만들어 가지고 와서 뷔페식으로 먹기도 한다. 이렇게 어머님들이 음식 한두 가지씩 해 오는 경우 먹거리들이 훨씬 더 풍부하고 다양해서 아이들에게는 더 즐거운 점심 시간이 될 수가 있다. 오늘도 나라별로 다양한 음식들이 준비되어 아이들은 취향대로 음식을 체험해 볼 수 있었다. 특히 쥬디가 만들어 가지고 온 럼

피아(Lumpia)는 담백하면서도 특별한 맛이었다. 그 요리법을 쥬디에게 물었더니 쥬디는 자세하게 설명을 해 주었다. 재료를 사다가 한번 시도해 봄직한 음식이었다.

잉거브래슨 선생님은 아이들에게 놀 거리를 공원 여기저기에 설치해 주었다. 미니 텐트와 고리 던지기, 비눗방울 만들기 등등, 아이들은 놀이터 이곳저곳에 흩어져서 삼삼오오 떼를 지어 놀고 있었다. 그 사이에 엄마, 아빠들이 도착하여 아이들 노는 것을 구경하거나 대화를 나누었다. 모두 느긋하게 하루를 즐기는 모습들이었다. 아빠들도 몇 분 오셨는데 학교 행사에서 대부분 얼굴을 익힌 사람들이었다. 이곳 엄마 아빠들은 이래저래 아이들 교육에 협조를 잘하고 있다.

점심은 조금 이르게 시작되었다. 아이들은 잉거브래슨 선생님의 지시에 따라 줄을 서서 접시 하나씩 들고는 음식들을 접시에 담아서 잔디밭에 빙 둘러앉아 점심을 먹었다. 얌전하게 앉아서 식사하는 모습이었다. 아이들에 이어 학부모들도 식사를 하였다. 샌드위치와 통닭, 닭 다리 요리, 초밥, 럼피아, 과일, 과자 등 다양한 먹거리들이 준비되어 있었다. 엄마 아빠들이 아침에 정성껏 해온 요리들인데 정성을 들인 만큼 맛도 특별했다. 선선한 그늘에서 대화를 주고받으며 특별한 점심을 즐길 수 있었다.

점심 식사가 끝난 후 잔디 구장에서 아이들을 위한 미니 축구가 열렸다. 축구라고 해야 규칙도 없이 아이들이 공을 따라 쫓아다니는 정도였는데, 그 넓은 잔디밭 위에서 아이들은 잘도 뛰어다녔다. 구경하고 있는 학부모들은 그 모습에 흐뭇한 미소를 짓곤 하였다. 그 잔디 구장에서는 종종 야구 경기도 열리고 축구도 하는데 상당히 넓은 편이다. 잔디 구장 주변으로는 크고 작은 공원들이 몇 개가 연이어 있다. 개들과 개 주인들만 들어갈 수 있는 공원도 있어 눈길을 끌기도 했다. 이래저래 도일 파크는 많은 사람들의 휴식 공간으로 더없이 좋은 역할을 해내고 있다. 미니 축구를 끝으로 잉거브래슨 선생님은 아이들을 인솔하여 다시 학교로 들어갔다.

514호실 아이들의 미니 축구 대회

학년의 마지막 날

학년의 마지막 날은 여러 가지로 참 각별하다. 헤어짐의 시간이기 때문에 아이들에게는 서운한 날로 혹은 아쉬움의 날로 남을 수도 있다. 비단 아이들뿐만이 아니다. 학부모로서도 늘 보던 선생님을 다시는 못 만난다고 생각하면 그 마음이 애틋하고 서운할 수밖에 없다. 고학년일수록 그런 마음이 덜하겠지만, 유치원이나 저학년의 경우, 특히 선생님과 정을 돈독히 쌓아온 사이였다면 학년의 마지막 날은 슬픈 이별의 날이 될 수 있다.

늘 줄을 서서 아이들이 나오기를 기다리던 415호실 엄마 아빠들도 더 이상 이전처럼 자주 보지 못할 것이다. 새 학년이 되면 가끔 마주칠 수는 있지만, 늘 등교와 하교를 함께했던 유치원 시절처럼 자주 보지는 못할 것이다. 선생님도 마찬가지이다. 아침 시작종이 울림과 동시에 항상 웃는 얼굴로 느긋하게 걸어 나오던 모습, 하교 시간이면 어김없이 아이들을 허깅을 해주던 잉거브래슨 선생님도 더는 볼 수 없을 것이다.

소풍을 끝내고 커피를 마시고 와서 잠시 기다린 후에 잉거브래슨 선생님으로부터 마지막으로 제니를 인계받을 수 있었다. 제니를 데리고 나오면서 가슴 한구석이 짠해 왔다. 애니 엄마가 잉거브래슨 선생님과 마지막으로 깊은 허깅을 하는 모습이 눈에 들어왔다. 애니 엄마가 느꼈을 서운한 감정은 표현하지 않아도 충분히 헤아릴 수 있었다. 애니 엄마는 정이 많은 사람이다. 그 많은 정을 잉거브래슨 선생님에게 듬뿍듬뿍 퍼주곤 하는 모습을 옆에서 지켜볼 수 있었다. 누구보다도 학급을 위해 열심히 봉사 활동을 했고 그러면서 선생님에게 정도 듬뿍 들었을 것이다. 그런데 마지막 시간이니 얼마나 서운했으랴. 돌아서서 나오며 보니 애니 엄마의 눈시울은 젖어 있었다. 말은 하지 않아도 많은 것을 담고 있는 표정이었다. 애니 엄마에게는 서운함과 아쉬움이 더 깊게 남았을 것이다. 선생님들은 아이들에게 마지막을 보다 의미 있게 남기기 위해 여러 가지를 준비하였다.

- 아이들의 학교생활 모습이 담긴 시디(정, 제니)
- 반 아이들 전체가 정에게 쓴 편지글

  (노트로 엮어져 있음, 다른 아이들도 다 받았다고 함.)
- 서로 주고받은 이메일 주소록
- 제니 손을 찍어서 장식한 커다란 아빠의 흰색 면티
- 학급 전체 사진(제니)

저녁 시간, 일찍 잠자리에 들기 위해 누웠는데 제니가 옆에 눕더니 훌쩍거리기 시작했다. 왜 우느냐고 물었다. 아이는 이제 다시는 잉거브래슨 선생님 못 볼 것을 생각하니 너무 슬프다고 했다. 아이를 꼭 껴안아 주었다. 제니는 꽤 오랫동안 슬프게 울었다. 잉거브래슨 선생님을 보고 싶으면 그 교실에 가서 볼 수 있다는 말을 해주었다. 이제는 잉거브래슨 선생님과 공부도 하지 못하고 매일 못 보는 거냐고 물어왔다. 그렇다고 하니 눈물을 줄줄 흘리고 있었다.

어제 제니는 잉거브래슨 선생님께 줄 선물을 준비한다며 자기가 가지고 놀던 장난감, 동화책, 연필, 장난감 반지를 종이에 쌌다. 아침이 되어 결국 그 선물은 엄마, 아빠의 만류로 들고 가지 못했다. 그것을 생각하니 마음이 짠해져 왔다. 내일 다시 선물을 준비하겠다고 했다. 선생님 선물을 아이 손에 들려 보내지 못한 것이 내내 후회가 되었다. 그러나 그것은 아이가 들고 갈 선물이 아니었던 것이다. 제니의 마음을 헤아리지 못한 내 잘못이기도 했는데, 작은 거라고 제니가 직접 드릴 수 있게 제니와 함께 선물을 다시 준비해야 할 것 같다. 제니가 선물을 드리며 다시 한 번 잉거브래슨 선생님을 허깅 할 수 있도록 해야 할 것 같다. 그 어린 제니가 가슴속에 뭔가가 느껴져 저렇게 슬퍼하니…. 제니는 그렇게 한참 동안 울더니 이내 잠이 들었다.

수영장의 아이들

아이들은 요즘 거의 매일 아파트 내에 있는 수영장에 나간다. 학교에서 돌아와 간식을 먹고 나면 으레 수영복으로 갈아입는다. 제니는 물을 많이 두려워했으나, 요즘은 튜브를 이용하여 제법 물놀이를 즐기고 있다. 정도 수영 실력이 늘었다. 수영장에서는 에릭을 만나기도 하고 첸첸을 만나기도 한다. 며칠 전에는 첸첸 아빠가 정에게 수영 강습을 하기도 하였다.

수영하고 돌아오면 아이들은 어디까지 진도가 나갔는지 꼬박꼬박 보고를 한다. 제니는 수영은 어떻게 하는 거라며 폼까지 잡아가면서 거실에서 수영 강습을 하곤 한다. 수영 강습이 끝나면 아이들 칭찬하는 것을 잊지 말아야 한다. 정도 어쩌다 엄마가 수영장에 나가면 엄마 보라고 하며 이것저것 시범을 보이곤 한다. 남편은 아이들에게 물에 대한 공포심을 없앤 후 UCSD에서 여는 수영 프로그램에서 한두 달 기본 폼 잡는 것만 배우면 될 것 같다고 말했다.

나는 정작 수영장 물에 들어가 보지도 못했다. 물을 무서워 해서 수영장에 들어가는 일이 내게는 만만치 않아 보인다. 아이들은 엄마는 언제들어올 거냐고 매일 묻는데 그건 나도 모르겠다. 난 그냥 구경하는 것만으로도 좋다. 제니는 요즘 자전거 타는 것도 즐기고 있다.

이곳 생활 중 좋은 것 중의 하나가 바로 아이들이 놀기에 좋은 환경이라는 것이다. 아파트 옆으로 큰 공원이 펼쳐져 있어 종종 그곳에 나가 산책도 하고 플라잉 디스크도 날리곤 한다. 아파트에는 수영장이 있어 아이들은 거의 매일 수영장을 들락거리고 있다. 아파트라고 해도 3층을 넘지 않고, 그나마도 드문드문 있어서 그 자체로 여유로운 편이다. 어디를 둘러봐도 자연이 그림처럼 펼쳐져 있고 공원이 지천으로 널려 있다. 심지어는 애완동물과 그 주인들만 들어갈 수 있는 공원도 있다. 처음에는 그 공원이 참 신기했는데, 애완동물을 키우는 사람들이 워낙 많으니 그럴 수도 있겠다는 생각을 했다.

그러니 아이들 뛰어놀기에 아주 그만이다. 이는 아이들에게만 해당하는 일이 아니다. 나 역시 이곳에 와서 거의 매일 공원을 산책하고 조깅하고 있으니, 이런 환경에서는 저절로 잘 놀게 되는 것 같다. 산책하거나 뛰어놀거나 수영하거나 자전거를 타거나…. 자전거를 타면서 달려오는 차 때문에 걱정할 필요가 없다. 그 넓은 공원 내에서 차는 구경조차 할 수 없다. 아파트라 해도 저전거를 타는 것에 크게 걱정할 필요가 없다. 차가 들어올 수 없는 1층 드넓은 광장에서 타면 되기 때문이다.

이곳에 살면서 느끼는 것이지만 정말 환경이 중요하다는 생각을 하곤 한다. 맹자 엄마가 자식 교육을 위해 세 번 이사를 했다는 것은 지금의 자식 교육에도 적용될 수 있는 이 이야기다. 아이들 교육에 주변 환경이 얼마나 중요한지 이곳에 와서야 뼈저리게 깨닫고 있다. 한국에 있을 때 아이들은 학원 다니랴 학습지 공부하랴 바빴다. 한국이라는 환경 속에서 그것은 자연스러운 선택이었고, 대부분 아이들이 그렇게 하고 있었다. 그러나 이곳에 와서는 주변에 학원도 없고 학습지를 하는 아이들도 없다. 그저 주변에 수영장, 자연과 공원이 널려 있으니 아이들도 그런 환경에 최적화되어 갔다. 학교에 다녀오면 으레 수영장이나 공원에 나가 하하 호호거리며 놀기에 바빴다.

잘 노는 아이들이 잘 자라는 법이다. 우리나라도 이제라도 아이들이 마음껏 놀 수 있는 환경이 조성되었으면 하는 바람을 가져본다. 이는 놀이터를 주변에 많이 만든다고 해결되는 것은 아니다. 사회적 분위기, 학부모님들의 교육에 대한 인식의 변화, 환경 조성 등이 함께 아우러져야 가능한 일이다. 지금이라도 우리 아이들에게도 자유롭게 놀 수 있는 당연한 권리를 마땅히 돌려주어야 할 때이다.

휴식 예찬

쳇바퀴 돌 듯 일정한 틀 속에 놓인 생활이나 긴 여행 후에 갖는 이삼 일간의 휴식은 그 무엇과도 바꿀 수 없는 소중한 시간들이다. '무위!' 아무것도 하지 않아도 된다. 단지 피로나 긴장을 이완시키면서 맛보는 행복감은 특별한 것이다. 일하는 만큼 휴식도 중요하다. 휴식은 단순히 쉬는 것만을 의미하지 않는다. 잠깐 멈추어 서서 자신을 성찰하고 심신을 이완시켜 다시 일터로 나갈 수 있는 재충전의 시간이 되기 때문이다.

놀며 탐구하며 스스로 배우는 아이들

하나님이 세상을 만드실 때 모든 만물을 만들어 놓고, 마지막 날은 '쉼'으로써 모든 창조를 완전하게 끝냈다는 것은 인간들에게 많은 의미를 부여한다. 오로지 일만 할 수 있는 존재는 그 어디에도 없다. 열심히 일했으면 그 후에는 반드시 쉬도록 인간의 몸은 만들어져 있다. 그 원리를 무시하면 인간의 몸과 정신은 탈이 나기 마련이다. 이런 '일과 쉼'의 주기적 반복의 원리는 비단 인간에게만 해당하는 것이 아니다. 자연에도 해당할 수 있는 원리다. 열심히 싹을 틔우고 무성한 잎을 내고 꽃을 피우고 열매를 맺은 후에는 조용한 휴식의 시간을 가지면서 생명을 안으로 갈무리하고 다음을 채비한다.

아파트 옆 공원에서의 산책

'쉼'이 없이 일만 하는 사람은 마치 열심히 잘산 것으로 생각할 수 있으나, 인생의 참 의미를 모르는 미련한 사람일 뿐이다. 쉬면서 자신을 돌보며 에너지를 충전할 수 있는 시간을 가져야 한다. 공원에 나가 꽃들의 향기도 맡아보고, 빗소리도 들어보고, 푸른 풀과 나무들이 뿜어내는 향기를 맡을 수 있는 사람은 자연의 원리를 거스르지 않는 행복한 사람이다. 비단 그렇게 하지 않는다고 해도 긴장 상태에 놓여 있던 자신의 심신을 해방함으로써 내적, 외적인 에너지를 충전할 수 있다.

봄방학을 맞이하여 4일간의 여행을 끝내고 가졌던 이삼 일간의 휴식은 내게는 더할 나위 없이 달콤한 시간이었다. 쉬엄쉬엄 여행기나 정리하고, 읽고 싶은 책을 읽으면서 향기로운 커피에 젖어 있는 시간들이 행복했다. 창문 밖 햇살은 투명하게 속살거리고 집안에서 맨발로 카펫을 오가며 부드러운 감촉을 느껴볼 수 있는 시간들이 좋았다. 다른 휴식기보다도 유달리 달콤하게 느껴진 이유는 긴 노고 후의 휴식이었기 때문이다. 늘 쉬고 있거나 늘 일하는 사람들은 이런 휴식의 고마움을 모를 것이다. 휴식이 이렇게 달콤하다는 것을 모를 것이다.

평소 토요일까지는 내가 해야 할 일들을 해내지만, 일요일만큼은 내가 원하는 만큼 쉬는 시간을 갖곤 하였다. 순전히 나 자신만을 위하여 쉬면서 영화를 보거나 공원을 산책하거나 책을 읽으면서 '쉼'의 시간을 가지곤 했다. 그 시간이 내게는 더없이 소중하다. 여행을 끝내고 이튿날에 남편은 제니 책을 사러 밖에 나가자고 제안을 한 적이 있다. 나는 그 휴식의 시간을 방해받고 싶지 않아 급하지 않으면 하루 이틀 정도 쉬고 다음에 가자고 하였다. 화장하지 않아도 되었고, 편안한 옷차림으로 맛있는 것을 해 먹거나 영화나 책을 보면서 이틀 동안을 보냈다. 무방비 상태로 나 자신을 내버려둔 시간들이 얼마나 달콤하던지!

오늘은 드디어 벼르던 제니 읽기 책을 사러 산타페에 있는 서점에 들렀다. 제니는 담임 선생님과의 학습 상담 이후에 읽기 능력을 길러주기 위해 교재용으로 나와 있는 읽기 책을 한 권 사서 집에서 매일 조금씩 읽혔는데 벌써 그 책을 다 읽었다. 며칠간은 그동안 읽은 책을 복습시키

놀며 탐구하며 스스로 배우는 아이들

고 다음 단계의 읽기 책을 읽히겠다고 남편이 말했다. 제니의 읽기 학습은 남편이 적전으로 맡아서 하기로 했는데, 하루도 빠짐없이 꾸준히 해온 편이다. 오늘은 제니가 사용할 것으로 파닉스 한 권을 샀다. 읽기는 복습 후에 오빠 것을 이용하기로 하였다.

서점에 간 김에 서점에서 불과 몇 분 거리에 있는 바닷가에 들렀다. 햇살을 받은 바다가 눈이 부셨다. 바닷가에 담요를 펴고 일광욕을 즐기는 가족들이 눈에 들어왔다. 이곳은 가족들이 모여서 이렇게 휴식을 취하는 모습을 흔히 볼 수 있는데, 네다섯 가족들이 함께 어울려 놀러온 모양이다. 멀리 파도타기를 즐기는 젊은이들이 파도 위에서 유유하게 미끄러져 내리고 있었다. 나는 제법 큰 자갈들이 깔려 있는 곳에 앉아서 책을 읽고 있었다. 남편은 뭐 이런 곳까지 와서 책을 읽느냐고 했지만, 조용한 바닷가에 앉아서 책을 읽는 것도 내게는 큰 즐거움이다. 책 읽는 장소가 정해져 있으랴.

바닷가를 경비하는 차가 이곳 해변을 오가며 돌고 있었는데, 어느새 우리에게로 가까이 오더니 차가 멈추어 섰다. 내가 앉아 있는 자리가 위험하니 다른 곳으로 이동하라는 얘기 같았다. 아닌 게 아니라, 뒤를 돌아보니 내가 앉은 자리 뒤로 절벽이 있어 낙석의 위험이 있는 곳이었다. 서둘러 자리를 뜨면서 그 사람들에게 고마운 생각이 들었다. 두 녀석은 또 신발과 양말을 벗어 던졌다. 맨발로 걷는 느낌이 좋으리라. 바닷가에만 가면 신발을 벗어 던지기 바쁜 아이들이다. 아이들은 마치 파도와 달리기 경쟁을 하고 있는 것 같았다.

반가운 손님들

　　　　한국 음식 재료를 살 수 있는 한인 마켓인 시온 마켓에 들러 장을 보고, 집으로 돌아와 신발을 빨고 무 초절임을 하려고 할 때였다. 공원에 나가 놀고 있는 정이 문을 다급하게 두드리더니, 지금 공원에 애니네와 첸첸네가 와 있으니 엄마도 빨리 나오라고 하였다. 첸첸은 우리와 같은 아파트에 사는 두 살배기 어린아이다. 정이 유난이 귀여워하는 아이이다. 어찌나 귀여운지 보고만 있어도 저절로 웃음이 난다. 서점에 가기 전에 잠깐 만났는데 첸첸은 우리에게 계란 모양의 장난감을 하나씩 나누어 주었다. 그 장난감을 열어보니 그 안에는 초콜릿이 들어있었다. 차 안에서 정은 내내 첸첸네 한번 놀러 가자고 졸랐었는데, 공원에서 첸첸을 만났으니 정이 얼마나 좋아했을지는 안 봐도 눈에 선하다.

　애니네가 우리 아파트 옆 공원에 놀러 왔다는 말에 반가운 마음이 일었다. 애니네는 도일 학교 옆 아파트에 살고 있는데, 애니네 옆에도 대형 공원이 하나 있긴 하다. 그러나 나무도 없이 잔디만으로 아주 넓게 펼쳐진 공원이라 오솔길이 있고 나무가 우거진 우리 아파트 옆 공원처럼 아기자기한 맛이 없다. 애니 엄마가 왔다는 말에 여행가기 바로 전날 담근 김치가 생각났다. 그렇지 않아도 그날 전화를 해서 김치 좀 가져다주려고 했으나, 남편이 일부러 애니네까지 가야 하니 다음에 가져다주라고 해서 그만두었다. 애니네서 가져온 병이 있어서 그것에다가 김치를 넣어가지고 공원으로 나갔다.

　그 넓은 공원에서 저쪽에서는 첸첸과 정이 놀고 있었고, 이쪽에서는

놀며 탐구하며 스스로 배우는 아이들

애니와 제니가 잔디 위를 뛰어다니며 놀고 있었다. 애니 엄마에게 김치가 담긴 병을 건네니 좋아한다. 무엇인가를 주는 기쁨을 주는 사람은 안다. 특히 정이 많고 마음씨가 고운 애니 엄마이니…. 첸첸은 한 달 보름 전에 남동생이 생겼다. 오늘은 첸첸네 가족 모두가 공원에 나와 있었다. 첸첸 아빠는 전형적인 미국 사람인데 우리에게 참 친절하다.

애니가 엄마에게 제니와 함께 자기네 아파트에 가서 함께 놀았으면 좋겠다고 조르는 모양이다. 온 김에 우리 집에 가서 차나 한잔 마시자고 했으나, 애니의 청에 의해 제니가 결국 애니네 집으로 가서 한 시간 정도 놀다 오기로 하였다. 정에게도 의사를 물으니 정도 함께 가기로 한 모양이다. 남편이 차로 애니네와 제니, 정까지 태우고 애니네 집까지 데려다주었다. 그동안 나는 집으로 돌아와 하려고 했던 '무, 고추 초절임'을 만들고 저녁을 했다.

그사이에 한 시간이 흘러 애니네서 전화가 왔다. 남편이 아이들을 애니네서 데리고 들어오면서 뭔가를 손에 들고 있었다. 애니네서 보낸 오이 김치와 아이들이 좋아하는 오징어 부침개였다. 고마운 애니 엄마! 빈손으로 보내지 않고 또 먹을 것을 해서 보냈군. 정은 애니네서 부침개를 실컷 먹어서 배가 부르다고 하였다. 애니는 혼자 크는 아이다. 어쩌다 그렇게 아이들이 애니네 가게 되면 애니 엄마는 음식을 해서 꼬마 손님들에게 대접하곤 한다. 그런 애니 엄마의 맘이 얼마나 예뻐 보이는지! 마음 씀씀이는 나이와는 상관이 없는 모양이다.

인생에서 정말 소중한 것은 그리 거창한 것들이 아니다. 많은 현인들이 긴 인생을 살면서 터득했듯이, 작고 소소한 일상들 속에 진리가 있다. 가정에서 집안일이나 하면서 하루하루를 소비하는 것 같아 보이는 많은 주부들의 삶은 결코 무의미한 것이 아니다. 그런 기초적인 일들이 가장 중요한 삶의 원리가 되고 있기 때문이다. 그런 기본적인 일들로 인해 가정이 굴러가고 결국은 이 사회가 원만하게 굴러갈 수 있는 것이다. 밖에서 찾는 명예나 성공만이 값진 것이 아니다. 주부들의 삶이 아름다운 이유도 바로 이런 이유 때문이다. 가장 기본적이고 중요한 일들을 드러내지 않으면서도 말없이 해내고 있기 때문이다. 애니 엄마처럼….

미국에서 아이들 생일 문화

미국에서는 즐거운 일일 경우 작고 사소하더라도 의미를 크게 부여하고, 그 기쁨과 즐거움을 이웃과 함께 나누는 것이 일반적이다. 파티 문화가 나름대로 잘 정착이 되어 있는 편인데, 그중 하나가 바로 아이들의 생일 파티 문화이다. 작년에 홈스테이를 하던 시저네 집에서도 보았던 아이들의 생일잔치 문화는 한국과는 분위기가 사뭇 달랐다. 시저의 아들 생일을 치르기 위해 리키(시저 아내)는 이삼 주일 전부터 이것저것을 준비하고 있었다. 생일 초대 카드를 직접 만들어 예쁘게 장식을 하여 초대 글귀를 넣으며 이것저것 생일 파티를 위해 다양하게 준비하는 모습을 보였었다. 아들 생일 파티에 이웃들과 친척들을 초대할 거라고 하였다. 그때도 아이들 생일을 참 거창하게 한다는 생각을 했는데, 이는 미국에서는 보편화되어 있는 생일 파티 문화였던 것이다.

보통 유치원이나 초등학교 아이들이 생일을 맞이하면 반 아이들을 초대할 것인지를 결정하게 된다. 초대를 할 경우 초대 카드를 작성하여 최소 두 주일 전에는 아이들 편에 보내진다. 생일 카드를 받은 아이는 반드시 그 참석 여부를 알려주어야 한다. 참석 여부는 생일 초대 카드를 받은 아이의 부모가 전화로 보통 해주게 된다. 이는 꼭 필요한 부분으로 집이 아닌 다른 곳에서 생일 파티를 할 경우 예약을 해야 하는데, 예약 좌석을 미리 확보해 둬야 하므로 참석 인원 파악은 필수이다. 집에서 치를 경우도 음식이나 돌아갈 때 나누어줄 선물 준비를 위해서라도 생일 파티에 참석할 인원을 미리 파악해 둘 필요가 있다. 생일 파티를 여는 장소는 다양하다. 보통은 살고 있는 아파트의 수영장이나 집, 볼링장, 파크, 척키 치즈, 아이들 놀이시설이 있는 곳을 빌려서 파티를 열게 된다.

　미국 아이들 생일 파티는 먹거리보다는 프로그램 위주로 치러지게 된다. 부모는 직접 아이들을 위한 프로그램과 그 프로그램에 맞는 준비물들을 준비하여 초대된 아이들과 즐거운 시간을 보내게 된다. 집에서 생일 파티를 할 경우 이 모든 것을 부모가 계획하고 준비해야 하므로 부담스러울 수도 있으나 나름대로 의미는 깊을 것이다. 아이들 생일 파티를 전문적으로 하는 곳에서 생일 파티를 치르는 경우 쉽고 편리하게 생일 파티를 치를 수가 있다. 다 일장일단이 있겠지만, 각자의 사정에 맞게 생일 파티 장소를 정하면 된다.

　이곳에서 한국 아이들의 생일 파티 장소로 가장 많이 이용하는 곳은 '척키치즈(Chuck E Cheese)'이다. 그곳은 아이들 놀이시설이 다양해서 부모가 따로 프로그램을 마련하지 않아도 된다. 참석 인원을 파악해서 예약을 해놓으면 그곳에서 생일 파티에 관련한 모든 것들을 준비를 해놓기 때문에 편리하게 생일 파티를 치를 수 있다. 케이크와 피자, 음료수, 다양한 놀이 기구 등이 있어 아이들이 즐겁게 시간을 보낼 수 있는 장소이다.

보통 생일 파티에 참석하는 아이들은 선물을 준비해서 가지고 가게 되며, 생일 파티를 준비하는 아이의 경우 초대된 아이들에게 줄 선물을 준비하여 돌아가는 아이들 손에 들여보내곤 한다. 보통 '쥬디백'이라고 하는 조그만 비닐백에 초콜릿이나 사탕, 작은 선물들을 넣어서 보내곤 한다. 이곳은 이렇게 파티 문화가 보편적이다 보니 파티에 필요한 물건들을 전문적으로 파는 대형 가게들이 있다. 애니 엄마의 소개로 우리도 지난 일요일 날 이 파티용품을 전문적으로 파는 가게를 갔었다. 애니 엄마는 바쁜 와중에도 그곳까지 직접 와서 주디백에 담을 선물들을 함께 골라주었다. 이래저래 애니 엄마의 도움을 많이 받고 있다. 늘 고마운 애니 엄마다.

곧 제니의 생일이 다가온다. 한국에 있을 때는 생일 전날 케이크 준비하여 생일 축하 노래를 불러주고, 촛불을 끄고 선물을 주곤 했었다. 선물은 책 선물이 주를 이루었는데, 중요한 것은 그 책 첫 앞장에 생일을 맞이한 아이에게 가족들 모두가 남기고 싶은 말을 남기는 것이다. 제니의 경우 글을 못 써서 그림으로 대신 표현하기도 했었다. 세월이 지나도 그 책들을 열면 삐뚤빼뚤한 글씨가 환한 웃음을 자아내게 했다. 생일 아침에는 미역국과 생일상을 받는 것으로 생일잔치를 치르곤 했었다.

아이들 생일잔치는 프로그램 위주로 진행된다.

　그런데 이곳에서 치르게 될 제니의 생일은 좀 다르게 진행될 것 같다. 많은 아이들이 생일 파티를 여는 상황에서 이곳 아이들과 비슷한 수준을 맞추어 줄 필요가 있었던 것이다. 제니가 그것을 원했기 때문이다. 제니 생일로 인해 남편과 함께 고민하였다. 한국에서처럼 생일을 치르되 가까운 이웃들만 집으로 초대할까도 생각했었는데, 제니가 척키치즈에서 생일 파티를 원했기 때문에 생각을 바꾸기로 한 것이다. 아이가 원하는 대로 척키치즈에서 생일 파티를 열기로 한 것이다. 이미 생일 카드를 작성해서 보냈으며 인원을 파악하여 척키치즈에 예약을 해 놓았다.

　예전 같으면 생일 전날 촛불을 끄는 행사가 있었겠지만, 대신 전날 제니는 주디백에 아이들에게 나누어줄 선물을 담았다. 촛불은 생일 날 척키치즈에서 끌 것이기 때문이다. 제니는 주디백에 선물을 스스로 넣기를 원해 방법만 가르쳐 주고 하라고 했더니, 얘기한 대로 쥬디백에 선물을 잘 챙겨 넣었다. 제니는 그 일이 즐거웠던 모양이다.